GOLDMANN

Buch

Manche Leute drehen durch, wenn es heiß ist. Soviel jedenfalls steht fest für Detective Steve Carella und seinen Partner Monoghan, als sie sich an einem stickig-schwülen Juliabend der mit Messerstichen übersäten Leiche von Susan Brauer gegenübersehen. Wenigstens bietet sich den Polizisten ein Anhaltspunkt, als sie einen von einem hellblauen Satinband zusammengehaltenen Stapel Briefe finden, Briefe, die an Deutlichkeit nichts zu wünschen übriglassen und die allesamt mit dem Namen *Arthur* unterzeichnet sind. Sie finden Arthur eher, als sie denken. Nur zu schade, daß Tote nicht mehr reden können.

Probleme hat auch Eileen Burke, die unlängst als Lockvogel der Sitte vergewaltigt worden ist und kurz darauf einen anderen Angreifer mit sechs Schüssen vom Leben zum Tode befördert hat. Sie hat jedenfalls gute Gründe, sich nach einem neuen Aufgabenbereich umzusehen. Und noch ahnt sie nicht, daß sie ihre Aufnahme ins Geiselkommando bald vor eine gewaltige Bewährungsprobe stellen wird.

Mit seinem dreiundfünfzigsten Roman um die Ermittler vom 87. Polizeirevier erweist sich Ed McBain einmal mehr als Meister des modernen Polizeiromans, der nicht nur überaus raffinierte und präzisionsgesteuerte Plots anzulegen weiß, sondern darüber hinaus Täter und Opfer, Beamte und Verfolgte als das zeigt, was sie wirklich sind – Menschen, deren Leben sich von heute auf morgen für immer verändern kann.

Autor

Ed McBain, 1926 in New York geboren, darf als der Begründer des US-Polizeiromans betrachtet werden. Mit seiner außerordentlich populären Reihe um das 87. Polizeirevier, die er 1956 mit dem Roman *Cop Hater* begann, stellte er als erster moderne Polizeiarbeit in einem realistischen Kontext dar. McBain, der sich auch unter dem Pseudonym Evan Hunter Weltruhm erschrieben hat, ist der Georges Simenon des *police procedural* und heute schon ein Klassiker des amerikanischen Kriminalromans. »Mag es noch so viele Imitatoren geben«, schrieb die New York Times, »McBain ist und bleibt unerreicht.«

ED McBAIN

Schwarze Witwen

ROMAN

Aus dem Amerikanischen
von Bernhard Schmid

GOLDMANN VERLAG

Deutsche Erstveröffentlichung
Die amerikanische Originalausgabe erschien 1991
unter dem Titel »Widows«

Umwelthinweis:
Alle bedruckten Materialien dieses Taschenbuches
sind chlorfrei und umweltfreundlich.
Das Papier enthält Recycling-Anteile.

Der Goldmann Verlag
ist ein Unternehmen der Verlagsgruppe Bertelsmann

Made in Germany · 1. Auflage · 11/92

Umschlaggestaltung: Design Team München
Umschlagfoto: Bayat, Berlin
Satz: IBV Satz- und Datentechnik GmbH, Berlin
Druck: Graphischer Großbetrieb Pößneck GmbH
Verlagsnummer: 41302
Lektorat: Sky Nonhoff/Ulrich Genzler
Redaktion: Andreas Helweg
Herstellung: Sebastian Strohmaier
ISBN 3-442-41302-8

Für Jane Powell
und Dick Moore

Die auf den folgenden Seiten geschilderte Stadt existiert nicht wirklich. Menschen wie Örtlichkeiten sind frei erfunden. Nur die Ermittlungsroutine entspricht den bei der Polizei üblichen Methoden der Verbrechensbekämpfung.

1. Kapitel

Jemand hatte brutal auf sie eingestochen, und das öfter, als es Carella in den Kopf wollte. Ein kleines Obstmesser schien sich als Tatwaffe zufällig angeboten zu haben. Offensichtlich stammte es von der Bar, auf der ein Flaschenöffner mit gleichem Holzgriff neben einem halbvollen Krug Martini, einem Eiskübel und einer Zitrone lag, an der eine Scheibe fehlte.

Jemand hatte sich einen Martini gemacht. Mit Zitrone. Vermutlich war das Obstmesser dazu benutzt worden, die Scheibe von der Zitrone abzuschneiden, bevor man damit auf das Opfer losgegangen war. Der Martini stand noch auf dem Couchtisch, neben dem die Tote lag. Die Zitronenscheibe wölbte sich auf dem Grund des Glases. Das Messer lag neben ihr auf dem Teppich. Die Klinge war blutverschmiert. Die Tote schien aus Hunderten von Stich- und Schnittwunden zu bluten.

»Echte Blondine«, sagte Monoghan.

Sie trug einen schwarzen Kimono voller überdimensionaler Klatschmohnblüten. Um die Taille wurde er von einem Gürtel gehalten, war aber weit genug auseinandergerissen, um die langen schlanken Beine und die blonde Scham freizugeben, auf der Monoghans clevere Schlußfolgerung fußte. Ihre blauen Augen standen offen. Man hatte ihr die Kehle durchschnitten. Obwohl man ihr das Messer wiederholt durchs Gesicht gezogen hatte, blieb kein Zweifel, daß sie eine Schönheit gewesen war. Neunzehn, zwanzig Jahre alt, langes blondes Haar und aufsehenerregend blaue Augen, die, weit geöffnet, an die Decke des Penthouses starrten. Ein junger, schöner Körper, von dem aufgeschlitzten schwarzen Kimono mit blutfarbenen Mohnblüten kaum verdeckt.

Die Männer, alle in Anzug und Jackett, mit in Plastik geschweißten Ausweisen am Revers, standen um sie herum und blickten auf sie hinab. Monoghan und Monroe vom Morddezernat Nord; Detective/Second Grade Steve Carella vom 87.; Detective/Third Grade Arthur Brown vom selben Revier. Nette kleine Versammlung an einem stickig-schwülen Abend Ende Juli kurz nach acht. Monoghan und Monroe starrten auf die Leiche, als suchten sie nach dem Sinn des Ganzen. Bauch und Brüste waren mit Einstichen und Schnittwunden geradezu übersät, lautlos kreischende Wunden, die Innenseiten ihrer Oberschenkel völlig zerschnitten. Blut, wohin man auch sah. Aufgerissenes weißes Fleisch und hellrotes Blut schrie sie an, während die Männer auf den Leichenbeschauer warteten. Bei einem Wetter wie diesem, bei dem es auf den Straßen von Autos und Menschen wimmelte, brauchte es seine Zeit, um irgendwo hinzukommen. Carella machte ein gequältes Gesicht. Brown sah wütend aus, aber so wirkte er immer – selbst wenn er sich bester Laune erfreute.

»Solche Mädchen kommen in dieser Stadt leicht unter die Räder«, sagte Monroe.

Was meint er mit *solche Mädchen*, fragte sich Carella.

»So 'n junges Ding wie das hier«, sagte Monoghan, »hat doch keine Ahnung, wie das hier zugeht.«

»Was einem diese Stadt so antun kann«, sagte Monroe.

»Kann ziemlich grausam sein – gerade zu so jungen Dingern«, sagte Monoghan.

Da standen sie, die Hände in den Taschen ihrer Jacketts, die Daumen schauten hervor. Ihre Anzüge, alle im gleichen Marineblau, weißes Hemd, blaue Krawatte; sie starrten auf die tote Frau. *Mädchen* hatten sie gesagt. Neunzehn, zwanzig Jahre alt, höchstens. Carella überlegte, ob sie sich selbst wohl als Frau gesehen hatte. In den anstehenden Berichten würde sie nichts weiter als eine WEIBLICHE LEICHE sein. Das Geschlecht würde zum einzigen Etikett. Keine feministischen Haarspaltereien mehr, ob Mädchen oder Frau: War man erst mal zum Opfer geworden, hörte derlei Quatsch auf. Im Augenblick des Todes wurde man eine *weibliche Leiche*, basta.

Der gequälte Ausdruck hielt sich in seinen dunkelbraunen

Augen, die schräg genug standen, um seinem Gesicht etwas Orientalisches zu geben. Braunes Haar. Groß, schlank. Seine Nase lief, eine Sommererkältung. Er holte ein Taschentuch heraus, schneuzte sich und warf einen Blick hinüber zur Wohnungstür. Wo, zum Teufel, blieb der Leichenbeschauer? Es war stickig und klamm hier drin. Womöglich stand irgendwo ein Fenster offen und machte die Arbeit der Klimaanlage zunichte. Es waren jedoch keine Fenster zu sehen, die sich öffnen ließen, nicht in einem so teuren Apartment wie diesem. Eine Eigentumswohnung mit einer Miete so hoch wie das Haus, in einer Gegend, die als Goldküste des Reviers galt. Blick auf den Harb und den benachbarten Bundesstaat. Zwei Blocks weiter südlich, und man fand sich inmitten von Mietskasernen und Absteigen. Hier, auf dem dicken Veloursteppich des Penthouses lag – blutig und zerfleischt – eine junge Frau in einem teuren Seidenkimono; auf dem Couchtisch hinter ihr ein Martiniglas. Flüssiges Silber, in dem eine gelbe Scheibe Zitrone schwamm. Am Rand des Glases Lippenstift. Und im Krug genug, um ein halbes dutzendmal nachzufüllen. Hatte sie jemanden erwartet? Hatte sie ihren Mörder selbst in die Wohnung gelassen? Oder stand doch irgendwo ein Fenster offen?

»Sie haben gesagt, morgen wird's noch heißer als heute«, sagte Monoghan beiläufig und wandte sich von der Toten ab, als langweile ihn ihre leblose Pose.

»*Wer* sagt das?« fragte Monroe.

»Na, die Wetterfrösche.«

»Warum sagst du's dann nicht? Warum sagen die Leute bloß immer, *sie* haben dies oder das gesagt, anstatt zu sagen, *wer*, zum Teufel, es gesagt hat?«

»Was ist denn mit dir heute abend los?« fragte Monoghan überrascht.

»Nichts, ich kann bloß die Leute mit ihrem ewigen *sie* nicht mehr hören.«

»Ich bin nicht die Leute«, versetzte Monoghan, der sich auf den Schlips getreten fühlte, eingeschnappt. »Ich bin dein Partner.«

»Dann hör mit diesem ewigen ›*Sie* haben dies oder das gesagt‹ auf.«

»Worauf du dich verlassen kannst«, sagte Monoghan und ging hinüber zu einem zweiten schwarzen Ledersofa unter dem Fenster auf der gegenüberliegenden Seite des Raums. Er warf einen zornigen Blick darauf und ließ sich dann mit seinem ganzen Gewicht fallen

Brown wollte seinen Ohren nicht trauen. M&M stritten sich? Monoghan und Monroe? Die siamesischen Zwillinge? Brüllten sich fast an? Unmöglich. Aber da saß er, Monoghan, auf der Couch und schmollte. Und Monroe stand neben der Leiche und wollte keine Ruhe geben. Brown hielt sich auf Distanz.

»Alle machen das«, sagte Monroe. »Das treibt mich noch in den Wahnsinn. Sie vielleicht nicht?« fragte er Brown.

»Ich achte da nicht so drauf«, sagte Brown und versuchte, neutral zu bleiben.

»Das ist bloß die Hitze, die dich wahnsinnig macht«, sagte Monoghan von der anderen Seite des Raums her.

»Das hat mit der gottverdammten Hitze überhaupt nix zu tun«, sagte Monroe. »Nur damit, daß die Leute immer *sie* sagen.«

Brown bemühte sich um eine unbeteiligte Miene.

Mit seinen einsdreiundneunzig und bei hundert Kilo war er größer und in besserer Kondition als die beiden Beamten vom Morddezernat. Er spürte, daß der Zwist der beiden sich leicht gegen ihn wenden konnte, wenn er nicht aufpaßte. Als Schwarzer mußte man in dieser Stadt neuerdings vorsichtig sein, außer bei Leuten, denen man voll und ganz vertrauen konnte. So vertraute er etwa Carella, hatte jedoch nicht die leiseste Ahnung, was M&Ms politische oder religiöse Ansichten anbelangte. Also dachte er sich, er täte wohl besser daran, sich aus diesem Familienstreit herauszuhalten, etwas anderes war es ja letztlich nicht. Das letzte, was er an so einem heißen Sommerabend brauchen konnte, war Knatsch.

Browns Haut hatte die satte Farbe von kolumbianischem Kaffee, dazu braune Augen, gekräuseltes drahtiges Haar und wulstige Lippen; er war so schwarz, wie es nur ging. Und er hatte sich im Laufe der Jahre daran gewöhnt, sich als Schwarzen zu sehen – auch wenn die Haut nicht tiefschwarz war –, aber der Teufel sollte ihn holen, wenn er je anfinge, sich als Afro-Amerikaner zu bezeichnen. Seiner

Ansicht nach war das ohnehin bloß ein verlogenes Modewort von Leuten, denen es an Selbstbewußtsein fehlte, die sich ständig neue Schlagworte ausdachten, um einen anderen Menschen aus sich zu machen. Aber dadurch, daß man sich hinter Slogans versteckte, kriegte man nicht raus, wer man wirklich war. Dazu mußte man, wie Brown es tat, Morgen für Morgen in den Spiegel schauen und einen solchen klasse aussehenden schwarzen Typen zu sehen bekommen. Das war es, was einen hochbrachte, Mann.

»Die Leute sagen einem: ›Sie haben gesagt, daß die Steuern erhöht werden sollen‹«, sagte Monroe, der langsam in Fahrt kam, »und wenn du sie fragst, *wer* das gesagt hat, dann sagen sie, die Börsenmakler oder die Banken-«

»Jetzt hast du's selber gesagt«, sagte Monoghan.

»Was hab' ich gesagt?«

»Du hast gesagt, du fragst sie, wer was gesagt hat, und dann *sagen sie*, die Börsen-«

»Keine Ahnung, was du da wieder erzählst«, sagte Monroe.

»Ich rede davon, daß du hier rummoserst, weil die Leute immer *sie haben gesagt* sagen, und jetzt hast du's selber gesagt.«

»Einen Dreck habe ich gesagt«, gab Monroe zurück. »Hab' ich das gesagt?« fragte er Brown in einem weiteren Versuch, ihn da mit hineinzuziehen.

»Hallo, hallo, hallo«, rief der Leichenbeschauer in bester Laune von der Tür her und ersparte Brown damit die Antwort. Er stellte seine Tasche ab, wischte sich mit einem längst feuchten Tuch über die Stirn und meinte: »Die reinste Sahara da draußen. Tut mir leid, daß ich so spät dran bin.« Er nahm die Tasche wieder auf, ging hinüber zur Leiche auf dem Teppich und kniete sofort mit einem »Ach, du meine Güte« neben ihr nieder. Monoghan erhob sich von der Couch und kam herüber zu den anderen.

Wortlos sahen sie zu, wie der Leichenbeschauer sich an seine Untersuchung machte.

In dieser Stadt rührte keiner eine Leiche an, bevor nicht jemand von der Gerichtsmedizin das Opfer für tot erklärt hatte. Die Leute von der Kripo legten die Regel im allgemeinen so weit aus, daß keiner auch nur irgend etwas anrührte, bevor nicht der Leichenbeschauer sein Urteil gefällt hatte. Man konnte in eine Wohnung kommen und in der Badewanne eine nackte alte Oma finden, seit Monaten tot und geliert, und trotzdem wartete man, bis der Leichenbeschauer sie für tot erklärte. So warteten sie auch jetzt. Er untersuchte die Tote, als wäre sie noch am Leben und nur eben mal kurz zur jährlichen Vorsorgeuntersuchung vorbeigekommen. Er setzte ihr das Stethoskop auf die Brust, fühlte nach dem Puls, zählte die Stich- und Schnittwunden – es waren insgesamt zweiunddreißig, einschließlich jener auf ihrem Rücken – und hielt die Detectives in Atem darüber, ob sie nun tatsächlich dahingegangen war oder nicht.

»Ist diesmal schwer zu sagen, was, Doc?« fragte Monoghan und zwinkerte Monroe zu Browns Überraschung zu.

»Die Todesursache, meint er«, gab Monroe augenzwinkernd zurück. Brown schätzte, daß sie ihre kleine Kabbelei von eben bereits wieder vergessen hatten.

Der Amtsarzt warf ihnen einen sauren Blick zu und widmete sich dann wieder seiner Aufgabe. Schließlich stand er auf und sagte: »Ihr könnt sie haben.«

Die Kriminalbeamten machten sich an die Arbeit.

Auf der Uhr an der Wand des Büros war es halb neun. Abends. Die Uhr war das einzige an der Wand, sonst waren die Wände leer. Nicht mal ein Fenster gab es. Den schlichten hölzernen Schreibtisch hatte man wahrscheinlich aus dem ausgemusterten Mobiliar einer älteren Wache gerettet, als diese irgendwann mit Metallmöbeln ausgestattet wurde. Vor dem Schreibtisch stand ein hölzerner Sessel mit Armlehnen, dahinter ein schlichter Stuhl. Auf letzterem saß Michael Goodman. *Dr.* Michael Goodman. Der der Polizei nicht mehr wert war als dieses Kabuff hier im Präsidium im Zentrum der Stadt. Eileen Burke hätte kaum weniger beeindruckt sein können.

»Sie sind Detective/Second Grade, nicht?« fragte er sie.

»Ja«, antwortete sie.

»Wie lange sind Sie schon Detective?«

Fast hätte sie gesagt: zu lange.

»Steht alles in der Akte«, sagte sie.

Sie begann langsam zu überlegen, ob sie nicht einen schrecklichen Fehler gemacht hatte. Zu einem Seelenklempner zu gehen, den ein anderer Seelenklempner empfohlen hatte. Aber sie vertraute Karin. Dachte sie wenigstens.

Goodman besah sich die Papiere auf seinem Schreibtisch. Er war groß, hatte schwarze Locken und blaue Augen. Die Nase war etwas zu lang für sein Gesicht, darunter trug er einen Schnurrbart, womöglich um sie aufzufangen und kürzer wirken zu lassen. Dicke Brille, das Gestell in der Farbe seiner Haare. Er studierte die Papiere.

»Wie ich sehe, sind Sie viel im Spezialeinsatz«, sagte er.

»Ja.«

»Als Lockvogel.«

»Ja.«

»Vor allem bei der Soko Notzucht«, sagte er.

»Ja«, sagte sie.

Gleich würde er auf die Vergewaltigung kommen. Er würde auf den Absatz stoßen, in dem stand, daß man sie während der Ausübung ihres Dienstes vergewaltigt hatte. Steht ja alles in der Akte, dachte sie.

»Nun denn«, meinte er und sah lächelnd auf. »Wieso, glauben Sie, würden Sie lieber beim Geiselteam arbeiten?«

»Ich bin mir gar nicht so sicher, daß mir das lieber wäre. Aber Karin... Dr. Karin Lefkowitz...«

»Ja.«

»Ich bin seit einiger Zeit bei ihr in Behandlung...«

»Ja.«

»Beim Popsi. Einen Stock höher.«

Sie meinte den PPD. Polizeipsychologischer Dienst. Kurz Popsi. Polizistenjargon, der der psychologischen Hilfe den Schrecken nahm und das Ganze etwas aufpeppte. Popsi. Im selben Gebäude, einen Stock höher. Annie Rawles' Büro bei der ständigen Soko Notzucht befand sich im fünften. Mit einem Einsatz bei der Notzucht im fünften Stock hatte sie angefangen, und gelandet war sie beim Popsi im vierten, dachte Eileen. Was aufsteigt, kommt auch wieder runter.

»Sie hat gemeint, ich würde die Arbeit mit Geiseln vielleicht interessant finden.«

Eigentlich hatte sie *weniger bedrohlich* gesagt.

»Was hat sie damit gemeint? Interessant?«

Genau ins Schwarze. Schlauer, als sie erwartet hatte.

»Ich habe in letzter Zeit ziemlich unter Druck gestanden«, erwiderte Eileen.

»Weil Sie jemanden erschossen haben?« fragte Goodman.

Jetzt kommt's, dachte sie.

»Weil ich jemanden erschossen habe, ja, und aufgrund gewisser Komplikationen in meinem –«

»Wann haben Sie den Mann denn erschossen?«

Er fackelte jedenfalls nicht lange. Sie haben den Mann erschossen. Was allerdings stimmte. Sie hatte den Mann erschossen. Einen Mann, der drei Prostituierte umgebracht hatte und dann auf sie selbst losging – mit einem Messer in der Hand. In Fetzen hatte sie ihn geschossen. Ihre erste Kugel hatte ihn in der Brust erwischt und nach hinten in Richtung Bett gestoßen. Fast auf der Stelle hatte sie noch mal abgedrückt und ihn in die Schulter getroffen; das warf ihn herum. Der dritte Schuß ging in den Rücken und streckte ihn aufs Bett. Zu diesem Zeitpunkt hätte sie nicht sagen können, warum sie – während sie die winzigen Blutfontänen entlang seiner Wirbelsäule beobachtete – weiter auf den längst leblosen Körper einschoß. Dabei immer wieder dieselben Worte sagte: »Ich hab' dir eine Chance gegeben. Ich hab' dir eine Chance gegeben.« Bis die Waffe leer war. Karin Lefkowitz half ihr nun, die Gründe dafür zu verstehen.

»Im Oktober ist es ein Jahr her«, sagte sie.

»Also letzten Oktober –«

»Ja, Oktober letzten Jahres. Am Halloweenabend«, sagte sie.

Necken oder was zu schlecken, dachte sie.

Ich hab' dir eine Chance gegeben.

Aber hatte sie das wirklich?

»Warum gehen Sie zu Dr. Lefkowitz?«

Sie fragte sich, ob er sie wohl kannte. Kannte in dieser Stadt jeder Seelenklempner alle anderen Seelenklempner? Wenn ja, hatte er mit ihr darüber gesprochen, worüber sie beide in den letzten Monaten diskutiert hatten?

»Ich bin bei ihr, weil ich Angst vor Schußwaffen habe«, antwortete sie.

»Ah-hah«, machte er.

»Ich will niemanden mehr töten müssen«, fügte sie hinzu.

»Okay«, sagte er.

»Und ich möchte nicht weiter als Lockvogel arbeiten. Was im Spezialeinsatz ein ziemliches Manko ist.«

»Kann ich mir vorstellen.«

»Und wo wir gerade dabei sind«, fügte sie hinzu, »auf Psychiater stehe ich auch nicht gerade.«

»Was ein Glück, daß ich nur Psychologe bin«, sagte er und lächelte.

»Für die gilt dasselbe.«

»Aber Karin mögen Sie doch.«

»Ja«, sagte sie, wenn auch zögernd. »Sie hat mir geholfen.«

Wenn das kein Zugeständnis war.

»In welcher Hinsicht?«

»Ich habe auch außerhalb meines Jobs so meine Probleme.«

»Erzählen Sie mir erst von denen mit Ihrer Arbeit.«

»Hab' ich Ihnen doch eben gesagt. Ich möchte nicht noch mal in eine Situation kommen, in der ich womöglich auf jemanden schießen muß.«

»In der sie jemanden töten müssen.«

»Auf jemanden schießen, töten, egal.«

»Sie sehen da keinen Unterschied?«

»Wenn einer auf Sie losgeht, und Sie haben ganze drei Sekunden, um eine Entscheidung zu treffen, dann sehe ich da keinen Unterschied, stimmt.«

»Muß ziemlich furchtbar gewesen sein.«

»Das war es.«

»Haben Sie immer noch Angst?«

»Ja.«

»Und wie groß genau ist diese Angst, Miss Burke?«

»Mächtig groß.«

Das konnte sie sich mittlerweile eingestehen. Was sie Karin zu verdanken hatte.

»Weil Sie diesen Mann getötet haben?«

»Nein. Weil man mich vergewaltigt hat. Ich will nicht noch mal vergewaltigt werden. Ich würde jeden *umbringen*, der mich noch mal zu vergewaltigen versucht. Also, ich möchte nicht... nicht ständig in Situationen gesteckt werden, wo jemand versuchen könnte, mich zu vergewaltigen; weil ich eine Scheißangst davor habe und ich... und ich den Betreffenden töten müßte, was... was mir wohl genausoviel angst macht. Noch mal jemanden töten zu müssen.«

»Eine Art Teufelskreis also?«

»Wenn ich im Sondereinsatz bleibe, ja.«

»Und da denken Sie an das Geiselkommando.«

»Na ja, Karin hat gemeint, ich sollte mal raufkommen und mit Ihnen darüber reden. Mal hören, worum's dabei überhaupt geht.«

»Jedenfalls nicht darum, Leute zu erschießen, soviel steht fest«, sagte Goodman und lächelte wieder. »Erzählen Sie mir was über Ihre anderen Probleme. Die *nichts* mit Ihrem Job zu tun haben.«

»Ich weiß nicht, das ist was Persönliches.«

»Nun, die Arbeit beim Geiselkommando ist auch was Persönliches.«

»Das verstehe ich schon, aber ich sehe nicht, was *meine* persönlichen Probleme mit –«

»Ich hatte eben ein Eignungsgespräch mit einem Detective, der die letzten zehn Jahre beim Rauschgiftdezernat gewesen ist«, sagte Goodman. »Ich führe schon den ganzen Tag Eignungsgespräche. Das Team hat einen hohen Verschleiß, man steht hier ziemlich unter Streß. Wenn der Inspektor und ich einen guten Unterhändler acht Monate halten können, dann ist das schon lang. Na, jedenfalls dieser Detective haßt Drogenhändler, würde sie am liebsten alle an die Wand gestellt sehen. Ich habe ihn gefragt, was er tun würde, wenn wir mit einem Geiselnehmer verhandeln, der uns als Dealer bekannt ist. Er hat gesagt, er denke, er würde versuchen, das Leben der Geiseln zu retten. Ich habe ihn gefragt, wer seiner Meinung nach wichtiger sei, die Geiseln oder der Dealer. Er hat gesagt, er denke doch die Geiseln. Ich habe ihn gefragt, ob er den Dealer töten würde, um die Geiseln zu retten. Er sagte ja, das würde er. Ich habe ihm gesagt, daß er für unser Team nicht der richtige sei.«

Eileen sah ihn an.

»Also, was sind das nun für persönliche Probleme, an denen Sie arbeiten«, fragte er.

Sie zögerte.

»Wenn Sie lieber –«

»Der Abend, an dem ich Bobby... so hieß der Mann«, sagte sie. »Bobby Wilson. An dem Abend, an dem ich ihn erschossen habe, da hatte ich zwei Mann als Rückendeckung hinter mir. Aber mein Freund –«

»Ist er das Problem? Ihr Freund?«

»Ja.«

»Was ist mit ihm?«

»Er hat sich gedacht, er könnte uns bei dem Job zur Hand gehen, und das Ergebnis davon...«

»Zur Hand gehen?«

»Er ist Polizist. Tut mir leid, das hätte ich erwähnen sollen. Er ist bei der Kripo drüben im 87. Polizeirevier.«

»Wie heißt er denn?«

»Müssen Sie das wissen?«

»Nein.«

»Na, jedenfalls, er tauchte auf, als die Sache gerade losging, und irgendwie kam alles durcheinander, und ich verlor meine Rückendeckung, alle beide. Und so stand ich schließlich allein mit Bobby da. Und seinem Messer.«

»Und da haben Sie ihn erschossen.«

»Ja. Er ging auf mich los.«

»Und jetzt geben Sie Ihrem Freund die Schuld dafür?«

»Das ist es ja gerade, woran wir arbeiten.«

»Sie und Dr. Lefkowitz.«

»Ja.«

»Und wie ist das mit Ihnen und Ihrem Freund? Arbeiten Sie beide auch daran?«

»Ich habe ihn seit Beginn meiner Therapie nicht mehr gesehen.«

»Wie steht er denn dazu?«

»Ist mir scheißegal, wie er dazu steht.«

»Verstehe.«

»Ich bin es, die am Absaufen ist«, sagte Eileen.

»Verstehe.«

Schweigend saßen sie einige Augenblicke lang da.

»Ende des Eignungsgesprächs, hab' ich recht?« fragte sie.

Sie fanden die Briefe in einer Schmuckschatulle auf der Frisierkommode der Toten.

Zu diesem Zeitpunkt hatten sie – mit Hilfe des Führerscheins in ihrer Handtasche auf dem Tisch gleich neben der Wohnungstür – bereits ihren Namen in Erfahrung gebracht: Susan Brauer, zweiundzwanzig Jahre alt. Das Bild auf dem Führerschein zeigte eine Blondine mit frischem Teint, die in die Kamera lächelte. Der Hintergrund aus blauem Stoff sagte den Kripobeamten, daß sie beim Fahren Brille oder Kontaktlinsen hatte tragen müssen. Bevor der Leichenbeschauer sich wieder auf den Weg machte, fragten sie ihn, ob die Tote Kontaktlinsen trage. Er verneinte.

Bei der Schatulle, in der sie die Briefe fanden, handelte es sich um eines jener mit gepunztem roten Leder bezogenen Dinger, die auf Einbrecher wirken wie Marmeladengläser auf Bienen. Freilich wäre ein Einbrecher von dieser hier enttäuscht gewesen, weil sie nichts enthielt als eben jenen Stapel Briefe und das hellblaue Satinband, das die Umschläge zusammenhielt. Es waren zweiundzwanzig, in chronologischer Reihenfolge, der erste vom elften Juni des Jahres, der letzte vom zwölften Juli. Alle waren handgeschrieben, alle begannen mit der Anrede *Susan, mein Engel.* Unterzeichnet war nicht einer. Alle waren sie erotischen Inhalts.

Der Verfasser war ganz offensichtlich ein Mann.

In Brief auf Brief – sie rechneten aus, daß er im Durchschnitt jeden zweiten Tag geschrieben hatte – beschrieb der Verfasser, und das ausgesprochen deutlich, die Dinge, die er mit Susan anzustellen gedachte...

...stehe ich hinter Dir in einem vollen Aufzug, Du mit dem Rock über den Hintern gehoben und unter den Gürtel gesteckt, darunter nackt, während meine Hände sich keinen Zwang antun...

...und alles, was er von Susan erwartete...

...Du rittlings über mir, mit dem Gesicht zum Spiegel. Dann will ich, daß Du Dich langsam aufspießt...

Als die Detectives die Briefe der Reihe nach lasen, schien es wahrscheinlich, daß Susan dem Mann geantwortet hatte und ihre Briefe derselben Art waren. Wobei seine Anspielungen auf ihre Forderungen...

...wenn Du schreibst, Du willst mich aufs Bett binden und um eine Berührung betteln lassen, meinst Du damit...

...auf eine erotische Vorstellungskraft deuteten, die seiner in nichts nachstand. Darüber hinaus stellte sich heraus, daß es sich keinesfalls nur um unerfüllte Phantasien handelte. Die beiden praktizierten, was sie einander versprachen, und das mit verblüffender Häufigkeit.

...am Mittwoch, als Du den Gürtel von Deinem Kimono nahmst und in den schwarzen Dessous vor mir standst, die ich Dir gekauft habe, die Beine leicht gespreizt, die Strapse stramm über Deinen...

...aber dann, letzten Freitag, als Du Dich vornüberbeugtest, um mich in dir aufzunehmen, da habe ich mich gefragt, ob es Dir wirklich Spaß...

...es mir ziemlich oft selbst. Und als Du mir erzählt hast, daß Du am Montag an mich gedacht hast, während Du es Dir gemacht hast, im Knistern des Schaumbads, die Hand unter den weißen Bergen damit beschäftigt, Deine süße, enge...

...Dich erst seit dem Neujahrstag, und trotzdem muß ich die ganze Zeit an Dich denken. Gestern habe ich Dich gesehen, heute werde ich Dich wieder sehen, aber ich laufe durch die Gegend in ständiger Verlegenheit, weil ich sicher bin, daß alle meinen geschwollenen...

So ging es schier endlos weiter.

Zweiundzwanzig Briefe lang.

Der letzte war womöglich der aufschlußreichste der ganzen Sammlung. Es ging darin, bevor er in die erotische Stratosphäre der anderen abhob, in gewissem Sinne um Geschäftliches:

Susan, mein Engel,
ich weiß, Du wirst langsam ungeduldig, weil es sich so endlos hinzuziehen scheint, Dich in dem neuen Apartment unterzubringen. Ich habe ja selbst ein ungutes Gefühl dabei, mir spät nachts nach einem Besuch bei Dir ein Taxi suchen zu müssen, wo ich doch weiß, daß auf den Straßen südlich vom Oval Straßenlaternen genauso selten sind wie Streifenwagen. Ich werde wirklich aufatmen, wenn Du Dich im Zentrum eingerichtet hast, näher bei meinem Büro und in einer sicheren Gegend, nicht zu vergessen das luxuriöse Ambiente, das ich Dir versprochen habe.
Also werte diese Verzögerung bitte nicht als Zeichen von Gleichgültigkeit oder einer Veränderung meiner Gefühle für Dich. Und bitte, werde nicht ungeduldig oder nachlässig. Es wäre mir nicht recht, das jetzige Apartment zu verlieren, bevor das andere frei wird – was jetzt jeden Tag der Fall sein kann, wie man mir versichert. Ich werde dafür sorgen, daß Du genügend Geld hast, und daß Deine Schecks gedeckt sind. Aber bezahle die Rechnungen für das Apartment bitte unbedingt pünktlich. Setze es nicht wegen so einem Versäumnis aufs Spiel.

Ich sehe jeden Tag in mein Schließfach auf der Post, aber nichts von meiner Susan. Hat meine kleine Susan Angst zu schreiben? Verliert meine kleine Susan das Interesse? Der Gedanke daran gefällt mir nicht. Oder braucht die kleine Susan eine kleine Erinnerung daran, daß sie mir gehört? Ich glaube, ich sollte Dir mal den Hosenboden strammziehen, wenn ich das nächste Mal bei Dir bin. Vielleicht werde ich Dich übers Knie legen, dir das Höschen herunterziehen und Dir den Hintern versohlen müssen, bis Du rote Backen kriegst und ich sehe, wie Dein Hintern sich unter meiner Hand windet, und Dich stöhnen höre...

Auch dieser Brief war nicht unterzeichnet.

Es war eine Schande.

Es erschwerte ihnen ihre Aufgabe.

Auf der Uhr im Morddezernat des 87. Polizeireviers war es zwölf Minuten vor Mitternacht. Die Spätschicht war eben abgelöst worden, und Hawes lag sich mit Bob O'Brien in den Haaren, der es auf keinen Fall übernehmen wollte, Carella die Sache beizubringen. Er sagte, Hawes solle noch bleiben und das selbst erledigen, egal ob er nun offiziell bereits abgelöst sei oder nicht.

»Schließlich hat seine Schwester mit dir geredet«, sagte O'Brien. »Also solltest du es Steve sagen.«

Hawes behauptete, er hätte eine dringende Verabredung, was sollte er O'Briens Meinung nach machen? Carella einen Zettel auf den Schreibtisch legen? Die dringende Verabredung war ein Detective/Second Grade namens Annie Rawles; sie hatte ihm die roten Socken gekauft, die er trug. Die Socken hatten dieselbe Farbe wie sein Haar und die Krawatte. Außerdem hatte er – eine Antwort auf die weiße Strähne an der linken Schläfe – ein weißes Hemd an. Hawes war der sommerlichen Hitze entsprechend gekleidet. Leichter blauer Blazer über einer grauen Hose aus Tropical, rote Seidenkrawatte und die roten Socken, die Annie Rawles ihm geschenkt hatte.

Es war der siebzehnte Juli, die Nacht von Dienstag auf Mittwoch, und das Thermometer draußen vor dem Büro zeigte sechsundachtzig Grad Fahrenheit. Hawes Schätzung nach waren das um die dreißig Grad Celsius. Egal, wie man es maß, es war in jedem Fall verdammt heiß. Er haßte den Sommer. Und ganz besonders haßte er diesen Sommer, weil er schon seit Mai andauerte. Tag für Tag diese sengende Hitze, die einem zusammen mit der schweren Luftfeuchtigkeit die letzte Kraft aus dem Mark saugte.

»Kannst du mir nicht mal diesen einen kleinen Gefallen tun?« fragte er.

»Das ist nicht bloß ein kleiner Gefallen«, sagte O'Brien. »Das ist so das Traumatischste, was einem Mann so passieren kann, falls du das noch nicht weißt.«

»Nein, das wußte ich nicht«, versetzte Hawes.

»Außerdem«, fuhr O'Brien fort, »habe ich hier sowieso schon den Ruf eines Unglücksbullen.«

»Wie kommst du denn da drauf?« wollte Hawes wissen.

»Da komme ich drauf, weil ich nun mal die dumme Angewohnheit habe, ständig in Schießereien zu geraten, und mir ist klar, daß mich hier keiner gern zum Partner hat.«

»Das ist doch lächerlich«, sagte Hawes, und es war eine glatte Lüge.

»Und jetzt verlangst du von mir, daß ich Steve diese scheußliche Sache beibringe. Der verwechselt die Nachricht doch glatt mit dem Überbringer und denkt sich: Muß dieser Unglücksrabe von einem Bullen sein Pech ausgerechnet mir hinterhertragen.«

»Steve wird nichts dergleichen denken«, sagte Hawes.

»Was werd' ich nicht denken?« sagte Carella von der Schwingtür des gartenzaunähnlichen Raumteilers her und zog sein Jackett aus, als er in den Raum kam. Gleich hinter ihm kam Brown herein. Beide sahen sie ziemlich schlapp aus.

»Also, was werd' ich nicht denken?« fragte Carella noch einmal.

O'Brien und Hawes sahen ihn an.

»Um was geht's denn?« wollte Carella wissen.

Keiner der beiden sagte etwas.

»Cotton?« fragte er. »Bob? Was ist?«

»Steve...«

»Was?«

»Ich sag' dir das furchtbar ungern, aber...«

»*Was*, Bob?«

»Deine Schwester hat vor 'ner Weile angerufen«, sagte O'Brien.

»Dein Vater ist gestorben«, sagte Hawes.

Carella blickte die beiden ausdruckslos an.

Dann nickte er.

Schließlich sagte er: »Wo ist sie?«

»Zu Hause bei deiner Mutter.«

Er ging sofort zum Telefon und wählte eine Nummer aus dem Gedächtnis. Seine Schwester hob beim dritten Klingeln ab.

»Angela«, sagte er. »Steve.«

Sie hatte geweint, ihre Stimme verriet es.

»Wir sind eben aus dem Krankenhaus gekommen«, sagte sie.

»Was ist passiert?« fragte er. »War es wieder sein Herz?«

»Nein, Steve. Nicht sein Herz.«

»Was dann?«

»Wir mußten hin, um ihn zu identifizieren.«

Einen Augenblick verstand er nicht ganz. Oder wollte nicht verstehen.

»Wie meinst du das?« fragte er.

»Wir mußten seine Leiche identifizieren.«

»Warum? Angela, was ist passiert?«

»Man hat ihn umgebracht.«

»Umgebracht? Was...?«

»In der Bäckerei.«

»Nein.«

»Steve...«

»Himmel noch mal, was –«

»Zwei Männer kamen rein, Papa war allein. Sie haben die Kasse ausgeräumt...«

»Angela, bitte, sag's mir lieber nicht.«

»Tut mir leid«, sagte sie.

Und mit einemmal weinte er.

»Wer... wer leitet die... das ist doch das Fünfundvierzigste da oben, nicht? Wer bearbeitet denn den... Weißt du, wer den... den... Angela«, sagte er, »Kleines? Haben sie... haben sie ihm weh getan? Ich meine, haben sie... sie haben ihm doch nicht weh getan, oder? O Gott, Angela«, sagte er, »O Gott, o Gott, o Gott...«

Er nahm den Hörer vom Mund und drückte ihn gegen die Brust; Tränen rannen über sein Gesicht, und schwere, schmerzhafte Schluchzer drohten, ihn schier zu ersticken. »Steve?« fragte seine Schwester. »Bist du in Ordnung?« Ihre Stimme drang gedämpft aus dem Hörer, den er weiter grimmig gegen sein Hemd drückte. »Steve? Bist du in Ordnung, Steve?« Sie wiederholte die Frage so lange, bis er endlich den Hörer wieder hob und, noch immer weinend, sagte: »Kleines?«

»Ja, Steve.«

»Sag Mama, ich bin so schnell wie möglich da.«
»Fahr vorsichtig.«
»Hast du Teddy angerufen?«
»Sie ist schon unterwegs.«
»Ist Tommy bei euch?«
»Nein, wir sind allein. Mama und ich.«
»Was heißt, ihr seid…? Wo ist Tommy denn?«
»Ich weiß nicht«, sagte sie. »Beeil dich bitte.«
Und legte auf.

2. Kapitel

Den beiden Detectives von der Mordkommission des 45. Reviers oben in Riverhead war nicht ganz wohl dabei, mit einem Kollegen zu sprechen, dessen Vater man eben umgebracht hatte. Keiner der beiden kannte Carella; das 87. war eine ganze Ecke weit weg. Darüber hinaus waren die beiden schwarz, und nach allem, was sie bisher gehört hatten, galt das auch für die zwei Männer, die Tony Carellas Bäckerei ausgeraubt und den alten Mann getötet hatten.

Keiner der beiden kannte Carellas Einstellung gegenüber Schwarzen im allgemeinen. Aber es reichte, daß die beiden Mörder schwarz waren; so, wie sich das Verhältnis zwischen Schwarz und Weiß in dieser Stadt entwickelte, hatten die beiden Polizisten aus Riverhead das Gefühl, sich da womöglich auf gefährlich dünnes Eis zu begeben. Auf der anderen Seite war Carella auch ein Profi, und sie wußten, sie könnten sich problemlos eine Menge des üblichen Blödsinns schenken. Er wußte, was sie unternehmen würden, um die Mörder seines Vaters dingfest zu machen. Sie brauchten ihm die Routine nicht Schritt für Schritt vorzubeten, so wie das bei Zivilisten nötig war.

Der größere der beiden Cops hieß Charlie Bent, ein Detective/Second Grade. Er trug ein Sportsakko über seinen Bluejeans und ein Hemd mit offenem Kragen. Carella sah die Beule, die das Schulterhalfter auf der rechten Seite seines Körpers machte. Linkshänder, dachte er. Bent sprach ausgesprochen leise, entweder weil er von Natur aus ein leiser Typ war, oder weil er sich in einem Beerdigungsinstitut befand.

Sein Kollege war ein Detective/Third Grade, erst vorigen Monat befördert, wie er Carella gegenüber beiläufig erwähnte. Er war ebenfalls groß, aber nicht so breit in Brust und Schultern wie Bent.

Er hieß Randy Wade, wobei Randy nicht etwa für Randolph, sondern für Randall stand. Sein Gesicht war mit üblen Aknenarben bedeckt, und über dem linken Auge sah man einen alten Messerschmiß. Er wirkte wie jemand, der am Samstagabend gern mal eine Prügelei vom Zaun brach, aber es war erst Mittwoch vormittag zehn Uhr. Und obendrein befanden sie sich bei den Gebrüdern Loretti, den Beerdigungsunternehmern am Vandermeer Hill, daher dämpfte auch er seine Stimme.

Sie redeten so leise wie nur möglich und behandelten Carella, der womöglich genauso bigott war wie die meisten anderen Weißen in dieser Stadt, wie ein rohes Ei. Doch bigott oder nicht, es war nun mal nicht dran zu rütteln, daß sein Vater von zwei Männern umgebracht worden war, die genauso schwarz waren wie sie. Die drei Detectives standen in der großen Eingangshalle, die den Ost- vom Westflügel trennte. Carellas Vater lag in einem Sarg in Kapelle A im Ostflügel.

Totenstille lag über den Räumlichkeiten.

Carella konnte sich noch daran erinnern, wie – er war noch ein Kind gewesen – die Schwester seines Vaters von einem Auto überfahren worden war. Tante Katie. Carella hatte sie abgöttisch geliebt. Sie hatten sie auch in diesem Beerdigungsinstitut aufgebahrt, in einer der Kapellen drüben im Westflügel.

Damals, als Tante Katie gestorben war, hatten noch ältere Familienmitglieder gelebt, die von »drüben« stammten, wie Europa seinerzeit von allen genannt worden war. Einige von ihnen sprachen kaum ein Wort Englisch. Carellas Mutter, zuweilen auch sein Vater – der jedoch nicht so oft, weil sein eigenes Englisch die Spuren des Einwandererheims, in dem er aufgewachsen war, nicht verleugnen konnte –, lachte über das gebrochene Englisch einiger ihrer älteren Verwandten. Kein Mensch hatte gelacht, als Tante Katie hier gelegen hatte. Sie war siebenundzwanzig Jahre alt gewesen, als das Auto sie erwischt und getötet hatte.

Carella hatte das Klagegeschrei der Frauen noch im Ohr.

Ihr Wehklagen war beängstigender gewesen als der Umstand, daß seine über alles geliebte Tante Katie so jung schon in einem Sarg im Westflügel lag.

Heute gab es keine Klageweiber. Man hatte die alten Bräuche amerikanisiert, und Amerikaner trauerten leise. Heute gab es an diesem stillen Ort nichts weiter als das Schweigen der Toten und zwei schwarze Bullen, die einen weißen Kollegen wie ein rohes Ei behandelten, weil sein Vater von zwei Männern umgebracht worden war, die genauso schwarz waren wie sie.

»Der Zeuge macht einen zuverlässigen Eindruck«, sagte Bent leise. »Wir haben ihm –«

»Wann will er die zwei denn gesehen haben?« wollte Carella wissen.

»Als sie rausgekommen sind«, sagte Wade.

»Er war gerade im Schnapsladen zwei Häuser weiter. Er dachte, er hätte Schüsse gehört, und als er sich umdrehte, um nachzusehen, da hat er die Kerle –«

»Um wieviel Uhr war das?«

»So gegen halb zehn. Ihre Schwester hat uns erzählt, daß Ihr Vater manchmal abends noch gearbeitet hat.«

»Ja«, sagte Carella.

»Allein«, sagte Bent.

»Ja«, bestätigte Carella. »Er hat gebacken.«

»Na, jedenfalls«, fuhr Wade fort, »hat er sie unter der Straßenlampe gesehen, so deutlich wie am hellichten Tag –«

»Als sie in den Wagen stiegen, oder wie war das?«

»Nein, sie waren zu Fuß.«

»Sie waren auf Tour, nehmen wir an, auf der Suche nach einem, den sie ausnehmen konnten.«

»Und da mußten sie sich ausgerechnet meinen Vater aussuchen?«

»Tja, na ja«, sagte Bent mitfühlend und schüttelte dabei den Kopf. »Wir lassen den Zeugen das Verbrecheralbum durchgehen, und dann haben wir noch einen Zeichner dazugeholt, der an einem Phantombild sitzt. Vielleicht kommen wir ja zu einer einwandfreien Identifizierung. Außerdem checken wir die Akten nach ähnlichen Vorgehensmustern, aber andererseits ist an ihrem Stil nichts Besonderes, so daß wir der Ansicht sind, daß es sich möglicherweise um zwei Cracker auf der Suche nach einem leichten Ding handelt.«

Nichts Besonderes, dachte Carella.

Außer daß es dabei meinen Vater erwischt hat.

»Sie sind beide schwarz«, sagte Bent. »Ich nehme an, Ihre Schwester hat Ihnen das gesagt.«

»Sie hat«, versetzte Carella.

»Wir wollen nur, daß Sie wissen, daß wir, nur weil wir auch schwarz –«

»Sie brauchen's mir nicht extra zu sagen«, unterbrach ihn Carella.

Beide Männer sahen ihn an.

»Ist nicht nötig«, sagte er.

»Wir tun unser Bestes«, sagte Wade.

»Das weiß ich.«

»Wir halten Sie über jeden unserer Schritte auf dem laufenden«, versicherte ihm Bent.

»Dafür wäre ich Ihnen dankbar.«

»Inzwischen, also wenn wir irgendwas tun können, um Ihrer Familie zu helfen, bei Ihrer Mutter reinschauen, was auch immer, Sie brauchen es uns nur wissen zu lassen.«

»Danke«, sagte Carella. »Wenn Sie etwas haben –«

»Lassen wir Sie es wissen.«

»Auch wenn es unwichtig scheint.«

»Sobald sich was ergibt.«

»Danke«, sagte Carella.

»Meinen Vater hat es bei einem Raubüberfall auf der Straße erwischt«, sagte Wade völlig unvermutet.

»Tut mir leid«, sagte Carella.

»Deswegen bin ich bei der Polizei«, sagte Wade und sah mit einemmal ganz betreten aus.

»Diese Stadt…« begann Bent, brachte den Satz aber nicht zu Ende.

Brown war schon eine Stunde im Apartment gewesen, bevor Kling dazukam, um ihm zur Hand zu gehen. Kling entschuldigte sich dafür, so spät dran zu sein, aber der Anruf des Lieutenants hatte ihn erst vor einer halben Stunde erreicht, und er hatte noch im Bett gelegen. Eigentlich wäre das sein freier Tag gewesen, aber da Carellas Vater erschossen worden war und so –

»Taugen die da oben was?« fragte er Brown. »Die vom 45.?«

»Ich weiß nicht das geringste über die«, entgegnete Brown.

»Ist ja schon fast am Arsch der Welt da oben, nicht?«

»Na, Verbrechen gibt's da auch, denke ich«, versetzte Brown trocken.

»Sicher, aber was für Verbrechen? Gibt's da oben auch Morde?«

»Na, ich denk' doch, daß die auch ihre Morde haben«, sagte Brown.

Kling hatte sein Jackett ausgezogen und sah sich nach etwas um, woran er es aufhängen könnte. Er wußte, daß die Leute von der Spurensicherung bereits durch waren, so daß er anfassen konnte, was er wollte. Trotzdem hängte er sein Jackett nicht in den Schrank – zu den Kleidern einer Toten, das wäre ihm doch unangenehm gewesen. Er begnügte sich schließlich damit, es über die Lehne der Wohnzimmercouch zu werfen.

Er trug eine braune Hose aus Tropical und ein lohfarbenes Hemd, das perfekt zu seinen Haselnußaugen und den blonden Haaren paßte. Und Slipper, wie Brown bemerkte. Collegebubi. Hätte man meinen können. Sie gaben ein prima Gespann ab, die beiden. Die meisten Ganoven schätzten Kling als jungen Grünschnabel ein, der seine goldene Marke kaum länger als eine Woche in der Tasche haben konnte. Bei seinem wuscheligen Blondschopf und dem rotbäckigen Provinzappeal hätte man ihn eher für ein Landei gehalten als für einen gestandenen Bullen, der wußte, was ablief. Der Durchschnittsganove machte den Fehler, ihn für einen zu halten, mit dem man seine Spielchen treiben konnte, einen, bei dem die Mitleidstour zog und der den wüsten schwarzen Nußknacker da neben ihm dazu kriegen könnte, ausnahmsweise mal ein Auge zuzudrücken. Kling und Brown reizten die Möglichkeiten der Masche mit dem guten und dem fiesen Bullen voll aus. Als könne nur Kling Brown davon abhalten, den Verdächtigen mit bloßen Händen zu erwürgen. Während Brown sich aufführte wie ein eben aus dem Käfig gelassenes Raubtier. Die Tour funktionierte immer.

Na gut, einmal war es danebengegangen.

»Wie hat Steve es denn aufgenommen?« fragte Kling.

»Hab' ihn heut morgen noch nicht gesehen«, sagte Brown. »Gestern abend war er jedenfalls ziemlich fertig.«

»Kann ich mir vorstellen«, sagte Kling. »Lebt dein Vater noch?«

»Ja. Deiner?«

»Nein.«

»Dann weißt du, wie das ist?«

»Ja.«

»Hat der Lieutenant gesagt, wie lange du hier mitmischen sollst?«

»Nur bis Steve die Beerdigung und das alles hinter sich hat. Er hat mich von einer Observation abgezogen, an der ich mit Genero in der Culver Street sitze. Weißt schon, diese Überfälle auf Lebensmittelläden.«

»Ja«, sagte Brown.

»Wonach suchen wir eigentlich?« fragte Kling.

»Nach allem, was uns weiterhilft, den Knaben zu finden, der die Briefe hier geschrieben hat«, sagte Brown und warf Kling das Bündel zu. Kling setzte sich aufs Sofa und löste das blaue, um die Umschläge geschlungene Band. Er faltete den ersten Brief auseinander und begann zu lesen.

»Lies dich bloß nicht fest«, mahnte Brown.

»Ziemlich heiße Lektüre, Artie.«

»Ich weiß nicht, ob du nicht vielleicht noch zu jung bist für so 'n Zeug.«

»Ja, da muß ich dir recht geben«, erwiderte Kling und las schweigend weiter. »Ausgesprochen guter Stoff«, sagte er schließlich.

»Wird noch besser.«

»Erledige du doch einfach deinen Kram. Wir sehen uns dann irgendwann nächste Woche.«

»Du brauchst nur den letzten zu lesen.«

»Ich dachte, ich lese sie lieber mal alle.«

»Im letzten steht alles, was du wissen mußt.«

Kling las den letzten Brief.

»Er zahlt also für die Wohnung, he?« meinte er schließlich.

»Sieht ganz so aus.«

»Hört sich an, als wär er schon älter, findest du nicht?«

»Was verstehst du unter alt?«

»Na, so jenseits der fünfzig vielleicht. Hältst du ihn für jünger?«

»Vielleicht.«

»Allein schon die Wörter, die er benutzt. Der ganze Ton. Wie alt war denn die Kleine?«

»Zweiundzwanzig.«

»Hört sich ziemlich jung an für den Typen hier.«

»Wenn du vielleicht mal was von dem Zeugs in ihrem Schreibtisch durchgehen würdest. Sieh zu, ob du nicht was über einen Arthur findest. Ich glaube nämlich, der Kerl könnte Arthur heißen.«

»Genau wie du«, versetzte Kling.

»Willst du mich auf den Arm nehmen?«

»Bist du sicher, daß die Briefe hier nicht auf dein Konto gehen? Hör dir das an«, sagte Kling und begann zu zitieren. *»Und hinterher schütte ich Öl auf Deine glühenden Backen, und wenn versehentlich was davon in Deine –«*

»Schon gut«, sagte Brown.

»Phantasie hat er ja, der Typ.«

»Jetzt mach dich an den Schreibtisch, ja?«

Kling faltete den Brief, steckte ihn zurück in den Umschlag, verschnürte das Bündel wieder und warf es auf den Couchtisch. Der Schreibtisch stand an der Wand gegenüber der Couch. Die Schublade unter der Tischplatte war unverschlossen. Er griff hinein und holte ein Scheckheft in einem grünen Plastikumschlag heraus.

»Wie kommst du darauf, daß der Typ Arthur heißen könnte?« fragte er.

»Ich bin ihren Terminkalender durchgegangen. Da kommt ständig ein Arthur vor. Arthur hier, Arthur da. Arthur hier um neun. Arthur bei Sookie's, Arthur anrufen –«

»Das ist ein Restaurant am Stem«, unterbrach ihn Kling. »Sookie's, meine ich. Hat sich wahrscheinlich gedacht, daß die Gegend hier oben sicher wäre.«

»Was meinst du mit sicher?«

»Weiß ich auch nicht«, sagte Kling achselzuckend. »Er schreibt, sein Büro ist im Zentrum, also nehm' ich doch an, daß er da unten Leute kennt. Vor denen wäre er hier oben sicher. Womöglich wohnt er sogar im Zentrum, was wissen wir denn schon. Dann wäre er hier oben auch vor seiner Frau sicher. Ich denke doch, daß er verheiratet ist, du nicht auch?«

»Woraus schließt du das denn?«

»Ich schließe gar nichts. Aber wenn er ledig ist und im Zentrum wohnt –«

»Steht doch nirgendwo, daß er im Zentrum wohnt.«

»Und was ist damit, daß er sich ein Taxi nimmt, wenn er abends hier weggeht?«

»Heißt ja nicht, daß er damit ins Zentrum fährt.«

»Na schön, dann vergiß das Zentrum. Aber wenn er nicht verheiratet ist, warum hält er sich dann ein Mädel in 'ner anderen Wohnung? Warum leben die beiden dann nicht einfach zusammen?«

»Tja... da ist was dran.«

»Also ist er ein verheirateter alter Knabe, der sich in einem Luxusapartment ein junges Mädel hält. Und darauf wartet, daß er ihr ein *noch* luxuriöseres besorgen kann.«

»Ist Phil auch ein Restaurant?«

»Phil? Kenne kein Restaurant, das Phil heißt.«

»Hier steht: ›Arthur bei Phil‹ – für acht Uhr abends.«

»Wann ist 'n das gewesen?«

»Letzten Mittwoch.«

»Vielleicht ist er ein Freund von den beiden, dieser Phil.«

»Vielleicht.«

»Weißt du, was die Bude hier jeden Monat Miete kostet?« fragte Kling und sah vom Scheckheft auf.

»Wieviel?«

»Zweitausendvierhundert Bucks.«

»Erzähl keinen Mist, Bert.«

»Nein, im Ernst. Hier sind die Kontrollabschnitte. Die Schecks sind auf eine gewisse Phyllis Brackett ausgestellt, und zwar jeweils über zweitausendvierhundert. Und unter Zweck steht ›Miete‹. ›Miete März‹. ›Miete April‹. ›Miete Mai‹. Und so weiter. Zweitausendvierhundert Stecken, Artie.«

»Und er sucht nach was *noch* Besserem, he?«

»Muß 'n *reicher* alter Knacker sein.«

»Da ist er wieder«, sagte Brown und tippte mit dem Finger auf den Kalender. »›Arthur, neun Uhr abends‹.«

»Wann?«

»Montag.«

»Am Tag, bevor sie den Löffel abgegeben hat.«

»Ich frag' mich, ob er wohl die Nacht über hiergeblieben ist.«

»Nein, der nimmt sich ein Taxi und fährt zum geliebten Frauchen.«

»Daß er verheiratet ist, wissen wir noch nicht mit Sicherheit«, sagte Brown.

»Der muß einfach verheiratet sein«, sagte Kling. »Und reich. Ich habe hier Einzahlungen über fünftausend Dollar zum Ersten jedes Monats.« Er reichte Brown das Scheckheft. Brown begann, darin zu blättern. Tatsächlich. Zum Ersten jeden Monats waren Einzahlungen aufgeführt, jede über fünftausend Dollar.

»Wird uns wahrscheinlich auch nicht weiterhelfen«, sagte Brown. »In seinem Brief –«

»Cash auf die Hand, ich weiß«, sagte Kling.

»Und selbst wenn die Einzahlungen per Scheck gelaufen wären, dann bräuchten wir einen Gerichtsbeschluß, um Kopien davon zu kriegen.«

»Wär' aber die Mühe womöglich wert.«

»Ich werd' den Lieutenant fragen. Wie hieß die Frau doch gleich wieder?«

»Brackett. Phyllis Brackett. Mit zwei *t* hinten.«

»Schau dir mal das hier an«, sagte Brown und gab Kling den Kalender.

In dem Kästchen für Montag, den neunten Juli, hatte Susan den Namen *Tommy!!!!* gekritzelt.

»Gleich vier Ausrufungszeichen«, sagte Kling. »Muß ja ganz schön dringend gewesen sein.«

»Laß mal sehen, was wir sonst noch haben«, sagte Brown und nahm ein Spiralheft mit gesprenkeltem schwarzen Plastikumschlag zur Hand. Susan Brauers privates Adressenverzeichnis.

Der einzige Eintrag, der auf einen Mann namens Tommy passen konnte, stand unter M: *Thomas Mott Antiquitäten*. Brown schrieb Adresse und Telefonnummer in sein Notizbuch und blätterte dann die Seiten nach dem Buchstaben B durch. Er fand einen Eintrag für Phyllis Brackett, Sounder Avenue 274. Unter der Adresse stand eine Telefonnummer. Er schrieb sich beides auf, dann gingen sie noch einmal alles durch: Kalender, Adreßbuch und Scheckheft. Sie machten sich Notizen, notierten Namen, Daten und Örtlichkeiten, die Susan Brauer mit dem mysteriösen Arthur Sowieso während der letzten Wochen und Tage vor ihrer Ermordung besucht haben könnte.

Sie gingen jede Schublade des Schreibtischs durch, machten sich dann an den Papierkorb und nahmen Zettelchen, Schnipsel und diversen Müll unter die Lupe. Auf dem Küchenboden breiteten sie Zeitungen aus und gingen den Abfall aus dem Eimer unter der Spüle durch. Nichts, was dem Mann, der die Miete für dieses Apartment bezahlte, einen Nachnamen gegeben hätte.

Im Wandschrank von Susans Schlafzimmer fanden sie einen knöchellangen Nerz und eine Fuchsjacke...

»Der Knabe wird ja von Augenblick zu Augenblick reicher«, sagte Kling.

...drei Dutzend Paar Schuhe...

»Die reinste Imelda Marcos«, sagte Brown.

...achtzehn Kleider mit Etiketten von Adolfo, Chanel, Calvin Klein, Dior...

»Ich frag' mich, was dessen Frau wohl anhat«, bemerkte Kling.

...drei Koffer von Louis Vuitton...

»Ob sie wohl verreisen wollte?« überlegte Brown laut.

...und eine Stahlkassette.

Brown brauchte dreißig Sekunden, um sie zu knacken.

Sie fanden darin zwölftausend Dollar in Hundert-Dollar-Scheinen.

Der Portier war ein hellbrauner Mann mit einem schmalen Bärtchen unter der Nase. Er trug eine graue Uniform mit rotem Besatz und eine graue Schirmmütze mit roten Paspeln und hatte einen unverständlichen Akzent, bei dem sie auf den Nahen Osten tippten. Sie brauchten zehn Minuten, um herauszukriegen, daß er gestern von vier Uhr nachmittags bis Mitternacht Dienst gehabt hatte. Dann wollten sie wissen, ob er jemanden zu Miss Brauers Apartment hinaufgeschickt hatte.

»Nix erhinnern«, sagte er.

»Das Penthouse«, sagte Kling. »Das Gebäude hat doch nur ein Penthouse. Haben Sie gestern abend jemanden hinaufgeschickt?«

»Nix erhinnern«, wiederholte er.

»Ist überhaupt jemand hinaufgegangen?« fragte Brown. »Ein Whiskylieferant, irgendwas in der Art?«

Er dachte dabei an die Martinis.

Der Portier schüttelte den Kopf.

»Immer Pickchen«, sagte er.

»*Päckchen*, Sie meinen Päckchen, oder?«

»Pickchen, ja.«

»Man hat also Päckchen vorbeigebracht?«

»Ja, ganze Seit.«

»Aber es muß nicht unbedingt eine Lieferung gewesen sein«, sagte Kling. »Hätte ja weiß Gott wer zum Penthouse hinaufgehen können. Erinnern Sie sich an *irgend* jemanden, der hinaufging? Haben Sie Miss Brauer angeklingelt, um ihr zu sagen, daß jemand hinauf will?«

»Nix erhinnern«, sagte er. »Ganze Seit Pickchen.«

Brown hätte ihm am liebsten eine aufs Maul gegeben.

»Hören Sie«, sagte er, »da oben ist eine junge Frau umgebracht worden, und Sie hatten Dienst, während man sie umgebracht hat. Also, haben Sie nun jemanden hereingelassen? Haben Sie jemanden hinaufgeschickt?«

»Nix erhinnern.«

»Haben Sie irgendeine verdächtige Person vor dem Gebäude herumlungern sehen?«

Der Portier machte ein verständnisloses Gesicht.

»Verdächtig«, sagte Kling.

»Jemand, der so aussah, als würde er hier nicht hergehören«, erklärte Brown.

»Niemand«, sagte der Portier.

Als sie schließlich von ihm abließen, kam es ihnen vor, als hätten sie ihn anderthalb Tage verhört. Dabei war es erst kurz nach drei.

Sounder Avenue 247 war ein braunes Sandsteinhaus an einer von Bäumen gesäumten Straße. Sie hatten fast eine Stunde gebraucht, um durch den starken Verkehr von dem Penthouse am Silvermine Oval bis hinunter ans andere Ende von Isola zu kommen. Als sie bei Phyllis Brackett klingelten, war es schon fast vier Uhr.

Mrs. Brackett war eine Frau Anfang fünfzig, schätzten sie. Ihrem Haar gestattete sie zu ergrauen, sie trug keinerlei Make-up und in ihrem blauen Rock, den Riemchensandaletten, einer ärmellosen weißen Bluse und einer Kette aus leuchtend roten Perlen wirkte sie trotzdem groß, schlank und attraktiv. Sie hatten angerufen, bevor sie herkamen, und Mrs. Brackett erwartete sie nicht nur, sie hatte sogar einen Krug Limonade kaltgestellt. Brown und Kling hätten ihr dafür fast die Füße geküßt; beiden war heiß, die Kleidung klebte ihnen am Körper, und sie waren völlig geschafft.

Sie saßen in einer Küche, die im Schatten eines Ahorns lag. Unter dem Baum spielten zwei Kinder in einem Gummiplanschbecken. Mrs. Brackett erklärte ihnen, daß es sich um ihre Enkel handelte. Ihre Tochter und der Schwiegersohn seien im Urlaub, deshalb hüte sie die beiden blonden Mädchen, die fröhlich vor dem Panoramafenster herumplanschten.

Brown nannte den Grund ihres Besuchs.

»Ja«, sagte sie sogleich.

»Sie haben das Apartment an Susan Brauer vermietet.«

»Ja, das stimmt«, antwortete Mrs. Brackett.

»Dann gehört das Apartment also Ihnen…«

»Ja. Ich habe bis vor kurzem dort gewohnt«, sagte sie.

Die beiden sahen sie an.

»Ich wurde vor kurzem geschieden«, erklärte sie. »Ich bin so etwas wie eine Strohwitwe.«

Kling hatte den Ausdruck noch nie gehört. Ebensowenig Brown. Beide nahmen an, daß er eine geschiedene Person bezeichnete. Man lernt eben nie aus.

»Ich wollte keinen Unterhalt«, sagte sie. »Ich habe das Apartment und eine sehr große finanzielle Abfindung bekommen. Davon habe ich mir das Haus hier gekauft, und für das Apartment bekomme ich jeden Monat zweitausendvierhundert Dollar Miete. Kein schlechtes Geschäft, denke ich«, sagte sie und lächelte.

Sie waren ganz ihrer Meinung: ein ziemlich gutes Geschäft.

»Hat das jemand für Sie erledigt?« wollte Brown wissen. »Die Vermietung der Wohnung in der Nordstadt? Ein Grundstücksmakler, ein Häusermakler vielleicht?«

»Nein. Ich habe eine Annonce in die Zeitung gesetzt.«

»Hat Susan Brauer auf die Annonce geantwortet?«

»Ja.«

»Ich meine *persönlich*«, sagte Brown. »Hat sie Ihnen selbst geschrieben... oder angerufen...?«

»Sie hat mich angerufen, ja.«

»Persönlich? Nicht irgend jemand in ihrem Auftrag? Es war nicht etwa ein Mann, der Sie angerufen hat, oder?«

»Nein, es war Miss Brauer.«

»Was ist dann passiert?« fragte Brown.

»Wir haben uns am Apartment verabredet. Ich habe es ihr gezeigt, und es hat ihr gefallen. Wir sind uns über die Miete einig geworden, und das war's schon.«

»Hat sie einen Mietvertrag unterschrieben?«

»Ja.«

»Für wie lange?«

»Ein Jahr.«

»Und wann war das?«

»Im Februar.«

Fixer Junge, dachte Kling. Lernt sie am Neujahrstag kennen, und einen Monat später hat er sie schon in einer Wohnung untergebracht. Brown dachte dasselbe.

»Ich weiß gar nicht, was ich jetzt machen soll, jetzt, wo sie... was für eine schreckliche Tragödie, nicht wahr?« sagte Mrs. Brackett. »Ich denke, ich werde mich wohl mit meinem Anwalt in Verbindung setzen müssen. Der Mann, der den Mietvertrag aufgesetzt hat. Ich nehme an, das ist wohl das Beste.«

»Ja«, sagte Kling.

»Ja«, sagte Brown. »Mrs. Brackett, ich will sichergehen, daß ich das absolut richtig verstanden habe. Sie haben das Apartment direkt an Miss Brauer vermietet, ist das richtig?«

»Ja. Sie hat mir jeden Monat einen Scheck geschickt. An diese Adresse hier.«

»Kein Mittelsmann«, sagte Brown.

»Kein Mittelsmann. Das ist doch am einfachsten so, oder?« sagte sie und lächelte wieder.

»Kennen Sie jemanden namens Arthur?« fragte Kling.

»Nein, tut mir leid.«

»Miss Brauer hat Sie nie jemandem namens Arthur vorgestellt?«

»Nein. Ich habe sie überhaupt nur ein einziges Mal gesehen, an dem Tag, an dem wir das Apartment besichtigt haben. Alles weitere haben wir per Post abgewickelt. Na ja, und dann haben wir ein paarmal telefoniert, als sie –«

»Ja? Weswegen?«

»Sie wollte wissen, wie der Müllschlucker funktioniert – für den gibt es nämlich einen Schalter an der Wand. Und dann hätte sie gern die Kombination für den Wandsafe gehabt, aber die wollte ich ihr nicht geben.«

»Hat sie gesagt, wofür sie die haben wollte?«

»Nein. Ich nehme an, um etwas darin aufzubewahren, wozu sonst?«

Wozu sonst, dachte Kling.

Zum Beispiel zwölf Mille, dachte Brown.

»Vielen Dank für Ihre Mühe«, sagte Kling. »Wir wissen das zu schätzen.«

»Noch etwas Limonade?« fragte sie.

Draußen planschten die Mädchen noch immer im Becken.

Thomas Mott war Ende vierzig, Anfang fünfzig, hatte schlohweißes Haar, unergründliche braune Augen und ein Gesicht wie aus Alabaster. Brown schätzte ihn auf einsdreiundsiebzig und dreiundsechzig Kilo. Schlank und schmächtig, sauste er in hautengen Bluejeans, rotem Baumwollsweater, schwarzen Slippern und ohne

Socken zwischen den Schätzen seines Ladens in der Drittel Avenue herum wie der Tänzer eines russischen Balletts. Brown überlegte, ob er wohl schwul war. Die Art, wie er sich bewegte, war einfach zu grazil. Aber er trug einen schmalen goldenen Ehering.

Kling hätte nicht eine der Antiquitäten im Laden benennen oder datieren können, auch nicht, wenn man ihn auf die Folterbank gespannt oder am Spieß gebraten hätte; doch ihm war klar, daß er sich zwischen Gegenständen von erlesener Schönheit bewegte. Blankgeputztes Messing und Holz, das durch wiederholtes Polieren mit einer glänzenden Patina überzogen war. Winzige Uhren, die wie Kohlmeisen vor sich hin tickten, während stattliche Regulatoren dazu den Kontrapunkt tackten; hübsche Flaschen in Rubinrot und Smaragdgrün, Schatullen aus Silberfiligran und Bronzelampen mit Buntglasschirmen, deren kräftige Farben von ganz allein leuchteten. Stille lag über dem Laden. Er kam sich vor wie in einer alten Kathedrale.

»Ja, natürlich kenne ich sie«, sagte Mott. »Schon ein Jammer, was da passiert ist. Eine so wunderbare Person.«

»Weshalb war sie denn am neunten hier?« fragte Brown.

»Na ja, sie war meine Kundin und schaute hin und wieder vorbei, wissen Sie.«

»Aber am Neunten war nicht vielleicht was Besonderes?« fragte Kling. Er dachte dabei an die Ausrufungszeichen.

»Nein, nicht daß ich mich erinnere.«

»So wie es in ihrem Terminkalender steht, schien es ihr wichtig zu sein«, meinte Kling.

»Nun, lassen Sie mich mal sehen«, sagte Mott.

»Wie gut haben Sie sie gekannt?« fragte Brown und biß in den sauren Apfel.

»So gut, wie ich meine Kundschaft eben kenne.«

»Und wie gut war das?«

»Wie gesagt, sie kam hin und –«

»Gut genug, um Sie Tommy zu nennen?«

»Alle meine Kunden nennen mich Tommy.«

»Wann ist sie zum letztenmal vorbeigekommen?«

»Vorige Woche, nehme ich an.«

»Könnte das letzten Montag gewesen sein?«

»Na ja, ich –«

»Der neunte?«

»Ich nehme an, das wäre möglich, ja.«

»Mr. Mott«, sagte Kling, »es sieht so aus, daß es Miss Brauer sehr wichtig war, am vorigen Montag hier vorbeizukommen. Sie wissen nicht zufällig warum?«

»Oh«, sagte er.

Endlich dämmert's, dachte Brown.

»Ja, jetzt weiß ich es wieder«, sagte Mott. »Der Tisch.«

»Was war das für ein Tisch?«

»Ich habe ihr gesagt, ich erwarte einen englischen Butler-Tisch...«

»Wann haben Sie ihr das gesagt, Mr. Mott?«

»Tja... letzten Monat. Sie kam irgendwann vorigen Monat vorbei. Wie ich Ihnen schon gesagt habe, sie schaute hin –«

»Hin und wieder vorbei, ja«, sagte Brown. »Dann haben Sie diesen Tisch ihr gegenüber also erwähnt, als sie vorigen Monat hier war.«

»Ja, der sollte am oder so um den neunten aus England eintreffen, und das habe ich ihr gesagt.«

»Was für eine Art Tisch ist das?« fragte Kling. »So ein Butler-Tisch?«

»Na ja, das ist – ich würde ihn Ihnen ja zeigen, aber ich fürchte, er ist schon verkauft. Dieser war massiv Kirsche, ein ziemlich guter Kauf für siebzehnhundert Dollar. Ich dachte, sie hätte vielleicht einen Platz dafür in ihrem Apartment. Sie notierte sich das Datum, an dem ich ihn erwartete, und sagte dann, sie würde mich anrufen.«

»Statt dessen kam sie in den Laden.«

»Ja.«

»Am Montag, dem Neunten«, sagte Kling.

»Ja.«

»Also das war ihr so wichtig«, sagte Brown. »Ein Butler-Tisch aus Kirsche.«

»Ein ausgesprochen schönes Stück«, sagte Mott. »Wie ich sie verstanden habe, konnte sie ihn aber nicht brauchen, da sie möbliert wohnte, aber er war auch so im nächsten Augenblick weg. Na ja, für nur siebzehnhundert Dollar«, sagte er, wobei er die Brauen hochzog und mit den Händen eine extravagante Geste dazu machte.

»Um welche Uhrzeit kam sie denn vorbei?« fragte Kling. »Letzten Montag.«

»Das war so gegen Mittag. Kurz vor Mittag. Irgendwann zwischen halb zwölf und zwölf.«

»Und das wissen Sie noch?« fragte Brown.

»Ja. Es war so um diese Zeit.« Wie auf Stichwort begann irgendwo im Laden eine Uhr zur vollen Stunde zu schlagen. »Eine Arbeit von Joseph Knibb«, sagte Mott fast beiläufig. »Ausgesprochen selten und ziemlich wertvoll, allein die wunderschönen Glokken.«

Die Uhr schlug sechsmal.

Mott warf einen Blick auf seine Armbanduhr.

»Tja, ich denke, das wär's dann«, sagte Brown. »Vielen Dank, Mr. Mott.«

»Danke«, sagte Kling.

Kaum waren die beiden wieder draußen auf der Straße, sagte Brown: »Glaubst du, der Typ ist schwul?«

»Jedenfalls trägt er ein Fangeisen.«

»Ich hab's gesehen. Aber was will das schon heißen.«

»Was ist denn das, so ein Butler-Tisch?« fragte Kling.

»Keine Ahnung«, sagte Brown und blickte zum Himmel hinauf. »Ich hoffe, Carella kriegt morgen gutes Wetter«, sagte er.

Unterinspektor William Cullen Brady erzählte den Lehrgangsteilnehmern gerade, daß der Aufbau der Sonderkommission Geiselnahme keineswegs allein sein Verdienst sei. Während sie ihm zuhörte, fühlte sich Eileen nicht besonders wohl in ihrer Haut; sie dachte, sie hätte sich zu fein gemacht.

Es war die erste Sitzung des Lehrgangs.

Donnerstag morgen, neunzehnter Juli. Neun Uhr.

An einem normalen Arbeitstag hätte sie Hosen oder einen weiten Rock getragen, bequeme Schuhe, eine große Einkaufstasche – es sei denn, man hätte sie eigens für die Straße aufgedonnert. Aber seit dem Abend, an dem sie Robert Wilson – Bobby – erschossen hatte, war sie nicht mehr als Lockvogel unterwegs gewesen. Das war es wohl, was man unter Sich-vor-der-Arbeit-drücken verstand. Nicht das zu tun, wofür man bezahlt wurde. Deshalb war sie wohl heute auch hier, dachte sie. Um einen Posten innerhalb der Polizei zu finden, wo sie wieder ehrliche Arbeit leisten könnte.

Sie trug ein schlichtes Kostüm, dessen Braunton ausgezeichnet zu ihrem roten Haar und den grünen Augen paßte, eine lohfarbene Bluse, eine Krawatte von der Stange, sandfarbene Strumpfhose, flache Pumps und eine Tasche aus Krokodillederimitat. Ihr Dienstrevolver lag in der Tasche neben ihrem Lippenstift. Sie hatte sich ganz entschieden zu fein gemacht. Die einzige andere Frau im Raum, eine harte kleine Brünette, mit der nicht gut Kirschen zu essen schien, trug Jeans zu einem weißen Baumwoll-T-Shirt. Auch die Männer waren überwiegend leger gekleidet. Freizeithosen, Sporthemden, Jeans; nur einer trug ein Sakko.

Insgesamt waren sie zu fünft im Lehrgang. Drei Männer, zwei Frauen. Brady erzählte ihnen, die Soko sei von Ralph McCleary, einem ehemaligen Chef der Schutzpolizei, vor gut zwanzig Jahren auf die Beine gestellt worden, als der noch Captain war. »...hätte es das *Team* nie gegeben«, sagte er. »Wir würden heute noch Türen einschlagen und den Laden mit Flinten stürmen. Aber seine Ideen haben damals funktioniert, und sie tun es heute noch. Ich selbst habe nur ein einziges neues Konzept eingebracht. Ich habe Frauen ins Team aufgenommen. Wir haben bereits zwei im Einsatz, und ich hoffe, zwei weitere losschicken zu können...«

Ein Lächeln und ein Nicken für Eileen und die Brünette.

»...wenn dieser Lehrgang hier vorbei ist.«

Eileen schätzte Brady auf Anfang fünfzig. Ein großer Mann, gut gebaut, strahlend blaue Augen, weißer Haarkranz um den ansonsten kahlen Kopf. Die Nase ein wenig zu markant für die eher feinen Züge. Er war der einzige Mann im Raum, der eine Krawatte trug. Selbst Dr. Goodman, der neben ihm am Schreibtisch vor der Klasse saß, war mit einem karierten Freizeithemd und den dunkelblauen Hosen ganz leger gekleidet.

»Bevor wir anfangen«, sagte Brady, »möchte ich einen Augenblick darauf verwenden, Sie einander vorzustellen. Ich fange gleich mal hier links an... links von mir aus gesehen... mit dem Detective/First Grade Anthony – spreche ich das richtig aus? – Anthony Pellegrino?«

»Jawohl, Sir, genau so, Pellegrino, wie das Mineralwasser.«

Klein und drahtig, dunkle Locken, braune Augen. Schlimme Aknenarben. Olivenfarbener Teint. Eileen überlegte, warum Brady sich nach der Aussprache eines so simplen Namens wie Pellegrino erkundigt hatte. Hatte der Mann noch nie beim Italiener gegessen? Aber andererseits gab es ja Leute in dieser Stadt, die mit Namen mit einem *o*, einem *a* oder einem *i* am Ende grundsätzlich Schwierigkeiten hatten. Vielleicht war Brady einer von denen. Sie hoffte nicht.

»Detective/First Grade Martha Halsted...«

Die zierliche Brünette mit dem Himmelfahrtskommando-Charme. Engelstittchen, knabenhaft schmale Hüften.

»Martha ist beim Raubdezernat«, sagte Brady.

Hätte ich mir denken können, dachte Eileen.

»Ich habe ganz vergessen zu sagen, daß Tony hier beim Schweren Diebstahl ist, Abteilung Tresore, Lagerhäuser und Sattelzüge.«

Er ging sie der Reihe nach weiter durch: Detective/First Grade Daniel Riley vom 94. Revier, Detective/Second Grade Henry Materasso – mit dessen Namen er keine Schwierigkeiten hatte – vom 27., und schließlich Detective/Second Grade Eileen Burke...

»Eileen ist im Sondereinsatz.«

Martha Halsted musterte sie eingehend.

»Ich bin nicht sicher, ob Dr. Goodman –«

»Sagen Sie doch Mike«, unterbrach ihn Goodman mit einem Lächeln.

»Ich bin mir nicht sicher, ob *Mike*« – ein Lächeln, ein Nicken – »bei Ihren Eignungsgesprächen darauf hingewiesen hat, daß Sie während Ihrer Zugehörigkeit zur Soko Ihrem regulären polizeilichen Aufgabenbereich nachgehen werden –«

Ist ja super, dachte Eileen.

»– nur daß sie vierundzwanzig Stunden am Tag auf Abruf für Ihre Arbeit bei uns bereitstehen müssen. Ich bin sicher, Sie wissen, daß Geiselnahmen immer dann passieren, wenn wir am wenigsten damit rechnen. Unsere erste Aufgabe besteht darin, zur Stelle zu sein, bevor jemand zu Schaden kommt. Und sind wir erst mal zur Stelle, geht es darum, dafür zu sorgen, *daß* niemand zu Schaden kommt. Und wenn ich *niemand* sage, dann meine ich auch niemand. Nicht die Geiseln und auch nicht die Geiselnehmer.«

»Und was ist mit *uns*, Inspektor?«

Das kam von Henry Materasso vom 27. Revier. Ein Mordskerl mit breiten Schultern, einer muskulösen Brust und feuerrotem Haar. Nicht wie Eileens, das eher nach polierter Bronze aussah, sondern karottenrot. Unter seinem Sportsakko lugte der Knauf eines Dienstrevolvers größeren Kalibers hervor. Für Eileen ließen sich Schulterhalfter und Macho nicht voneinander trennen. Sie hätte gewettet, daß man Materasso »Red« nannte, und das, seit er zum erstenmal aus dem Haus gegangen war, um mit anderen Kindern zu spielen. Red Materasso. Die rote Matratze. Und obendrein der Klassenkasper.

Alle lachten.

Brady nicht ausgenommen, der ihm darauf antwortete: »Es versteht sich von selbst, daß auch wir nichts abbekommen wollen.«

Das Lachen ebbte ab. Materasso machte ein zufriedenes Gesicht. Martha Halsted blickte drein, als könnte nichts und niemand sie zufriedenstellen. Total verklemmt und zugeknöpft, darauf möchte ich wetten. Eileen fragte sich, wie viele bewaffnete Möchtegerncowboys sie in ihrer Laufbahn beim Raubdezernat wohl schon über den Haufen geschossen hatte. Außerdem fragte sie sich, was Detective/First Grade Martha Halsted hier zu suchen hatte – wenn es doch darum ging, daß niemand verletzt wurde. Und dann fragte sie sich, was sie selbst hier zu suchen hatte. Wenn sie hier nur gelegentlich zum Einsatz kam, wenn man sie nach wie vor auf die Straße schickte, wo ihr einer hinterherschlich, um sie zu –

»Wie oft kommt es denn zu solchen Geiselnahmen, Inspektor?«

Halsted. Mußte wohl ihre Gedanken gelesen haben. Ja. Wie oft ergeben sich solche Situationen? Wie oft wird man uns von unseren regulären Jobs abziehen? Der in Eileens Fall darin bestand, durch die Straßen zu stöckeln und auf ihren Vergewaltiger, wenn nicht gar ihren Mörder zu warten. Herrlicher Job, auch wenn die Bezahlung nun wirklich nicht so doll ausfiel. Also wie oft, Herr Inspektor? Ist das was wie Lebensmittelausliefern für den Supermarkt an der Ecke? Oder kriege ich eine Chance, etwas regelmäßiger bei etwas mitzumachen, wo es nicht in den Rahmen der Pflichterfüllung gehört, sich zu vergewaltigen oder ermorden zu lassen?

Und erschießen will ich auch keinen mehr.

Ich will überhaupt nicht, daß je wieder einer zu Schaden kommt.

Vor allem nicht ich.

Also, wie oft komme ich nun zu einer Atempause, Inspektor?

»Wir sprechen hier nicht von der Art Geiselnahmen, die dicke Schlagzeilen machen«, sagte Brady, »wo eine Gruppe Terroristen eine Botschaft oder ein Flugzeug oder ein Schiff oder Gott weiß was kapert. Zum Glück haben wir hier in den Vereinigten Staaten so was nicht – noch nicht. Ich spreche hier von einer Situation, zu der es einmal die Woche kommen kann oder einmal im Monat. Vielleicht auch nur alle sechs Monate. Es ist schwer, Ihnen da einen Mittelwert zu nennen. Während der Sommermonate scheinen wir sie öfter zu kriegen, aber während der Sommermonate schnellt die Verbrechensstatistik ja grundsätzlich in die Höhe –«

»Und bei Vollmond«, sagte Riley.

Ein drahtiger Ire vom 94. Revier, kerzengerade, schmal und hart wie ein mit Kresol behandelter Telegraphenmast. Schmallippig, glatte schwarze Haare, tiefe blaue Augen. Dazu passendes blaues Hemd. Hautenge Bluejeans. Seine Waffe trug er in einem Klemmfutteral am Gürtel, ein Cross-Draw-Holster, das er links trug, um als Rechtshänder rasch quer über den Körper ziehen zu können. Er und das Herzchen vom Raub, die beiden könnten sie in eine finstere Gasse stellen, und kein Ganove der Welt würde sich da reintrauen. Eileen fragte sich, nach welchen Kriterien man die Leute in diesem Raum wohl ausgewählt hatte. Ob wohl Mitgefühl dazugehörte? Wenn ja, warum dann Halsted und Riley – so brutal, wie die zwei aussahen, könnten sie glatt als Bonnie und Clyde der Verbrechensbekämpfung durchgehen.

»Statistisch gesehen ist das richtig«, sagte Goodman. »Es geschehen tatsächlich mehr Verbrechen bei Vollmond.«

»Wem sagen Sie das«, sagte Materasso grinsend und sah sich nach Zustimmung um.

Wieder lachten alle.

Es kam Eileen so vor, als hätte nur einer im Raum den Mund noch gar nicht aufgemacht: Detective/Second Grade Eileen Burke. Vom Sonderdezernat.

Na gut, Pellegrino hatte bisher auch kaum was gesagt.

»Das ist vielleicht eine gute Gelegenheit, an Mike hier zu übergeben«, sagte Brady.

Goodman stand auf, nickte, sagte: »Danke, Inspektor« und trat dann an die Wandtafel.

Es war eine grüne Tafel. Aus irgendeiner Art Kunststoff. Jedenfalls keine schwarze Schiefertafel. Eileen überlegte, ob das wohl Einfluß auf den Titel des Films gehabt hätte, den sie sich vorige Woche im Spätprogramm des Fernsehens angeguckt hatte. *Saat der Gewalt.* Ob das den *Blackboard Jungle* zu einem *Greenboard Jungle* gemacht hätte? Außerdem überlegte sie, warum jeder hier mit Vornamen angesprochen wurde, nur nicht Unterinspektor William Cullen Brady, der bisher weder zu William noch zu Cullen, Bill oder Cully geworden war, sondern schlicht und respektvoll mit Inspektor tituliert wurde. Wie übrigens alle Unterinspektoren bei der Polizei, wenn auch inoffiziell.

Goodman nahm ein Stück Kreide zur Hand.

»Ich würde gern mit den verschiedenen Typen von Geiselnehmern beginnen, die wir hier erwarten dürfen«, sagte er.

Sein Blick begegnete dem Eileens.

»Inspektor Brady hat bereits –«

Oder hatte sie sich getäuscht?

»– Terroristen erwähnt, politische Fanatiker, die den größten Bekanntheitsgrad unter den Geiselnehmern genießen«, sagte Goodman und schrieb das Wort an die Tafel:

TERRORIST

»Aber es gibt noch zwei andere Arten von Geiselnehmern«, sagte er und schrieb ein zweites Wort an die Tafel.

»Die Geiselnehmer, mit denen wir es am häufigsten zu tun haben werden –«

Nein, sie hatte sich nicht getäuscht.

»– lassen sich in drei Kategorien einteilen. Erstens, wie wir schon gehört haben, den Terroristen. Zweitens, den Kriminellen, die bei ihrer ...«

Carella fuhr mit den drei Frauen in Schwarz in der großen Mietlimousine. Er saß zwischen seiner Mutter und seiner Frau, seine Schwester auf dem Klappsitz vor ihnen. Keiner sagte ein Wort. Der Wagen schob sich langsam im Konvoi durch die feuchte Hitze des Donnerstagvormittags in Richtung des Friedhofs, auf dem Tante Katie begraben lag. Sein Vater lag in dem Leichenwagen vor ihnen. Noch letzte Woche hatte er mit seinem Vater telefoniert. Ihm wurde mit einemmal klar, daß er nie wieder mit ihm sprechen würde.

Teddy nahm seine Hand.

Er nickte.

Neben ihm weinte seine Mutter in ein kleines spitzenbesetztes Taschentuch. Angela, seine Schwester, starrte reglos zum Fenster hinaus. Ausdruckslos ließ sie die sonnenbeschienene Landschaft an sich vorüberziehen.

Es war zu heiß, um Schwarz zu tragen.

Dann standen sie unter der heißen Sonne, während der Priester die Abschiedsworte für einen Mann sprach, der Carella die Gebote von Ehre und Ehrlichkeit beigebracht hatte, die er selbst sein Leben lang befolgte. Der Sarg glänzte schwarz und reflektierte in blendenden Lichtblitzen die Strahlen der Sonne.

Zu schnell war alles vorüber.

Man ließ den Sarg in die Erde. Fast hätte er die Hand gestreckt, um ihn zu berühren. Und dann war sein Vater verschwunden. Aus den Augen. In der Erde. Langsam verließen sie die Grabstätte. Er hatte den Arm um seine Mutter gelegt. Die jetzt Witwe war. Louisa Carella. Eine Witwe. Hinter ihnen schaufelten die Totengräber bereits Erde auf den Sarg. Man hörte die Klumpen auf das heiße, glänzende Metall prasseln. Er hoffte, seine Mutter würde nicht hören, wie die Erde auf den Sarg schlug und seinen Vater bedeckte.

Er ließ seine Mutter einen Augenblick lang stehen und ging den mit Rasen bewachsenen Hügel hinauf zu Angela und Teddy, die bei dem Priester standen. Angela sagte dem Priester, wie schön seine Grabrede gewesen sei. Teddy beobachtete mit aufmerksamen Augen ihre Lippen, um die Worte von ihnen abzulesen. Beide in Schwarz, standen sie Seite an Seite in der Sonne, beide mit dunklen Haaren und dunklen Augen. Er fragte sich plötzlich, ob das wohl der Grund war, warum er Teddy Franklin vor vielen Jahren zur Frau genommen hatte.

Angela war jetzt Anfang Dreißig. Sie hatte einen geradezu unglaublichen Bauch, da sie kurz vor der Entbindung ihres zweiten Kindes stand. Sie trug ihr braunes Haar immer noch lang, und es fiel ihr zu beiden Seiten ihrer überraschend orientalischen Augen über die hohen Wangenknochen. Das Gesicht war eine feinere Version von Carellas eigenem, schön und mit einem exotischen Einschlag, der von den weit zurückliegenden Besuchen der Araber auf der sizilianischen Insel zeugte.

Teddy war bei weitem schöner und größer als ihre Schwägerin. Sie trug ihr nachtschwarzes Haar zu einem Knoten hochgesteckt. Ihre dunklen Augen sprühten vor Intelligenz, als sie sich umwandte, um den Mund des Priesters zu beobachten und die Bewegungen seiner Lippen in die Worte zu übersetzen, die ihre schweigende Welt füllten. Teddy Carella war stumm, und sie hatte in ihrem ganzen Leben noch nicht ein einziges Wort gesprochen.

Carella stellte sich zu ihnen, dankte dem Priester für den wunderschönen Gottesdienst, obwohl er insgeheim – auch wenn er das nie einer Menschenseele gesagt hätte, nicht einmal Teddy – das Gefühl gehabt hatte, daß man die Worte des Priesters auf jeden x-beliebigen hätte anwenden können, und nicht nur auf jenen einzigartigen und wunderbaren Mann, der Antonio Giovanni Carella gewesen war. Den Namen hatte er übrigens von seinem eingewanderten Vater, dem der Gedanke fremd gewesen war, daß solche Namen in den Vereinigten Staaten von Amerika nie in Mode kommen würden. Carella lud den Priester ein, mit der Familie nach Hause zu fahren, wo es zu essen und trinken geben würde...

»Oh, danke, nein, Mr. Carella«, lehnte der Priester ab, »ich muß wieder in die Kirche. Trotzdem vielen Dank. Und wie gesagt: Trösten Sie sich mit der Gewißheit, daß Ihr Vater in Gottes Händen ruht.« Was Carella dazu brachte, sich zu fragen, ob der Priester sich auch nur im entferntesten vorstellen konnte, wie friedlich sein Vater hier auf Erden gelebt hatte. Um seine Bemerkung zu unterstreichen, nahm der Mann Gottes Carellas Hand zwischen die seinen und drückte sie, von Gottes Händen zu denen von Pater Gianelli sozusagen, in direkter Folge. Carella war keineswegs beeindruckt.

Teddy hatte bemerkt, daß ihre Schwiegermutter etwa zehn Meter den Hügel hinunter ganz allein auf dem Rasen stand. Sie berührte Carellas Arm, machte ihm Zeichen, daß sie zu seiner Mutter wollte. Sie ließ ihn mit dem Priester, der nach wie vor Carellas Hand zwischen den seinen hielt, und der hilflos zusehenden Angela stehen. Ganz in Schwarz, die Hände auf ihrem riesigen Bauch, mit höllischen Rückenschmerzen, wußte sie verdammt gut, daß die Lobrede des Priesters von der Stange gewesen war. Man brauchte nur die Namen der Toten auszutauschen, und sie paßte auf jeden. Nur daß dieser hier ihr Vater gewesen war.

»Ich muß Sie jetzt leider verlassen«, meinte der Priester schließlich und hörte sich dabei an wie ein Vikar aus einem englischen Roman. Er schlug ein Kreuz in die Luft, um weiß Gott wen oder was zu segnen, hob die schwarzen Röcke und rauschte hinüber zu seinem Küster, der neben dem kircheneigenen Wagen stand.

»Er hat Papa noch nicht mal gekannt«, sagte Angela.

Carella nickte. »Alles in Ordnung?« fragte er.

»Mir geht's prima«, sagte sie.

Der Küster ließ den Wagen des Priesters aufheulen. Ein Stück den Hügel hinunter umarmte Teddy zärtlich Carellas Mutter, die noch immer in ihr Taschentuch weinte. Das Auto rollte davon. Die Silhouetten der beiden Frauen in Schwarz wirkten wie in den strahlenden Himmel graviert. Carella stand mit seiner Schwester weiter oben im Gras.

»Ich hatte ihn so schrecklich lieb«, sagte sie.

»Ja.«

Er kam sich so unzulänglich vor.

»Machen wir, daß wir nach Hause kommen«, sagte sie. »Sicher warten schon Leute.«

»Hast du was von Tommy gehört?« fragte er.

»Nein«, sagte sie und wandte sich abrupt ab.

Er merkte sofort, daß sie weinte. Da er ihre Tränen dem Schmerz um ihren Vater zuschrieb, wollte er sie trösten: »Bitte, Kleines, er hätte nicht gewollt, daß…«, und dann sah er, daß sie den Kopf schüttelte, um ihm wortlos zu sagen, daß sie selbst nicht wußte, woher die Tränen kamen, daß sie keine Ahnung hatte, warum sie weinte. Und so stand sie denn, ein Bild des Jammers, schwarz und schwanger und hilflos den Kopf schüttelnd, unter der unbarmherzigen Sonne.

»Was ist denn?« fragte er.

»Nichts.«

»Du hast mir doch gesagt, er wäre noch in Kalifornien.«

Sie schüttelte den Kopf.

»Du hast gesagt, er würde versuchen, rechtzeitig zur Beerdigung zurückzukommen.«

Wieder schüttelte sie den Kopf; die Tränen liefen ihr übers Gesicht.

»Angela, was ist los?«

»Nichts.«

»Ist Tommy denn nicht in Kalifornien?«

»Ich weiß es nicht.«

»Was soll das heißen, du weißt es nicht? Er ist schließlich dein Mann, wo steckt er?«

»Steve, bitte… Ich weiß es nicht.«

»Angela…«

»Er ist weg.«

»Weg? Wohin?«

»Na weg. Er hat mich verlassen. Steve, er ist mir davongelaufen.«

»Was redest du denn da?«

»Ich erzähle dir, daß mein Mann mich verlassen hat.«

»Ach was.«

»Um Himmels willen, glaubst du, ich denke mir das aus?« sagte sie grimmig und brach erneut in Tränen aus.

Er nahm sie in die Arme. Er hielt sie an sich gedrückt, seine schwangere Schwester in Schwarz, die vor viel zu vielen Jahren Angst gehabt hatte, aus ihrem Schlafzimmer zu kommen, um mit ihrem künftigen Gatten vor den Altar zu treten. Damals hatte sie weiß getragen, und er hatte ihr gesagt, sie würde die schönste Braut werden, die das Viertel je gesehen hatte. Und dann hatte er gesagt...

Großer Gott, als wäre es gestern gewesen.

Er hatte gesagt: *Angela, du brauchst dir keine Sorgen zu machen. Er zittert ja richtig, so liebt er dich. Er liebt dich, Kleines. Er ist ein guter Mann. Du hast dir den Richtigen ausgesucht.*

Jetzt zitterte seine Schwester in seinen Armen.

»Warum?« fragte er.

»Ich glaube, er hat eine andere«, sagte sie.

Carella hielt sie mit gestreckten Armen und blickte ihr ins Gesicht. Sie nickte. Und nickte noch einmal. Die Tränen waren jetzt weg. Sie stand da, die Hände ihres Bruders lagen auf ihren Schultern, ihre aufgeblasene Silhouette zeichnete sich gegen den Himmel ab.

»Woher weißt du das?« fragte er.

»Ich weiß es eben.«

»Angela...«

»Wir müssen zurück nach Hause«, sagte sie. »Bitte, wir versündigen uns.«

Er hatte diese Wendung seit seiner Kindheit nicht mehr gehört.

»Ich werd' mit ihm reden«, sagte er.

»Nein, nicht. Bitte.«

»Du bist meine Schwester«, sagte er.

»Steve...«

»Du bist meine Schwester«, sagte er. »Und ich liebe dich.«

Ihre Augen begegneten einander. Chinesische Augen begegneten chinesischen Augen, dunkelbraun und schräggestellt, das deutlich sichtbare Erbe der Carellas; mit diesem Blick bestätigten Bruder und Schwester Blutsbande, die nicht weniger mächtig waren als das Leben selbst. Angela nickte.

»Ich werde mit ihm reden«, flüsterte er und führte die Schwangere über den Rasen zu Teddy und seiner Mutter, die in der Sonne warteten.

3. Kapitel

Der Revolver war ein Geschenk von ihm.

Jeder in der Stadt solle eine Waffe haben, hatte er gesagt, und wissen, wie man damit umgeht, für den Fall, daß es einmal nötig wäre. Die Polizei sei doch machtlos, wenn es darum ging, das Leben normaler Bürger zu schützen. Weil sie viel zu sehr damit beschäftigt sei, hinter Prostituierten und Drogensüchtigen herzujagen.

Darüber, wo er den Revolver gekauft hatte, konnte man nur Vermutungen anstellen.

Er war viel mit dem Auto unterwegs, er hätte ihn in einem jener Bundesstaaten kaufen können, die Amerika noch immer mit dem Wilden Westen gleichsetzten, ein Land, in dem man jeden Augenblick mit einem feindlichen Indianerüberfall rechnen mußte: Bildet besser eine Wagenburg und holt eure MAC-10 aus dem Sattelholster! *Ich habe dir was mitgebracht*, hatte er gesagt. *Ich werde dir zeigen, wie man damit umgeht.*

Das war die Ironie an der ganzen Geschichte.

Es handelte sich um einen Colt Cobra, Kaliber .22.

Er hatte ihr erklärt, es sei eine Teil-Alu-Version des größeren Detective Special, und daß man sich von dem kleineren Kaliber nicht täuschen lassen sollte: Eine Zweiundzwanziger konnte nicht weniger Schaden anrichten – manchmal sogar mehr – als eine großkalibrige Waffe. Das liege daran, daß ein Kleinkalibergeschoß wie wild im Körper herumsause, weil es nicht genug Kraft für den Wiederaustritt habe. Bei all den Organen, die man im Körper habe, könne sich das verheerend auswirken. Verheerend. Genau das hatte er gesagt. Und genau das stand für heute abend auf dem Plan. Für ein bißchen mehr Verheerung zu sorgen.

Bei der Waffe handelte es sich um einen sechsschüssigen Revolver, der kaum ein Pfund wog. Er hatte den mit dem zweizölligen Lauf gewählt. Das Schöne daran war, daß er nicht an den Klamotten hängenblieb. Eine hübsche Waffe. Es war auch leicht gewesen, damit umgehen zu lernen; er hatte sein Versprechen gehalten. Das war die Ironie daran.

Diesmal war alles genau durchdacht.

Vorsätzlich. War das nicht der Ausdruck dafür?

Dienstag abend war das anders gewesen.

Heute würde es einfacher sein.

Mit dem Revolver in der Tasche.

Das Haus stand im Schatten von Bäumen, so daß der Gehsteig nicht stundenlang in der gnadenlosen Sonne gebraten hatte; die Straße war jetzt, um neun Uhr, erfrischend kühl. Und auch hier im Schatten auf der anderen Straßenseite war es kühl. Gerade richtig, um hier unter diesem großen alten Baum mit dichtem Laub zu warten, die Rechte um die Griffschalen des Cobra, den Zeigefinger innerhalb des Abzugsbügels. Punkt neun Uhr würde er den Hund Gassi führen. Ein Gewohnheitstier. Um neun den Hund ausführen und bei jeder Gelegenheit eine seiner Mätressen bumsen. In zehn Minuten würde er tot sein.

Nur noch ein bißchen Geduld.

Ganz in Schwarz: schwarzer Baumwolloverall, schwarze Socken und Joggingschuhe, die schwarze wollene Skimütze über die Ohren gezogen; man kam zwar vor Hitze darunter um, aber sie bedeckte nun mal das Haar und verbarg dessen Farbe – damit später kein zufällig vorbeigekommener Fußgänger oder Autofahrer eine gute Beschreibung liefern konnte.

Um zwei Minuten vor neun kam er aus dem Haus – acht Uhr achtundfünfzig auf der digitalen Anzeige der Armbanduhr –, er sagte etwas zum Portier, der vor der Tür frische Luft schnappte, und ging dann, den Hund an der Leine, auf die Straßenecke zu. Acht Uhr neunundfünfzig. Die Straße war dunkel und leer. Keine Autos, keine Passanten. Sogar der Portier war wieder nach drinnen gegangen. *Jetzt!*

Quer über die Straße…

Den Revolver gezogen und bereit…

Von der Straße auf den Gehsteig, ihm in den Weg treten, dann ziehen…

»Bist du verrückt?« fragte er.

»Ja.«

Die Ruhe selbst.

Und schoß ihm viermal in den Kopf.

Und erschoß auch gleich noch den winselnden Hund. Wenn schon, denn schon.

Das Viertel war noch immer größtenteils in italienischer Hand, und die Bäckerei sah sich zwischen ein Lebensmittelgeschäft und eine Wursthandlung mit einem italienischen Schild im Fenster gezwängt: SALUMERIA. Die Häuser der Straße, überwiegend geschindelte Holzbauten, gingen über ein, zwei Stockwerke nicht hinaus, im Erdgeschoß meist ein Ladengeschäft, dessen Besitzer für gewöhnlich das oder die darüberliegenden Stockwerke bewohnte. Sogar Bäume gab es in dieser Straße. Keine Graffitis an den Wänden. Das Ganze hatte noch einen Hauch der guten, alten Zeit.

Carella konnte sich daran erinnern, wie es war, hier im Viertel aufzuwachsen, als noch viel Italienisch gesprochen wurde, als italienische Radiosender Lieder wie »La Tarantella«, »O Sole Mio« oder »Funiculì-Funiculà« spielten, deren Melodien die ganze Straße hinauf durch die offenen Fenster in die sommerliche Luft hinausgetragen wurden. Er konnte sich noch daran erinnern, seinem Vater am Wochenende, wenn der Andrang am größten war, in der Bäckerei geholfen zu haben. Er hatte den Brotteig geknetet, sein Vater hatte sich um die feineren Konditoreiwaren gekümmert. Carellas Hände waren voller Mehl, wenn er so vor sich hingeknetet hatte. Als er vierzehn, fünfzehn wurde – wer sollte das jetzt noch so genau wissen, jedenfalls war er ein Spätzünder gewesen –, da begann er sich vorzustellen, daß der Teig sich genau wie die Brüste eines Mädchens anfaßten. Nun, genauer gesagt, wie die von Margie Gannon, weil er auf diesen Gedanken nach seiner ersten heftigen Grabbelei mit ihr gekommen war.

Margie Gannon.

Sommersprossen von Kopf bis Fuß, sogar auf den Brüsten, die er eines Samstagnachmittags von Bluse und Büstenhalter befreit hatte; sie waren gefallen wie der Regen an jenem Tag. Er und sie, fieberhaft ineinander versunken, im Wohnzimmer des einstöckigen Backsteinhauses zwei Häuser von dem seiner Eltern. Ihre waren auf dem Markt oder einkaufen, wo auch immer; das einzige, was in diesem Augenblick zählte, war, daß sie den ganzen Nachmittag über fort sein würden – *Die kommen vor vier oder fünf nicht wieder*, hatte sie ihm gesagt, *also komm schon, Steve, brauchst doch nicht im Regen rumzustehen.*

Eigentlich war er gekommen, um mit ihr Comics zu schmökern. Margie hatte die größte Sammlung im ganzen Viertel. Selbst aus weiter entfernten Straßen kamen die Kinder, Jungs wie Mädchen, alle gerade am Beginn ihrer Pubertät, um bei Margie Gannon Comics zu lesen. Ihre Eltern förderten dies als eine nette und harmlose Art des Beisammenseins. Aber sie hätten ihr liebreizendes junges Töchterlein nie und nimmer in den Klauen – *ha-ha* – eines wilden Tiers namens Stephen der Geile allein lassen sollen. Und schon gar nicht an einem schwülen Nachmittag im August, an dem es draußen blitzte und der Donner grollte, während drinnen seine adoleszenten Säfte zu steigen begannen – ganz zu schweigen von den ihren.

Allein mit Margie Gannon im Wohnzimmer im Erdgeschoß ihres Elternhauses. Die Eltern fort. Der Regen prasselte gegen die Fenster. Die Köpfe in einem Comic-Heft. Gerade daß sie einander nicht berührten. Sein Arm auf der Lehne des Sofas hinter ihr. Sie hielt die eine Hälfte des Heftes in ihrer Rechten, er die andere in der Linken. Die Köpfe zusammengesteckt. Dann plötzlich ihr Haar an seiner Backe. Langes rotblondes Haar. Seidiges Haar. An seiner Backe. Das Haar der grünäugigen, sommersprossigen kleinen Irin Margie Gannon neben ihm berührte seine Backe. Und mit einemmal spannte es in seiner Hose.

Er konnte sich nicht mehr daran erinnern, welchen Comic sie gelesen hatten. Irgendwas über Polizisten und Verbrecher? Er wußte es nicht mehr. Was er dafür noch ganz genau wußte, war, was sie anhatte. Einen kurzen verblichenen blauen Jeansrock und eine kurzärmelige weiße Bluse mit Knöpfen vorn dran. Ihr hübsches irisches Gesicht voller Sommersprossen, ihre schlanken Arme voller Sommersprossen, überhaupt alles voller Sommersprossen, wie er bald entdecken sollte, aber im Augenblick gab es nichts als dieses erregende Kitzeln ihrer seidigen Haare an seiner Backe. Sie hob die linke Hand und wischte sich das Haar aus dem Gesicht. Ihre Backen berührten sich.

Es war, als hätte sich schlagartig ein blendendes Licht über das Heft ergossen. Da er sie nicht anzusehen wagte, konzentrierte er sich auf die in ihrer bunten Pracht erstrahlenden Seiten, auf denen sich mit einemmal heftig pulsierend die Grundfarben tummelten: rot und blau und gelb, das Ganze mit rabenschwarzen Konturen; und er konzentrierte sich verbissen auf die mitten in der Bewegung eingefrorenen Figuren und die überdimensionalen Worte, die ihm entgegenschrien: WUMMS, RUMMS, PÄNG, JAUUUCHZ! Sie schienen von den Seiten zu springen, ein Refrain des schweren Wummerns in seiner Brust: WUMMS, RUMMS, PÄNG, und das wiederum ein Echo der wilden Erektion in seiner Hose – JAUUUCHZ!

Er wandte den Kopf in ihre Richtung; sie wandte den ihren in die seine.

Ihre Nasen gerieten aneinander.

Ihre Lippen stießen zusammen.

Und dann, o lieber Gott, dann küßte er Margie Gannon, die sich in seine Umarmung schob, und der Comic mit seinen WUMMSERN, RUMMSERN und PÄNGS glitt von ihren Knien und landete mit einem gehauchten JAUUUCHZ! auf dem Boden, während draußen die Blitze zuckten, der Donner grollte und der Regen gnadenlos auf den Gehsteig vor dem ebenerdigen Wohnzimmerfenster einhämmerte. Sie küßten sich, er konnte nicht mehr sagen wie lange. Nur daß er nie wieder in seinem Leben jemanden so lang und so fest küssen sollte wie sie; er drückte sie an sich, ihre Lippen verschmolzen wie ihr adoleszentes Verlangen – eine hitzige junge Leidenschaft, die den Himmel mit blauweißen Krakeln überzog und durch schwarzblaue Explosionen zerriß.

Schließlich entdeckten seine Hände die Knöpfe ihrer Bluse. Ungeschickt fummelte er an ihnen herum. Mit seiner gottverdammten *Linken*, und er war schließlich *Rechts*händer, verdammt noch mal, und so fummelte er drauflos, zitterte bei dem Gedanken, sie könnte es sich anders überlegen, und fast starr vor Angst, sie könnte ihm Einhalt gebieten, noch bevor auch nur der oberste Knopf offen war. Sie atmeten jetzt beide hörbar und schwer, ihre Herzen hämmerten, während er sich verzweifelt abmühte, die Bluse aufzubekommen. Sie half ihm schließlich beim obersten Knopf, führte mit zitternder Hand die seine, und der nächste Knopf schien sich wie von Zauberhand zu öffnen, womöglich gar durch ein Wunder, genauso wie der darunter, und dann, mein Gott, kam in dem breiten V der offenen Bluse plötzlich ihr Büstenhalter zum Vorschein, ein weißer BH, sie trug einen weißen BH.

Die Blitze zuckten, der Donner grollte.

Er dachte: Ich danke dir, Gott, und berührte den BH, die weißen Körbchen, prall gefüllt, wie sie waren, und seine Hände zitterten, als er ihn unbeholfen und zögernd berührte, täppisch und unsicher, weil er zwar davon *geträumt* hatte, so was bei Mädchen mal zu machen – und insbesondere bei Margie Gannon –, aber nie im Leben gedacht hätte, daß es je wirklich dazu kommen würde.

Aber da saß er, und machte es, wirklich – Gott, ich danke dir – oder versuchte es wenigstens, konnte sich nicht entscheiden, ob er seine Hand in den BH schieben, ihr die Träger von den Schultern nehmen oder das verdammte Ding sonstwie loswerden sollte – der Verschluß war ja wohl hinten, oder? Es schien eine Ewigkeit zu dauern, in Wirklichkeit war kaum eine Minute vergangen, als Margie sich seiner Umarmung entwand, die Arme anwinkelte und mit einem verlegenen Lächeln auf dem rot anlaufenden Gesicht nach hinten griff. Er sah die Sommersprossen auf dem wohlgerundeten Ansatz ihrer hübschen Brüste, die aus den Körbchen zu platzen drohten, als sie die Häkchen öffnete – und mit einemmal purzelten sie heraus, fielen wie der strömende Regen draußen, und, oh, lieber Gott, dann hatte er sie auch schon in der Hand – er berührte tatsächlich Margie Gannons süße nackte Brüste.

Er fragte sich, was wohl aus ihr geworden war.

Es war ihm unmöglich, durch die Straßen dieses Viertels zu gehen, ohne an Margie Gannon und jenen verregneten Nachmittag im August zu denken.

Carella hatte keine Ahnung, was ihn an diesem Abend hierher zurückgeführt hatte. Vielleicht wollte er nur dem Ort nahe sein, an dem sein Vater den größten Teil seines Lebens verbracht hatte. Um seine Gegenwart noch einmal zu spüren, bevor der letzte Hauch davongeweht war. Hinten in der Bäckerei brannte noch Licht. Es war halb zehn, Freitagabend, und in der Bäckerei brannte ein Licht, als wäre sein Vater noch am Leben und dabei, Brot und Konditoreiwaren fürs Wochenendgeschäft zu backen. Die Jungs vom 45. Revier mußten vergessen haben, daß –

Ganz plötzlich erschien ein Schatten auf der Jalousie vor der verglasten oberen Hälfte der hinteren Tür.

Carella erstarrte, warf dann den Jackenzipfel zurück und holte die Waffe aus dem Holster.

Der Schatten bewegte sich.

Er schlich zur Hauswand.

Ein guter Polizist betrat nie einen Raum oder ein Haus, ohne zuerst an der Tür zu lauschen, das Ohr gegen das Holz gedrückt, um festzustellen, ob jemand drin war. Er wußte, es war jemand im Laden seines Vaters, aber nicht, wie viele es waren und wer. Auf der Seite des Ladens gab es ein Fenster, viel besser noch als eine Tür, weil er sehen konnte, wer drinnen war, ohne groß raten zu müssen, was die Geräusche und Stimmen bedeuteten, die durch eine Tür drangen. Er schlich sich am Fenster vorbei, um es von der Seite her anzugehen, und duckte sich unter das Fensterbrett. Vorsichtig hob er den Kopf.

Es war seine Mutter.

Er saß allein im Wohnzimmer und heulte. Abgesehen von dem weichen Licht der Tiffanyimitation hinter ihm lag der Raum im Dunkeln. Er saß in einem großen Sessel unter der Lampe, mit bebenden Schultern und Tränen im Gesicht.

Teddy konnte seine Schluchzer nicht hören.

Sie ging zu ihm hinüber, setzte sich auf die Armlehne des Sessels und zog zärtlich seinen Kopf an ihre Schulter. Er war keiner dieser Männer, die Tränen als peinlich oder gar ehrenrührig empfanden. Er heulte, weil er Kummer hatte, und mochte dieses Gefühl auch schmerzhaft sein, das Weinen selbst war es nicht; das war der Unterschied, der einem machohafteren Naturell womöglich entgangen wäre. Jetzt heulte er. Den Kopf an der Schulter seiner Frau weinte er, bis er keine Tränen mehr in sich hatte. Dann hob er den Kopf und trocknete sein Gesicht mit einem Taschentuch, das bereits völlig durchnäßt war, sah seine Frau an und nickte, um dann noch einmal schwer und hilflos zu seufzen.

Sie machte ihm Zeichen: *Erzähl mir alles.*

Er erzählte es ihr mit Mund und Händen, bildete mit Lippen und Fingern Worte, die die Stille des Zimmers füllten, wo nur die falsche Tiffanylampe brannte. Die Standuhr an der Wand gegenüber schlug zur vollen Stunde, elf Uhr, aber Teddy konnte weder ihre dumpfen Schläge noch die Worte ihres Gatten hören; sie las sie ihm von Lippen und Fingern ab.

Er erzählte ihr, wie er seine Mutter durch das Fenster der Bäckerei beobachtet hatte. Wie sie die Sachen berührt hatte. Wie sie durch den Laden gegangen war und Dinge berührte, die sein Vater benutzt hatte. Die Nudelhölzer, die Kuchenformen, Löffel und Schaber, Backbleche – sogar die Griffe der großen Ofentüren. Eine ganze Weile hatte er ihr so zugesehen. Wie sie schweigend durch den Laden gewandelt war und liebevoll jeden einzelnen Gegenstand berührt hatte.

Er war schließlich ums Haus herum zur Hintertür gegangen, an der noch die »Tatort«-Schilder der Polizei hingen; das Vorhängeschloß war weg, nur die Schilder waren noch da. Die Jalousie war heruntergezogen, der Schatten seiner Mutter huschte darüber, als sie sich durch die Bäckerei bewegte. Er klopfte leise gegen die Scheibe.

Sie fragte: »Wer ist da?«

»Ich bin's«, sagte er, »Steve.«

»Ach«, sagte sie und kam an die Tür, um aufzuschließen.

Er ging hinein und nahm sie in die Arme. Sie war gut einen Kopf kleiner als er und trug die Trauerkleidung, die sie nach den Bräuchen der alten Heimat noch lange Zeit nicht ablegen würde, obwohl sie selbst in Amerika geboren war. Er hielt sie sanft in den Armen und klopfte ihr auf den Rücken. Mit ganz, ganz sachten

Klapsen. Ich bin doch da, Mama, es ist alles in Ordnung. Ich bin ja auch noch da.

Sie sprach in seine Schulter hinein.

Sie sagte: »Ich bin hergekommen, um zu sehen, ob ich ihn finde, Steve.«

Er tätschelte wieder ihren Rücken. Tröstete sie.

»Aber er ist fort«, sagte sie.

Carella blickte jetzt auf und seiner Frau direkt in die Augen, die ihn so aufmerksam beobachteten. Er sagte: »Ich habe wegen ihr geheult, Teddy. Nicht wegen Papa. Weil sie jetzt allein ist. Sie ist die Witwe.«

Der Portier von Selby Place 1137 erzählte den Detectives, daß er noch mit dem Opfer gesprochen hatte, kaum drei Minuten, bevor er die Schüsse gehört hatte.

»Wir haben ein paar Worte übers Wetter gewechselt«, sagte er. »Das ist ja zur Zeit das einzige Thema in der Stadt, das Wetter. Weil es so heiß ist.«

Es hatte sich mittlerweile etwas abgekühlt, die Wettervorhersage sprach sogar von Regen für die Nacht.

Die Kriminalbeamten standen auf dem Gehsteig. Die Experten von der Spurensicherung arbeiteten noch in dem von gelbem Plastikband mit der Aufschrift »Tatort« abgesperrten Rechteck. Monoghan und Monroe waren vor einer halben Stunde gegangen. Dasselbe galt für den Leichenbeschauer und die Ambulanz, die den Ermordeten zur Obduktion transportierte. Hawes und Willis, die den Notruf wegen der Schüsse entgegengenommen hatten, waren neben den Experten, die noch immer fleißig Gehsteig und Rinnstein absuchten, die einzigen von der Mordkommission.

Der Portier war kleiner als Hawes, aber größer als Willis. Na ja, wer war nicht größer als Willis, der es gerade auf die vorgeschriebene Mindestgröße von einsdreiundsiebzig brachte, als er vor weiß Gott wie vielen Jahren zur Polizei gegangen war. Seither hatte sich vieles geändert. Jetzt gab es Polizistinnen, die noch kleiner waren, auch wenn Hawes noch keine Liliputaner in Uniform gesehen hatte. Es war ihm gar nicht recht, mit Willis zusammen eingeteilt zu werden. So was von trübsinnig, wie der Mann in letzter Zeit war. Er konnte ja verstehen, daß man um einen geliebten Menschen trauerte, aber deshalb brauchte man mit seinem Schmerz doch nicht gleich seine ganze Umgebung zu terrorisieren.

Hawes hatte die Frau, mit der Willis zusammengelebt hatte, kaum gekannt. Marilyn Hollis. Opfer eines Mordes in Tateinheit mit einem anderen Verbrechen. Zwei Einbrecher waren bei ihnen eingestiegen und hatten sie umgebracht, etwas in der Art. Hawes war nie so recht dahintergekommen, was wirklich passiert war. Man hatte eine Menge Rücksichten genommen bei diesem Fall. Vor allem weil Willis dazugekommen war und die beiden Schuldigen über den Haufen geschossen hatte. Carella und Byrnes hatten Hawes geraten, nicht zu viele Fragen zu stellen. Zwei, drei Monate war das nun her. In diesem Revier verrann die Zeit zäh wie Melasse, vor allem während des Sommers.

Willis stellte im Augenblick die Fragen.

Erkundigte sich über den Toten mit der Stimme eines Toten.

»Wie hieß der Mann?«

»Arthur Schumacher.«

»Welches Apartment?«

»Zweiundsechzig.«

Die traurigen braunen Augen waren auf den Notizblock gerichtet. Lockiges schwarzes Haar. Die schmächtige, schlanke Figur eines Stierkämpfers. Detective Hal Willis. Der Trübsinn trat ihm wie Schweiß aus den Poren.

»Verheiratet, ledig, wissen Sie das vielleicht?«

Eine tonlose, tote Stimme.

»Verheiratet«, sagte der Portier.

»Kinder?«

»Ja, aber nicht hier. Er hat zwei erwachsene Töchter aus einer früheren Ehe. Eine kommt ihn hin und wieder besuchen. *Kam* ihn besuchen.«

»Den Namen seiner Frau wissen Sie nicht zufällig?« fragte Hawes.

»Marjorie, glaube ich. Sie ist im Augenblick aber nicht da, falls Sie mit ihr reden wollen.«

»Wo ist sie denn?«

»Die beiden haben ein Ferienhaus auf den Iodines.«

»Woher wollen Sie wissen, daß sie dort ist?«

»Ich hab' gesehen, wie sie weggefahren ist.«

»Und wann war das?«

»Mittwoch vormittag.«

»Und Sie haben sie wegfahren sehen?«

»Ja, ich hab' ihr ja guten Morgen gesagt und alles.«

»Wissen Sie, wann sie wiederkommt?«

»Nein, weiß ich nicht. Normalerweise teilen sie sich im Sommer die Zeit zwischen hier und dort.«

Der Portier schien das Ganze zu genießen. Außer dem Mörder selbst war er es, der das Opfer als letzter lebend gesehen hatte, und es war klar, daß er seine Rolle als Starzeuge voll auskostete und sich schon jetzt auf den der Verhaftung des Mörders folgenden Prozeß freute. Er würde in den Zeugenstand treten und dem Staatsanwalt dasselbe sagen, was er jetzt den Detectives erzählte, auch wenn er seine Schwierigkeiten hatte, die halbe Portion als Kriminalbeamten zu akzeptieren. Der Große, okay, keine Frage. Aber der Kleine? Der Erfahrung des Portiers nach waren die meisten Kriminalbeamten der Stadt Mordskerle, das war nun mal so in dieser Stadt. Kaum, daß einem mal ein kleiner Detective unterkam.

»Um welche Uhrzeit, würden Sie sagen, ist Mr. Schumacher mit dem Hund heruntergekommen?« fragte der Kleine.

»Kurz vor neun.« Er probte schon mal für seinen Auftritt vor dem Staatsanwalt. »So wie jeden Abend. Es sei denn, seine Frau und er sind zusammen ausgegangen, dann hat er den Hund schon früher Gassi geführt. Aber wochentags war es normalerweise neun, wenn er mit dem Hund runterkam.«

Hawes nahm an, der Freitagabend zählte für den Portier noch zu den Wochentagen. Für Hawes selbst war es der Beginn des Wochenendes. Dieses würde er mit Annie Rawles verbringen. Wie er überhaupt in letzter Zeit die meisten seiner Wochenenden mit Annie Rawles verbrachte. Er überlegte, ob das schon als etwas Ernstes anzusehen war. Um die Wahrheit zu sagen, die Geschichte machte ihm langsam ein bißchen angst.

»Und was war dann?« fragte Willis.

»Dann ging er die Straße rauf«, sagte der Portier. »Mit dem Hund.«

»Und wo waren Sie?«

»Ich bin wieder reingegangen.«

»Haben Sie jemanden gesehen, bevor Sie wieder rein sind?«

»Keine Menschenseele.«

»Auf der anderen Straßenseite? Oder ein Stück die Straße hinauf?«

»Keine Menschenseele.«

»Wann haben Sie die Schüsse gehört?«

»In dem Augenblick, wo ich wieder im Haus gewesen bin. Na ja, vielleicht auch 'n paar Sekunden später, aber länger war's nicht.«

»Und Sie haben gleich gewußt, daß das Schüsse waren, was?«

»Ich erkenne einen Schuß, wenn ich einen höre. War schließlich in Vietnam.«

»Wie viele waren es?«

»Hörte sich nach einem ganzen Magazin an. Der Hund wurde ja auch erschossen, wissen Sie. Ein netter, gutmütiger Hund. Also wie kann man bloß einen Hund erschießen?«

Wie kann man nur einen Menschen erschießen? fragte sich Willis.

»Hier, die werden Sie wohl haben wollen«, sagte einer der Spurentechniker und kam herüber. Er trug Jeans, weiße Turnschuhe, weißes T-Shirt. Er reichte Willis einen kleinen braunen Umschlag mit dem Aufdruck BEWEISMITTEL. »Vier Geschosse«, sagte er. »Müssen Durchschüsse gewesen sein.«

Über ihnen zuckte ein Blitz auf.

»Es gibt Regen«, bemerkte der Portier.

»Danke«, sagte Willis zu dem Mann von der Spurensicherung und nahm den Umschlag, verschloß ihn und steckte ihn in die rechte Jackettasche. Hawes sah auf die Uhr. Es war Viertel nach sieben. Er überlegte, wie sie Mrs. Schumacher erreichen sollten. Er hatte keine Lust, die ganze Nacht hier herumzuhängen.

»Haben Sie eine Telefonnummer, um sie auf den Iodines anzurufen?« fragte er.

»Nein, tut mir leid, hab' ich nicht. Vielleicht der Hausmeister. Der kommt aber nicht vor morgen früh.«

»Und wann?«

»Bis acht ist er normalerweise da.«

»Welche der Inseln das ist, wissen Sie nicht zufällig?«

»Tut mir leid, aber das weiß ich auch nicht.«

»Hat der Hund gebellt, oder wie war das?« fragte Willis.

»Also ich hab' nicht gehört, daß der gebellt hätte.«

»Haben Sie Mr. Schumacher etwas sagen hören?«

»Nichts. Alles, was ich gehört habe, waren die Schüsse.«

»Und dann?«

»Dann bin ich rausgelaufen.«

»Und?«

»Ich guckte die Straße rauf und runter, um zu sehen, wo die Schüsse herkamen –«

»M-hmm.«

»– und habe Mr. Schumacher dann da auf dem Gehsteig liegen sehen.« Er warf einen Blick in Richtung des Kreideumrisses, den die Leute von der Spurensicherung auf den Gehsteig gezeichnet hatten. »Und der Hund neben ihm«, sagte er. »Sie lagen einfach so da, beide. Also bin ich hingerannt, hab' aber sofort gewußt, daß die zwei tot waren. Mr. Schumacher und auch der Hund.«

»Wie hieß der Hund eigentlich?« fragte Willis.

Hawes sah ihn an.

»Amos«, sagte der Portier.

Willis nickte. Hawes fragte sich, wieso in aller Welt er den Namen des Hundes wissen wollte. Außerdem fragte er sich, wo der hingebracht wurde. Man brachte ermordete Hunde doch wohl nicht zur Obduktion in die Gerichtsmedizin? Oder doch?

»Haben Sie da irgend jemanden gesehen?« fragte Willis.

»Keinen Menschen. Die Straße war leer.«

»M-hmm.«

Die Techniker waren noch immer mit dem Tatort beschäftigt. Hawes fragte sich, wie lange sie wohl noch hier sein würden. Wieder zuckte ein Blitz am Himmel. Dann donnerte es krachend. Der Regen würde das Blut vom Gehsteig waschen.

»Hatte sie einen Koffer dabei, als sie weggefahren ist?« fragte er. »Mrs. Schumacher, meine ich.«

»Ja, Sir, einen kleinen Koffer.«

»Und Sie sind ziemlich sicher, daß sie auf die Iodines ist, was?«

»Na ja, beschwören kann ich's nicht, aber ich nehm's doch stark an, Sir.«

Hawes stieß einen Seufzer aus.

»Was willst du machen?« fragte er Willis.

»Zusehen, daß wir hier fertig werden, und mich an die Ermittlungen machen. Wenn wir sie nicht im Telefonbuch finden, müssen wir eben morgen früh mit dem Hausmeister reden.«

»Morgen hab' ich frei«, sagte Hawes.

»Meinst du vielleicht, ich nicht«, versetzte Willis.

Irgend etwas an seiner Stimme ließ einen vermuten, er überlege, was er an seinem freien Tag anstellen sollte.

Wieder sah Hawes ihn an.

»Tja«, sagte Willis zum Portier, »dann mal vielen Dank, wir melden uns, wenn wir noch weitere Fragen haben.«

»Okay, alles klar«, sagte der Portier und warf noch einen Blick auf die Kreidezeichnung auf dem Gehsteig.

Plötzlich regnete es.

Samstag vormittag, es war der einundzwanzigste Juli, machte sich Steve Carella wieder an die Arbeit. Das erste, was er auf seinem Schreibtisch fand, war die Kopie eines Berichts der Detective Division mit der Unterschrift von Detective/Third Grade Harold O. Willis, den letzterer noch getippt hatte, bevor er um ein Uhr morgens das Großraumbüro des 87. Polizeireviers verlassen hatte. Er hatte es bis dahin noch nicht geschafft, Arthur Schumachers Witwe zu erreichen. Die Telefongesellschaft hatte zwar einen Eintrag für einen Arthur Schumacher im Elsinore County, aber da die Nummer nicht im Buch stand, weigerte sich der Nachtschichtführer, sie Willis zu geben, bevor nicht am nächsten Morgen jemand von der für die Zusammenarbeit mit der Polizei zuständigen Abteilung sein Okay gab.

Eine an Willis' Bericht geheftete Notiz von Lieutenant Byrnes enthielt die Anweisung, daß sich am Morgen jemand – er sagte nicht ausdrücklich wer – mit der Telefongesellschaft und dann so schnell wie möglich mit Mrs. Schumacher in Verbindung setzen sollte. Weder Willis noch Hawes, die den Notruf bezüglich der Schüsse entgegengenommen hatten, würden vor Montag morgen wieder im Büro sein, und jemand – wieder schrieb Byrnes nicht wer – sollte endlich die Ermittlungen in Gang bringen. Da der Bericht jedoch auf seinem Tisch lag, schloß Carella daraus messerscharf, daß der Lieutenant niemand anderen als ihn selbst im Sinn gehabt hatte.

Elsinore County bestand aus acht Gemeinden an der Ostküste, die sich von Sands Spit vor Erosion und den gelegentlich orkanartigen Winden geschützt sahen. Sands Spit wiederum verfügte über einige der herrlichsten Strände der Welt. Die Landzunge zog sich in all ihrer Unverdorbenheit von Norden nach Süden. Die Iodines – oder Jod-Inseln – waren kleine Inselchen, die sich um die Landzunge drängten wie Lotsenfische um einen Hai.

Es waren sechs Inseln, zwei davon in Privatbesitz und eine der Öffentlichkeit als Naturschutzpark zugänglich, während die restlichen drei, alle größer als ihre Schwestern, mit kleinen Privathäusern und neuerdings auch Hochhäusern mit Eigentumswohnungen und Hotels übersät waren. Deren unerschrockene Bewohner waren offensichtlich bereit, den Wirbelstürmen zu trotzen, die Sands Spit und die vorgelagerten Inseln, ja zuweilen sogar die Stadt selbst heimsuchten.

Die Schumachers hatten ein Haus auf Salt Spray, der dem Festland am nächsten liegenden »Jod-Insel«. Dort erreichte Carella um neun Uhr fünfzehn an jenem Samstagmorgen die Witwe des Ermordeten, nachdem er dem zuständigen Mann der Telefongesellschaft endlich die Nummer aus der Nase gezogen hatte. Eine unangenehme Aufgabe, ihr zu sagen, daß man ihren Gatten ermordet hatte.

Samstag nachmittag, zwei Uhr, standen sie vor dem Apartment der Schumachers am Selby Place. Margaret Schumacher (nicht Marjorie, wie der Portier von der Nachtschicht gesagt hatte) war sofort nach ihrem Telefonat mit Carella von Sands Spit aus in die Stadt aufgebrochen und wartete bereits. Carella schätzte sie auf Ende dreißig, eine attraktive Frau mit blauen Augen und blondem Haar, das etwas zu lang für das schmale Gesicht war. Sie trug einen braunen Rock, der etwa fünf Zentimeter über den Knien endete, dazu eine mandarinenfarbene Bluse und fast absatzlose Pumps. Sie sagte, sie sei erst vor etwa einer Stunde angekommen. Ihre geschwollenen und roten Augen deuteten darauf hin, daß sie den ganzen Vormittag über geweint hatte. Carella wußte nur zu gut, wie ihr zumute war.

»Es ist für uns beide die zweite Ehe«, sagte Margaret. »Ich hatte gehofft, sie würde ewig halten. Und jetzt das.«

Sie erzählte ihnen, sie sei schon fast drei Jahre geschieden gewesen, als sie ihn kennengelernt hatte. Er sei damals noch verheiratet gewesen...

»Er ist ein ganzes Stück älter als ich«, sagte sie, ohne zu merken, daß sie im Präsens sprach. Ihr Mann war am Abend zuvor erschossen worden, und das laut Autopsiebericht mit vier Kugeln in den Kopf, und sie sprach von ihm, als würde er noch leben. So ging es allen. Die Tatsachen holten manche Leute ganz plötzlich ein, manche freilich auch überhaupt nicht. »Ich bin neununddreißig, er zweiundsechzig, das ist ein großer Altersunterschied. Er war verheiratet, als ich ihn kennenlernte, und hatte zwei Töchter, beide so alt wie ich – na, jedenfalls die eine von ihnen. Es war eine schwierige Zeit für uns, aber es hat sich doch schließlich alles zum Guten gewendet. Wir sind nun seit fast zwei Jahren verheiratet.« Noch immer das Präsens. »Im September werden es zwei Jahre.«

»Könnten Sie uns bitte den Namen seiner ersten Frau sagen?« bat Carella sie.

Er mußte daran denken, daß geschiedene Leute einander zuweilen Schrecklicheres antaten, als Fremde das je könnten. Er dachte an die vier Löcher im Kopf des Mannes. Wo eines völlig genügt hätte.

»Gloria Sanders«, sagte Margaret. »Sie hat wieder ihren Mädchennamen angenommen.«

Was womöglich auf eine harte Scheidung deutete.

»Und seine Töchter?«

»Die eine ist noch immer ledig. Sie heißt Betsy Schumacher. Die andere ist verheiratet. Sie heißt Lois Stein. Mrs. Marc Stein. Das schreibt sich mit *c*, das Marc meine ich.«

»Haben Sie auch ihre Adressen und Telefonnummern? Es würde uns Zeit sparen, wenn –«

»Ich bin sicher, Arthur hat sie irgendwo.«

Irgendwas ist da doch, dachte Brown. So wie sie das sagte.

»Sind Sie mit seinen Töchtern ausgekommen?« fragte er.

»Nein«, sagte Margaret.

Frei von der Leber weg.

Nein.

»Und wie war das mit Ihrem Gatten? Wie war sein Verhältnis zu ihnen?«

»An Lois hatte er einen Narren gefressen. Mit der anderen kam er weniger gut aus.«

»Das wäre Betsy, ja?« fragte Carella mit einem Blick auf seine Notizen.

»Betsy, ja. Er hat sie ein alterndes Hippiemädchen genannt. Was sie allerdings auch ist.«

»Und wie alt wäre das?«

»Genau mein Alter. Neununddreißig.«

»Und die andere Tochter. Lois?«

»Siebenunddreißig.«

»Wie ist er mit seiner ersten Frau ausgekommen?« fragte Brown. Er schlug damit einen Bogen zu dem, was er gehört zu haben glaubte, als sie gesagt hatte, ihr Mann hätte die Telefonnummer wahrscheinlich irgendwo, oder was auch immer sie nun genau gesagt hatte. Dieser spezielle bittere Unterton in ihrer Stimme.

»Ich habe keine Ahnung«, sagte sie.

»Und Kontakte mit der Ex-Frau, Gespräche oder Treffen?«

»Meinen Sie jetzt meinen Mann oder mich?«

»Na ja, beide.«

»Es gibt keinen Grund, mit ihr zu sprechen. Die Töchter sind erwachsen. Sie waren ja schon erwachsen, als wir uns kennenlernten.«

Sie. Die Töchter.

Nicht gerade Individuen.

»Was ist mit Unterhaltszahlungen für die erste Frau?« fragte Brown.

»Ja, die gab's.«

Derselbe bittere Unterton.

»Wieviel?«

»Dreitausend im Monat.«

»Mrs. Schumacher«, sagte Carella, »fällt Ihnen jemand ein, der es getan haben könnte?«

Man stellte diese Frage hinterbliebenen Ehegatten nicht etwa, weil man brillante Erkenntnisse erwartete. Eigentlich war die Frage eher ein Trick. Bei den meisten Morden handelte es sich auch heute noch, in unserem Zeitalter anonymer Gewalt, um Familienangelegenheiten. Der Ehemann bringt seine Frau um und umgekehrt. Die Ehefrau beseitigt ihren Liebhaber. Der Freund die Freundin. Der Freund den Freund. Und so weiter. Ein hinterbliebener Ehemann, eine hinterbliebene Ehefrau, sie waren auf jeden Fall erst einmal die Hauptverdächtigen, bis man den Beweis für das Gegenteil hatte. Eine gute Methode, nach einem Motiv zu angeln, war die Frage, ob es wohl jemanden gab, der den Betreffenden gern tot gesehen hätte. Freilich mußte man dabei vorsichtig zu Werke gehen.

Margaret Schumacher brauchte da nicht zu überlegen.

»Alle haben ihn geliebt«, sagte sie.

Und fing an zu weinen.

Die beiden Detectives standen betreten da.

Sie trocknete ihre Tränen mit einem Kleenex. Schneuzte sich dann. Weinte weiter. Sie warteten. Es sah fast so aus, als würde sie ewig weiterheulen. Sie stand mitten im Wohnzimmer ihres Apartments im fünften Stock. Von der Außenwelt abgeschnitten, war es hier oben still; nur das Summen der Klimaanlage und Mrs. Schumachers Schluchzen waren zu hören. Eine hochgewachsene, gutaussehende Frau mit goldenem Haar und goldener Sommerbräune, die, gespielt oder tatsächlich, der Kummer überwältigte. Alle haben ihn geliebt, hatte sie gesagt. Aber ihrer Erfahrung nach hieß das nichts anderes, als daß im Grunde keiner viel für ihn übrig gehabt hatte.

Ebensowenig hatte sie gesagt, daß sie ihn geliebt hatte. Was natürlich ein Versehen sein konnte.

»Es ist schrecklich, was da passiert ist«, sagte Brown schließlich, »und wir wissen, wie Ihnen –«

»Ja«, sagte sie, »ich habe ihn sehr geliebt.«

Vielleicht ein Versuch, den Ausrutscher zu korrigieren. Und außerdem sprach sie jetzt in der Vergangenheit von ihm.

»Sie können sich also nicht vorstellen, warum ihn jemand –«

»Nein.«

Noch immer weinte sie in das sich auflösende Papiertuch.

»Keine Drohbriefe oder Anrufe, in denen –«

»Nein.«

»– man ihm gedroht hat. Keiner, der ihm Geld schuldete –«

»Nein.«

»– oder von dem er sich Geld geliehen hatte?«

»Nein.«

»Irgendwelche Probleme mit seinem Arbeitgeber?«

»Die Firma gehört ihm selbst.«

Wieder das Präsens. Ein ständiges Pendeln zwischen Vergangenheit und Gegenwart, ein langsames Sichabfinden mit einem abrupten Tod.

»Und was für eine Firma ist das?« fragte Carella.

»Er ist Anwalt.«

»Könnten wir bitte den Namen seiner Kanzlei haben?«

»Schumacher, Benson und Loeb. Er ist dort Seniorpartner.«

»Und wo haben sie ihre Büros, Madam?«

»Im Zentrum – an der Jasper Street. In der Nähe des Old Seawall.«

»Hatte er Probleme mit einem seiner Partner?«

»Nicht daß ich wüßte.«

»Oder mit einem der anderen Mitarbeiter?«

»Das weiß ich nicht.«

»Hat er kürzlich jemanden gefeuert?«

»Ich weiß es nicht.«

»Mrs. Schumacher«, sagte Brown, »wir müssen Ihnen diese Frage stellen. Hatte Ihr Mann etwas mit einer anderen Frau?«

»Nein.«

Frei von der Leber weg.

»Wir müssen Sie das fragen«, sagte Carella. »Sie selbst sind auch mit niemandem liiert, oder?«

»Nein.«

Das Kinn hoch, die Augen hinter den Tränen herausfordernd.

»Dann war Ihre Ehe also glücklich.«

»Ja.«

»Wir müssen das fragen«, sagte Brown.

»Ich verstehe.«

Was nicht stimmte. Oder vielleicht doch. Wie auch immer, die Fragen hatten weh getan. Carella stellte sich mit einemmal vor, daß die Kollegen vom 45. Revier seine Mutter fragten, ob *ihre* Ehe glücklich gewesen war. Aber das hier war schließlich was anderes. Oder etwa nicht? Waren sie so sehr von ihrer Ermittlungsroutine in Anspruch genommen, daß sie vergessen hatten, daß hier ein Mensch ermordet worden war? Daß sie es hier mit der Frau dieses Menschen zu tun hatten, die immerhin auch ein Mensch war? War es ihnen so wichtig geworden, die Bösen zu fangen, daß sie dabei auf den Guten nach Belieben herumtrampeln zu können glaubten? Oder schlimmer noch, glaubten sie vielleicht gar nicht mehr daran, daß es überhaupt Gute gab?

»Tut mir leid«, sagte er.

»Mrs. Schumacher«, sagte Brown, »wäre es Ihnen recht, wenn wir die persönliche Habe Ihres Mannes durchsehen? Sein Adreßbuch, seinen Terminkalender, sein Tagebuch, falls er eines geführt hat...«

»Er hat kein Tagebuch geführt.«

»Irgend etwas, worauf er sich beim Telefonieren Notizen gemacht hat, ein Notizblock, ein –«

»Ich zeige Ihnen seinen Schreibtisch.«

»Außerdem würden wir gern seine Kleidung durchgehen, wenn es Ihnen –«

»Wozu denn das?«

»Manchmal findet sich in einer Jackettasche ein Zettel, ein Streichholzbriefchen aus einem Restaurant, oder –«

»Arthur hat nicht geraucht.«

Die Vergangenheitsform hatte sich durchgesetzt.

»Wir werden vorsichtig sein, wir versprechen es«, sagte Carella.

Auch wenn er bisher nicht besonders vorsichtig gewesen war.

»Ja, gut«, sagte sie.

Aber er wußte, sie hatten sich ziemlich dumm angestellt; er wußte, sie hatten sie vor den Kopf gestoßen, und das auf immer. Er hatte mit einemmal das Bedürfnis, sie zu trösten, so wie er seine Mutter getröstet hatte, aber der Augenblick dafür war längst vorbei. Der Bulle hatte übernommen, der Mann in ihm verloren.

»Wenn Sie gestatten«, sagte er.

Margaret zeigte ihnen die Kleidung ihres Mannes im Wandschrank des Schlafzimmers. Sie tasteten Jacketts und Hosen ab, fanden aber nichts. Ein kleiner Raum auf der anderen Seite des Flurs war als Büro eingerichtet. Hier gab es einen Schreibtisch, einen Polstersessel, eine Stehlampe und vor allem mit Gesetzestexten bestückte Bücherregale. Sie fanden das Adreßbuch des Toten auf Anhieb, auch seinen Terminkalender, und baten Margaret, beides mitnehmen zu dürfen, um alles durchgehen zu können. Sie gaben ihr eine Quittung, damit alles seine Ordnung hatte. In der Schublade unter der Schreibplatte fanden sie in einer schmalen kleinen Schachtel, vielleicht acht Zentimeter lang und achtzehn breit, einen Stapel brieftaschengroßer Scheckformulare und in einer kleinen roten Hülle den Schlüssel zu einem Bankschließfach.

Mit dessen Hilfe sie am Montag morgen ein weiteres Bündel erotischer Briefe zutage förderten.

4. Kapitel

Mittwoch, 14. Juni

Hi!

Ich ziehe gerade meine scharfen neuen Dessous an, einen roten Halbschalen-BH (der meine Brüste hochschiebt und dabei die Brustwarzen frei läßt), einen Straps, rote Seidenstrümpfe und das winzigste rote Höschen, daß Du je gesehen hast, alles aus glatter, weicher Seide. Darüber trage ich das neue Kostüm, daß ich mir gestern geleistet habe. Es hat zwar ein Vermögen gekostet, aber ich konnte einfach nicht widerstehen. Es ist ein ziemlich gouvernantenhaftes blaues Ding mit einer kurzen, zweireihig geknöpften Jacke und – das Beste daran – einem Rock mit einem interessanten Arrangement: ein großer Schlitz, den ein paar raffinierte Falten so kunstvoll verstecken, daß er ganz züchtig wirkt, solange ich stehe. Aber kaum setze ich mich hin und spreize die Beine ein bißchen, lade ich den Mann neben mir praktisch ein, in den Schlitz zu greifen und mir zwischen die Beine zu fassen.

Ist das die Art Brief, die Du gerne möchtest? Ich glaube, das macht mir sogar Spaß.

In meiner Phantasie steigen wir in einem Hotel ab und gehen zusammen in das dazugehörende Restaurant, wo wir uns eine abgelegene Nische suchen. Du bist der Mann neben mir, und Du greifst in den Schlitz und berührst meine Möse, die vor Hunger nach Deiner Aufmerksamkeit schon ganz heiß und ganz, ganz naß ist. In Null Komma nichts bringst Du mich zum Orgasmus und dann bin ich an der Reihe. Ich öffne den Reißverschluß an Dei-

nem Hosenstall und finde Deinen Schwanz, der schon steinhart ist, da bin ich sicher. Er springt mir richtig in die Hand, ich spiele damit unter dem Tisch, und er wird immer noch härter, bis ich dann, wenn keiner hersieht, so tue, als würde ich eine Serviette vom Boden aufheben. Dabei schiebe ich aber meinen Mund über Deinen Schwanz und blase ihn, bis Du mich anbettelst, Dich kommen zu lassen. Aber ich lasse Dich nicht, ganz gleich, wie sehr Du auch bettelst, ich sauge an Deinem großen Schwanz, bis Du den Tränen nahe bist, und dann sage ich: »Komm, wir gehen nach oben aufs Zimmer.«
Wir beruhigen uns wieder, verlassen das Restaurant und nehmen den Aufzug nach oben. Auf unserem Zimmer dann ziehe ich das blaue Kostüm aus, und Du reißt mir das winzige rote Höschen herunter und sagst, daß ich Dich verrückt mache, und ich öffne wieder Deinen Reißverschluß, gehe auf die Knie und nehme Deinen großen Schwanz in den Mund. Du ziehst Dich ganz aus, dann rutschst Du langsam aus meinem Mund, hebst mich hoch und leckst mir die Brüste. Ich komme noch einmal, bei Dir kommt es mir immer so schnell, es genügt schon, wenn Du an meinen Nippeln saugst, aber ich weiß, daß Du noch nicht mit mir fertig bist. Ich weiß, Du willst noch mehr, Du kannst ja nie genug kriegen von mir. Du hebst mich hoch und trägst mich zum Bett, dann kniest Du über mir, Deinen Schwanz in der Hand, und fickst mich schließlich langsam und gleichmäßig, dann fester und fester und fester, bis Du's mir so richtig gibst, Baby, ja, fick mich jetzt.

Bis später. Bye!

»Da krieg' ich glatt 'ne Latte, bei der Frau«, meinte Brown kopfschüttelnd und dann: »Ufff!« bevor er den Brief wieder unter das rote Gummi schob, das den Stapel zusammenhielt. Er saß neben Carella in einem der zivilen Funkwagen des Dezernats, einem drei Jahre alten Plymouth mit kaputter Klimaanlage, so daß die beiden

Männer vor Hitze schier umkamen, als sie noch einmal zur Wohnung der Schumachers fuhren. Sie hatten am Vormittag anderthalb Stunden gebraucht, um einen Gerichtsbeschluß zu bekommen, der ihnen erlaubte, Schumachers Bankschließfach zu öffnen, eine weitere halbe Stunde, um zur Bank zu gelangen, die nicht weit von seinem Büro in der Jasper Street lag. Im Schließfach war nichts weiter als die Briefe und ein Paar Flugkarten Erster Klasse nach Mailand – eine auf Schumacher und eine auf den Namen Susan Brauer.

Insgesamt waren es siebzehn Briefe, fünf weniger also, als Schumacher selbst geschrieben hatte. Der erste – der, den Brown eben gelesen hatte – war auf drei Tage nach Schumachers erstem datiert und schien eine direkte Reaktion auf diesen zu sein. Wie schon seine Briefe, waren auch ihre nicht unterzeichnet. Alle waren fein säuberlich getippt und begannen mit demselben Gruß und hatten denselben Schluß: *Hi!* und *Bye!* Wie ein munteres kleines Mädchen, das einer Freundin aus dem Sommerlager schrieb. Sauberes kleines Mädchen, dachte Brown.

»Meinst du, er war dabei, das Interesse an ihr zu verlieren?« fragte er.

»Tut mir leid, was sagst du?« sagte Carella.

Seine Gedanken wanderten schon wieder. Das Bild seiner Mutter in der Bäckerei wollte ihm nicht aus dem Sinn, wie sie durchs Geschäft schlich und alles berührte, was seinem Vater gehört hatte.

»Ich meine, er lernt sie am Neujahrstag kennen, und schon im Juni überredet er sie dazu, ihm derart scharfe Briefe zu schreiben. Hört sich doch ganz so an, als würde er das Interesse verlieren.«

»Warum sollte er sie dann nach Europa mitnehmen?«

»Vielleicht haben die Briefe die Geschichte wieder in Schwung gebracht«, sagte er und schwieg einen Augenblick. »Hast du schon mal solche Briefe geschrieben?«

»Nein. Du?«

»Nein. Ich wollte, ich könnte so was.«

Sie näherten sich dem Apartment am Selby Place. Carella suchte nach einem Parkplatz, fand dann einen im Parkverbot, parkte trotzdem, klappte die Sonnenblende herunter, und die Plakette mit dem Logo der Stadtpolizei wurde sichtbar. Draußen schien es kühler als im Wagen. Eine leichte Brise wehte durch die im Schatten von Bäumen liegende Straße. Sie gingen zu dem Haus, meldeten sich beim Portier an und nahmen dann den Aufzug in den fünften Stock.

Was sie sich bisher zusammengereimt hatten, war folgendes: Arthur Schumacher und Susan Brauer hatten einen intimen Briefwechsel, und sie planten, zusammen Ende des Monats nach Italien zu fliegen. Was sie nicht wußten, war, ob Margaret Schumacher das alles gewußt hatte. Sie waren hier, um sie eingehender zu befragen. Falls sie nämlich gewußt hatte...

»Treten Sie ein«, sagte sie. »Haben Sie etwas in Erfahrung gebracht?«

Anscheinend die Sorge in Person. Begierig, etwas zu erfahren. Aber sie sah abgespannt und müde aus. Gestern vormittag hatte sie ihren Mann zu Grabe getragen. Sie mußten das hier ausgesprochen vorsichtig angehen. Sie wollten ihr nicht alles sagen, was sie wußten, aber andererseits war es praktisch unmöglich, angeln zu gehen, ohne wenigstens einen kleinen Köder ins Wasser zu hängen.

Carella sagte ihr, daß sie im Augenblick die Möglichkeit untersuchten, daß der Tod ihres Mannes mit einem früheren Mord in Zusammenhang stehen könnte, an dem sie bereits arbeiteten...

»Oh? Mit welchem früheren Mord?«

...und daß sie, während sie am Samstag nur hier gewesen seien, um den beiden Detectives einen Gefallen zu tun, die im Fall des Mordes an ihrem Mann ermittelten...

»Einen Gefallen?« sagte sie, durch Carellas unglückliche Wortwahl irritiert.

»Ja, Madam«, sagte er, »nur um die Ermittlungen nicht einschlafen zu lassen.«

...daß jedoch aufgrund der Regel ›Wer zuerst kommt, mahlt zuerst‹ zwei zusammenhängende Fälle von denselben Detectives zu bearbeiten seien, die man schon mit dem früheren Mord betraut habe. Was bedeute, daß der Fall ihres Mannes nun offiziell der ihre und sie diejenigen seien, die –

»Welchem früheren Mord?« fragte sie noch einmal.

»Der Mord an einer Frau namens Susan Brauer«, sagte Carella und beobachtete dabei ihre Augen.

Diesen war nicht das geringste anzusehen.

»Kennen Sie jemanden, der so heißt?« fragte Brown.

Auch er beobachtete ihre Augen.

»Nein, niemanden.«

Nichts. Keine Spur von Erkennen.

»Sie haben in den Zeitungen nichts über den Mord an ihr gelesen...«

»Nein.«

»Oder etwas darüber im Fernsehen gesehen?«

»Nein.«

»Das ging doch durch alle Medien.«

»Tut mir leid«, sagte sie und sah die beiden an, anscheinend tatsächlich vor ein Rätsel gestellt. »Und Sie sagen, der Tod meines Mannes könnte etwas mit...«

»Ja, Madam.«

»...mit diesem früheren Mord zu tun haben...«

»Ja, Madam, das ist die Möglichkeit, die wir im Augenblick in Betracht ziehen.«

Was natürlich gelogen war. Es handelte sich längst nicht mehr um eine bloße Möglichkeit, sondern um eine entschiedene Wahrscheinlichkeit. Nun gut, natürlich bestand die entfernte Möglichkeit, daß Arthur Schumachers Tod mit dem von Susan Brauer nicht das geringste zu tun hatte, aber kein Polizist der Welt hätte darauf gewettet, nicht mal bei einer Quote von eins zu einer Million.

»Inwiefern haben sie miteinander zu tun?«

Die beiden Kriminalbeamten sahen einander an.

»Inwiefern?« beharrte sie.

»Mrs. Schumacher«, sagte Carella, »als wir am Samstag hier waren und im Schreibtisch Ihres Mannes den Schlüssel fanden, da sagten sie, Sie hätten nur ein Bankschließfach, und zwar bei der Federal Trust an der Culver Avenue. Das haben Sie uns doch am Samstag gesagt.«

»Das stimmt.«

»Sie sagten, Sie wüßten nichts von einem Schließfach bei der Union Savings – das war der Name auf dem kleinen roten Mäppchen. Sie sagten –«

»Ich weiß noch immer nichts davon.«

»Mrs. Schumacher, es gibt aber ein Schließfach bei dieser Bank, und zwar auf den Namen Ihres Mannes.«

Sie beobachteten nach wie vor ihre Augen. Wenn sie gewußt hätte, was sich in diesem Schließfach befand und ihr jetzt klar geworden wäre, daß auch sie das wüßten, dann hätte sich das irgendwie in ihren Augen zeigen müssen, auf ihrem Gesicht, und sei es auch nur durch ein kleines Zucken. Aber es rührte sich nichts.

»Ich bin überrascht«, sagte sie.

»Sie wußten also nichts von der Existenz dieses Schließfachs.«

»Nein, warum sollte Arthur so weit weg im Zentrum ein Schließfach unterhalten? Wir –«

»Die Union Savings ist in der Wellington Street«, sagte Brown. »Nur drei Blocks von seinem Büro.«

»Schön, aber wir haben doch ein Schließfach hier gleich in der Nähe, verstehen Sie nicht? Warum also sollte er noch ein zweites brauchen?«

»Hätten Sie nicht eine Idee, warum?« fragte Carella.

»Nicht die geringste. Arthur hat mir nie etwas verheimlicht, warum sollte er da nicht erwähnt haben, daß er ein Bankschließfach in der Nähe seines Büros hat? Ich meine... was war denn drin, wissen Sie das?«

»Mrs. Schumacher«, sagte Brown, »haben Sie gewußt, daß Ihr Mann vorhatte, zum Ende des Monats nach Europa zu reisen?«

»Ja, gewiß.«

»Nach Italien und Frankreich, ist das richtig?«

»Eine Geschäftsreise, ja.«

Er ging sie aus dem toten Winkel an, um herauszufinden, ob sie von den Tickets im Schließfach gewußt hatte, ob sie sie vielleicht irgendwo gesehen hatte...

»Er sollte am neunundzwanzigsten nach Mailand fliegen...«

...oder ob sie auf die eine oder andere Weise – egal wie – davon erfahren hatte, daß ihr Mann etwas mit einer schönen Zweiundzwanzigjährigen hatte...

»Ja.«

»...und am zwölften August von Lyon aus zurückfliegen.«

»Ja.«

»Hatten Sie vor, ihn zu begleiten?«

»Nein, ich habe Ihnen doch gerade gesagt, daß es sich um eine Geschäftsreise handelte.«

»Hat er oft solche Geschäftsreisen unternommen – allein?«

»Ja. Warum? Glauben Sie, die Reise hatte etwas mit seiner Ermordung zu tun?«

»Glauben *Sie* denn, daß das möglich wäre?«

»Ich sehe nicht, wieso. Wollen Sie damit sagen, es hat ihn jemand... Ich meine, ich verstehe nicht, was diese Reise mit seiner Ermordung zu tun haben sollte.«

»Sind Sie sicher, daß er allein reisen wollte?« fragte Carella.

»Ja, ich denke doch«, sagte sie. »Es sei denn mit einem Sozius aus der Kanzlei.«

»Hat er denn gesagt, daß er mit einem Sozius verreisen wollte?«

»Er hat sich diesbezüglich überhaupt nicht geäußert. Ich verstehe nicht. Worauf wollen Sie...?« Sie kniff plötzlich die Augen zusammen und bedachte erst Carella und dann Brown mit einem scharfen, argwöhnischen Blick. »Was hat das alles zu bedeuten?« fragte sie.

»Mrs. Schumacher«, sagte Carella, »hatten Sie Grund zur Annahme, daß Ihr Gatte –«

»Nein, was hat das zu bedeuten?«

»– womöglich nicht allein reisen wollte?«

»Was, zum Donnerwetter, hat das zu bedeuten?«

Da standen sie am Scheideweg.

Und wie der Baseballspieler Yogi Berra einmal gesagt hat: »Wenn der Weg sich vor dir gabelt, dann solltest du ihn gehen.«

Carella warf Brown einen Blick zu. Brown nickte unmerklich, als Zeichen, in den sauren Apfel zu beißen und weiterzumachen. Carellas Augen signalisierten Einverständnis.

»Mrs. Schumacher«, sagte er, »als wir letzten Samstag hier waren, haben Sie uns gesagt, Ihr Mann hätte auf keinen Fall ein Verhältnis gehabt. Sie schienen sich da ausgesprochen sicher zu sein.«

»Stimmt, er hatte auch keines. Würden Sie mir nun endlich –«

»Wir haben jetzt Hinweise darauf, daß er doch ein Verhältnis hatte.«

»Was? Was wollen Sie damit sagen?«

»Wir haben Material, das ihn mit Susan Brauer in Verbindung bringt.«

Beide achteten jetzt genau darauf, welche Reaktion diese Nachricht bei ihr hervorrufen würde. Aufmerksam musterten sie die Frau. Die Augen, das Gesicht, den ganzen Körper. Sie hatten die Katze aus dem Sack gelassen. Wenn sie von dem Verhältnis der beiden gewußt hatte...

»Ihn mit ihr in Verbindung bringt?« sagte sie. »Was soll das heißen, es bringt ihn mit ihr in Verbindung?«

»In eine intime Verbindung«, sagte Carella.

Die Überraschung, die in ihren Augen aufblitzte, wirkte echt.

»Material?« sagte sie.

»Ja, Madam.«

»Was für Material?«

Ihre Überraschung wich einem Ausdruck fast schon höhnischen Unglaubens.

»Briefe, die sie ihm geschrieben hat«, sagte Carella. »Wir haben sie in seinem Bankschließfach gefunden...«

»Und was hat das...? Briefe? Wollen Sie damit sagen, diese Frau hat meinem Mann geschrieben?«

»Ja, Madam.«

»Aber selbst wenn, das heißt doch noch lange nicht, daß –«

»Wir haben auch seine Antworten. Briefe, die *er* an *sie* geschrieben hat.«

»Arthur hat dieser –«

»Ja, Madam.«

»Das ist doch lächerlich.«

»Wir haben die Briefe in ihrem Apartment gefunden.«

»Briefe von Arthur an sie?«

»Sie sind nicht unterzeichnet, aber wir sind uns sicher –«

»Wie kommen Sie dann dazu...? Wo sind diese Briefe? Ich möchte diese Briefe sehen.«

»Mrs. Schumacher...«

»Ich habe ein Recht darauf, diese Briefe zu sehen. Wenn Sie sagen, mein Mann hätte ein Verhältnis mit einer anderen Frau gehabt...«

»Das hat er, Madam.«

»Dann möchte ich Beweise dafür. Sie versuchen es... es... so aussehen zu lassen, als hätte er eine Affäre mit dieser... Frau gehabt, wie immer sie heißen mag.«

»Susan Brauer.«

»Es ist mir egal, wie sie geheißen hat! Ich glaube Ihnen nicht ein Wort. Arthur ist mir nie im Leben untreu gewesen! Glauben Sie, ich hätte nichts davon gemerkt, wenn er mir untreu gewesen wäre? Was wollen Sie eigentlich? Wollen Sie mir wehtun?« rief sie. »Ist es das?« Ihre Augen funkelten jetzt, sie zitterte am ganzen Körper. »Ich brauche Ihre Fragen nicht zu beantworten«, sagte sie und ging auf der Stelle hinüber zum Telefon. »Mein Mann war Partner in einer der größten Anwaltssozietäten dieser Stadt – und jetzt scheren Sie sich zum Teufel«, sagte sie und begann zu wählen.

»Mrs. Schumacher –«

»Dort ist die Tür«, sagte sie und dann in den Hörer: »Mr. Loeb, bitte.«

Carella warf Brown einen Blick zu.

»Bitte gehen Sie!« rief Margaret Schumacher. In den Hörer sprach sie dann leiser, wenn auch immer noch aufgebracht: »Lou, ich habe hier zwei Kriminalbeamte, die meine Rechte verletzt haben. Was muß ich...?«

Sie gingen.

Draußen auf dem Flur, während sie auf den Aufzug warteten, sagte Carella: »Was hältst du davon?«

»Schwer zu sagen«, meinte Brown.

»Ist schließlich nicht das erste Mal, weißt du.«

»Du meinst letzte Woche, stimmt's?«

»Ja, Samstag. Ich meine, da ist ihr doch auch gleich der Kragen geplatzt, es ist also nicht das erste Mal heute.«

»Vielleicht waren wir ihr gegenüber nicht taktvoll genug.«

»Das ist sicher«, sagte Carella.

Die Tür des Aufzugs ging auf. Sie stiegen in die Kabine und

drückten den Knopf für die Halle. Keiner sagte etwas, während sie den Schacht hinuntersurrten. Unabhängig voneinander hatten beide denselben Gedanken: daß Margaret Schumacher ihnen da eben eine prima Vorstellung geliefert hatte. Überraschung, Schock, Unglauben, Unwillen, Zorn und Schmerz bei der Nachricht von der Untreue ihres Mannes. Nur daß keiner hätte sagen können, ob sie gespielt hatte oder nicht.

Als sie auf die Straße traten, traf die Hitze sie wie eine geballte Faust.

»Meinst du, wir hören von ihrem Anwalt?« sagte Brown.

»Ach was«, sagte Carella.

Er irrte sich.

Ein Detective namens Mary Beth Mulhaney arbeitete an der Tür.

Normalerweise war sie beim 31. Polizeirevier; dort oben hatte Eileen sie auch kennengelernt, so um die vier Jahre mußte das her sein. Man hatte das Sonderdezernat um einen Lockvogel gebeten. Es ging um einen Typ, der auf offener Straße auf Frauen einschlug und sich dann mit ihren Handtaschen aus dem Staub machte. Eine ganze Woche lang war Eileen Abend für Abend an dem Job dran gewesen, ohne daß jemand auch nur am Köder geknabbert, geschweige denn angebissen hätte. Der altgediente Unsympath, der Lieutenant da oben, sagte ihr, das liege daran, daß man ihr die Polizistin ansehe, das Sonderdezernat hätte ihm jemand anderen schikken sollen. Eileen fragte ihn, ob er nicht vielleicht selbst losziehen wolle, im kleinen Schwarzen und mit einer Perlenkette um den Hals; vielleicht könnte ja er den Straßenräuber in Versuchung bringen, auf ihn loszugehen. Der Lieutenant hatte der jungen Dame gesagt, sie möchte doch bitte nicht frech werden.

Eine Menge hoher Tiere standen vor dem Dessousgeschäft herum. Das Sondereinsatzkommando hatte die Ladeninhaberin mitsamt ihrer Geisel zur Bewegungslosigkeit verurteilt. Die Vorderseite des Geschäfts war verbarrikadiert und die Straße abgeriegelt. Mary Beths Front war die Hintertür, weitab von der Menschenmenge, die sich an diesem Montagvormittag auf der Straßenseite zusammengefunden hatte. Zu den hohen Tieren gehörte auch der

Chef der Schutzpolizei Dylan Curran, dessen Foto Eileen schon in den Polizeiwachen der ganzen Stadt hatte hängen sehen. Des weiteren war der Chef der Kripo Andrew Brogan anwesend, der Eileen jahrelang eine Zigarre nach der anderen verpaßt hatte, weil sie dem altgedienten Unsympathen von einem Lieutenant im 31. Revier ständig widersprach. Und dann noch Unterinspektor John di Santis, der Leiter des Sondereinsatzkommandos, den Eileen erst neulich im Fernsehen gesehen hatte, als an der Calm's Point Bridge ein Typ, der sich für Superman hielt, damit drohte, er würde in den Dix fliegen. Der Star jedoch war Brady.

Ein Sergeant vom Sondereinsatzkommando erklärte Eileen und den anderen Lehrgangsteilnehmern leise, daß die Frau da drinnen eine .357er Magnum in der Hand hätte und die einzige Kundin, die noch im Laden war, umzubringen drohte, falls die Polizei nicht abrückte. Der Grund, weshalb die Polizei überhaupt da sei, erklärte er, liege darin, daß die Frau eine Kundin aus dem Laden gejagt hatte, als die sich darüber beschwerte, daß sich beim Waschen der Gummizug eines hier gekauften Slips aufgelöst hatte.

Die Frau – sie hieß Hildy Banks – hatte den Revolver, den sie zum Schutz vor bewaffneten Räubern und dergleichen unter dem Ladentisch hatte, herausgerissen und zweimal auf die sich beschwerende Kundin geschossen, die den Laden darauf in Todesangst fluchtartig verlassen hatte. Dann hatte Hildy Banks die Waffe auf die andere, nicht weniger verängstigte Kundin gerichtet und sie zu erschießen gedroht, falls sie nicht mit ihrem Geschrei aufhörte. Die Frau hatte jedoch nicht aufgehört. Hildy hatte daraufhin zweimal in die Luft geschossen, mit dem ersten Schuß ein Loch in die Decke gebohrt und mit dem zweiten einen Karton mit Unterröcken vom obersten Brett eines Regals gefegt. Inzwischen war die Polizei eingetroffen. Einer der beiden Uniformierten, die dem Notruf Folge geleistet hatten, schrie: »Heiliges Kanonenrohr!«, als Hildy eine Kugel durch die Ladentür jagte. Daraufhin hatte man das Sondereinsatzkommando dazugeholt. Und danach die anderen angepiepst...

»Ich bitte um etwas mehr Ruhe da hinten!«

Inspektor Brady. Er stand neben Mary Beth, die ruhig auf die

Frau hinter der Tür einredete. Er wandte nur kurz den Kopf, um den Sergeant vom SEK zu schelten, dann widmete er seine volle Aufmerksamkeit wieder Mary Beth. Eileen fragte sich, wie lange Mary Beth wohl schon beim Geiselteam war. Brady behandelte sie wie eine blutige Anfängerin; ständig flüsterte er ihr seine Anweisungen ins Ohr und weigerte sich, sie nach eigenem Gutdünken handeln zu lassen. Mary Beth bedachte ihn mit einem ungeduldigen Blick. Er schien ihn nicht zu bemerken. Er schien die Geschichte am liebsten allein erledigen zu wollen. Eileens Vermutung nach war Mary Beth ohnehin nur an dieser Tür, weil es sich bei dem Geiselnehmer um eine Frau handelte.

»Hildy?«

Mary Beth draußen vor der Tür, im Hinterhof Bullen, soweit das Auge reichte. Die Hintertür des Ladens führte auf einen kleinen umzäunten Hof. Da sich der Laden im Erdgeschoß eines Apartmenthauses befand, führten von den Fenstern über ihnen Wäscheleinen zu den Telefonmasten, die in unregelmäßigen Abständen im ganzen Block zu sehen waren. Schlaff, mit baumelnden Armen und Beinen, hingen Hemden und Hosen in der feuchten Luft. Für den Fall, daß die Frau im Laden beschloß, ihr den Kopf abzuschießen, kauerte Mary Beth neben der Tür, ein gutes Stück unterhalb der Sichtlinie des einzigen Fensters in der Backsteinmauer. Sie war eine rundgesichtige Frau, ihre blauen Augen waren kalt wie Glatteis. Sie trug ein blaues Hemd, das offen über ein gelbes T-Shirt hing, und eine graue Hose. Keinen Lippenstift. Keinen Lidschatten. Die Wangen waren wegen der Hitze rosig. Der Schweiß rann ihr übers Gesicht, die Augen gespannt auf die Tür gerichtet. Sie hoffte, daß nichts hindurchgeflogen kam. Oder durchs Fenster.

»Hildy«, sagte sie noch einmal.

»Gehen Sie weg! Verschwinden Sie! Oder ich erschieße sie.«

Eine Stimme am Rand der Verzweiflung. Eileen erkannte, daß die Frau nicht weniger Angst hatte als ihre Geisel. Die Polizisten hier draußen mußten ihr wie eine Armee vorkommen. Der Chef der Schutzpolizei ging unruhig auf und ab, die Hände auf dem Rücken, ein General, der sich fragte, ob seine Soldaten den Hügel nehmen oder alles vermasseln würden. Kripochef Brogan stand etwas abseits mit zwei stämmigen Kerlen in Zivil zusammen und unterhielt sich flüsternd, während er Mary Beth an der Tür beobachtete. Uniformierte Polizisten mit Gewehren und Faustfeuerwaffen standen herum – sicherheitshalber außerhalb des Sichtfeldes.

Man verspricht ihnen, daß nicht geschossen wird, dachte Eileen. Und meint es sogar ehrlich. Es sei denn. Oder bis. Schließlich waren die Bullen hier angerückt, um die Bude dann zu stürmen, wenn jemand zu Schaden kam. Wenn die Geisel getötet oder auch nur verletzt wurde, dann nahm man die Tür mit Gewalt. Kam ein Polizist hier draußen zu Schaden, galt dasselbe. Die Regeln des Fair play galten so lange, bis etwas passierte. Dann wurde man Polizist.

»Hildy, ich besorge Ihnen den Kaffee, um den Sie gebeten haben«, sagte Mary Beth.

»Lange genug dauert das ja«, sagte Hildy.

»Wir mußten erst jemanden losschicken, der ihn holt.«

»Das war vor einer Stunde.«

»Nein, Hildy, das war vor zehn Minuten.«

»Streiten Sie nicht mit ihr«, flüsterte Brady.

»Er müßte jeden Augenblick hier sein«, sagte Mary Beth.

»Wen haben Sie da bei sich?« fragte Hildy.

Argwohn in der Stimme.

Mary Beth sah Brady an. Ein fragender Blick. Was soll ich ihr sagen, Boß?

Brady schüttelte den Kopf. Legte einen Zeigefinger an die Lippen. Schüttelte noch mal den Kopf.

»Niemand«, sagte Mary Beth. »Ich bin völlig allein.«

»Ich dachte, ich hätte Sie mit jemand sprechen gehört.«

Wieder schüttelte Brady den Kopf.

»Nein, außer mir ist hier keiner«, sagte Mary Beth.

Warum will er, daß sie lügt? fragte sich Eileen.

»Aber da draußen sind doch Polizisten, ich weiß, daß welche draußen sind.«

»Ja, es sind welche da.«

»Aber nicht an der Tür, wollen Sie sagen, oder?«

»So ist es, Hildy. Ich bin hier ganz allein an der Tür.«

Brady nickte, befriedigt.

»Warum machen Sie die Tür nicht einen Spalt weit auf?« sagte Mary Beth.

Das kam überraschend für Brady. Er riß die Augen auf. Die nicht weniger blau und frisch waren als Mary Beths, nur daß sie jetzt eindeutig verwirrt blickten. Was machte sie da? Er schüttelte den Kopf.

»Dann können Sie selbst sehen, daß ich allein bin«, sagte Mary Beth und scheuchte Brady mit dem Handrücken weg.

Brady schüttelte den Kopf heftiger. Er stand gleich links neben Mary Beth, sein kahler Kopf glänzte in der Sonne und seine Falkennase durchpflügte die zum Ersticken schwüle Luft, als er den Kopf schüttelte: Nein, nein, nicht doch! Was, zum Teufel, *machen* Sie da?

Mary Beth machte ihm noch mal Zeichen, sie in Ruhe zu lassen.

»Machen Sie die Tür auf, Hildy. Dann werden Sie sehen...«

Brady schüttelte zornig den Kopf.

»...daß ich allein hier bin.«

Sie hob den Kopf in Richtung Brady und warf ihm einen wütenden Blick zu. Ihre Blicke trafen sich. Blau knallte auf Blau. Funkelnd stießen sie aufeinander. Brady stapfte davon. Michael Goodman stand bei den Lehrgangsteilnehmern. Brady ging direkt zu ihm hinüber. »Ich will sie von der Tür weg haben«, sagte er.

»Inspektor –«

»Sie macht die Tür schon auf, wenn der Kaffee kommt. Mulhaney macht zu schnell.«

»Vielleicht spürt sie was, was Sie nicht spüren«, sagte Goodman. »Immerhin hat sie mit ihr geredet, Inspektor. Vielleicht hat sie –«

»Ich stand doch die ganze Zeit über direkt daneben«, sagte Brady. »Ich habe jedes Wort der beiden gehört. Und ich sage Ihnen, sie versucht die Tür zu schnell aufzukriegen. Die Frau da drin macht auf und fängt an zu schießen, ich sag's Ihnen.«

Er traut ihr nicht, dachte Eileen.

»Geben wir ihr noch ein paar Minuten«, sagte Goodman.

»Ich denke, wir sollten einen neuen Unterhändler einführen, ganz vorsichtig. Wir warten, bis der Kaffee da ist, und dann –«

»Sehen Sie doch«, sagte Eileen.

Sie wandten den Kopf, um ihrem Blick zu folgen.

Die Tür öffnete sich. Nur einen Spalt weit, aber sie öffnete sich.

»Sehen Sie?« sagte Mary Beth. »Ich bin allein hier.«

Sie konnten Hildys Antwort nicht hören. Aber was immer sie sagte, es schien Mary Beth Mut zu machen.

»Warum lassen Sie die Tür nicht auf?« fragte sie. »Ich sehe gern, mit wem ich rede, Sie nicht auch?«

Auch diesmal konnten sie die Antwort nicht hören. Aber die Tür blieb offen.

»Seien Sie nur vorsichtig mit der Waffe«, sagte Mary Beth und lächelte. »Ich möchte nicht, daß mir hier draußen was passiert.«

Jetzt hörten sie Hildys Stimme.

»Wo ist Ihre Waffe?«

»Ich habe keine«, sagte Mary Beth.

»Aber Sie sind doch von der Polizei, oder etwa nicht?«

»Ja, schon. Das habe ich Ihnen doch gesagt. Ich bin eine Unterhändlerin der Stadtpolizei. Ich habe jedoch keine Waffe. Das sehen Sie doch selbst, jetzt, wo die Tür offen ist«, sagte Mary Beth und breitete die Hände aus. »Keine Waffe. Nichts. Sehen Sie?«

»Woher soll ich wissen, daß Sie keine unter dem Hemd haben?«

»Na, dann schauen Sie doch. Ich mache das Hemd auf. Hier, sehen Sie selbst.«

Mary Beth, wie eine Exhibitionistin, zog das blaue Hemd auseinander und zeigte Hildy das gelbe T-Shirt darunter.

»Sehen Sie?« sagte sie.

»Und was ist mit Ihren Taschen?«

»Möchten Sie reinlangen, in meine Taschen? Sich vergewissern, daß ich keine Waffe habe?«

»Nein. Sie werden mich nur auszutricksen versuchen.«

»Warum sollte ich das tun? Glauben Sie, ich will verletzt werden?«

»Nein, aber –«

»Genausowenig wie ich Ihnen was tun will, will ich auch selbst nichts abbekommen. Ich habe einen drei Jahre alten Sohn, Hildy. Ich glaube nicht, daß es dem recht wäre, wenn Sie mich hier draußen erschießen.«

»Haben Sie wirklich einen Sohn?«

»Ja, wirklich. Er heißt Dennis«, sagte sie.
»Wie der kleine Racker aus dem Comic, ja?«
»Sie sagen es«, sagte Mary Beth und lachte.
Sie konnten auch die Frau im Laden lachen hören.
»Haben Sie Kinder?« fragte Mary Beth.
»Ich denke, sie kommt zurecht«, sagte Goodman.

»Also wirft er sie raus, dieser sexistische Schweinehund«, sagte Eileen. »Nicht gleich aus der Polizei, nein, das würde noch nicht mal so ein faschistischer Scheißkerl wie der wagen. Aber aus dem Team hat er sie gefeuert. Und sie wieder ins Einunddreißigste zurückgeschickt. Und wissen Sie warum?«

»Warum?« fragte Karin.

Sie saßen in ihrem Büro im vierten Stock. Dr. Karin Lefkowitz. Es war fünf Uhr nachmittags, ihr letzter Termin für diesen Tag. Karin war eine typische Großstadtpflanze. Jüdin. Sie sehe aus wie Barbra Streisand, sagten die Leute, nur daß sie hübscher sei. Das braune Haar vorne keilförmig zugespitzt. Ihre blauen Augen zeugten von scharfem Verstand. Im Augenblick jedoch sah man darin auch so etwas wie Zorn, während sie Eileens Schauergeschichte über Inspektor William Cullen Brady, den Chef des Geiselteams, lauschte. Prima Beine, die sie im Augenblick übereinandergeschlagen hatte. Sie trug ihr Markenzeichen: dunkelblaues Geschäftskostüm und Reeboks. Aufmerksam nach vorn gebeugt, saß sie da und wollte wissen, warum dieser miese sexistische Schweinehund Mary Beth Mulhaney gefeuert hatte.

»Weil sie es nicht genauso gemacht hat, wie er es haben wollte«, sagte Eileen. »Entweder du tanzt nach seiner Pfeife, oder es heißt: Ciao, Schwester, nett, Sie kennengelernt zu haben. Aber es hat funktioniert, so wie Mary Beth es angepackt hat, sie hat die Geiselnehmerin mitsamt der Geisel rausgekriegt, ohne daß irgend jemand zu Schaden gekommen ist. Wissen Sie, was das ist?«

»Was ist es?« fragte Karin.

»Das ist die Mentalität der Ewiggestrigen hier bei der Polizei«, sagte Eileen. »Die können sagen, was sie wollen, daß uns die Waffe an der Hüfte alle gleich macht, aber wenn es drauf ankommt, dann halten uns diese alten Knacker noch immer für *Mädchen*. Und *Mädchen* muß man nun mal unter die Arme greifen, nicht wahr? Andernfalls bringen wir ja womöglich die *Männer* da draußen in Gefahr, die mit ihren Haaren auf der Brust ihr Bestes geben, um für Recht und Ordnung zu sorgen. Ich sage Ihnen, ich scheiß' auf Recht und Ordnung, und ich scheiß' auf begriffsstutzige Iren wie Brady, die der Meinung sind, süße kleine irische Mädels wie ich und Mary Beth sollten lieber in der Kirche knien und Novenen für die tapferen *Männer* draußen auf den Straßen beten!«

»He, nicht schlecht«, sagte Karin.

»Da haben Sie verdammt recht«, sagte Eileen.

»Ich habe Sie noch nie so wütend gesehen.«

»Tja.«

»Sagen Sie mir, warum Sie so wütend sind.«

»Was glauben Sie? Wenn Brady das mit Mary Beth machen kann, die schon ein halbes Jahr beim Team gewesen ist und absolut großartige Arbeit geleistet hat, was macht er dann erst mit mir, wenn ich das erste Mal Mist baue?«

»Haben Sie denn Angst, Mist zu bauen?«

»Ich war ja noch nicht an der Tür, ich meine ja nur –«

»Wollen Sie denn an der Tür arbeiten?«

»Na ja, darum geht es doch wohl, oder? Ich meine, ich nehme an einem Lehrgang für Unterhändler bei Geiselnahmen teil, und das tun Unterhändler ja wohl. Wir stehen an der Tür, wir versuchen den Geiselnehmer und die Geiseln da herauszu –«

»Ja, aber *wollen* Sie an die Tür? Freuen Sie sich darauf, an die Tür gestellt zu werden?«

»Ich denke, ich habe genug gelernt, um es zu probieren.«

»Sie fühlen sich also bereit?«

»Ja. Wir haben solche Situationen schon Dutzende von Malen durchgespielt, mit den verschiedensten Arten von Geiselnehmern, in den verschiedensten Situationen. Also, ja, doch, ich fühle mich bereit.«

»Freuen Sie sich auf Ihren ersten Einsatz?«

»Ja.«

»Auf Ihre erste richtige Geiselnahme?«

»Ja. Ich bin natürlich ein bißchen nervös, klar, aber es wird ja jemand dabeisein, der aufpaßt. Selbst wenn ich allein an der Tür wäre, so wären schließlich andere in der Nähe.«

»Wie meinen Sie das: nervös?«

»Na ja, das ist schließlich kein Spiel. Es geht dabei immerhin um Menschenleben.«

»Natürlich.«

»Und da möchte ich natürlich alles richtig machen.«

»Haben Sie Angst, Sie könnten es falsch anfangen?«

»Ich möchte nur nicht, daß jemandem was passiert.«

»Natürlich nicht.«

»Ich meine, der Grund, warum ich die Arbeit als Lockvogel so hasse –«

»Ich weiß.«

»– ist doch, daß... daß immer die Möglichkeit besteht, daß man auf jemanden...«

»Ja?«

»...auf jemanden schießen muß.«

»Ja. Jemanden töten muß.«

»Jemanden töten muß. Ja.«

»Und Sie haben das Gefühl, diese Gefahr könnte auch hier bestehen? Wenn Sie an der Tür arbeiten?«

»Immer, wenn irgendwo eine Schußwaffe mit im Spiel ist, besteht die Gefahr, daß so etwas passiert, ja.«

»Aber in dieser Situation sind nicht Sie es, die eine Waffe in der Hand hat, habe ich recht?«

»Na ja, da haben Sie schon recht.«

»Der Geiselnehmer hat die Waffe.«

»Der Geiselnehmer hat die Waffe, da haben Sie vollkommen recht.«

»Es ist also völlig unmöglich, daß Sie jemanden erschießen. Jemanden töten müssen.«

»Na ja, ich selbst will natürlich auch nichts abkriegen, verstehen Sie? Die Person da drinnen hat schließlich eine Waffe, wissen Sie...«

»Ja, ich weiß.«

»Und wenn ich Mist baue?«

»Wieso kommen Sie darauf, daß Sie Mist bauen?«

»Ich geh' ja nicht davon aus, daß ich Mist baue. Ich sage nur, falls ich Mist bauen sollte...«

»Ja, was wäre dann?«

»Na ja, dann macht die Person da drinnen womöglich von ihrer Waffe Gebrauch.«

»Und was dann?«

»Dann müßten wir stürmen.«

»Sie müßten die Tür mit Gewalt nehmen.«

»Wenn der Geiselnehmer anfängt zu schießen, ja.«

»Und wenn die Tür mit Gewalt genommen wird...«

»Na ja... tja.«

»Was *tja*, Eileen?«

»Dann könnte dem Geiselnehmer etwas passieren.«

»Er könnte getötet werden.«

»Er könnte getötet werden, ja.«

»Und das wollen Sie nicht.«

»Das will ich nicht, nein. Das ist ja auch der Grund, warum ich nicht mehr als Lockvogel arbeiten will. Weil...«

»Weil sie schon einmal jemanden töten mußten.«

»Bobby.«

»Bobby Wilson, genau.«

»Ich habe ihn getötet, ja.«

Die beiden Frauen sahen einander an. Wieder und wieder hatten sie das durchgekaut. Wenn Eileen diese Geschichte auch nur noch ein einziges Mal erzählen müßte, würde sie sich auf ihre Schuhe kotzen. Sie warf einen Blick auf ihre Uhr. Es war zwanzig nach fünf. Montag nachmittag. Draußen war es höllisch heiß, und hier drinnen, in diesem fensterlosen Raum mit der völlig unzureichenden Stadtverwaltungsklimaanlage, war es auch nicht viel kühler.

»Warum macht Brady Sie so wütend?« fragte Karin.

»Weil er Mary Beth gefeuert hat.«

»Aber Sie sind nicht Mary Beth.«

»Ich bin eine Frau.«

»Er hat aber nicht Sie gefeuert.«

»Er könnte aber.«
»Warum?«
»Weil er der Meinung ist, daß Frauen es in diesem Job nicht bringen.«
»Erinnert er Sie an jemanden, den Sie kennen?«
»Nein.«
»Sind Sie sicher?«
»Absolut.«
»Ihnen fällt nicht ein einziger Mann ein, der –«
»Ich werde jetzt nicht Bert sagen, falls Sie darauf hinauswollen.«
»Sie sollen überhaupt nichts sagen, was Sie nicht wollen.«
»Es ist auch nicht so, daß Bert der Meinung war, ich würde es nicht bringen.«
»Was dann?«
»Er hat versucht, mich zu schützen.«
»Aber er hat Mist gebaut.«
»Das war nicht seine Schuld.«
»Wessen Schuld war es?«
»Er hat versucht, mir zu helfen.«
»Wollen Sie damit sagen, daß Sie nicht länger denken –«
»Ich weiß nicht, was ich denke. Sie waren es, die vorgeschlagen hat, ich solle mit Goodman darüber reden, dem Geiselteam beizutreten, Sie waren es, die gedacht hat –«
»Ja, aber wir sprechen jetzt über Bert Kling.«
»Ich will über Bert nicht sprechen.«
»Warum nicht? Vorige Woche noch schienen Sie der Ansicht zu sein, er sei dafür verantwortlich...«
»War er ja auch. Wenn ich meine Rückendeckung nicht verloren hätte...«
»Ja, dann hätten Sie Bobby Wilson nicht erschießen müssen.«
»Scheiß auf Bobby Wilson! Wenn ich den Namen auch nur noch ein einziges Mal höre –«
»Glauben Sie immer noch, daß Bert dafür verantwortlich war?«
»Wegen ihm habe ich meine Rückendeckung verloren, ja.«
»Aber war er auch verantwortlich dafür, daß sie Bobby Wilson erschossen haben? Dafür, daß Sie Bobby Wilson getötet haben?«

Eileen schwieg eine ganze Weile.

Dann sagte sie: »Nein.«

Karin nickte.

»Vielleicht ist es an der Zeit, daß wir mit Bert sprechen«, sagte sie.

Carella hatte seine frühe Jugend und die ersten Jahre seines Erwachsenenlebens in Riverhead gelebt. Nachdem er Teddy geheiratet hatte, war er dann dorthin zurückgezogen, und es war Riverhead, wo man nun seinen Vater umgebracht hatte. Heute abend fuhr er in eine Gegend von Riverhead, die etwa drei Meilen von seinem eigenen Haus entfernt lag, um mit seinem Schwager Tommy zu sprechen. Er hätte so ziemlich alles auf der Welt lieber getan als das.

Tommy war in das Haus zurückgezogen, in dem seine Eltern gewohnt hatten, während er beim Militär war. Heutzutage brauchte man nicht ausdrücklich zu sagen, in welchem Krieg, bei welchem Polizeieinsatz, bei welcher Invasion man dabei gewesen war. Als Amerikaner hatte man wenigstens einen Krieg hinter sich, egal, welcher Altersgruppe man angehörte. Die Ironie in seinem Fall war, daß Tommy den Krieg überlebt hatte, während seine Eltern daheim bei einem Autounfall ums Leben gekommen waren. Das Haus gehörte ihm noch immer, er vermietete es. Aber er hatte ein Zimmer über der Garage, und in dem hauste er jetzt.

Angela hatte Carella gesagt, er sei Anfang des Monats ausgezogen, nachdem sie einen furchtbaren Streit gehabt hatten, bei dem ihre dreijährige Tochter heulend aus dem Zimmer gelaufen war. Genaugenommen hatte Angela ihn ja hinausgeworfen. Hatte ihn angebrüllt, er solle sich aus dem Haus scheren und nicht eher wiederkommen, bis er sein Flittchen zum Teufel geschickt hätte. Genau das hatte sie gesagt. Flittchen. Tommy hatte ein paar Klamotten gepackt und war abgehauen. Vor zwei Wochen hatte er angerufen, um ihr zu sagen, daß er geschäftlich nach Kalifornien müsse. Am Abend zuvor hatte er angerufen, um ihr zu sagen, daß er wieder zurück sei. Heute abend war Carella hier, um mit ihm zu reden.

Er hatte erst angerufen und wußte, daß er erwartet wurde. Er hätte diese Klingel lieber nicht gedrückt. Er wäre lieber nicht hier gewesen, um Tommy Fragen zu stellen; er hatte nicht die geringste Lust, bei seinem eigenen Schwager den Bullen zu spielen. Er stieg die steile hölzerne Stiege rechts an der Garage hinauf. Er drückte den Klingelknopf. Hörte es drinnen klingeln.

»Steve?«

»Ja.«

»Bin gleich da.«

Er wartete.

Die Tür ging auf.

»Hey!« Die Arme weit geöffnet. »Steve.« Sie umarmten einander. »Ich hab' das mit deinem Vater nicht gewußt«, sagte Tommy sofort. »Ich wäre sonst auf der Stelle hier gewesen, aber Angela hat mich nicht angerufen. Ich hab's erst gestern abend erfahren. Tut mir leid, Steve.«

»Danke.«

»Ich hab' ihn wirklich gern gehabt.«

»Ich weiß.«

»Komm rein, komm rein. Hättest du je gedacht, mich so zu sehen? Alleinlebend? Großer Gott«, sagte Tommy und trat zur Seite, um ihn hereinzulassen. Er hatte etwas Gewicht verloren, seit Carella ihn das letzte Mal gesehen hatte. Kaum wird man ein bißchen älter, kriegt das Gesicht so etwas Müdes um die Augen. Aber dafür sorgt schon das Leben, dazu braucht man nicht obendrein auch noch Eheprobleme.

Die Einrichtung des einzigen Zimmers bestand aus einem Sofa, das sich zweifelsohne in ein Bett verwandeln ließ, einem Paar dikken Polstersesseln mit geblümten Schonbezügen, einer Stehlampe, einem Fernseher auf einem Rollwagen, einer Kommode mit einer weiteren Lampe und einem Ventilator. Und dann noch einem Couchtisch zwischen dem Sofa und den beiden Sesseln. An der Wand über dem Sofa hing ein Bild von Christus, dessen offene Herzwunde blendende Strahlen aussandte; seine Hand war segnend gehoben. Carella hatte das gleiche Bild in den Wohnungen von Katholiken in der ganzen Stadt gesehen. Links neben dem Sofa gab es eine Tür; sie stand einen Spalt breit offen und gab den Blick auf das Bad dahinter frei.

»Was zu trinken?« fragte Tommy.

»Was hast du denn?« wollte Carella wissen.

»Scotch oder Gin, such dir was aus. Ich war nach deinem Anruf noch unten, frische Limetten holen, für den Fall, daß dir nach einem Gin Tonic sein sollte. Ich hab' aber auch Sprudel, falls du –«

»Gin Tonic hört sich gut an.«

Tommy ging hinüber an die Wand, die vollständig mit einer Spüle, einer Reihe Schränke, einer kunststoffbeschichteten Anrichte, einem Herd und einem Kühlschrank ausgefüllt war. Krachend brach er eine Eisform auf, holte eine frische Flasche Gin aus einem der Schränke, halbierte eine Limette, preßte sie in zwei hohe Gläser mit Comic-Figuren, die Carella nicht kannte, und warf die beiden leeren Hälften dann hinein; schließlich hatte er zwei gewaltige Drinks gemixt, die er zum Sofa herüberbrachte, auf dem Carella sich niedergelassen hatte.

Sie stießen an.

»Prost«, sagte Tommy.

»Prost«, sagte Carella.

Der Ventilator auf der Kommode schob warme Luft durch den Raum. Die Fenster – eines über der Spüle, das andere im rechten Winkel zum Sofa – standen weit offen, aber kein Lüftchen regte sich. Beide Männer trugen Jeans und kurzärmelige Hemden. Es war unerträglich heiß.

»Also?« sagte Carella.

»Was hat sie dir gesagt?«

»Daß ihr euch gestritten habt. Daß sie dich rausgeschmissen hat.«

»Ja«, sagte Tommy und nickte dabei. »Hat sie dir auch gesagt warum?«

»Sie hat gesagt, du hättest eine andere.«

»Hab' ich aber nicht.«

»Sie glaubt es aber.«

»Aber sie hat nicht den geringsten Grund dazu. Ich liebe sie über alles. Was ist bloß los mit ihr?«

Carella erinnerte sich noch an die Orgel in der Kirche, die mit zunehmender Lautstärke das Schluchzen der Leute übertönt hatte, die vor Freude geweint hatten, an seinen Vater, der Angelas Hand gehalten hatte, als er sie durch das Mittelschiff zum Altar führte, vor dem Tommy wartete...

»Ich habe ihr gesagt, daß es außer ihr keine gibt, daß sie die einzige Frau ist, die ich je...«

...an den Priester, der ein Gebet sprach und das Paar mit Weihwasser segnete, an Tommy, der furchtbar schwitzte, an Angelas Lippen hinter dem Schleier. Es war der zweiundzwanzigste Juni gewesen, nie in seinem Leben würde Carella diesen Tag vergessen. Nicht nur, weil an diesem Tag seine Schwester geheiratet hatte, sondern auch weil an diesem Tag seine Zwillinge zur Welt gekommen waren. Er wußte noch, daß er sich für den glücklichsten Menschen der Welt gehalten hatte. Zwillinge!

»...aber sie sagt mir immer und immer wieder, sie weiß, daß ich eine andere habe.«

Teddy saß neben ihm, die Augen auf den Altar gerichtet, die Kirche in stiller Erwartung. Er erinnerte sich noch daran, gedacht zu haben, daß der jetzt seine kleine Schwester heiratete. Er erinnerte sich noch, gedacht zu haben, daß alle erwachsen werden. Alles hat seine Zeit...

Willst du, Thomas Giordano, mit dieser Frau in den heiligen Stand der Ehe treten? Willst du sie lieben, ehren und ihr als treuer...

...das Pflanzen und die Ernte dessen, was man gepflanzt hat...

»Ich habe sie niemals betrogen«, sagte Tommy. »Noch nicht mal, als wir erst zusammen gegangen sind... aber das weißt du doch selber, Steve. Vom ersten Augenblick an, wo ich sie gesehen habe, konnte ich keine andere mehr ansehen. Und jetzt denkt sie...«

...und von allen anderen lassen, bis daß der Tod euch scheidet?

Ja. Ich will.

Und willst du, Angela Louise Carella, mit diesem Mann in den heiligen Stand der Ehe treten? Willst du ihn lieben, ehren und zu ihm stehen als treue Frau in Gesundheit und Krankheit, in guten wie in schlechten Tagen...

Tommy hob den Schleier der Braut und küßte sie nur flüchtig, weil ihm das Ganze so peinlich war. Die Orgelmusik schwoll wieder an. Angela, lächelnd, den Schleier über die weiße Krone in ihrem Haar gezogen, ein Funkeln in den Augen…

»Warum glaubt sie, daß du sie betrügst, Tommy?«

»Steve, sie ist schwanger, sie kann jetzt jeden Tag niederkommen, du weißt, was ich meine? Ich nehme an, es ist, weil wir im Augenblick nicht zusammen schlafen, da glaubt sie eben, ich habe eine andere…«

…eine Zeit für die Umarmung, und eine Zeit, von der Umarmung abzusehen…

»Ich bin wirklich ehrlich zu dir. Ich glaube, das ist alles, was dahintersteckt.«

»Nichts anderes?«

»Nichts.«

»Nichts, weshalb sie sich das in den Kopf gesetzt haben könnte?«

»Nein.«

»Etwas, was du getan hast?«

»Nein.«

»Was du gesagt hast?«

»Nein.«

»Tommy, schau mich an.«

Ihre Blicke trafen sich.

»Sagst du die Wahrheit?«

»Ich schwör's bei Gott«, sagte Tommy.

5. Kapitel

Lieutenant Byrnes hatte ihm geraten – alle hatten sie es ihm geraten –, die vom 45. Polizeirevier machen zu lassen und sich da herauszuhalten; er sei gefühlsmäßig zu betroffen, um zu diesem Fall etwas beizutragen. Aber es war jetzt eine Woche her, seit man seinen Vater erschossen hatte, und trotz der Versprechungen seitens der beiden Kollegen, die in dem Fall ermittelten, hatte Carella noch nicht ein einziges Mal von ihnen gehört. Am Dienstag morgen, neun Uhr, rief er in Riverhead an.

Der Detective, der den Anruf im Revierbüro entgegennahm, hieß Haley. Carella sagte ihm, wer er war, und fragte nach den Detectives Bent oder Wade.

»Ich glaube, die beiden sind schon unterwegs«, sagte Haley.

»Können Sie sie anpiepsen und bitten, mich zurückzurufen?«

»Worum handelt es sich denn?«

»Um einen Fall, an dem sie arbeiten.«

»Klar, ich piepse die beiden an«, sagte Haley.

Aber so, wie er es sagte, hörte es sich für Carella an, als würde er niemanden anpiepsen.

»Ist Ihr Lieutenant im Haus?« fragte er.

»Ja.«

»Würden Sie mich durchstellen?«

»Es ist jemand bei ihm drin.«

»Rufen Sie einfach an und sagen Sie ihm, daß Detective Carella am Apparat ist.«

»Ich habe Ihnen doch gerade gesagt –«

»Hör zu, Kamerad«, sagte Carella und gab dem *Kamerad* einen unheilschwangeren Unterton. »Stellen Sie mich zu Ihrem Lieutenant durch.«

Ein langes Schweigen folgte.

Dann sagte Haley: »Alles klar.«

Einen Moment später hatte er eine andere Stimme in der Leitung.

»Lieutenant Nelson. Wie geht es Ihnen, Carella?«

»Bestens, danke, Lieutenant. Ich habe mich nur gefragt –«

»Vor ein paar Tagen hat mich Lieutenant Byrnes angerufen und mich gebeten, dem Fall besondere Aufmerksamkeit zu schenken, was ich sowieso getan hätte. Bent und Wade sind in diesem Augenblick an der Sache dran.«

»Ich habe mich nur gefragt, ob der Zeuge was gebracht hat?«

»Tja, wie sich herausgestellt hat, war er doch nicht so gut, wie wir gedacht haben. Konnte sich ganz plötzlich an dies und jenes nicht mehr erinnern, Sie wissen schon, was ich meine? Wir nehmen an, er hat sich die Geschichte durch den Kopf gehen lassen und gekniffen. Kommt ja nicht gerade selten vor.«

»Ja«, sagte Carella.

»Aber die beiden sind im Augenblick an der Sache dran, wie ich schon gesagt habe. Sie sind dabei, was zu überprüfen, worauf sie gestern gestoßen sind. Machen Sie sich keine Sorgen, wir bleiben dran, wir werden keinesfalls –«

»Auf was sind sie denn gestoßen?«

»Lassen Sie mal sehen, ich habe den Bericht eben in der Hand gehabt, wo, zum Teufel, hab' ich den wieder gelassen? Eine Sekunde, ja?«

Carella hörte ihn vor sich hinmurmeln, während er in Papieren grub. Er stellte sich Berge von Akten vor. Schließlich hatte er ihn wieder an der Strippe. »Ja«, sagte er, »sie suchen noch nach einem Jungen, der seiner Freundin erzählt hat, er hätte die Strolche gesehen, die Ihren Vater erschossen haben. Als sie aus dem Laden gelaufen kamen. Sie haben seinen Namen und die Adresse –«

»Könnte ich die wohl haben, Sir? Den Namen und –«

»Carella?«

»Ja, Sir?«

»Wollen Sie einen Rat von mir?«

Carella sagte nichts.

»Lassen Sie das Bent und Wade erledigen, okay? Die beiden sind gute Polizisten. Die kriegen die Burschen, glauben Sie mir. Wir werden Sie nicht enttäuschen, glauben Sie mir.«

»Ja, Sir.«

»Sie haben mich doch verstanden, oder?«

»Ja, Sir.«

»Es ist besser so.«

»Ja, Sir.«

»Ich weiß, wie Ihnen zumute ist.«

»Ich danke Ihnen, Sir.«

»Aber es ist besser so, glauben Sie mir. Sie arbeiten wirklich gerade dran. Sie finden die Strolche, glauben Sie mir. Trauen Sie uns, okay? Wir kriegen sie.«

»Ich weiß das zu schätzen, danke.«

»Wir bleiben in Verbindung«, sagte Nelson und legte auf.

Carella fragte sich, warum die Verbindung bisher nicht funktioniert hatte.

Der Junge rannte los, als er sie sah.

Er stand an der Ecke und unterhielt sich mit zwei anderen Typen, als Wade und Bent in einem zivilen Dienstwagen hielten. Man hätte meinen können, der Wagen trüge in orangen und grünen Neonbuchstaben das Wort POLIZEI auf dem Dach. Wade öffnete gerade die Tür und setzte einen Fuß auf die Bordsteinkante, da erblickte ihn der Junge und begann zu laufen. Bent, der gefahren und inzwischen ebenfalls ausgestiegen war, schrie: »Er haut ab, Randy!« Und dann schrien sie beide, fast gleichzeitig: »Halt, stehenbleiben! Polizei!«

Nur daß sich kein Mensch darum scherte.

Immerhin holte auch niemand eine Schußwaffe hervor.

In dieser Stadt gab es strenge Verordnungen und Regeln für die Umstände, unter denen man als Polizist seine Waffe ziehen oder gar abfeuern durfte. Hier war weder ein Verbrechen im Gange, noch hatten die beiden Detectives einen Haftbefehl für jemanden, der bekanntermaßen bewaffnet war. Der Junge, der da vor ihnen den Gehsteig entlangraste, hatte weder was angestellt, noch bedrohte er sie in irgendeiner Art und Weise, die den Einsatz einer Schutzwaffe zur Selbstverteidigung gerechtfertigt hätte. Also blieben die Revolver im Holster.

Der Junge war schnell, aber Wade und Bent waren auch nicht ohne. Eine Menge Detectives in dieser Stadt neigten dazu, Speck anzusetzen; man fuhr den ganzen Tag im Wagen herum, aß Hamburger und Fritten in drittklassigen Imbißbuden. Ein paar Pfund zuviel hatte man schneller drauf, als man sie wieder loswurde. Wade und Bent trainierten allerdings zweimal die Woche in der Turnhalle des Präsidiums, so daß sie bei der Verfolgung des Jungen kaum ins Schnaufen kamen.

Bent war einsachtundachtzig und wog sechsundachtzig Kilo, alles Muskeln und Sehnen. Wade war einsachtzig und wog ganze siebenundsiebzig Kilo, aber die Messernarbe über dem linken Auge ließ ihn brutaler und hartgesottener aussehen als Bent, auch wenn er kleiner und leichter war. Der Junge vor ihnen war vielleicht siebzehn, achtzehn, schlank und fix und obendrein noch weiß. Nur um sicher zu gehen, daß er sie nicht für ein Paar üble schwarze Macker hielt, die ihn abziehen wollten, riefen sie noch mal: »Polizei!« und dann noch mal: »Halt«, und weil sie gerade dabei waren, gleich noch mal: »Halt, stehenbleiben! Polizei!« Aber das brachte den Jungen nicht zum Stoppen.

Der Junge setzte über die Zäune zwischen den Hinterhöfen, in deren dumpfer Luft lustlos Wäsche hing. Wade und Bent waren immer ein paar Schritte hinterher, der Junge bestimmte den Weg und hielt seinen Vorsprung, weil er wußte, wo es hinging. Der Flüchtende hat fast immer einen Vorteil gegenüber dem Verfolger. Aber sie waren stärker als er und obendrein entschlossener – immerhin hatte er womöglich die beiden Leute gesehen, die den Vater eines Polizisten umgebracht hatten. Das Zauberwort hieß *Polizist.*

»Da ist er!« schrie Wade.

Er verschwand in einem Gebäude direkt am Riverhead Park, das einmal ein durchaus elegantes Apartmenthaus mittlerer Höhe gewesen war, jetzt jedoch schon zehn oder zwölf Jahre lang leer stand. Die Fenster waren mit Brettern vernagelt und mit bebilderten Plastikfolien beklebt, so daß es aussah, als seien die Jalousien halb vorgezogen, die Läden offen oder als stünden kleine Topfpflanzen auf den Fensterbrettern: das Trompe-l'œil einer untergehenden Stadt. Das Gebäude hatte keine Vordertür mehr. Von der aufgequollenen Decke im Hausflur tropfte Regenwasser, das sich oben gesammelt hatte. Es war dunkel hier drin. Hier brannten die Lichter der Großstadt nicht mehr. Nichts als Dunkelheit und huschende Ratten, als die beiden Detectives hereinkamen.

»Hey!« schrie Wade. »Wieso laufen Sie weg?«

Keine Antwort.

Nur das Tröpfeln des Wassers.

Seine Stimme hallte in der hohlen Hülse des Hauses mit den getürkten Jalousien, Läden und Topfpflanzen.

»Wir wollen doch bloß mit Ihnen reden!« schrie Bent.

Noch immer keine Antwort.

Sie blickten einander an.

Stille.

Und dann ein kaum wahrnehmbares Geräusch von oben, nicht von einer Ratte diesmal, die waren längst wieder in den Mauern verschwunden. Bent nickte. Zusammen machten sie sich daran, die Treppe hinaufzusteigen.

Als sie den ersten Stock erreicht hatten, lief der Junge wieder los. Wade setzte ihm nach und schnappte ihn, als er eben um den Absatz auf der Treppe in den zweiten Stock wetzte. Er riß ihn herum und warf ihn dann rücklings auf den Boden, rollte ihn auf den Bauch, hielt dem Jungen seine Polizeimarke ins Gesicht und schrie dann, so laut er nur konnte: »Polizei, Polizei, Polizei! Kapiert?«

»Ich hab' nix gemacht«, sagte der Junge.

»Auf die Beine«, sagte Wade, und für den Fall, daß der Junge nicht kapiert hatte, riß er ihn hoch, knallte ihn gegen die Wand und begann ihn zu filzen, als Bent dazukam.

»Sauber«, sagte Wade.

»Ich hab' nix gemacht«, sagte der Junge noch einmal.

»Wie heißt du?« fragte Bent.

»Dominick Assanti, aber ich hab' nix gemacht.«

»Wer sagt das denn?«

»Keiner.«

»Warum rennst du dann weg?«

»Ich hab' mir schon gedacht, daß ihr Bullen seid«, sagte Assanti achselzuckend.

Er war einsachtundsiebzig, einsachtzig, schätzten sie, und wog so um die siebzig Kilo, ein gutaussehender Junge mit gewelltem schwarzem Haar und braunen Augen, in Bluejeans, Turnschuhen und einem T-Shirt mit Bart Simpson vorn drauf.

»Wir wollen nur 'n paar Worte mit dir wechseln«, sagte Bent.

»Ich hab' nix gemacht«, sagte Assanti zum x-tenmal.

»Der hat wohl 'n Sprung in der Platte«, sagte Wade.

»Wo warst du letzten Dienstag abend so gegen halb zehn?« fragte Bent.

»Wer kann sich schon an so was erinnern?«

»Deine Freundin zum Beispiel.«

»Was?«

»Sie hat uns gesagt, du wärst in der Nähe der A&L-Bäckerei in der Harrison Street gewesen. Stimmt das?«

»Woher will die wissen, wo ich gewesen bin?«

»Weil du's ihr gesagt hast.«

»Überhaupt nix hab' ich ihr gesagt.«

»Warst du nun dort oder nicht?«

»Weiß nicht mehr.«

»Versuch mal, dich zu erinnern.«

»Ich weiß nicht, wo ich letzten Dienstag abend gewesen bin.«

»Du warst mit deiner Freundin im Kino...«

»Und hast sie nach Hause gebracht...«

»Dann warst du selbst auf dem Weg nach Hause, als du an der Bäckerei vorbeigekommen bist.«

»Keine Ahnung, wo Sie das alles her haben.«

»Wir haben es von deiner Freundin.«

»Ich hab' doch nicht mal 'ne Freundin.«

»Sie scheint aber zu denken, daß ihr zusammen geht.«

»Keine Ahnung, wo Sie das alles her haben, ich schwör's Ihnen.«

»Dominick... nun paß mal auf«, sagte Wade.

»Deine Freundin heißt Frankie«, sagte Bent, »steht für Doris Franceschi.«

»Alles klar?« sagte Wade.

»Und du hast ihr erzählt, daß du letzten Dienstag um halb zehn vor der Bäckerei warst. Also wie war das nun?«

»Ich will keinen Ärger haben«, sagte Assanti.

»Was hast du gesehen, Dominick?«

»Ich hab' Angst, wenn ich es Ihnen –«

»Nein, nicht doch, wir lochen die Typen ein«, sagte Bent, »keine Bange.«

»Was hast du gesehen?« fragte Wade wieder.

»Ich war auf dem Nachhauseweg...«

Er ist auf dem Nachhauseweg. Er wohnt nur sechs Blocks von Frankies Haus, hat den Kopf noch immer voll von Frankie, er ist noch ganz benommen von dem Gedanken an Frankie. Er wischt sich den Lippenstift vom Mund, das ganze Taschentuch ist rot, er erinnert sich noch an ihre Zunge in seinem Mund, seine Hände auf ihren Brüsten, und erst denkt er, es handle sich um Fehlzündungen. Bei den Schüssen. Aber es ist kein einziges Auto auf der Straße.

Ihm wird klar, daß das Schüsse waren, die er da eben gehört hat, und er denkt sich: Oh-oh, ich mach' mich wohl besser aus dem Staub, und will sich gerade umdrehen, weil er denkt, er geht wohl besser wieder zurück zu Frankie. Um bei ihr zu klingeln und ihr zu sagen, daß draußen geschossen wird und ob er nicht vielleicht 'n Augenblick raufkommen kann. Da sieht er plötzlich einen Typ aus dem Schnapsladen rennen, mit einer braunen Papiertüte in der Hand, und er denkt sich, vielleicht findet da drin ein Überfall statt. Der Typ läuft in seine Richtung, und er denkt wieder, er sollte besser machen, daß er hier wegkommt.

Dann...

Dann waren da...

»Ich... ich kann's Ihnen nich' sagen«, sagte Assanti. »Ich hab' Angst.«

»Sag schon«, sagte Wade.

»Ich hab' Angst.«

»Los«, sagte Wade.

»Dann waren da plötzlich... zwei andre Typen. Die kamen aus der Bäckerei nebenan.«

»Wie sahen die aus?«

Assanti zögerte.

»Du kannst uns doch sagen, ob sie schwarz waren«, sagte Bent.

»Sie waren schwarz«, sagte Assanti.

»Waren sie bewaffnet?«

»Nur einer von ihnen.«

»Einer von denen hatte also eine Waffe?«

»Ja.«

»Wie sahen sie aus?«

»Sie hatten Jeans an, beide, und schwarze T-Shirts.«

»Wie groß?«

»Sehr groß, beide.«

»Was ist mit den Haaren? Hatten Sie einen Afro? Dreadlocks? Bürste? Henker? Rampe? Einen Tom?«

»Ich hab' keine Ahnung, wie die aussehen«, sagte Assanti.

»Na schön, was ist passiert, als sie aus der Bäckerei kamen?«

»Sie hätten fast den Typ über 'n Haufen gerannt, der grad aus dem Schnapsladen gekommen ist. Genau unter der Straßenlampe ist das gewesen. Die haben sich direkt gegenüber gestanden. Direkt in die Augen gesehen haben die dem. Und dann haben sie gesagt, er solle sich zum Teufel scheren.«

Bent warf Wade einen wissenden Blick zu. Ihr Starzeuge. Der Typ, der aus dem Schnapsladen gekommen war. Dieser feige Dreckskerl.

»Was war dann?«

»Dann kamen sie auf mich zugerannt.«

»Hast du sie gut sehen können?«

»Ja, schon, aber...«

»Du brauchst dir keine Sorgen zu machen, die stecken wir für eine ganze Weile ins Loch.«

»Und ihre Freunde? Stecken Sie die auch ins Loch?«

»Wir möchten, daß du dir ein paar Fotos anguckst, Dominick.«

»Ich will mir keine Fotos angucken.«

»Warum nicht?«

»Weil ich Angst habe.«

»Nein, nicht doch.«

»Gehen Sie mir doch mit Ihrem ›nein, nicht doch‹. Sie haben diesen Sonny ja nich gesehen. Der Typ sah aus wie 'n Gorilla.«

»Was sagst du da?«

»Hast du da eben einen Namen genannt?«

»Hast du eben Sonny gesagt?«

»Ich will mir keine Fotos ansehen«, sagte Assanti.

»Hast du eben Sonny gesagt?«

»Heißt er so? Sonny?«

»Du kennst die Typen also?«

»Hieß einer von den beiden Sonny?«

»Keiner wird dir was tun, Dominick.«

»Hieß der Kerl Sonny?«

»Sonny wie?«

»Wir lassen nicht zu, daß dir jemand was tut, Dominick.«

»Sonny wie?«

Er sah die beiden lange an. Er hatte ganz offensichtlich eine Heidenangst, und sie waren sich sicher, sie würden ihn genauso verlieren wie den Typ, der aus dem Schnapsladen gekommen war. Und er schüttelte tatsächlich den Kopf. Aber er schüttelte ihn nur als Antwort auf etwas in ihm drin, das ihm sagte, er müsse sie doch wohl nicht mehr alle beisammen haben, jemanden zu identifizieren, der einen umgebracht hatte.

»Der mit dem Revolver«, sagte er leise.

»Was ist mit dem, Dominick?«

»Der hat Sonny geheißen.«

»Kennst du ihn?«

»Nein. Ich hab' nur gehört, daß der andre ihn Sonny genannt hat. Als sie an mir vorbeigelaufen sind. ›Mach schon, Sonny, leg 'n Zahn zu.‹ Irgendwas in der Richtung.«

»Hast du die beiden gut sehen können, Dominick?«

»Ich hab' sie gut gesehen, ja.«

»Können wir dir ein paar Fotos zeigen?«

Er zögerte wieder. Und wieder schüttelte er den Kopf, als er sich sagte, daß er sie nicht alle beisammen haben mußte, wenn er das tat. Aber schließlich stieß er einen Seufzer aus und sagte: »Ja, okay.«

»Danke«, sagte Wade.

Der einzige Weiße, dem er das anvertrauen konnte, war Carella. Es gab Dinge, die wußte man einfach.

»Meine gottverdammte Haut«, sagte Brown, als würde Carella auf der Stelle kapieren, was natürlich nicht der Fall war.

»All den Scheiß, den ich dafür brauche«, sagte Brown.

Carella wandte sich ihm zu und sah ihn verwirrt an.

Sie saßen in einem zivilen Dienstwagen und waren auf dem Weg ins Zentrum. Brown fuhr, Carella saß neben ihm. Ein lausiger Morgen bis jetzt. Zuerst die enttäuschenden Versprechungen Lieutenant Nelsons vom 45. Polizeirevier und dann auch noch ihr eigener Lieutenant Byrnes. Der hatte sie in sein Büro im 87. zitiert, um den beiden mitzuteilen, daß ihn ein Anwalt angerufen hätte, ein gewisser Louis Loeb, der wissen wollte, warum zwei Kriminalbeamte namens Carella und Brown am gestrigen Vormittag eine trauernde Witwe namens Margaret Schumacher in ihrer Wohnung belästigt hätten.

»Es ist mir klar, daß Sie sie nicht belästigt haben«, sagte Byrnes sofort. »Das Problem ist nur, der Typ sagt, er geht höchstpersönlich zum Chef der Kripo, falls er keine schriftliche Entschuldigung von euch beiden kriegt.«

»Oh, Mann«, sagte Carella.

»Wenn euch nicht nach schriftlichen Entschuldigungen ist, sag' ich ihm, er soll sich zum Teufel scheren«, meinte Byrnes.

»Ja, machen Sie mal«, sagte Brown.

»Immer zu«, sagte Carella und nickte.

»Übrigens, steht denn diese Frau unter Verdacht?« wollte Byrnes wissen.

»Im Augenblick so sehr wie jeder andere«, sagte Brown.

Aber sie hatten außer ihr noch mit niemandem gesprochen. Gerade waren sie unterwegs zu Lois Stein, Schumachers verheirateter Tochter, Mrs. Marc-mit-einem-*c*-Stein. Und Brown erzählte Carella, was das Nervige daran war, schwarz zu sein. Nicht, weil schwarz zu sein einen automatisch verdächtig erscheinen ließ, und das vor allem dann, wenn man groß und schwarz war und einem kein Weißer den großen schwarzen Bullen abnahm. Sondern einen unweigerlich für einen großen schwarzen Kriminellen mit einem

Körper voller Tätowierungen hielt, der sich seine Muskeln im Kraftraum irgendeines Knastes antrainiert hat.

Abgesehen davon nervte Brown eine andere Sache noch viel mehr. In diesem unserem Amerika gaben heute Drogen den Ton an, und die wesentliche Zielgruppe der Dealer waren schwarze Ghettokids, die zu Recht oder nicht (Browns Meinung nach zu Recht) allen Grund hatten, sich um den amerikanischen Traum betrogen zu fühlen, und den einzigen Traum, der ihnen blieb, mußten sie sich aus einer Crackpfeife ziehen.

Aber Drogensucht war ein teurer Spaß, selbst für einen Börsenmakler aus der Wall Street, noch teurer jedoch für einen aus dem Ghetto, wo man als Schwarzer ohne Ausbildung bestenfalls bei McDonald's für vier Dollar fünfundzwanzig die Stunde hinterm Tresen stand, was nicht mal einen starken Zigarettenraucher über die Runden brachte. Um sich Crack leisten zu können, mußte man stehlen. Und die Leute, die man bestahl, waren meist Weiße, weil die das ganze Moos hatten. Das war der Grund dafür, daß man, wenn Arthur Brown die Straße lang kam, eben nicht dachte: Hier kommt ein Beschützer der Unschuldigen, der einen Eid darauf geleistet hat, in dieser Stadt, diesem Staat, diesem Land für Recht und Ordnung zu sorgen. Nein, man dachte: Hier kommt ein großer schwarzer drogensüchtiger Krimineller in diesem unserem schönen Land, wo der Teufelskreis von Drogen über Verbrechen zum Rassismus und zur Verzweiflung wieder zu Drogen führt. Wo es dann wieder von vorn losging. Aber selbst das war nicht das Nervigste daran, schwarz zu sein.

»Weißt du, was passiert, wenn bei einem Schwarzen die Haut austrocknet?« fragte Brown.

»Nein, was denn?« fragte Carella.

Er dachte noch immer an Browns Teufelskreis.

»Abgesehen davon, daß es verdammt ungemütlich ist?«

»Ah-ha«, machte Carella.

»Er wird grau. Das passiert.«

»Ah-ha.«

»Das ist der Grund, warum wir uns dauernd Öl und Fett in die Haut schmieren. Nicht nur die Frauen. Ich rede von den Männern.«

»Ah-ha.«

»Um die Haut einzufetten und die Schuppen loszuwerden. Wie war die Adresse noch?«

»South Dreyden 314.«

»Kakaobutter, Cremes, Vaseline, lauter so 'n Scheiß. Wir müssen uns damit einschmieren, weil wir sonst grau wie Gespenster werden.«

»Du wirkst aber gar nicht so grau«, sagte Carella.

»Natürlich, weil ich mir diesen ganzen Scheiß auf die Haut schmiere. Aber ich bin anfällig für Akne, weißt du?«

»Ah-ha.«

»Schon als ich Teenager war. Das heißt, wenn ich mir diesen ganzen Scheiß auf die Haut schmiere, werd' ich zwar nicht grau, dafür sprießen die Pickel wie verrückt. Wieder so 'n Teufelskreis. Ich schwör' dir bei Gott, ich denk schon dran, mir einen Bart stehen zu lassen.«

Carella wußte nicht, was das jetzt wieder zu bedeuten hatte.

»Gleich da vorn«, sagte er.

»Ich seh's.«

Brown steuerte den Wagen an die Bordsteinkante und bugsierte ihn in einen Parkplatz vor dem Haus South Dreyden Nummer 322, stieg dann aus, schloß ab und ging um ihn herum, so daß er zu Carella auf den Gehsteig kam.

»Eingewachsene Haare«, sagte er.

»Ah-ha«, sagte Carella. »Siehst du irgendwo eine Boutique? Es soll eine Boutique sein.«

Das Geschäft hieß Vanessa's, was, wie Lois Stein ihnen erklärte, nichts mit ihrem eigenen Namen zu tun hatte; es hörte sich nur ungemein britisch und versnobt genug an, um genau die Sorte von besser gestellten Frauen anzuziehen, auf die das Geschäft zielte. Auch sie selbst sah »besser gestellt« aus, elegant zurechtgemacht, mit genau der Art von honigfarbenem Haar, wie man es bei Blondinen in der Parfümwerbung sah, die mit windbewegter Lockenpracht – der durchscheinende Rock flatterte um die skandalös langen Beine – schwermütig aufs Meer hinausträumten. Margaret Schumacher hatte ihnen gesagt, ihre Stieftochter sei siebenunddreißig; erraten hätten die beiden das nie. Sie schien eher Ende Zwanzig, ihr Teint war makellos, und ihre blaugrauen Augen unterstrichen den Ausdruck geheimnisvoller Heiterkeit und Ruhe auf ihrem Gesicht.

Mit einer Stimme, die nicht weniger leise war als ihre Erscheinung – leise und zart, so hätte Carella sie beschrieben –, erklärte sie ohne Umschweife, wie nahe sie ihrem Vater gestanden hatte, eine Beziehung, die die bittere Scheidung und die erneute Heirat ihres Vaters überlebt hätte. Sie könne sich einfach nicht vorstellen, wie ihm etwas Derartiges hatte passieren können. Ihr Vater das Opfer einer Schießerei? Selbst in dieser Stadt, wo Gesetz und Ordnung –

»Verzeihen Sie«, sagte sie. »Ich wollte damit nicht sagen…«

Eine schlanke, feingliedrige Hand hob sich an ihren Mund, berührte ihre Lippen, als wollte sie sie schelten. Wie Carella feststellte, trug sie keinen Lippenstift. Nur über ihren blaugrauen Augen war ein Hauch blauen Lidschattens zu sehen. Ihr Haar glänzte wie gesponnenes Gold. Zwischen dem teuren Firlefanz und den exklusiven Klamotten, die sie verkaufte, erschien sie wie Alice im Wunderland, die aus Versehen ins Boudoir der Königin gestolpert war.

»Darüber würden wir gern mit Ihnen sprechen«, sagte Carella, »wie so etwas passieren konnte.« Nur eine kleine Lüge, da für ihn zu dieser Zeit und an diesem Ort nach wie vor jeder verdächtig war, der mit dieser Geschichte zu tun hatte. Aber andererseits…

»Wann haben Sie ihn denn zuletzt gesehen?« fragte er.

Man stellte diese Frage, weil ein Opfer – vor allem, wenn es mit jemand Ärger gehabt hatte – manchmal Freunden oder Verwandten etwas mitteilte, was zu jenem Zeitpunkt völlig belanglos erscheinen konnte, im Licht eines gewaltsamen Todes jedoch plötzlich eine gewisse Wichtigkeit annahm… Gut gemacht, Carella, setzen, Eins mit Sternchen. Er wartete. Sie versuchte sich zu erinnern, wann sie ihren Vater das letzte Mal gesehen hatte. Der am Freitag abend umgebracht worden war. Die geheimnisvollen blaugrauen Augen gedankenverloren. Sie grübelte und grübelte: Wann habe ich denn den lieben Papi, der mir so nahegestanden hat und mit dem ich über eine bittere Scheidung und die darauf folgende zweite Ehe hinweggekommen bin, zum letzten Mal gesehen? Auch Brown wartete. Er überlegte, ob das Mädchen vor ihm nur eine Show abzog. Er hatte nicht viel mit weißen Frauen zu tun, kannte aber genug schwarze – ein paar von ihnen nicht weniger blond als die hier –, die in der Rolle der zarten Naiven reif für den Oskar waren.

»Wir haben uns letzten Donnerstag auf einen Drink getroffen«, sagte sie schließlich.

Am Tag, bevor es ihn erwischt hatte. Vier Kugeln ins Gesicht. Und nicht zu vergessen, die beiden für die Töle.

»Um welche Uhrzeit ist das in etwa gewesen?« fragte Carella.

»Halb sechs. Nachdem ich das Geschäft zugemacht hatte. Wir haben uns in der Nähe seines Büros getroffen. In einem Lokal namens Bits.«

»Gab es einen speziellen Anlaß für das Treffen?« fragte Brown.

»Nein, wir hatten uns nur eine ganze Weile nicht gesehen.«

»War das so üblich –«

»Ja.«

»– daß Sie sich auf einen Drink trafen?«

»Ja.«

»Nicht etwa zum Mittag- oder Abendessen?«

»Ja, Margaret…«

Sie brach den Satz ab.

Carella wartete. Genauso wie Brown.

»Es war ihr nicht recht, daß Papa sich mit uns traf. Margaret, meine ich. Die Frau, die er nach seiner Scheidung von Mutter geheiratet hat.«

Die Frau, die er geheiratet hat. Keinesfalls bereit, die Beziehung anzuerkennen, indem sie *seine* Frau sagte. Nur die Frau, die er geheiratet hat.

»Und wie standen Sie dazu?«

Lois hob die Achseln.

»Sei ist eine schwierige Frau«, sagte sie schließlich.

Was freilich seine Frage nicht beantwortete.

»Schwierig inwiefern?«

»Extrem besitzergreifend. Eifersüchtig bis zum Wahnsinn.«

Ein starkes Wort, dachte Brown. Wahnsinn.

»Gut, aber wie standen Sie zu diesen Einschränkungen, die sie Ihnen da auferlegte?« fragte Carella.

»Ich hätte Papa gern öfter gesehen... Ich liebe ihn, ich habe ihn geliebt«, sagte Lois. »Aber da ihm das nur Probleme brachte, war ich bereit, mich mit ihm zu treffen, wenn es für ihn problemlos möglich war.«

»Wie stand er denn dazu?«

»Ich habe keine Ahnung.«

»Sie haben das nie mit ihm besprochen?«

»Nie.«

»Sie haben sich einfach nach ihren Wünschen gerichtet«, sagte Carella.

»Ja. Er war ja mit ihr verheiratet«, sagte Lois und hob noch einmal die Achseln.

»Wie stand Ihre Schwester dazu?«

»Mit Betsy hat er sich überhaupt nicht mehr getroffen.«

»Wieso das?«

»Meine Schwester hat die Scheidung sehr persönlich genommen.«

Tut das nicht jeder? überlegte Brown.

»Die ganze schmuddelige Geschichte, die allem vorangegangen war –«

»Was für eine Geschichte?« unterbrach Carella sie sofort.

»Na ja, er hatte eine Affäre mit ihr, wissen Sie. Er hat Mutter wegen ihr verlassen. Es war ja nicht so, daß man sich hat scheiden lassen und dann nach der Scheidung wieder jemanden kennenlernt, er wollte die Scheidung, weil er Margaret heiraten wollte. Er war bereits mit Margaret zusammen, verstehen Sie. Das ist ein großer Unterschied.«

»Ja«, sagte Carella.

»Und meine Schwester, tja, die wollte das eben nicht einfach hinnehmen. Also hat sie sich nicht mehr mit ihm getroffen... Acht, neun Monate nach seiner Heirat muß das gewesen sein. Es lief darauf hinaus, daß er nur noch eine Tochter hatte. Alles, was ihm im Grunde blieb.«

Alles, was ihm blieb? dachte Brown.

»Worüber haben Sie sich letzten Donnerstag unterhalten?« fragte Carella.

»Ach, über dies und jenes.«

»Hat er gesagt, daß ihm etwas zu schaffen macht?«

»Nein.«

»Hat er nicht irgendwas er-«

»Nein.«

»-wähnt, Sorgen oder –«

»Nein.«

»– einen Streit –«

»Nein.«

»– etwas Persönliches vielleicht, was –«

»Nichts dergleichen.«

»Tja, *schien* er denn irgendwie beunruhigt?«

»Nein.«

»Oder schien ihm irgend etwas Sorgen zu machen?«

»Nein.«

»Schien er etwas *nicht ansprechen* zu wollen?«

»Nicht ansprechen?«

»Zögerte er, über irgend etwas Bestimmtes zu reden? Vermied er irgendein Thema?«

»Nein, er schien ganz wie immer.«

»Können Sie uns eine Vorstellung davon geben, über was Sie sich unterhalten haben?« fragte Brown.

»Über was man sich zwischen Vater und Tochter eben so unterhält«, sagte Lois.

»Und das wäre?«

»Ich glaube, wir unterhielten uns über seine Europareise. Er wollte nämlich Ende des Monats geschäftlich nach Europa reisen.«

»Ach ja, was hat er Ihnen darüber gesagt?« fragte Carella.

»Nur, daß er sich darauf freue. Er hatte einen neuen Klienten in Mailand – einen Modeschöpfer, der vorhat, seine neue Kollektion hier auf den Markt zu bringen. Und dann hatte er noch in Frankreich zu tun… in Lyon, glaube ich, hat er gesagt…«

»Ja, er wollte von Lyon aus wieder zurückfliegen.«

»Dann wissen Sie ja alles.«

»Hat er gesagt, ob er allein reisen will?«

»Ich glaube nicht, daß Margaret mitfliegen wollte.«

»Hat er erwähnt, wer womöglich mitfliegen könnte?«

»Nein.«

»Über was haben Sie sich sonst noch unterhalten?«

»Wissen Sie, es war wirklich nur ein Plausch. Ich meine, es ging um nichts Besonderes, es war nichts weiter als... als eine nette, freundliche Unterhaltung zwischen Vater und Tochter.«

»Ja, aber worüber?« Brown ließ nicht locker.

Lois blickte ihn ungeduldig an, und es sah ganz so aus, als unterdrücke sie einen Seufzer. Sie schwieg einige Sekunden, nachdenklich, und dann sagte sie: »Ich denke, ich habe ihm gesagt, daß ich vorhabe, eine Diät zu machen, und er hat mir gesagt, das sei lächerlich und daß ich es wirklich nicht nötig hätte abzunehmen... Oh, und dann hat er mir noch erzählt, daß er daran denke, wieder Klavierstunden zu nehmen – er hat als junger Mann Klavier in einer Swingband gespielt...«

Die blaugrauen Augen blickten jetzt himmelwärts, als versuchten sie, Erinnerungsfetzen aus der Luft zu pflücken; sie kaute auf ihrer Unterlippe herum wie ein Teenager, der über den Hausaufgaben saß...

»...und ich nehme an, ich habe Marcs Geburtstag erwähnt... Marc ist mein Mann. Er hat nächste Woche Geburtstag. Ich habe noch immer kein Geschenk für ihn. Wissen Sie, das ist wirklich nicht einfach, sich an jedes Wort zu erinnern, worüber wir –«

»Sie machen das prima«, versicherte Carella ihr.

Lois nickte skeptisch.

»Der Geburtstag Ihres Gatten«, gab ihr Brown das Stichwort.

»Ja. Ich denke, wir haben darüber gesprochen, was wohl ein gutes Geschenk wäre. Er ist so schwer zufriedenzustellen... und Papa hat vorgeschlagen, ihm so ein Computernotizbuch zu kaufen, so eines, das man in die Tasche stecken kann, Marc liebt dieses High-Tech-Zeug über alles, er ist Zahnarzt.«

Carella fiel ein Zahnarzt ein, mit dem er kürzlich zu tun gehabt hatte. Der Mann saß jetzt oben in Castleview. Und das für viele, viele Jahre, dafür, daß er nebenbei noch mit Gift gespielt hatte. Er fragte sich, welche Art Zahnarzt Marc Stein wohl war. Ihm kam der Gedanke, daß er noch nie einen Zahnarzt kennengelernt hatte, der ihm sympathisch war.

»...den Marc noch nicht mal getragen hat. Das war voriges Jahr. Papa hat gesagt, man müßte vorsichtig sein mit solchen Gedanken. Ich habe ihm gesagt, ich dächte daran, Marc einen Hund zu besorgen, aber er hat gesagt, mit Hunden hätte man immer nur Theater, wenn sie keine knuddligen kleinen Babys mehr wären, und daß ich mir das noch mal überlegen sollte.«

Zwei Kugeln für den Hund, mußte Brown denken. Wer, zum Teufel, wollte auch noch den Hund von jemandem umbringen?

»Hat der Hund Ihres Vaters jemals wen gebissen?« fragte er.

»Jemanden *gebissen*?«

»Oder jemandem angst gemacht, jemanden bedroht?«

»Also ich... das weiß ich wirklich nicht. Erwähnt hat er so etwas nie, aber... ich weiß es einfach nicht. Sie glauben doch nicht...?«

»Reine Neugier«, sagte Brown.

Wenn er daran dachte, was in dieser Stadt so alles herumlief.

»Betsy konnte den Hund nicht ausstehen«, sagte Lois.

Die beiden Detectives sahen sie an.

»Sie mag überhaupt keine Hunde, aber ganz besonders haßte sie Amos.«

Amos, dachte Brown.

»Was für eine Rasse war er denn?« fragte er.

»Ein schwarzer Labrador«, sagte Lois.

Hätte ich mir denken können, dachte er.

»Und warum konnte Ihre Schwester ihn nicht ausstehen?« fragte Carella.

»Ich nehme an, er war wohl ein Symbol für die Ehe. Der Hund war nämlich ein Geschenk von Margaret, sie hat ihn Papa zu ihrem ersten gemeinsamen Weihnachten geschenkt. Damals hat Betsy ihn noch besucht, das war vor dem endgültigen Bruch. Sie haßte den Hund sofort. Dabei war er ein lieber Kerl, Sie wissen ja, wie Labradors sind. Aber Betsy war so furchtbar durcheinander. Sie haßte Margaret, also haßte sie auch den Hund, den Margaret gekauft hatte. Ganz einfach.«

»Wohnt Ihre Schwester noch in der Rodman Street?« fragte Carella und zeigte ihr die Seite seines Notizblocks, auf der er sich Betsy Schumachers Adresse notiert hatte.

»Ja, das ist ihre Adresse«, sagte Lois.

»Wann haben Sie sie zuletzt gesehen?« fragte Brown.

»Sonntag. Bei der Beerdigung.«

»Sie war auf der Beerdigung?« fragte Carella überrascht.

»Ja«, sagte Lois. Und dann wehmütig: »Weil sie ihn geliebt hat, nehme ich an.«

»Schöne Aussicht«, sagte die junge Frau.

»Ja«, sagte Kling.

Sie standen an dem einzigen Fenster im Raum. Nicht allzu weit entfernt warf die Brücke am Calm's Point ihre Lichter über den Dix. Abgesehen von der tollen Aussicht auf die Brücke und die Gebäude am anderen Ufer gab es nicht viel, über das sich zu sprechen lohnte. Kling wohnte zur Miete hier, in einer »Studiowohnung«, wie es so schön hieß. Das hörte sich an, als könnte hier bequem ein Maler hausen und seine Farbe auf Leinwände oder Lehm gegen Hasengitter schleudern. Tatsächlich jedoch war das sogenannte Studio ein einziger kleiner Raum mit einer Küche von der Größe eines Wandschranks und einem Bad, das man offensichtlich im nachhinein drangeklatscht hatte. In diesem Zimmer gab es ein Bett, eine Kommode, einen Polstersessel, einen Fernseher und eine Lampe.

Die junge Frau hieß Melinda.

Er hatte sie in einer Singlesbar aufgegabelt.

Fast als erstes hatte sie ihm erzählt, daß ihr letzter Aids-Test negativ ausgefallen war. Was sich seiner Ansicht nach schon ganz vielversprechend anhörte. Er sagte ihr, daß auch er den Virus nicht habe, noch sonst eine Geschlechtskrankheit. Sie fragte ihn, ob er denn irgendwelche anderen Krankheiten hätte, und sie mußten beide lachen. Jetzt waren sie in seiner Studiowohnung und bewunderten die Aussicht; keiner von beiden lachte.

»Kann ich Ihnen was zu trinken machen?« fragte er.

»Also, das wäre sehr nett von Ihnen«, sagte sie. »Was haben Sie denn da?«

In der Bar hatte sie etwas getrunken, das sich Devil's Fling nannte. Sie sagte, der Drink bestehe aus vier verschiedenen Sorten Rum und die grüne Färbung und der leichte Schwefelhauch komme von der Crème de Menthe. Dabei grinste sie. Das war der Moment, in dem er dachte, daß es vielleicht ganz interessant wäre, sie abzuschleppen. Sie hatte was von einer schlagfertigen Großstadtgöre. Leichter Schwefelhauch. Das gefiel ihm. Nur daß er hier oben in seinem prächtigen Studio mit der tollen Aussicht weder Crème de Menthe noch vier Sorten Rum hatte. Scotch war alles, was es bei ihm gab. Den schlürfte er in der Dunkelheit der zu vielen Abende, an denen er hier allein war. Heute abend war er nicht allein. Und irgendwie schien Scotch ihm nicht angemessen.

»Scotch?« fragte er zögernd.

»Mhm?«

»Das ist alles«, sagte er und hob die Schultern. »Scotch. Aber ich kann unten anrufen und kommen lassen, was immer Sie wollen. Gleich um die Ecke gibt es einen Schnapsladen.«

»Scotch ist prima«, sagte sie. »On the rocks, bitte. Mit einem klitzekleinen Schuß Soda.«

»Ich glaube nicht, daß ich welches habe.«

»Wasser tut's auch. Aber nur einen Spritzer, bitte.«

Er schenkte für sie beide Scotch ein, warf einige Eiswürfel in die Gläser und ließ in das ihre ein paar Tropfen Wasser aus dem Hahn fallen. Sie stießen klimpernd miteinander an und tranken.

»Nett hier«, sagte sie und lächelte.

Sie hatte braunes Haar und braune Augen. Kling schätzte sie auf sechsundzwanzig, siebenundzwanzig, zirka einssiebenundsechzig, kesse kleine Figur, ihr Lächeln hatte etwas Geheimnistuerisches, so daß man dachte, sie wüßte etwas, was sie nicht mit einem teilen wollte. Er überlegte, was das wohl sein könnte. Er hatte keine Frau mehr hier oben gehabt, seit Eileen ihn verlassen hatte.

»Ich wette, im Dunkeln sieht es noch besser aus«, sagte sie.

Er sah sie an.

»Ich meine die Aussicht«, sagte sie.

Dieses geheimnisvolle kleine Lächeln um den Mund.

Er ging zur Lampe und machte sie aus.

»Sag ich's doch«, meinte sie.

Jenseits des Fensters funkelte der Bogen der Brücke weiß gegen die Nacht, und aus dem lückenlosen Verkehrsstrom in Richtung Calm's Point blitzten die roten Pünktchen der Rücklichter herauf. Er ging hinüber, um sich neben sie ans Fenster zu stellen und legte von hinten die Arme um sie. Er küßte ihren Hals. Sie drehte sich in seinen Armen um. Ihre Lippen trafen sich. Seine Hände fanden ihre Brüste. Sie hielt den Atem an. Und blickte zu ihm auf. Und lächelte wieder ihr geheimnisvolles Lächeln.

»Dauert nur 'ne Minute«, flüsterte sie, entwand sich seinem Griff und ging in Richtung Badezimmertür, lächelte noch mal, diesmal über die Schulter. Die Tür schloß sich hinter ihr. Er hörte Wasser ins Waschbecken laufen. Das einzige Licht im Zimmer kam von der Brücke. Er trat ans Bett, setzte sich auf die Kante und sah durchs Fenster, vor dem die Klimaanlage brummte.

Als das Telefon klingelte, schrak er auf.

Auf der Stelle hob er ab.

»Hallo?« sagte er.

»Bert?« sagte sie. »Hier ist Eileen.«

Sie erinnerte sich noch an einen Anruf vor langer Zeit, als sie beide einander noch fremd gewesen waren. Der Anruf war ihr schwer gefallen, weil sie ihn unabsichtlich beleidigt hatte und dann anrief, um sich zu entschuldigen. Aber dieser Anruf heute abend kam ihr noch schwieriger vor. Sie rief nicht an, um sich zu entschuldigen, na schön, vielleicht auch deshalb, aber wie auch immer, sie hätte jedenfalls sonst was drum gegeben, ihn nicht anrufen zu müssen.

»Eileen?« sagte er.

Wenn das keine gelungene Überraschung war. Sie hatte sich seit Monaten nicht mehr gemeldet.

»Wie geht's dir?« fragte sie.

Sie kam sich blöd vor. Absolut blöd. Dumm und unbeholfen und total bescheuert.

»Eileen?« sagte er noch mal.

»Paßt es dir grade nicht?« fragte sie hoffnungsvoll.

Auf der Suche nach einer Gnadenfrist. Sie könnte ihn ja später zurückrufen, oder vielleicht überhaupt nicht, nachdem sie noch einmal die Gelegenheit gehabt hätte, sich alles durch den Kopf gehen zu lassen. Zum Teufel mit Karin und ihren genialen Einfällen.

»Nein, nein«, sagte er. »Wie geht's dir?«

»Prima«, sagte sie. »Bert, ich rufe an, weil –«

»Bert«, hörte sie jemanden sagen.

Er mußte die Hand über die Muschel gelegt haben. Jedenfalls herrschte plötzlich Schweigen am anderen Ende der Leitung. Es war jemand bei ihm. Eine Frau? Es hatte sich nach einer Frau angehört.

Melinda trug nur noch einen Slip und hochhackige Pumps. Sie stand, zum Teil nur Silhouette, im Rahmen der Badtür. Ihre Brüste erschienen nackt größer als vorher, als sie noch angezogen war. Wieder hatte sie dieses Lächeln auf ihrem Gesicht.

»Hast du vielleicht eine Zahnbürste für mich?« fragte sie.

»Ah... ja«, sagte er, die Linke über der Muschel des Hörers, »es muß noch eine... Ich glaube, es ist noch eine neue in... ah... im Schränkchen über dem Ausguß. Da müßte noch eine neue sein.«

Sie warf einen Blick auf den Hörer in seiner Hand. Sie wölbte eine Augenbraue. Lächelte wieder geheimnisvoll. Drehte sich um, um ihm den kessen kleinen Hintern unter dem hauchdünnen Slip zu zeigen, posierte so einen Augenblick lang – wie Betty Grable auf dem berühmten Plakat aus dem Zweiten Weltkrieg – und schloß dann die Tür wieder, womit sie ihm den Blick auf die wunderbare Aussicht versperrte.

»Eileen?« sagte er.

»Ja, hallo«, sagte sie. »Ist jemand bei dir?«

»Nein«, sagte er.

»Ich dachte, ich hätte jemanden gehört.«

»Der Fernseher ist an«, sagte er.

»Ich dachte, ich hätte jemanden deinen Namen sagen hören.«

»Nein, ich bin allein.«

»Na jedenfalls, um es kurz zu machen«, sagte sie. »Karin –«

»Du brauchst es nicht kurz zu machen«, sagte er.

»Karin meint, es könnte vielleicht eine ganz gute Idee sein, wenn wir drei –«

»Karin?«

»Lefkowitz. Meine Seelenklempnerin.«

»Ach ja. Richtig. Wie geht's ihr?«

»Prima. Sie meint, wir drei sollten uns mal zusammensetzen und über alles sprechen, versuchen –«

»Okay. Wenn du willst.«

»Tja, gut, ich hoffte, du könntest... also für gewöhnlich seh' ich sie montags und mittwochs. Wie wär's –«

»Wann immer du willst.«

»Wie wär's dann mit morgen?«

»Um wieviel Uhr?«

»Ich habe um fünf einen Ter-«

»Prima.«

»-min, wenn dir das recht wäre?«

»Ja, das paßt prima.«

»Du weißt doch, wo sie ihr Büro hat, oder?«

»Ich weiß, ja.«

»Im Präsidium. Vierter Stock.«

»Ja.«

»Dann seh' ich dich dort morgen um fünf.«

»Ich seh' dich dann dort«, sagte er und zögerte. »Ist schon lange her.«

»Ja, das ist es. Also dann, gute Nacht, Bert. Ich –«

»Vielleicht kann sie mir sagen, was ich falsch gemacht habe«, sagte er.

Eileen sagte nichts.

»Weil ich mir nämlich die ganze Zeit überlege, was ich falsch gemacht habe«, sagte er.

Ihr Piepser meldete sich. Einen Augenblick lang wollte ihr nicht einfallen, wo sie ihn hingetan hatte. Dann erspähte sie ihn auf dem Couchtisch auf der anderen Seite des Zimmers und konzentrierte sich auf das Geräusch wie eine Fledermaus oder was auch immer so im Dunkeln herumhuschte. Sie griff nach der Nachttischlampe, tastete nach dem Schalter und knipste sie an – früher hatten sie sich oft am Telefon unterhalten, jeder in seinem Bett. Der Piepser drängelte noch immer unerbittlich.

»Weißt du denn, was ich falsch gemacht habe?« fragte er.

»Bert, ich muß aufhören«, sagte sie. »Mein Piepser.«

»Wenn mir nämlich jemand sagen kann, was ich –«

»Bert, wirklich, tschüs, ja«, sagte sie und legte auf.

6. Kapitel

Kinder in Badeanzügen liefen durch die Gegend.

Der Hydrant am unteren Straßenende war noch offen; aus dem Ventil spritzte eine breitgefächerte Wasserfontäne auf die Fahrbahn. Nur daß es die Kleinen, die eben noch planschend durch den künstlichen Wasserfall gelaufen waren, längst die Straße hinaufgetrieben hatte, dahin, wo wirklich was los war. Vor dem Haus mit dem blau-weißen Lkw des Sondereinsatzkommandos und den schräg über den Randstein geparkten Streifenwagen standen Männer in Unterhemden und Frauen in rückenfreien Tops, die meisten von ihnen in Shorts. Unruhig drängelten sie hinter den von der Polizei aufgestellten Barrieren. Es war ein heißer Sommerabend, das Ende eines der heißesten Tage des Jahres – noch um zehn Uhr abends stand das Thermometer bei zirka fünfunddreißig Grad. Auch ohne die Aussicht auf die unerwartete Show wären die Leute auf der Straße gewesen.

In der Stadt waren im ersten halben Jahr etwas mehr als zwölfhundert Morde passiert. Heute abend drohte in einem chaotischen Viertel, das früher mal fast ausschließlich von Spanischstämmigen, jetzt von einer explosiven Mischung aus Spanischstämmigen, Vietnamesen, Koreanern, Afghanen und Iranern bewohnt wurde, ein vierundachtzigjähriger Mann aus Guayama, Puerto Rico, dieser schwindelerregenden Statistik einen weiteren Mord hinzuzufügen. Seine achtjährige, in Amerika geborene Enkelin auf dem Knie, hielt er in seiner Rechten eine Flinte, deren Lauf auf das Ohr der Kleinen zeigte.

Inspektor William Cullen Brady hatte ein spanischsprechendes Mitglied seines Teams an die Tür abkommandiert, aber bisher hatte der Alte nur sieben Worte von sich gegeben, und die auf englisch: »Gehen Sie weg, sonst erschieße ich sie.« Ein Englisch mit starkem Akzent, sicher, aber nichtsdestoweniger klar und unmißverständlich. Wenn sie nicht von der Tür der Wohnung im vierten Stock verschwanden, wo er mit seinem Sohn, der Schwiegertochter und deren drei Kindern wohnte, würde er das jüngste der drei in die Karibik zurückschießen.

Es war zum Ersticken heiß im Flur, wo sich das Verhandlungsteam postiert hatte, das den Alten und seine Enkeltochter »eingedämmt« hatte. Man hatte Eileen und den anderen Lehrgangsteilnehmern beigebracht, das erste Ziel bei jeder Geiselsituation bestehe darin, den Geiselnehmer auf kleinstmöglichem Raum »einzudämmen«, aber sie fragte sich im Augenblick, wer hier wen »eingedämmt« hatte. Es kam ihr gerade so vor, als hätte es der Alte bewußt auf ein Heimspiel zu seinen Konditionen abgesehen, jedenfalls hatte er hier das Kommando – und man konnte nur hoffen, daß er keinen Schießbefehl gab. Auf dem schmalen Flur im vierten Stock, in dem die exotischsten Küchengerüche aufeinanderprallten, sahen sich im Augenblick wenigstens drei Dutzend Polizeibeamte »eingedämmt«, nicht mitgezählt jene, die sich auf der Feuertreppe verteilt hatten oder in einer Wohnung weiter vorn auf dem Flur drängten, die die Polizei als Kommandozentrale requiriert hatte. Firma dankt, Quittung schicken wir Ihnen zu. Auch auf den Dächern wimmelte es von Polizei; unten auf der Straße spannten Polizisten und Feuerwehrleute Sicherheitsnetze, für den Fall, daß der Alte sich entschloß, die Kleine aus dem Fenster zu werfen; nichts, was einen in dieser Stadt noch überrascht hätte.

Der Polizist an der Tür war ein erfahrenes Mitglied des Unterhändlerteams, das normalerweise beim Einbruchsdezernat arbeitete. Der Mann hieß Emilio Garcia und sprach fließend Spanisch, nur daß der Alte nicht darauf einstieg. Er bestand darauf, Englisch zu sprechen, und ein Englisch mit einem beschränkten Wortschatz obendrein; es bestand aus sieben Wörtern, die er wie eine Litanei herunterbetete: »Gehen Sie weg, sonst erschieße ich sie.« Eine haarige Situation. Die Wohnung befand sich in einer Sozialbausiedlung, in der erst eine Woche zuvor die Taktische Einsatzgruppe des Rauschgiftdezernats vier Leute über den Haufen geschossen hatte, drei davon polizeilich bekannte Dealer, der vierte allerdings – unglücklicherweise – ein fünfzehnjähriger Junge, der nur einen Kasten Bier vom Supermarkt an der Ecke geliefert hatte.

Der Junge war schwarz gewesen.

Das hatte dazu geführt, daß einer der rührigsten Agitatoren der Stadt, ein mediengeiler Typ, der nichts lieber hatte, als seine hübsche Visage im Fernsehen zu sehen, die üblichen Schreihälse zusammengetrommelt und mit ihnen vor der Sozialbausiedlung und der örtlichen Polizeiwache protestiert hatte. Mit viel Geschrei über Polizeibrutalität, Rassismus, Ungerechtigkeit, gesellschaftlichen Unfrieden und all den anderen Slogans, die dazu dienten, in einer am Rande des offenen Kriegs schwebenden Stadt für noch mehr Reibung zu sorgen. Der Prediger – wie man ihn gemeinhin nannte – war auch heute abend hier. Er trug einen roten Fez und ein bis zum Nabel offenes lila Hemd, das den Blick auf eine schwere Goldkette mit einem Kruzifix freigab. Obwohl er nur die Doktrin des Hasses predigte, war der Mann natürlich ein Diener Gottes. Hier hatte er freilich nichts verloren, nicht heute abend; hier war weder einer gefragt, der sich die Kehle heiser schrie, noch brauchte man jemanden, der den ohnehin schon vorhandenen Haß schürte.

Der Mann in der Wohnung war Puertoricaner und gehörte damit zur zweitgrößten Minderheit der Stadt. Wenn ihm oder dem kleinen Mädchen auf seinem Schoß auch nur das geringste passierte, wenn auch nur einem der Polizisten hier der gleiche Fehler in der Einschätzung der Situation unterlief wie seinen Kollegen von der Taktischen Einsatzgruppe des Rauschgiftdezernats, dann würde das Mord und Totschlag geben. So tat jeder hier, der auch nur im entferntesten mit der Polizei zu tun hatte – einschließlich der Leute von der Verkehrspolizei in ihren braunen Uniformen – sein Bestes. Alle gingen so vorsichtig wie nur möglich zu Werke, vor allem natürlich Emilio Garcia, der Angst hatte, er könnte etwas sagen, was dazu führte, daß der Kopf des kleinen Mädchens als Blut- und Knorpelregen bei ihm im Flur endete.

»*Oigame*«, sagte Garcia. »*Solo quiero ayudarle.*«

»Gehen Sie weg«, sagte der Alte, »sonst erschieße ich sie.«

Ein Stück den Flur hinunter sprach Michael Goodman mit der

Schwiegertochter des Mannes, einer Frau Mitte vierzig in Sandalen, blauem Minirock und enganliegender roter Bluse, die Englisch ebenso schnell wie akzentfrei sprach. Sie war in diesem Land geboren, und die Anwesenheit des Alten hier war ihr gar nicht recht, weil sie ihrer Meinung nach ein schiefes Licht auf ihre eigene Stellung als Amerikanerin warf und das stereotype Bild von ihr als »Spic« verstärkte, wie man in diesem Land Puertoricaner gemeinhin schimpfte. Ihr Mann war der jüngste Sohn des Alten – der vier Söhne und drei Töchter hatte –, aber obwohl sie alle hier in Amerika lebten, war er es, der den alten Mann hatte aufnehmen müssen, als er sich endlich entschlossen hatte, die Insel zu verlassen. Sie hatte darauf bestanden, daß der Alte Englisch sprach, jetzt, wo er hier in Amerika war und in ihrem Zuhause wohnte. Eileen fragte sich, ob das der Grund war, warum er sich nun weigerte, mit dem Unterhändler Spanisch zu sprechen.

Sie stand zusammen mit den anderen Lehrgangsteilnehmern in einer Art Kreis um Goodman und die Frau, direkt vor der offenen Tür der zur Kommandozentrale umfunktionierten Wohnung, in der Inspektor Brady eben eine hitzige Diskussion mit Unterinspektor Di Santis vom Sondereinsatzkommando hatte. Man wollte auf jeden Fall vermeiden, daß das hier außer Kontrolle geriet. Die beiden debattierten, ob man Garcia nicht von der Tür nehmen sollte. Sie hatten gedacht, ein Unterhändler, der Spanisch sprach, hätte die größten Chancen, aber so wie es aussah –

»Gibt es einen Grund dafür, daß er das macht?« fragte Goodman die Frau.

»Weil er verrückt ist«, sagte die Frau.

Sie hieß Gerry Valdez. Sie hatte Goodman bereits gesagt, daß ihr Mann Joey hieß und der Alte Armando. Valdez, versteht sich. Demnach hießen sie also alle Valdez, einschließlich der kleinen Pamela auf dem Schoß des Alten. Ach ja, und übrigens, wann sie denn nun endlich reingingen und ihre Kleine da rausholten?

»Wir versuchen im Augenblick, mit Ihrem Schwiegervater zu reden«, versicherte Goodman ihr.

»Wozu erst lange mit ihm reden, warum schießen Sie ihn nicht einfach über den Haufen?«

»Na ja, Mrs. Valdez...«

»Bevor meiner Tochter was zustößt?«

»Das versuchen wir hier ja gerade zu vermeiden«, sagte Goodman. »Daß hier jemandem was zustößt.«

Womit er ihr das Fachchinesisch übersetzt hatte, das man ihnen die letzten sechs Tage über zwölf Stunden täglich eingetrichtert hatte, einschließlich Sonntag, bei anderthalbfachem Lohn, versteht sich. Vergessen Sie Eindämmung und Kontaktaufnahme mit den Geiselnehmern, versichern Sie den Leuten nicht erst lange, daß alles gewaltlos ablaufen wird; wenn Sie es mit dem Plebs zu tun haben, kommen Sie gleich zur Sache und sagen klipp und klar, wir versuchen mit ihm zu reden, wir versuchen dafür zu sorgen, daß hier keiner zu Schaden kommt.

»Ihm nicht, und auch sonst niemandem«, sagte Goodman, nur für den Fall, daß die Frau noch nicht kapiert hatte, daß hier keiner à la Rambo wild um sich schießend losstürmen würde.

Martha Halsted, die verkniffene kleine Brünette mit dem Himmelfahrtskommando-Appeal schien ganz erpicht auf eine Chance, an der Tür zu arbeiten. Immer wieder sah sie mit einem erwartungsvollen Glitzern in den Augen den Flur entlang, wo Garcia auf spanisch auf den Alten einbettelte. Wenn Sie Garcia ablösen, nehmen Sie mich, ich bring' das. Eileen schätzte, sie wäre womöglich in der Lage dazu.

Sie hatte Annie Rawles gefragt, was sie über Martha wisse. Annie kannte sie noch aus ihrer Zeit beim Raubdezernat. Sie hatte sie eine »Spezialistin« genannt. Was allerdings nicht das bedeutete, was Eileen zuerst dachte. Eine Spezialistin für Raub und verwandte Delikte, stimmt's? Das hatte sie doch gemeint, nicht? Annie erklärte ihr jedoch: Nun ja, nicht ganz, der Begriff, wie man ihn gemeinhin benutze – hatte Eileen den Ausdruck denn noch nie gehört? Eileen verneinte mit großen Augen und gespitzten Ohren. Annie erklärte ihr, eine Spezialistin sei eine Frau, die... na ja... die es einem gut mit dem Mund besorgte – jetzt kommen Sie, Sie nehmen mich doch auf den Arm oder, Sie wissen doch, was eine *Spezialistin* ist. Sieh mal einer an, dachte Eileen. Martha Halsted, eine Spezialistin. Trotz ihres harten, bissigen Auftretens und ihrer unnahbaren Art, war Martha Halsted also eine Seele von einem Menschen – wenigstens mit dem Mundwerk. Man lernt doch nie aus, dachte Eileen. Man sollte wirklich nie nach Äußerlichkeiten gehen.

Ihrer Ansicht nach hätte Martha ebensoviel Chancen, hier an die Tür zu kommen, wie bei den Philharmonikern die Flöte zu blasen. Es sei denn, sie hatte dem Inspektor ein bißchen was ins Ohr geblasen, sozusagen, vielleicht sogar dem guten Doktor. Wer wollte das schon sagen, wo das Böse überall lauerte? Aber selbst wenn, keiner der beiden würde riskieren, jemanden an die Tür zu stellen, der den Lehrgang noch nicht absolviert hatte – nicht, wo diese Blödmänner vom Rauschgiftdezernat erst letzte Woche einen Teenager über den Haufen geschossen hatten. So sehr man ihnen auch eingetrichtert hatte, daß alles graue Theorie blieb, bis man es in die Praxis umgesetzt hatte, und daß nichts so wertvoll war wie die praktische Erfahrung draußen im Einsatz. Niemand, der einen klaren Kopf hatte, würde eine Situation wie diese jemand anderem als einem erfahrenen Profi anvertrauen. Pech gehabt, Martha. Heute abend sind ganz andere Spezialisten gefragt.

Vom anderen Ende des Flurs machte Garcia Zeichen.

Die Hand eng am Körper, damit der Alte in der Wohnung nichts bemerkte, weil der sonst womöglich durchdrehte und abdrückte. Aber seine Zeichen waren deutlich und eindringlich: Nun komm doch schon einer rüber hier, was ist denn, *bitte*! Martha, die – in Erwartung ihrer großen Chance – die Tür eifrig im Auge hatte, sah seine Handzeichen als erste. Sie wies Goodman darauf hin, daß der Typ an der Tür etwas wolle. Goodman ging in die Wohnung, um mit Brady zu reden, worauf der Inspektor persönlich auf den Flur kam, um zu sehen, was Garcia wollte. Sein Entschluß, Garcia von der Tür abzuziehen, stand bereits fest. Er mußte sich nur noch entscheiden, wer ihn ersetzen sollte. Spanischkenntnisse hatten nun keine Priorität mehr; der alte Mann sprach ganz offensichtlich Englisch, ja er wollte noch nicht mal etwas anderes sprechen als Englisch. In einer so explosiven Situation wie dieser, so dachte Brady, wäre er vielleicht selber der richtige Mann an der Tür. Wie auch immer, er ging den Flur hinunter, um zu sehen, was, zum Teufel, da vor sich ging.

Gerry Valdez erzählte Goodman und den versammelten Lehrgangsteilnehmern, ihr Großvater sei ein Sexteufel. Sie hätte ihn schon mehrere Male dabei erwischt, wie er ihre Töchter befummelt oder es zumindest versucht hatte. Damit hatte der ganze Zirkus ja heute auch angefangen. Sie hatte ihn wieder mal dabei erwischt und ihm gedroht, ihn auf die verdammte Insel zurückzuschicken, wenn er nicht aufhörte, ihre Töchter zu belästigen, worauf der Alte die Flinte aus dem Schrank geholt, wo Joey sie aufbewahrte, und sich Pamela, die jüngste, gegriffen hatte. Sie war erst acht. Er hatte gedroht, sie zu erschießen, wenn sie ihn nicht allein in der Wohnung ließen.

Goodmans Ansicht nach hatten sie da ein ernsthaftes Problem.

Brady kam zusammen mit Garcia den Flur herauf. Im Augenblick war niemand an der Tür. Nur eine Menge uniformierter Polizisten, die, auf Gott weiß was wartend, von einem Bein aufs andere traten.

»Mike?« sagte Brady. »Kann ich mal 'ne Minute mit dir reden?«

Die drei gingen in die »Kommandozentrale«. Brady schloß die Tür hinter sich.

Gerry Valdez sagte den Lehrgangsteilnehmern, daß sie den alten Mann nicht wirklich für einen Sexteufel halte, er werde nur einfach senil, wissen Sie? Er sei jetzt vierundachtzig, und da vergesse er sich eben hin und wieder – vor allem, daß er kein kleiner Junge mehr war, der kleine Mädchen über den Strand jagte, wissen Sie? Eigentlich sei es ja traurig, eine Schande, aber andererseits wolle sie auch nicht, daß er mit den Kindern herummache, das sei ja schließlich Kindesmißbrauch, oder etwa nicht?

Eileen schätzte, das war es wohl.

Sie fragte sich, über was die in der Wohnung wohl sprachen.

Wäre nicht die Flinte mit im Spiel gewesen, die ganze Geschichte wäre zum Lachen gewesen.

Der Alte wollte ein Mädchen.

»Wie meinen Sie, ein Mädchen?« fragte Goodman.

»Er hat mir gesagt, er würde seine Enkelin gegen ein Mädchen eintauschen«, sagte Garcia.

»Ein Mädchen?«

»Er hat gesagt, wenn wir ihm ein Mädchen hineinschicken, dann gibt er uns seine Enkelin.«

»Ein Mädchen«, wiederholte Goodman.

Hatte man so was schon gehört? In all seinen Jahren bei der Sonderkommission Geiselnahme hatte Goodman noch nie gehört, daß jemand ein Mädchen gefordert hätte. Er hatte Geiselnehmer gehabt, die nach Zigaretten verlangten, nach Bier, nach einem Düsenflieger nach Miami, ja einmal sogar nach Spaghetti mit roter Muschelsauce, aber nach einem Mädchen hatte er noch keinen verlangen hören. Das war etwas Neues in den Annalen der Geiselnahme. Ein vierundachtzigjähriger Mann, der nach einem Mädchen verlangte.

»Sie meinen, er will ein Mädchen?« fragte er kopfschüttelnd, noch immer nicht bereit, es zu glauben.

»Ein Mädchen«, sagte Garcia.

»Hat er Ihnen das auf spanisch oder auf englisch gesagt?« fragte Brady.

»Auf spanisch.«

»Sie haben sich also nicht verhört.«

»Nein. Er will ein Mädchen. *Una chiquita*, hat er gesagt. Ich bin sicher, er meint eine Nutte.«

»Er will eine Nutte?«

»Ja.«

»Der alte Bock will also eine Nutte«, sagte Brady.

»Ja.«

»Mike?« fragte Brady. »Was hältst du davon?«

Goodman sah aus, als finde er das lustig. Auch wenn es alles andere als komisch war.

»Können wir nach einer Nutte schicken?« fragte Brady.

»Und einem Dutzend roter Rosen«, sagte Goodman, der noch immer amüsiert dreinschaute.

»Mike«, sagte Brady warnend.

»Es ist nur, weil ich meinen Lebtag noch keine solche Forderung gehört habe«, sagte Goodman.

»Können wir ihm nun eine gottverdammte Nutte besorgen oder

was?« fragte Brady. »Und die Nutte gegen die Kleine austauschen?«

»Absolut ausgeschlossen«, sagte Goodman. »Wir geben grundsätzlich keinem eine zweite Geisel. Das ist eine unumstößliche Regel. Wenn wir ihm eine Nutte reinschicken, und er schießt sie über den Haufen – sie können sich ja denken, was die Medien daraus machen würden, oder? Letzte Woche ein fünfzehnjähriges Kind, diese Woche eine Nutte.«

»Ja«, sagte Brady niedergeschlagen.

Da Garcia bisher mit ihm geredet hatte, wollte er nicht, daß hier etwas schiefging; er wollte nicht, daß der Alte seine Enkeltochter über den Haufen schoß. Oder sonst jemand, den sie ihm möglicherweise hineinschickten. Garcia war nur Detective/Second Grade, und das letzte, was er wollte, war, hier in die Scheiße zu treten. Mach deinen Job, und mach ihn richtig, aber sieh zu, daß du jederzeit Rückendeckung hast. Er war schon zu lange Polizist, um diese simple Weisheit nicht zu kennen. Also wartete er, was auch immer Brady sich einfallen ließ. Brady war der Boß. Goodman als Seelenklempner war Zivilist und zählte nicht, aber Brady war ein Vorgesetzter. Also wartete Garcia auf seine Entscheidung, wie auch immer die aussehen mochte.

»Wir haben doch zwei Frauen direkt vor der Tür«, sagte Brady.

Er meinte natürlich die beiden Polizistinnen aus seinem Lehrgang.

Offensichtlich wußte der Alte nicht, daß Martha Halsted eine Spezialistin war. Er sah sie nur einmal an und sagte Garcia auf spanisch, er wolle eine, die besser aussah, sonst würde er seine Enkelin auf der Stelle erschießen. Er gab ihnen zehn Minuten, ihm eine Hübschere zu besorgen. Martha, selbstgefällig, wie sie nun mal war, glaubte, seine Zurückweisung habe mit der Tatsache zu tun, daß sie weiße Turnschuhe, Jeans und T-Shirt trug; der Alte erwartete sicher jemanden, der mehr nach Nutte aussah als sie. Sie gab ihnen zu verstehen, daß Eileen – die abgesehen von den Turnschuhen in etwa das gleiche anhatte wie sie – ihrer Ansicht nach mehr wie eine Nutte aussah.

»Was meinen Sie dazu, Burke?« fragte Brady.
»Sir?«
»Wollen Sie reingehen oder nicht?«
Also doch wieder ein Einsatz als Lockvogel, dachte Eileen. Entweder stellten sie einen in Nuttenklamotten auf die Straße, oder sie setzten einen in Bluejeans und T-Shirt auf den Schoß eines alten Mannes – wo man dann versuchten konnte, ihm die Flinte abzuschwatzen. Oder man knallte ihn ab. Sie war nicht auf diesem Lehrgang, weil sie Leute abknallen wollte.
»Wenn er die Flinte rausrückt, geh' ich rein«, sagte sie.
»So ist das aber nicht ausgemacht«, sagte Brady.
»Was haben Sie denn ausgemacht?«
»Er schickt seine Enkelin heraus, wir schicken ein Mädchen rein.«
»Und dann?«
»Dann ist die Kleine in Sicherheit«, sagte Brady.
»Und was ist mit mir? Bin ich auch in Sicherheit?«
Brady sah sie an.
»Wir können da unmöglich eine richtige Nutte hineinschicken«, sagte er.
»Das ist mir schon klar, ich frag' ja auch nur, ob Sie mein Leben gegen das von dem Kind tauschen, Sir? Das ist alles, Sir.«
»Es liegt an Ihnen, ihn zu beruhigen, ihm die Flinte abzunehmen.«
»Und wie beruhige ich ihn?« fragte Eileen.
»Wir haben Situationen wie diese doch immer wieder durchgespielt«, sagte Brady.
»Nicht ganz, Sir, nicht ganz. Wir haben keine Situation durchgespielt, in der ein Mann eine Nutte erwartet und dann jemand kriegt, der bloß mit ihm redet.«
»Wir haben es hier mit nichts anderem als einer Variation der klassischen Geiselsituation zu tun«, sagte Brady.
»Da bin ich andrer Meinung, Sir. Ich glaube, er könnte sich furchtbar aufregen, wenn er feststellt, daß ich in Wirklichkeit ein Bulle bin. Ich denke, er entschließt sich womöglich, die Flinte zu benutzen, wenn er –«

»Es gibt doch keinen Grund, ihm zu sagen, daß Sie Bulle sind«, sagte Brady.

»Ach? Ich soll ihn also anlügen, Sir? Ich dachte, wenn wir erst einmal Kontakt haben, dann sagen wir die Wahrheit und nichts als die Wahrheit.«

»In diesem Fall müssen wir sie wohl ein bißchen beugen.«

Goodman sah ihn an.

»Inspektor«, sagte er, »ich denke, wir verwirren Detective Burke da wom-«

»Ich versuche ganz sicher nicht, sie zu verwirren«, sagte Brady. »Aber ich habe da drinnen ein achtjähriges Mädchen zusammen mit einem verrückten Alten, der sie über den Haufen zu schießen droht, wenn er keine Nutte kriegt. Also, gebe ich ihm nun eine Nutte oder nicht? Das ist im Augenblick das einzige, was zählt.«

»Ich bin keine Nutte, Sir«, sagte Eileen.

»Das ist mir schon klar. Aber Sie sind Polizistin, und Sie haben schon Nutten gespielt.«

»Das habe ich, Sir. Es geht hier aber da-«

»Sind Sie bereit, das jetzt auch zu tun?« fragte Brady vernünftig. »Darum geht es hier nämlich, Detective Burke. Sind Sie bereit, eine Prostituierte zu spielen, um dieses kleine Mädchen zu retten?«

Und was ist mit mir? dachte Eileen.

»Sir«, sagte sie, »und wie, schlagen Sie vor, soll ich ihm die Flinte abnehmen? Wenn ich erst einmal in der Wohnung bin und er merkt, daß ich eine Unterhändlerin der Polizei bin und keine Nutte, wie kriege ich ihn dann dazu, die Flinte aus der Hand zu geben?«

»Detective Halsted war bereit, zu den abgemachten Bedingungen in die Wohnung zu gehen«, sagte Brady und warf ihr damit den Handschuh hin: Sind Sie so gut wie Halsted? Haben Sie den nötigen Schneid, Detective Burke? »Sie war bereit, die Herausforderung anzunehmen, mit ihm aus einer Position extremer Verletzbarkeit heraus zu verhandeln. Also, ich weiß um die Risiken, die hier im Spiel sind, glauben Sie, ich kenne sie nicht? Ich spiele dieses Spiel nun schon lange genug...«

Spiel, dachte Eileen.

»...und wenn ich Ihnen sage, ich will nicht, daß irgend jemand zu

Schaden kommt, dann meine ich das auch so, weder Geiselnehmer noch Geisel, und mit Sicherheit kein Angehöriger meines Teams. Ich verlange von Ihnen nichts, was ich nicht selbst auch tun würde...«

Na, dann tu's doch selbst, dachte Eileen.

»...Glauben Sie mir, ich mache mir um Ihre Sicherheit nicht weniger Gedanken als ich mir um meine eigene machen würde...«

Dann geh du doch im Fummel rein...

»...aber die Situation ist nun mal an einen Punkt gekommen, wo wir eine Entscheidung treffen müssen. Entweder wir erfüllen dem Alten seinen Wunsch, oder wir riskieren, daß er die Kleine erschießt. Er hat uns zehn Minuten gegeben, und acht davon sind schon beim Teufel. Also, was sollen wir Ihrer Meinung nach tun, Detective?«

»Sir, Sie verlangen, daß ich da unbewaffnet hineingehe –«

»Das haben wir ihm versprochen, das versprechen wir immer. Keine Waffen, niemand kommt zu Schaden.«

»Aber er hat eine Schußwaffe, Sir!«

Zufällig hat der Mann da drin eine verdammte Flinte, Sir.

»Sie haben immer Schußwaffen«, sagte Brady. »Oder Messer. Sie haben immer irgendeine Waffe, ja.«

»Eine doppelläufige Flinte, Sir.«

»Ja, so ist die Lage hier«, sagte Brady.

»Ich müßte also wohl verrückt sein, stimmt's?« fragte Eileen.

»Nun, das zu entscheiden liegt an Ihnen, das gehört nun mal zu diesem Job.« Brady sah auf seine Uhr. »Was sagen Sie dazu, Burke, die Zeit ist so gut wie um. Ja oder nein? Glauben Sie mir, es gibt eine Menge weiblicher Polizeibeamter in dieser Stadt, die froh wären, in diesem Team arbeiten zu dürfen.«

Weibliche Polizeibeamte, dachte sie.

Bringen Sie das nun oder nicht, Detective Burke?

Sind Sie ein Mann oder ein Waschlappen?

So eine Scheiße, dachte sie.

»Wir verhandeln, *bevor* ich reingehe«, sagte sie.

Brady sah sie an.

»Ich arbeite an der Tür. Der Alte kann glauben, was er will, aber keiner geht in diese Wohnung, bevor er nicht die Kleine *und* die Flinte rausgibt. Entweder so oder gar nicht.«

Er sah sie durchdringend an.

Sie dachte, egal, wie das hier ausging, morgen früh wäre sie ohnehin nicht mehr beim Team. Genauso wie Mary Beth Mulhaney.

»Entweder so oder gar nicht?« wiederholte Brady fragend.

Oder er schmiß sie sofort aus dem Team.

»Ja, Sir«, sagte sie. »Sagen Sie ja, oder vergessen Sie's.«

Du und dieser Alte, dachte sie.

»Wenn der Kleinen auch nur das geringste passiert…«, sagte Brady und ließ den Satz im Raum stehen.

Der Alte hielt die Rothaarige für einen gewaltigen Fortschritt gegenüber der mageren Promenadenmischung von vorhin. Zu schade, daß sie nicht Spanisch sprach, aber wer wollte in seinem Alter noch Vollkommenheit erwarten. Es genügte ihm, daß ihre Augen grün wie das Meer und ihre Brüste weich und rund wie die Hügel seiner Heimat waren. Die Sommersprossen auf Wangen und Nase waren wie feiner Goldstaub. Eine Schönheit. Er hatte wirklich Glück.

»Wir müssen miteinander reden«, sagte sie. »Ich heiße Eileen.«

Die Tür zu Apartment 5L war nur einen Spalt breit offen und wurde von der Sicherheitskette gehalten. Durch die schmale Öffnung sah er ihr Gesicht und ihren Körper. Er wußte, sie konnte die Flinte am Ohr seiner Enkelin sehen. Sein Finger war innerhalb des Abzugsbügels. In der Flinte waren zwei Patronen. Sein Sohn bewahrte sie immer geladen im Schrank auf. Das war ein übles Viertel geworden, seit hier ständig Fremde zuzogen.

»Was gibt es da zu reden?« fragte er.

»Ob ich zu Ihnen reinkomme oder nicht«, sagte sie.

Man hatte ihr beigebracht, die Leute nicht anzulügen. Also würde sie versuchen, ihn nicht anzulügen. Sie würde sich nicht als Nutte ausgeben. Aber sie würde ihm auch nicht sagen, daß sie keine war. Es war eine Unterlassung, mit der es sich leben ließ. Solange keiner zu Schaden kam. Damit würde sie nie und nimmer leben können.

»Ich kann nicht reinkommen, solange Sie das Gewehr in der Hand haben«, sagte sie.

Durch den Spalt zwischen Tür und Türpfosten sah sie sein weises Lächeln. Ein verhutzelter alter Mann mit grauweißen Bartstoppeln, einem zu Tode geängstigten kleinen Mädchen mit dunklen Haaren und dunklen Augen auf dem Schoß, den Doppellauf einer Flinte gegen ihren Kopf gerichtet. Wenn der Kleinen auch nur das geringste passierte…

»Ich habe Angst hineinzukommen, während Sie das Gewehr in der Hand haben«, sagte Eileen.

»Ja«, sagte der alte Mann.

Was, zum Teufel, soll das nun heißen? fragte sie sich.

»Aber genau deswegen hat man Sie doch zu mir geschickt, *verdad*?« fragte er. »*Weil* ich das Gewehr in der Hand habe.«

Er sprach mit einem starken Akzent, aber er war deutlich zu verstehen. Und absolut logisch obendrein. Der einzige Grund, warum man den Wünschen des Alten nachgab, war der, daß er ein Gewehr hatte. Gab er das aus der Hand, gab er auch seine Verhandlungsbasis auf.

»Ihre Enkeltochter muß doch auch Angst haben«, sagte sie.

»Ich liebe meine Enkeltochter«, sagte er.

»Schon, aber sie hat furchtbare Angst vor dem Gewehr.«

»Nein, die ist in Ordnung. Du bist doch in Ordnung, nicht wahr, *querida*?« sagte er zu dem Mädchen und faßte ihr mit der freien Hand zärtlich unters Kinn. »Abgesehen davon lasse ich sie ja gehen, wenn Sie reinkommen«, versprach er. »Das war doch abgemacht, eh? Sie kommen rein, ich lasse sie gehen. Und alle sind glücklich und zufrieden.«

»Alle außer mir«, sagte sie und lächelte.

Sie wußte, ihr Lächeln war klasse.

»Also, ich möchte Sie wirklich nicht unglücklich machen«, sagte der Alte kokett. »Ich werde ganz sicher mein Bestes tun, um Sie glücklich zu machen.«

»Nicht solange Sie das Gewehr in der Hand haben. Ich habe Angst vor Gewehren.«

»Wenn Sie erst mal hier drinnen sind«, sagte er, »dann lasse ich die Kleine gehen. Dann sperren wir ab, und ich lege das Gewehr weg.«

Ja, klar, dachte sie, das würde dir so passen.

»Ich werde Sie sehr glücklich machen«, sagte er.

O ja, dachte sie, da bin ich sicher.

»Hören Sie«, sagte sie. Ihre Stimme senkte sich verschwörerisch. »Warum schicken Sie die Kleine nicht heraus?«

Erst die Geisel, dann die Waffe.

Ganz so, wie sie es gelernt hatte.

»Wenn Sie reinkommen, kommt sie raus«, sagte er. »So war es abgemacht.«

»Ja, aber als die das abgemacht haben, haben sie nicht gewußt, daß ich solche Angst vor Gewehren habe.«

»Ein hübsches Mädchen wie Sie?« sagte er kokett. »Angst vor einem kleinen Gewehr wie dem hier?«

Sachte stupste er seine Enkelin mit dem Lauf der Flinte an die Schläfe. Das Mädchen zuckte zusammen.

Laß sie nur nicht losgehen, dachte Eileen. Bitte, lieber Gott.

»Ich habe wirklich Angst«, sagte sie. »Deshalb sage ich Ihnen, wenn Sie sie rausschicken, können wir über das Gewehr reden. Unter vier Augen. Nur wir beide.«

»Sagen sie mir, was wir sonst noch machen werden.«

»Schicken Sie zuerst die Kleine heraus«, sagte Eileen.

»Nein. Sie kommen rein, und dann können Sie mir sagen, was wir unter vier Augen machen werden.«

»Warum nehmen Sie nicht die Kette von der Tür?« sagte sie.

»Warum sollte ich?«

»Damit ich Sie besser sehen kann.«

»Wieso wollen Sie mich besser sehen?«

»Es ist einfach schwierig, so mit Ihnen zu reden.«

»Ich finde, es ist ganz einfach, so mit Ihnen zu reden«, sagte er.

Du starrsinniger alter Mistkerl, dachte sie.

»Wollen Sie mich denn nicht besser sehen?« fragte sie.

»Doch, das wäre schön.«

»Dann nehmen Sie die Kette weg«, sagte sie. »Machen Sie die Tür etwas weiter auf.«

»Sind Sie ein Polizist?« fragte er.

Gerade heraus.

Was jetzt?

»Nein, ich bin kein Polizist«, sagte sie.

Die absolute Wahrheit. Eine Polizistin, ja. Ich bin bei der Polizei. Aber kein Mann. Sie schätzte, damit konnte sie leben.

»Wenn Sie nämlich ein Polizist sind«, sagte er, »dann erschieße ich die Kleine.«

Womit sie nicht leben könnte.

»Nein«, sagte sie noch einmal. »Ich bin kein Polizist. Sie haben gesagt, Sie wollen eine Frau…«

»Ja.«

»Nun, ich bin eine Frau.«

Wieder sah sie sein Lächeln durch den Spalt zwischen Tür und Türpfosten.

»Kommen Sie herein und zeigen Sie mir, was für eine Frau Sie sind«, sagte er.

»Wenn ich hineinkommen soll, müssen Sie schon die Kette von der Tür nehmen.«

»Kommen Sie dann herein?«

»Ich komme hinein, wenn Sie die Kette von der Tür nehmen…«

Sie zögerte.

»Und die Kleine herauslassen…«

Sie zögerte wieder.

»Und das Gewehr weglegen.«

Schweigen.

»Dann komme ich hinein«, sagte sie.

Noch einmal Schweigen.

»Sie verlangen eine ganze Menge«, sagte er.

»Ja.«

»Ich werde Ihnen eine ganze Menge geben«, sagte er und zwinkerte ihr zu.

»Ich hoffe doch«, sagte sie und zwinkerte zurück.

Doppeldeutigkeiten, die wie Speere durch die drückende Abendluft sausten.

»Machen Sie Ihre Bluse auf«, sagte er.

»Nein.«

»Machen Sie sie für mich auf.«

»Nein.«

»Lassen Sie mich Ihre Brüste sehen.«

»Nein«, sagte sie. »Nehmen Sie die Kette weg.«

Schweigen.

»Na gut«, sagte er.

Sie wartete. Er beugte sich vor. Stand aber nicht auf. Das kleine Mädchen nach wie vor auf seinem Schoß. Die Flinte am Kopf. Seine Finger innerhalb des Abzugsbügels. Er beugte sich nur vor, streckte die Linke und schob die Kette die Rinne entlang, bis sie herunterfiel. Sie überlegte, ob sie die Tür nicht einfach aufstoßen sollte, versuchen, ihn vom Stuhl zu schubsen. Er war so alt, so gebrechlich. Aber die Flinte war jung, die Flinte machte den Altersunterschied wieder wett.

Sachte, mit der Zehenspitze, schob sie die Tür weiter auf, ein kleines bißchen nur. Sie konnte den Alten jetzt fast ganz sehen, weiter hinten in der Wohnung eine blaue Wand. Blaue Augen, graues Haar und ein stoppeliger grauer Bart vor einer blauen Wand. Er blickte ihr mit einem erwartungsvollen Lächeln direkt in die Augen.

»Hallo«, sagte sie.

»Sie sind noch schöner, als ich gedacht habe«, sagte er.

»Danke. Erinnern Sie sich an unsere Abmachung?«

»Ja, Sie kommen herein.«

»Erst wenn Sie die Kleine gehen lassen und das Gewehr weglegen.«

»Ja, ich weiß.«

»Also, wollen Sie sie jetzt gehen lassen?«

»Woher soll ich wissen –«

»Sie haben mein Wort.«

»Woher soll ich wissen, daß Sie wirklich zu mir hereinkommen?«

»Ich habe doch gesagt, ich werde hineinkommen. Ich habe Ihnen mein Wort gegeben.«

»Und sind Sie eine Frau, die zu ihrem Wort steht?«

»Ich versuche es.«

Was nichts anderes bedeutete, als daß sie ihr Wort brechen

würde, wenn er auch nur im geringsten Anstalten machte, ihr oder der Kleinen etwas zu tun. Sie war nicht bewaffnet…

Genau was wir versprechen. Keine Waffen, keiner kommt zu Schaden…

…aber sie hatte Polizisten zur Rückendeckung zu ihrer Rechten. Eine Handbewegung genügte, und sie stürmten die Tür. Sie hoffte, der Alte würde keine Dummheiten machen.

»Also, Sie lassen sie jetzt herauskommen, okay?« sagte sie.

»Pamela?« sagte er. Und dann, auf spanisch: »Möchtest du jetzt rausgehen, *querida*? Möchtest du Opa mit der netten Dame hier allein lassen?«

Pamela nickte ernst. Viel zu verängstigt, um zu weinen oder Erleichterung zu zeigen. Sie wußte, der Mann war ihr Großvater, aber sie wußte auch, was ein Gewehr war. Sie tat sich schwer, beides unter einen Hut zu bringen. Sie nickte. Ja. Ich möchte rausgehen. Bitte laß mich rausgehen, Opa.

»Dann geh schon«, sagte er auf englisch und suchte in Eileens Augen nach Anerkennung.

Eileen nickte.

»Komm, Kleines«, sagte sie und streckte dem kleinen Mädchen die Arme entgegen. »Komm raus hier, bevor dein Großvater es sich anders überlegt.«

Pamela kletterte von seinem Schoß und flitzte hinaus auf den Flur. Eileen schloß sie in die Arme, drehte sich mit ihr um und verfrachtete sie wohlbehalten in die Hände eines Mannes vom Sondereinsatzkommando, der sie hochhob und mit ihr den Korridor hinunter davoneilte.

Jetzt hatte sie es nur noch mit dem Alten und seiner Flinte zu tun.

Aber er hatte keine Verhandlungsgrundlage mehr. Wenn sie ihn abschießen wollten, dann konnten sie es tun, ohne Angst haben zu müssen, dabei das Leben einer Geisel zu riskieren. Aber darum ging es hier schließlich nicht. Außerdem hatte sie ihm ihr Wort gegeben.

»Und jetzt legen Sie das Gewehr weg«, sagte sie.

Er hatte die Flinte auf den Spalt zwischen Tür und Pfosten gerichtet. Sie lag jetzt in seinem Schoß, sein Finger nach wie vor innerhalb des Abzugsbügels, die beiden Läufe zielten auf ihren Kopf. Von dort, wo er saß, konnte er die Polizisten rechts von ihr auf dem Flur nicht sehen. Aber er wußte, daß jemand das Mädchen entgegengenommen hatte, er wußte, sie hatte das Mädchen an jemanden weitergegeben, er wußte, sie war nicht allein.

»Wer ist da draußen bei Ihnen?« fragte er.

»Polizisten«, sagte sie. »Wollen Sie nicht das Gewehr weglegen, Mr. Valdez?«

»Haben sie Gewehre, die Polizisten?«

»Ja.«

Die Wahrheit. Sag ihm die Wahrheit.

»Wenn ich das Gewehr weglege, woher soll ich wissen, daß sie mich dann nicht erschießen?«

»Ich verspreche Ihnen, daß wir Ihnen nichts tun.«

Ein Patzer.

Wir.

Sie gab sich damit als Polizistin zu erkennen.

Aber er hatte es nicht gemerkt.

Oder doch?

»Ich verspreche, daß Ihnen keiner der Polizisten hier draußen etwas tut.«

Eine Korrektur. Oder machte sie es nur noch schlimmer? Was von beiden? Wie klug war er? Seine blauen Augen musterten sie, suchten ihr Gesicht ab. Konnte er ihr vertrauen?

»Woher soll ich wissen, daß sie mich nicht erschießen? Ich habe allen –«

»Weil ich –«

»– hier eine Menge Scherereien gemacht«, sagte er.

»Das haben Sie allerdings. Aber ich verspreche Ihnen, sie werden nicht auf Sie schießen. Keiner wird Ihnen etwas tun, wenn Sie das Gewehr weglegen. Ich verspreche es Ihnen. Ich gebe Ihnen mein Wort darauf.«

»Vergessen sie auch die Scherereien, die ich allen gemacht habe?«

Sie konnte ihm das nicht versprechen. Da wäre zunächst einmal der Verstoß gegen das Waffengesetz. Das war schließlich kein Spielzeuggewehr, was er da hatte. Und weiß Gott, was für Anklagen darüber hinaus noch auf ihn zukamen. Auf keinen Fall würde er ungeschoren davonkommen, so lief das nun mal nicht. So weit reichten ihre Versprechungen nicht. Er war nur ein alter Mann, schon, der sich für einen Sechsjährigen hielt und unter Kokospalmen Doktor zu spielen glaubte, aber er hatte gegen das Gesetz verstoßen, und das hier waren Polizisten, die einen Eid darauf geleistet hatten, für die Einhaltung des Gesetzes zu sorgen.

»Sie werden Ihnen helfen«, sagte sie. »Sie werden versuchen, Ihnen zu helfen.«

Was auch stimmte. Psychiatrische Beobachtung, Therapie, die ganze Palette, was immer angezeigt schien.

Aber die Flinte lag noch immer in seinem Schoß, im schrägen Winkel nach oben gerichtet – auf sie.

»Kommen Sie«, sagte sie, »legen Sie das Gewehr weg, okay?«

»Sagen Sie ihnen, ich will sie sehen. Die Polizisten im Flur.«

»Ich habe keine Autorität, Polizisten zu sagen, was sie tun sollen.«

»Fragen Sie sie«, sagte er. »Haben Sie auch keine Autorität, sie zu fragen?«

Er hatte wieder dieses Lächeln auf dem Gesicht.

Spielte er mit ihr?

»Er will sehen, wer hier draußen ist«, rief sie den Korridor hinunter Brady zu, der hinter vier Polizisten vom Sondereinsatzkommando mit Vorderschaftrepetierern stand, die Faustfeuerwaffen an den Gürtel geschnallt. Die Leute vom SEK trugen alle kugelsichere Westen. Also, was sagen Sie, Inspektor? dachte sie. Haben Sie nicht Lust, mit ins Wasser zu kommen?

Das ist genau das, was wir versprechen. Keine Schußwaffen, keiner wird verletzt.

Nur daß es jetzt zur Sache ging.

»Lassen Sie sich sehen«, sagte Brady zu den Männern vom SEK.

In ihren kugelsicheren Westen kamen sie den Flur heraufgepoltert, ihre schweren Gewehre in den Händen, und stellten sich hinter Eileen auf, so daß der alte Mann sie sehen konnte.

»Sind noch mehr von denen da?« fragte er.

»Ja, aber nicht hier vor der Tür«, sagte sie. »Sondern den ganzen Flur entlang.«

»Sagen Sie ihnen, sie sollen ihre Gewehre weglegen.«

»Ich kann denen keine Befehle geben«, sagte Eileen.

»Dann sagen Sie es dem anderen. Dem, mit dem Sie geredet haben.«

Eileen nickte, wandte sich von der Tür ab und rief: »Inspektor Brady!«

»Ja?«

»Er will, daß sie ihre Gewehre weglegen.«

Schweigen.

»Sonst erschieße ich Sie«, sagte der Alte.

»Sonst erschießt er mich!« rief sie Brady zu und sagte dann dem alten Mann lächelnd: »Das würden Sie doch nicht tun, oder?«

»Doch, das würde ich«, sagte er und erwiderte ihr Lächeln.

»Er meint es ernst!« schrie sie den Flur hinunter.

Die Leute vom SEK hinter ihr begannen nervös zu werden. Jeder von ihnen hatte ein einwandfreies Schußfeld auf den alten Mistkerl, der, die Flinte auf dem Schoß, in voller Lebensgröße vor ihnen hockte. Wenn sie ihre Gewehre weglegten, wie er jetzt verlangte, dann hatten sie nicht die geringste Garantie, daß er nicht drauflosballerte. Eine kugelsichere Weste war ein ausgezeichnetes Werkzeug in so einer Situation, aber man konnte sie sich nicht über den Kopf ziehen. Wenn er aus dieser Entfernung zu schießen anfing, dann war keiner hier vor der Tür sicher. Die Polizisten vom SEK hofften, daß der bekloppte Rotschopf und ihr Boß da hinten wußten, was zum Teufel sie da machten.

»Legt die Gewehre weg, Männer«, rief Brady.

»Jetzt wart aber mal ’nen Augenblick, Bill!« rief eine andere Stimme.

Unterinspektor John Di Santis, der das SEK befehligte, kam jetzt hinter Brady hervor und stellte sich neben ihn in den Flur. Eileen hörte, wie sich die beiden stritten. Sie hoffte, daß die Ohren des Alten nicht so gut waren wie ihre eigenen. Di Santis sagte, er sei ja bereit, mit diesem ganzen Verhandlungsquatsch mitzuziehen, aber nur bis zu einem gewissen Punkt. Und vier seiner Leute vor ein Erschießungskommando an die Wand zu stellen, gehe weit über diesen Punkt hinaus. Brady antwortete ihm, aber so leise, daß

Eileen ihn nicht hören konnte. Darauf aufmerksam gemacht, senkte auch Di Santis seine Stimme. Eileen konnte nicht mehr hören, was die beiden sich einander sonst noch sagten. Ihr Geflüster rauschte den Korridor herauf. Wie schäumendes Wasser. Der alte Mann in der Wohnung beobachtete sie. Sie wußte mit einemmal, daß er tatsächlich schießen wurde, wenn die Männer hinter ihr die Gewehre nicht weglegten.

»Sagen Sie was, Inspektor!« rief sie. »Der Mann hier wird langsam fickrig.«

Valdez lächelte.

Er wußte, was fickrig bedeutete.

Sie erwiderte sein Lächeln.

Ein kleiner Witz zwischen ihnen beiden. Der Mann hier wird langsam fickrig, er schießt mir verdammt noch mal den Kopf weg, nicht wahr, Schätzchen? Sie lächelte.

»Inspektor?«

Das Geflüster verstummte. Eileen wartete. Irgend jemand – sie, der Alte oder einer oder mehrere der Polizisten hinter ihr – würde in den nächsten Sekunden was abkriegen, falls –

»Na gut, Männer, tut, was Inspektor Brady sagt.«

Di Santis.

Einer der Leute vom SEK hinter ihr murmelte etwas, was Eileen nicht verstand, ein spanisches Wort jedenfalls, daß den Alten übers ganze Gesicht grinsen ließ. Sie hörte, wie die schweren Waffen auf den Boden gelegt wurden...

»Die anderen Waffen auch«, sagte der Alte.

»Er will auch die Faustfeuerwaffen!« schrie sie über den Korridor.

»Alle Waffen, Männer!« rief Di Santis.

Wieder wurde hinter ihr gemurmelt, auf englisch diesmal, leises Protestgegrummel. Damit hatten sie ein völlig neues Blatt in der Hand, aber der Alte hielt nach wie vor sämtliche Trümpfe.

»Jetzt Sie«, sagte Eileen.

»Nein«, sagte er. »Kommen Sie herein.«

»Sie haben es versprochen«, sagte sie.

»Nein«, sagte er lächelnd. »Sie haben die Versprechungen gemacht.«

Was stimmte.

Ich verspreche, die werden Sie nicht erschießen.

Keiner wird Ihnen etwas tun...

»Nur wenn Sie das Gewehr weglegen«, erinnerte sie ihn.

»Nein.«

Und schüttelte den Kopf.

»Ich habe Ihnen versprochen, daß Ihnen niemand was tut, wenn Sie das Gewehr weglegen«, sagte sie.

»Mir kann sowieso keiner was tun«, sagte er lächelnd. »Hat ja keiner mehr ein Gewehr außer mir.«

Was auch wieder stimmte.

»Nun, ich hatte gedacht, ich könnte Ihnen vertrauen«, sagte sie, »aber wie ich sehe, kann ich das nicht.«

»Sie können mir trauen«, sagte er. »Machen Sie Ihre Bluse auf.«

»Nein«, sagte sie.

»Nun machen Sie die gottverdammte Bluse schon auf«, flüsterte einer der Männer vom SEK hinter ihr flehentlich.

Sie ignorierte ihn. »Ich gehe jetzt«, sagte sie dem Alten. »Sie haben Ihr Wort gebrochen, also gehe ich. Ich kann Ihnen nicht versprechen, daß Ihnen die Männer hier nichts tun, wenn ich weg bin.«

»Die werden gar nichts tun«, sagte er. »Ich habe das Gewehr.«

»Es stehen noch mehr im Flur«, sagte sie. »Ich kann Ihnen nichts mehr versprechen. Ich gehe jetzt.«

»Nein!« sagte er.

Sie zögerte.

»Bitte«, sagte er.

Ihre Blicke begegneten einander.

»Sie haben es versprochen«, sagte er.

Sie wußte, was sie versprochen hatte. Sie hatte versprochen, daß keiner zu Schaden kam. Sie hatte versprochen, sie würde zu ihm hineinkommen, wenn er das Gewehr weglegte. Sie hatte ihm ihr Wort darauf gegeben. Sie war eine Frau, die zu ihrem Wort stand.

»Legen Sie das Gewehr weg«, sagte sie.

»Ich erschieße Sie, wenn Sie nicht hereinkommen«, sagte er.

»Legen Sie das Gewehr weg.«

»Ich erschieße Sie.«

»Wie soll ich dann noch zu Ihnen hineinkommen?« fragte sie, und der Alte lachte lauthals auf, als ihm die absurde Logik der Situation mit einemmal glasklar vor Augen stand. Wenn er sie erschoß, konnte sie nicht zu ihm kommen; so einfach war das. Sie prustete ebenfalls los. Überrascht fing auch einer der SEK-Leute hinter ihr zu lachen an, zögernd erst, dann etwas kühner. Ein Stück den Flur hinunter hörte Eileen jemanden flüstern: »Die lachen.« Ein anderer flüsterte: »Was?« Was sie wiederum komisch fanden. Die Polizisten in ihren kugelsicheren Westen lachten lauter, wie Ritter in voller Rüstung, die eben erfahren hatten, daß ihr mächtiger König impotent war. Ohne die Möglichkeit, sich zu verteidigen, Waffen, Holster und Patronengurte zu ihren Füßen, eingesperrt in diesem zum Ersticken heißen Korridor, schüttelten sie sich vor Lachen, weil sie dachten, wie albern es doch wäre, wenn der Alte den Rotschopf tatsächlich erschoß und es damit von vornherein unmöglich machte, daß sie zu ihm hineinging. Der Alte dachte dasselbe: Wie albern das Ganze mit einemmal geworden war und daß er vielleicht einfach die Flinte weglegen und dem ganzen Theater ein Ende machen sollte, den Scherereien, die er allen Leuten hier gemacht hatte. Die Augen weit aufgerissen, liefen ihm Lachtränen über das verhutzelte Gesicht in seinen grauen Bart. Wieder drang ratloses Geflüster den Flur herauf.

»Oh, Mann«, sagte Eileen lachend.

»*Dios mio!*« sagte der Alte lachend.

Jeder der Leute vom Sondereinsatzkommando hätte ihn in diesem Augenblick erschießen können. Er hatte die Flinte gesenkt, sie lag jetzt quer über seinem Schoß wie ein Spazierstock. Niemand wurde von dieser Waffe bedroht. Eileen tat einen zaghaften Schritt in die Wohnung und griff nach ihr.

»Nein!« fuhr der Alte sie an, und die Flinte kam wieder hoch und zielte genau auf ihren Kopf.

»Ach, nun kommen Sie schon«, sagte sie und schnitt eine enttäuschte Grimasse wie ein kleines Mädchen.

Er sah sie an. Noch immer rannen ihm Tränen übers Gesicht, er erinnerte sich, wie lustig das Ganze einen Augenblick zuvor noch schien.

»Mr. Valdez?« sagte sie.

Er sah sie an.

»Geben Sie mir bitte das Gewehr.«

Die Augen noch immer auf sie gerichtet. Aber jetzt weinte er. Um das Lachen, das verstummt war. Um all die Tage am Strand vor so langer, langer Zeit.

»Bitte!« sagte sie.

Um all die schönen Mädchen, die nicht mehr da waren.

Er nickte.

Sie streckte ihm die Hände entgegen, die Handflächen nach oben.

Er legte ihr die Flinte in die Hände.

Ihre Blicke trafen sich.

Sie ging in die Wohnung, die Flinte locker an der Seite, die Läufe auf den Boden gerichtet. Sie beugte sich über den Alten, der gebrechlich und weinend auf dem Stuhl saß, küßte ihn auf die stoppelige Backe und flüsterte: »Danke« und überlegte dabei, ob sie ihr Versprechen damit wohl doch noch gehalten hatte.

7. Kapitel

Gloria Sanders war über und über mit Blut besudelt.

Es war zehn Uhr vormittags am fünfundzwanzigsten Juli im Aufenthaltsraum der Schwestern im Farley General Hospital in der Meriden Street mitten im Zentrum. Ihre weiße Schwesterntracht war voller Blut, das sogar bis ins Gesicht gespritzt war. Kaum zehn Minuten war es her, da hatten sie in der Notaufnahme einen gehabt, der grauenhaft geblutet hatte. Gloria hatte zu dem Team von Schwestern gehört, das zusammen mit dem Assistenzarzt die Blutung zu stillen versucht hatte. Der ganze Tisch war voller Blut gewesen, das Bett, Blut an den Wänden, wo man auch hinsah; in ihrem ganzen Leben hatte sie noch niemanden so bluten sehen.

»Der Mann hat einen Messerstich abbekommen«, erklärte sie Carella und Brown. »Kam hier rein mit einem Pflaster über der Wunde. Kaum hatten wir es abgezogen, begann es auch schon zu spritzen.«

Eine Zigarette wäre genau das, was sie jetzt bräuchte, erzählte sie den beiden. Rauchen verstieß jedoch gegen die Hausordnung. Die Leute, die für diese Hausordnung verantwortlich waren, hatten weder jemals in der Notaufnahme gearbeitet, noch je einen »Spritzer« wie den von heute morgen gesehen. Oder den Jungen gestern, der unter einen U-Bahn-Zug gekommen war und dem es noch über dem Knie beide Beine abgetrennt hatte. Ein Wunder, daß die beiden überhaupt noch lebten. Und dabei wurde ihr noch nicht mal eine gottverdammte Zigarette gegönnt.

Arthur Schumachers Faible für blauäugige Blondinen hatte sich nicht erst bei seiner zweiten Frau entwickelt. Auch die Augen seiner ersten waren kobaltblau, ihr Haar hatte einen extravaganten Blondton, dem deutlich anzusehen war, daß er aus der Flasche kam.

Schlank, etwa einssiebzig groß, ähnelte Gloria Sanders stark derjenigen seiner beiden Töchter, die sie bereits kennengelernt hatten, abgesehen davon, daß die Frau vor ihnen bei weitem härter wirkte. Nicht nur ihrem Gesicht war anzusehen, daß sie bereits einiges hinter sich hatte, auch dem Körper, der ganzen Haltung. Ihren Augen nach zu urteilen hatte das Leben ihr schon Schlimmeres angetan, als vom Opfer einer Messerstecherei vollgeblutet zu werden.

»Also, was kann ich für Sie tun?« fragte sie, und es hörte sich sehr herausfordernd an – gerade so, als wolle sie sich mit ihnen anlegen. Mir könnt ihr nichts vormachen, also nehmt euch in acht, Jungs. Ist mir schnuppe, ob ich euch anlächele oder zwischen die Beine trete. Ihre blauen Augen musterten sie wachsam. Das Haar leuchtete wie poliertes Messing. So kurz und sauber, wie es geschnitten war, verlieh es ihr etwas Strenges, geradezu Abweisendes. Es war nicht das honigblonde Haar ihrer Tochter Lois; wenn einem diese Frau im Dunkeln begegnete, konnte man sie schon von weitem kommen sehen. Sie erinnerte Carella an eine abgeklärte Gefängniswärterin, die er mal kennengelernt hatte. Also, was kann ich für Sie tun?

»Mrs. Sanders«, sagte er, »wir waren –«

»*Ms.* Sanders«, korrigierte sie ihn.

»'tschuldigung«, sagte Carella.

»Mm«, machte sie.

Es hörte sich wie ein beifälliges Grunzen an.

»Wir waren heute morgen bei der Wohnung Ihrer Tochter in der Rodman Street...«

Ihre Augen ruhten auf den beiden.

»Bei der Adresse in der Rodman Street, die wir von ihr haben«, fügte Brown hinzu.

»...und der Hausmeister hat uns gesagt, er hätte sie schon seit Tagen nicht gesehen.«

»Betsy«, sagte sie und nickte knapp.

»Ja.«

»Das überrascht mich gar nicht. Betsy kommt und geht wie der Wind.«

»Wir brennen natürlich darauf, mit ihr zu sprechen«, sagte Carella.

»Warum?«

Sie beugte sich in ihrem Ledersessel nach vorn. Die Wände des Aufenthaltsraums waren weiß. Sie hatte keine Gelegenheit gehabt, sich zu waschen, bevor sie hergekommen war, um mit ihnen zu sprechen; deshalb die winzigen Blutspritzer in ihrem blonden Haar. Das Blut vorn auf der weißen Schwesterntracht. Auch auf den weißen Schuhen, wie Brown bemerkte. Er versuchte sich den Blutenden vorzustellen. Wenn er jemand bluten sah, war der Betreffende in der Regel bereits tot.

»Wie wir gehört haben, kam sie mit Ihrem Ex-Gatten nicht besonders aus«, sagte Carella.

»Na und?« sagte Gloria. »Ich auch nicht.«

Wieder eine Herausforderung. Sind Sie deswegen hier? Weil ich mit meinem Mann nicht klargekommen bin, der an vier Kugeln in den Kopf gestorben ist?

»Aber es trifft doch zu, oder etwa nicht?« sagte Carella. »Daß Ihre Tochter –«

»Sie hat ihn nicht umgebracht«, sagte Gloria entschieden.

»Niemand hat das behauptet«, sagte Carella.

»Ach nein?« sagte sie und verzog das Gesicht. »Wir haben hier nicht einen Tag in der Woche, an dem die Notaufnahme nicht voller Polizisten wäre«, sagte sie. »In Uniform, in Zivil, alles mögliche. Nicht ein Polizist auf dieser Welt, dessen Blick nicht zuerst auf die Familie fällt, wenn es irgendwelchen Ärger gibt. Ich höre doch die Fragen, die sie stellen, die wollen doch immer erst mal wissen, wer mit wem ausgekommen ist und wer nicht. Da hat einer eine Kugel im Bauch, schon fragen sie ihn, ob er mit seiner Frau klargekommen ist. Also lügen Sie mich nicht an, okay? Versuchen Sie mir nicht zu erzählen, Sie würden uns nicht verdächtigen. Natürlich verdächtigen Sie uns.«

»Wen meinen Sie mit uns, Ms. Sanders?«

»Ich meine Betsy und mich – und, was weiß ich, vielleicht sogar Lois.«

»Wie kommen Sie zu dieser Annahme?«

»Ich nehme es nicht an. Sie sind diejenigen, die das annehmen.«

»Warum sollten wir es annehmen?«

»Lassen wir doch die Spielchen, Officer. Haben Sie mir nicht eben gesagt, sie hätten gehört, Betsy sei mit ihrem Vater nicht klargekommen? Was sind Sie, ein Sozialarbeiter, dem es um eine Versöhnung geht? Sie sind Polizist, oder etwa nicht? Sie sind ein Kriminalbeamter, und Sie untersuchen einen Mord. Arthur ist erschossen worden, und seine Tochter ist nicht gut mit ihm ausgekommen. Also, gehen wir doch mal zu ihr und fragen sie, wo sie letzten Freitagabend war – oder Samstagabend, oder wann zum Teufel auch immer es passiert ist, ich weiß es nicht, und es ist mir auch völlig schnuppe. Keine Spielchen. Bitte. Ich bin zu müde für Spielchen.«

»Okay, keine Spielchen«, sagte Carella. Sie wurde ihm langsam sympathisch. »Wo ist Ihre Tochter? Sie war am Sonntag auf der Beerdigung ihres Vaters, und jetzt ist sie fort? Wo ist sie?«

»Ich weiß es nicht. Ich habe es Ihnen doch gesagt: Sie kommt und geht, wie es ihr paßt.«

»Und *wo* geht sie für gewöhnlich so hin oder kommt sie her?« fragte Brown. Er für seinen Teil mochte sie ganz und gar nicht. Er hatte in der vierten Klasse eine Lehrerin wie sie gehabt. Die hatte ihm immer mit dem Lineal auf die Pfoten gehauen.

»Wir haben Sommer. Im Sommer gehen Hippies für gewöhnlich auf Wanderschaft. Sie schwärmen über die Erde aus wie Heuschrecken. Betsy ist ein neununddreißigjähriges Hippie-Mädchen, und wir haben Juli. Sie könnte überall sein.«

»Wo überall zum Beispiel«, insistierte Brown.

»Woher, zum Teufel, soll ich das wissen? Sie sind der Polizist, also finden Sie's raus.«

»Ms. Sanders«, sagte Carella, »keine Spielchen, okay? Bitte. Ich bin zu müde für Spielchen. Ihre Tochter hat ihn gehaßt, ihn und seinen Hund, und jetzt sind sie beide –«

»Wer hat das gesagt?«

»Was meinen Sie?«

»Daß sie den Hund gehaßt hat.«

»Lois. Ihre Tochter Lois. Warum? Hat Betsy den Hund etwa *nicht* gehaßt?«

»Betsy schien den Hund zu hassen, doch, ja.«

»Warum stellen Sie das dann in Frage?«

»Ich wollte nur wissen, wer Ihnen das erzählt hat. Ich habe schon gedacht, *sie* könnte es gewesen sein.« Bei dem Wort *sie* fletschte sie die Zähne.

»Wen meinen Sie?« fragte Brown.

»Haben Sie noch nicht mit ihr gesprochen? Mit seiner feinen Wasserstoffblondine?«

Ein Esel schilt den anderen, dachte Carella.

»Meinen Sie Mrs. Schumacher?« fragte er.

»*Mrs.* Schumacher, ja«, sagte sie, und ihre Oberlippe verzog sich spöttisch bei dem Wort. Dann sagte sie: »Ich habe gedacht, sie könnte es gewesen sein, die Ihnen erzählt hat, daß Betsy den dämlichen Köter gehaßt hat.«

»Wie standen denn Sie zu dem dämlichen Köter?« fragte Carella.

»Ich hatte nie das Vergnügen«, sagte Gloria. »Und außerdem habe ich gedacht, wir spielen keine Spielchen mehr.«

»Tun wir auch nicht.«

»Gut. Hören Sie, lassen Sie mich es Ihnen einfacher machen, ja? Ich habe Arthur für das gehaßt, was er mir angetan hat, aber ich habe ihn nicht umgebracht. Betsy hat ihn so ziemlich aus den gleichen Gründen gehaßt, aber ich bin sicher, auch sie hat ihn nicht umgebracht. Ich weiß, Sie werden das mit dem Testament herausfinden, also kann ich Ihnen genausogut gleich sagen, daß ich nicht in die Scheidung eingewilligt habe, ohne sicherzustellen, daß meine beiden Töchter in seinem Testament mit fünfzig Prozent seines Nachlasses bedacht würden. Das sind fünfundzwanzig für jede, was im Fall von Arthur ein ordentlicher Batzen ist.«

»Wieviel denn?«

»Ich kenne die genaue Summe nicht. Jedenfalls ist es eine ganze Menge. Aber ich weiß, daß keine meiner Töchter ihn des Geldes wegen umgebracht hat. Oder aus irgendeinem anderen Grund, wenn wir schon dabei sind.«

Beide Detectives dachten, die einzigen Gründe für einen Mord waren Geld oder Liebe. Und daß Haß nur die Kehrseite der Liebesmedaille war.

»Wie ist das mit Ihnen?« fragte Brown. »Werden Sie in dem Testament auch bedacht?«

»Nein.«

»Wissen Sie vielleicht, ob die derzeitige Mrs. Schumacher –«

»Ich habe keine Ahnung. Warum fragen Sie sie nicht selbst? Oder besser noch, fragen Sie Arthurs geliebten Partner, Lou Loeb. Ich bin sicher, er weiß alles, was es darüber zu wissen gibt.«

»Um noch mal auf Ihre Tochter zurückzukommen«, sagte Brown. »Betsy. Haben Sie nach der Beerdigung am Sonntag mit ihr gesprochen?«

»Nein.«

»Wann haben Sie sie denn zum letztenmal gesprochen?«

»Ich denke, an dem Tag, nachdem er ermordet wurde.«

»Das war Samstag«, sagte Carella.

»Ich glaube. Es war im Fernsehen, in allen Zeitungen. Betsy hat mich angerufen und mich gefragt, was ich davon halte.«

»Was haben Sie ihr gesagt?«

»Ich habe ihr gesagt, wer würde schon um den Müll in der Tonne weinen.«

»Und wie stand *sie* dazu?«

»Ambivalent. Sie wollte wissen, ob sie zur Beerdigung gehen sollte. Ich habe ihr gesagt, sie solle tun, wonach ihr zumute ist.«

»Offensichtlich hat sie sich entschlossen zu gehen.«

»Offensichtlich. Aber als wir miteinander gesprochen haben, war sie sich nicht sicher.«

»Hat sie dabei erwähnt, wo sie am Abend zuvor gewesen war?« fragte Carella.

»Keine Spielchen«, erinnerte ihn Gloria.

Er lächelte.

»Was ist mit Lois?« fragte sie. »Hat sie Sie auch angerufen?«

»Ja. Ich meine, das war ja ein ziemlicher Schock: Da wird jemand direkt vor seiner Wohnung zusammengeschossen. Selbst wenn das in dieser Stadt langsam zur Regel wird, nicht wahr?«

»In jeder anderen auch«, sagte Brown, mit einemmal in die Defensive gedrängt.

»Aber nicht wie hier«, versetzte Gloria.

»Genauso wie hier«, sagte er.

»Wann hat Lois Sie angerufen?« fragte Carella.

»Samstag morgen.«

»Um über ihren Vater zu sprechen?«

»Natürlich.«

»Wie standen Sie dazu, daß sie weiterhin mit ihm verkehrte?«

»Es paßte mir nicht. Was aber nicht heißt, daß ich ihn umgebracht habe.«

»Welchen Eindruck machte sie? Als sie bei Ihnen anrief?«

»Welchen Eindruck?«

»War sie in Tränen aufgelöst, schien sie –«

»Nein, sie –«

»... sich unter Kontrolle zu haben?«

»Ja.«

»Was hat sie gesagt?«

»Sie sagte, sie hätte es gerade in der Zeitung gelesen. Sie war überrascht, daß ihre *Stiefmutter*« – sie gab dem Wort einen bissigen Effet – »sie nicht deswegen angerufen hatte und war sich sicher, daß die es schon gewußt hatte.«

»Sie mögen Mrs. Schumacher nicht besonders, nicht?«

»Ich verabscheue sie. Sie hat mir meinen Mann gestohlen. Sie hat meine Ehe und mein Leben ruiniert.«

Carella nickte.

»Aber ich habe ihn nicht ermordet«, sagte sie.

»Dann macht es Ihnen sicher nichts aus, uns zu sagen, wo Sie am Freitagabend gewesen sind«, sagte er und lächelte.

»Schon wieder Ihre Spielchen«, sagte sie, ohne sein Lächeln zu erwidern. »Ich war zu Hause. Vorm Fernseher.«

»War jemand bei Ihnen?«

»Nein, ich war allein«, sagte sie. »Ich bin jetzt sechzig Jahre alt, Witwe, eine verbitterte, ungesellige Frau, die man nicht allzuoft einlädt. Arthur hat mir das angetan. Ich habe es ihm nie verziehen, und ich bin froh, daß er tot ist. Aber ich habe ihn nicht umgebracht.«

»Was haben Sie sich angesehen?« fragte Brown.

»Ein Baseballspiel.«

»Wer hat denn gespielt?«

»Die Yankees gegen die Minnesota Twins.«

»Wo?«

»Minnesota.«

»Wer hat gewonnen?«

»Die Twins. Zwei zu eins. Danach habe ich mir noch die Nachrichten angesehen, bevor ich ins Bett bin.«

»Und Sie haben wirklich keine Ahnung, wo wir Betsy finden können, was?« fragte sie Carella.

»Nicht die geringste.«

»Sie würden es uns doch sagen, wenn Sie's wüßten, oder?«

»Absolut.«

»Das wär's dann wohl«, sagte er. »Ich danke Ihnen vielmals, Ms. Sanders, wir wissen es zu schätzen, daß Sie uns Ihre Zeit geopfert haben.«

»Ich komme mit«, sagte sie und erhob sich schwerfällig und müde. »Draußen eine rauchen«, fügte sie mit gesenkter Stimme hinzu. Und zwinkerte mit den Augen.

Das Problem mit einem Namen wie Sonny war, daß gerade Kriminelle eine Schwäche für ihn zu haben schienen. Ein Phänomen, das weder Bent noch Wade so recht begriffen. Da sie im Großstadtdschungel aufgewachsen waren, kannten beide natürlich eine Menge Schwarzer namens Sonny. Aber es war ihnen nie aufgefallen, welche Popularität dieser Spitzname tatsächlich genoß. Genauso wie ihnen entgangen war, daß diese Popularität weder an ethnischen noch an rassischen Barrieren haltmachte, und daß der Name sich gerade unter Kriminellen einer Beliebtheit erfreute, die einer Epidemie gleichkam.

Bent und Wade suchten nach einem *schwarzen* Sonny.

Was die Sache nicht leichter machte.

Denn obwohl der Computer ihnen auch eine Unmenge von Sonnys ausspuckte, die früher mal Seymors, Stanislaws oder Sandors gewesen waren, so hatte es ganz den Anschein, als stünden Schwarze und Italienischstämmige bei weitem an der Spitze, wenn es darum ging, lieber Sonny zu heißen als Seward, Simmons, Salvatore oder Silvano.

Die Detectives suchten darüber hinaus nach einem schwarzen

Sonny, der eventuell bereits wegen Raubüberfalls verhaftet worden oder einschlägig vorbestraft war. Was ihren Job noch schwieriger gestaltete, da der Computer eine Liste von ganzen siebenunddreißig Sonnys ausspuckte, die während der letzten drei Jahre allein in dieser Stadt Raubüberfälle verübt hatten. Von eher beiläufigem Interesse war die Tatsache, daß nur sechs dieser Sonnys als tätowiert geführt wurden, ein weit unter dem Durchschnitt liegender Prozentsatz, was die Zunft der bewaffneten Räuber anbelangte, mochten sie nun weiß, schwarz oder neutral sein. Die beiden machten sich erst gar nicht die Mühe, eine bundesweite Suche zu starten, da sie sonst den ganzen Tag vor dem Computer gesessen hätten.

Acht der siebenunddreißig bewaffneten Räuber namens Sonny waren während der beiden Jahre geboren, in denen Sonny Liston Boxweltmeister im Schwergewicht gewesen war und damit ein nacheifernswertes Vorbild geboten hatte. Sie waren mittlerweile alle Ende zwanzig, und Wade und Bent suchten einen schwarzen Sonny, der zwischen zwanzig und dreißig Jahre alt sein sollte. Sie wußten, daß für die meisten Weißen alle Schwarzen gleich aussahen. Das war die Schwierigkeit dabei, einen Weißen dazu zu kriegen, einen Schwarzen nach einem Foto zu identifizieren – zumal nach einem Polizeifoto, das nichts mit dem Hochglanzporträt eines Starfotografen gemeinsam hatte. Dominick Assanti unterschied sich da in keiner Weise von den anderen Weißen, mit denen sie bisher zu tun gehabt hatten. Es gab nur zwei Schwarze, die Dominick auf der Stelle wiedererkannte: Eddie Murphy und Bill Cosby. Sämtliche anderen Schwarzen, Morgan Freeman und Danny Glover nicht ausgenommen, sahen für ihn gleich aus. Für Assanti sahen wahrscheinlich sogar Brent und Wade gleich aus.

Zuerst zeigten sie ihm die acht Fotos aus der Verbrecherkartei der Reihe nach.

»Erkennst du einen von denen?« fragten sie.

Assanti erkannte keinen der Männer aus dem Verbrecheralbum.

Eines der Fotos kommentierte er damit, daß er dem Kerl darauf keinesfalls in einer finsteren Gasse begegnen wollte.

Wade und Bent pflichteten ihm bei.

Dann legten sie die Fotos nebeneinander auf den Tisch, alle acht, und baten ihn, die drei Sonnys herauszusuchen, die jenem Sonny am ähnlichsten sahen, der am Abend des Mordes an Carella mit einer Waffe in der Hand an ihm vorbeigerannt war.

Assanti meinte, keiner von denen sehe dem ähnlich, den er gesehen hatte.

»Bist du da sicher?« fragte ihn Bent.

»Ganz sicher«, sagte Assanti. »Der, den ich gesehen habe, hatte eine Narbe im Gesicht.«

»Ach«, sagte Bent.

Also wieder zurück an den Computer, diesmal mit einer neuen Information. Und weil es schwierig ist, das Alter eines Mannes zu schätzen, der im Dunkeln mit einer Waffe in der Hand an einem vorbeihastet, ließen sie auch die Altersbeschränkung fallen. Die Waffe fand in so einer Situation eine weit eingehendere Beachtung als das Geburtsdatum. Da ihnen darüber hinaus klar war, daß der Überfall auf die Bäckerei nicht notwendigerweise von Leuten mit einschlägigen Vorstrafen verübt worden sein mußte, ließen sie auch diesen Parameter weg und suchten nach sämtlichen Schwarzen, die während der letzten fünf Jahre in der Stadt eines Verbrechens überführt worden waren – vorausgesetzt, sie hießen Sonny und hatten eine Narbe im Gesicht. Sie gruben ganze vierundsechzig aus, auf die das zutraf. Was sie nicht weiter überraschte.

Es war so gut wie unmöglich, als Schwarzer im Ghetto aufzuwachsen, ohne sich irgendwann die eine oder andere Narbe einzufangen. Und weil Keloide – Narben, die sich vergrößern und über die ursprüngliche Wunde hin ausbreiten – bei schwarzer Haut häufiger anzutreffen waren als bei weißer. Und diese Narben waren für gewöhnlich besonders auffällig. Die Messernarbe über Wades linkem Auge war so ein Keloid. Man hatte ihn auf die Möglichkeit einer Strahlentherapie hingewiesen, die mit einer Operation und der Injektion von Steroiden kombiniert werden müßte. Er hatte sich dafür entschieden, lieber den Rest seines Lebens mit der Narbe herumzulaufen. In seinem Job kam ihm das nicht mal so ungelegen.

Sie konnten Assanti jetzt vierundsechzig Verbrecherfotos vorlegen. Er brütete lange und intensiv über jedem der Fotos, gab sich wirklich Mühe mitzuarbeiten, aber die schwarze Physiognomie brachte ihn als Weißen an seine Grenzen. Schließlich warf er das Handtuch.

Bent und Wade mußten wieder raus auf die Straße.

Eileen war bereits da, als Kling am Mittwoch nachmittag, zehn nach fünf, Karins Büro betrat. Er entschuldigte sich für die Verspätung und setzte sich auf den Stuhl, den Karin Lefkowitz ihm anbot. Es fiel ihm schwer, Eileen nicht ständig anzustarren. Sie war leger gekleidet – eigentlich fast schon schlampig: in einem ausgewaschenen Jeansrock und einem zu ihren Augen passenden Baumwollsweater –, aber sie war schön, machte einen frischen Eindruck und strahlte vor Zufriedenheit. Karin erklärte ihm, sie hätten sich gerade über Eileens ersten Erfolg beim Geiselteam unterhalten. Gestern abend hätte sie –

»Na ja, es war nicht unbedingt ein Triumph oder so«, warf Eileen rasch ein.

»Mehr oder weniger eine Feuertaufe«, sagte Karin und lächelte.

»Sprechen wir nicht von Feuern«, sagte Eileen.

Jetzt lächelten beide. Kling fühlte sich mit einemmal ausgeschlossen. Er wußte nicht, was Eileen mit dem Wort verband, und kam sich ein bißchen vor wie ein Ausländer im eigenen Land. Feuer hieß verbrennen. Feuern hieß, jemanden hinauszuwerfen. Feuern hieß aber auch schießen. Karin schien ganz genau zu wissen, was für Eileen dahintersteckte, und diese Intimität zwischen beiden empfand er als beunruhigend.

»Na dann«, sagte Karin. »Ich bin froh, daß Sie's einrichten konnten.«

Aber was war gestern abend losgewesen? Wollten sie es ihm nicht sagen?

»Ich freue mich, hier zu sein«, sagte er und lächelte.

»Ich will Ihnen sagen, wo wir im Augenblick sind«, sagte Karin. »Dann können Sie uns vielleicht helfen.«

»Würde mich freuen«, sagte er und merkte, daß er sich wiederholte, oder wenigstens fast, jedenfalls kam er sich mit einemmal albern vor. »Wenn ich kann«, sagte er nicht besonders überzeugend. Ihnen helfen? Wobei? fragte er sich.

Karin erzählte ihm, wo sie im Augenblick waren.

Sie erzählte ihm die ganze verwirrende Geschichte jenes Halloweenabends, der nun schon Jahrhunderte zurückzuliegen schien, obwohl es erst letztes Jahr gewesen war, daß er seine Nase in etwas gesteckt hatte, was ihn zugegebenermaßen nicht das geringste anging, wodurch Eileen ihre beiden Mann Rückendeckung verloren hatte und dadurch in diese offene und extrem gefährliche Konfrontation mit dem Serienkiller geraten war.

»Seitdem«, erklärte Karin, »macht Eileen Sie dafür verantwortlich, daß –«

»Nun hören Sie mal«, begann Kling, »ich habe lediglich versucht –«

»Ich weiß«, sagte Eileen.

»Ich will damit sagen, das letzte, was ich wollte, war, zwischen dich und deine Rückendeckung zu geraten. Ich kenne Annie Rawles«, sagte er, sich wieder an Karin wendend, »sie ist eine gute Polizistin. Wogegen ich von diesem anderen Typen –«

»Shanahan«, sagte Eileen.

»Shanahan«, sagte er mit einem bestätigenden Nicken in ihre Richtung. »Von diesem Shanahan hatte ich noch nie gehört...«

»Mike Shanahan.«

»Dadurch kam's ja auch erst zu dem Kuddelmuddel, weil er mich auch nicht kannte.«

»Ich weiß«, sagte Eileen.

»Ich will damit sagen, ich hätte mir lieber den rechten Arm abgehackt, als dich in eine Situation zu bringen, in der du mit einem Killer fertig werden mußtest.«

Schweigen legte sich über den Raum.

»Ich denke, Eileen weiß das«, sagte Karin.

»Das hoffe ich doch«, versetzte Kling.

»Sie weiß auch – oder etwa nicht, Eileen? –, daß Sie zwar dafür verantwortlich waren, daß sie ihre Rückendeckung verlor –«

»Also, ich habe Ihnen doch eben ges-«

»– nicht aber dafür, daß sie Bobby Wilson töten mußte.«

»Na und? Wer sagt denn, daß ich dafür verantwortlich bin?«

»Eileen dachte das.«

»Das hast du doch nicht wirklich, oder?« fragte er, an sie gewandt.

»Doch, das habe ich.«

»Daß ich... Wie kommst du nur darauf? Ich meine, der Typ ist auf dich losgegangen –«

»Ich weiß.«

»– mit einem Messer...«

»Ich weiß.«

»Wie konnte ich dann irgendwas damit zu tun haben? Ich meine, jeder... jeder Polizist –«

»Ja, Bert, mittlerweile weiß ich das auch.«

»Großer Gott, Eileen, ich hätte nie gedacht, daß du mir die Schuld dafür gibst.«

»Das ist kompliziert«, sagte sie.

»Na ja, das weiß ich. Aber du kannst mir doch nicht vor-«

»Es hat auch was mit der Vergewaltigung zu tun.«

»Ach so, das, ja«, sagte er.

Eileen sah ihn an.

»Bert...«, sagte sie. »Du kannst das nicht einfach so abtun.«

»Ich tu das nicht einfach so ab, Eileen, das weißt du.«

»Tu das verdammt noch mal nicht einfach so ab, okay?«

Er kam sich vor, als hätte sie ihn geohrfeigt. Sprachlos sah er sie an.

»Das war nämlich nicht ›Ach so, das, ja‹«, sagte sie. »Ich bin *vergewaltigt* worden.«

»Eileen, so war das nicht gemeint. Ich habe doch nur gemeint...«

Er brach den Satz kopfschüttelnd ab.

»Ja, was haben Sie gemeint, Mr. Kling?« fragte Karin.

»Ist nicht so wichtig, vergessen Sie's.«

»Nein, ich denke, es könnte uns hier helfen.«

»Helfen? *Wem?*« fragte er. »Versuchen Sie mir auch zu helfen? Oder versuchen Sie mir nur die Verantwortung in die Schuhe zu schieben für alles, was seit dieser Vergewaltigung passiert ist? Vielleicht ja sogar für die Vergewaltigung selbst? Wer, zum Teufel, weiß das schon. Wo Sie mir schon für alles andere die Schuld geben, warum nicht auch gleich noch für diese Vergewaltigung?«

»Kein Mensch macht dich für die Vergewaltigung verantwortlich«, sagte Eileen.

»Na, vielen Dank.«

»Aber andererseits glaube ich, hattest du eine Menge mit –«

»Hört, hört.«

»– mit dem zu tun, was seit der Vergewaltigung passiert ist, ja.«

»Na schön, du hast wegen mir deine Rückendeckung verloren, das gebe ich zu. Ich hatte dort nichts zu suchen, ich hätte das die beiden erledigen lassen sollen. Aber das ist doch schließlich nicht das Verbrechen des Jahrh-»

»Du willst einfach nicht aufhören damit«, unterbrach sie ihn.

»Aufhören womit, um Himmels willen?«

»Er merkt es noch nicht mal«, sagte sie zu Karin.

»Was merke ich nicht? Was soll ich sagen? Daß ich es war, der diese Arsch-?«

Er brach abrupt ab.

»Ja?« sagte Karin.

»Ich habe Bobby Wilson nicht erschossen«, sagte er. »Aber wenn es dich glücklich macht: Dann gebt mir doch die Schuld, bitte, dann spiel' ich eben den Sündenbock, okay?«

»Wie wollten Sie den Mann eben nennen?«

Kling zögerte.

»Nur zu«, sagte Karin.

»Eine Arschgeige«, sagte er.

»Warum haben Sie's nicht getan?«

»Weil ich Sie nicht gut genug kenne, um in Ihrer Gegenwart mit solchen Wörtern herumzuwerfen.«

Eileen mußte lachen.

»Was ist daran so komisch?« wollte er wissen.

»Du hast das Wort auch in *meiner* Gegenwart nie benutzt«, versetzte sie.

»Ach, dann ist das wohl auch falsch«, sagte er, »in Gegenwart einer Dame auf seine Sprache zu achten?«

»Wenn du dich bloß hören könntest«, sagte Eileen, noch immer lachend.

»Ich weiß nicht, was hier so komisch ist«, sagte er, und geriet langsam, aber sicher wieder in Rage. »Wissen Sie vielleicht, was hier so komisch ist?« fragte er Karin.

»Warum sind Sie an jenem Abend zur Canal Zone gefahren?« fragte ihn Karin.

»Das habe ich Ihnen doch gesagt.«

»Nein, hast du nicht«, insistierte Eileen.

»Ich bin dorthin, weil ich der Meinung war, daß Annie und Shanahan das nicht bringen.«

»Nein«, sagte Eileen.

»Warum hätte ich dann –«

»Weil du gedacht hast, daß ich das nicht bringe.«

Er sah sie an.

»Quatsch. Ich wollte deine Sicherheit nicht einfach zwei Leuten überlassen, die –«

»Du wolltest meine Sicherheit nicht *mir* überlassen.«

»Eileen, *kein* Polizist traut sich selbst über den Weg allein in einer Situation, in –«

»Das weiß ich auch.«

»Deshalb hat man ja jemanden zur Rückendeckung.«

»Ja, ja...«

»Je mehr Rückendeckung, desto besser.«

»Aber du hast *mir* nicht getraut, Bert. Seit der Vergewaltigung –«

»Großer Gott, schon wieder diese Vergewaltigung! Seit der Vergewaltigung, seit der Vergewaltigung...«

»*Ja*, gottverdammt noch mal!«

»*Nein*, gottverdammt noch mal! Du sprichst von Vertrauen? Na schön, wer hat denn hier wem nicht getraut? Ich habe keine Lust, mir etwas vorwerfen zu lassen, was ich –«

»Alles, was ich dir vorwerfe, ist, daß du das Vertrauen in mich verloren hast!«

»Nein. Du wirfst mir vor, daß ich dich beschützen wollte!«

»Ich hatte deinen Schutz nicht nötig! Ich hätte dein Verständnis gebraucht!«

»Ach, nun komm aber, Eileen. Wenn ich noch verständnisvoller gewesen wäre, hätte ich mich gleich zum Priester weihen lassen können.«

»Was soll das nun wieder heißen?«

»Nun, vielleicht kommst du selber drauf, okay?«

»Nein, was willst du damit sagen?«

»Was ich damit sagen will? Wer hat sich denn nicht mehr anfassen lassen, nach dieser Vergewaltigung?«

»Ach, darauf willst du hinaus?«

»Ich will darauf hinaus, daß nicht ich dich vergewaltigt habe, Eileen. Ich habe dich nicht vergewaltigt, und ich bin auch nicht mit dem Messer auf dich losgegangen, und wenn du mich in deinem Kopf da irgendwie mit einem von diesen... diesen *Arschgeigen* – richtig so? – verwechseln solltest –, auch nur mit einem von ihnen –, dann kann ich dir auch nicht helfen.«

»Wer hat dich denn um deine Hilfe gebeten?«

»Ich dachte, ich wäre hier, um –«

»Kein Mensch hat dich um deine Hilfe gebeten.«

»Sie hat gesagt, ich könnte womöglich –«

»Kein Mensch braucht deine gottverdammte Hilfe.«

»Okay, na schön, dann habe ich das wohl falsch verstanden.«

»Und laß uns gleich noch was klarstellen, ja?« sagte Eileen. »Ich habe mich nicht darum gerissen, ein Opfer zu werden.«

»Ich auch nicht«, sagte er.

Sie sah ihn an.

»Der einzige Unterschied zwischen uns ist, daß ich keinen Beruf daraus gemacht habe«, sagte er.

»Tut mir leid«, sagte Karin, »aber unsere Zeit ist um.«

Das Haus, in dem Tommy jetzt wohnte, war keine Meile von der Kirche entfernt, zu der Carella gehörte, als sie nach Riverhead gezogen waren. Our Lady of Sorrows hieß sie. Er selbst hatte ja mit fünfzehn, sechzehn – er erinnerte sich nicht mehr genau – aufgehört, die Messe zu besuchen; einer der Priester hatte etwas Dummes zu ihm gesagt. Was ihn aber nicht davon abgehalten hatte, weiterhin Freitag abends die Tanzveranstaltungen im Keller der Kirche zu besuchen. Wenn er jetzt zurückdachte, schien es ihm, als hätten diese Tanzabende im Kirchenkeller fast sein gesamtes frühes Geschlechtsleben bestimmt. Ob Gott wohl gewußt hatte, was auf diesem Tanzboden passierte? Diese Ausbrüche jugendlicher Wollust – hatte Gott nicht gewußt, was da vor sich ging? Und wenn ja, warum war er nicht mit Blitzen dazwischengefahren?

Und wenn Gott selbst es schon nicht mitbekommen hatte, wenn er anderweitig beschäftigt war, sich um eine Heimsuchung oder was auch immer zu kümmern hatte, warum war es dem Pfarrer nicht aufgefallen: die verstohlen und fieberhaft vor sich hinmahlenden Becken, die heimlichen Griffe nach Hinterbacken und Brüsten, das verborgene Aneinanderreiben im Halbdunkel? Doch der stand da und beguckte sich strahlend seine Schäfchen, während diese sich bei den Schiebern praktisch zum Orgasmus tanzten. Kam ihm nie der Verdacht, daß keiner hier im stillen fünf »Gegrüßet seist du, Maria« aufsagte? Pater Giacomello hatte er geheißen. Er war der jüngere der beiden Priester gewesen. Ständig ein Lächeln im Gesicht. Der ältere war der, der Carella gescholten hatte, weil er ausgerechnet während der geschäftigsten Zeit des Jahres zur Beichte gekommen war.

Keine Meile von dort, wo er heute abend stand und aus dem Schatten der Bäume heraus die Garage im Auge behielt. Und darauf wartete, daß Tommy herauskam – falls er herauskam. Angela hatte Carella erzählt, ihr Mann hätte irgendein Flittchen. Na gut, schön, wenn es dieses Flittchen gab, dann war jetzt der beste Zeitpunkt, sie zu Gesicht zu bekommen. Man hatte ihn aus dem Nest gestoßen – genau der Zeitpunkt, sich nach Trost und Streicheleinheiten umzusehen. *Falls* es dieses Flittchen gab.

Also wartete er hier im Dunkeln.

Spielte Räuber und Gendarm mit seinem eigenen Schwager.

Er schüttelte den Kopf.

In der Nähe blühten Rosen; er konnte sie in der stillen Abendluft riechen. Von diesen Tanzabenden am Freitag waren sie immer zu Fuß nach Hause gegangen, er und seine Schwester, nachdem sie alt genug war, um mitzukommen; auch damals hatten in den lauen Sommernächten die Rosen geblüht. Sie waren zusammen nach Hause gegangen und hatten sich über Gott und die Welt unterhalten. Zu jener Zeit hatte sie ihm näher gestanden als irgendein anderer Mensch, und trotzdem hatte es ihm ganz und gar nicht gepaßt, daß sie mit auf diese Tanzabende kam, da er sich durch ihre Anwesenheit in seinen sexuellen Aktivitäten eingeschränkt fühlte. Wie sollte er mit Margie Gannon in die Gänge kommen, wenn die eigene Schwester kaum einen Meter weiter mit irgendeinem Typ tanzte? Und vor allem, wie sollte er ein Auge auf seine Schwester haben, damit es sich keiner dieser Sexteufel bei seiner Schwester besorgte, während er sich gerade mit Margie Gannon beschäftigte? Manchmal wurde das ziemlich kompliziert. Es war schon kompliziert, jung zu sein.

Er mußte an die Unterhaltungen mit seinem Vater denken.

Über was sie nicht alles geredet hatten.

Sie waren spät abends oft allein in der Backstube gewesen, in deren Luft der Duft der Leckereien gelegen hatte, die im Ofen buken: Brot, Kuchen, Konditoreiwaren, Brötchen. Sein ganzes Leben würde er diese Düfte nicht vergessen. Ihm fiel ein, wie er seinem Vater erzählt hatte, der schwierigste Gang im Leben sei der über die Tanzfläche, um ein Mädchen aufzufordern, egal welches, hübsch, häßlich, spielte überhaupt keine Rolle. Bloß da hinüber zu gehen, wo sie saß, das sei der längste Weg der Welt.

»Das ist wie eine Folter«, sagte er. »Ich komme mir dabei vor, als müßte ich eine Meile durch die Wüste laufen, weißt du das?«

»Ich weiß.«

»Über heißen Sand, weißt du?«

»Ja, natürlich.«

»Hinüber zu ihrem Platz, Paps. Die Hand auszustrecken und zu sagen: ›Möchtest du mit mir tanzen?‹ Oder: ›Wie wär's mit dem nächsten Tanz?‹ Egal was. Dazustehen und zu wissen, daß einen alle beobachten und wissen, es dauert keine zehn Sekunden, und sie sagt: ›Zieh Leine, Blödmann‹...«

»Ach was«, sagte sein Vater.

»Manchmal, Paps, doch, wenn ich's dir sage. Ich meine, nicht genauso, aber du weißt, sie sagen einem: ›Tut mir leid‹ oder: ›Ich bin zu geschafft‹ oder: ›Der ist schon versprochen‹ oder was weiß ich, aber es heißt nichts anderes als: ›Zieh Leine, Blödmann‹. Und dann, Paps, mußt du wieder zurückgehen, wo du hergekommen bist, nur daß jetzt jeder weiß, daß sie dir einen Korb gegeben hat...«

»Schrecklich«, sagte sein Vater und schüttelte den Kopf.

»...und der Rückweg ist noch länger als der Weg hinüber, jetzt geht das hundert Meilen durch die Wüste, und die Sonne ist glühend heiß, und man wird tot umfallen, bevor man den Schatten erreicht, und alle lachen einen aus...«

»Schrecklich, schrecklich«, sagte sein Vater und lachte in sich hinein.

»*Wissen* die das denn nicht?« fragte Carella. »Paps, *merken* die das denn nicht?«

»Sie wissen es nicht«, sagte sein Vater kopfschüttelnd. »Aber sie sind so schön, sogar die Häßlichen.«

Auf der anderen Straßenseite tat sich was. Die Tür zum Zimmer über der Garage öffnete sich, ein helles Rechteck ergoß sich über die Gestalt vor der Tür. Tommy. Er griff hinein, um innen das Licht auszuknipsen. Jetzt brannte nur noch der Spot über der Treppe. Er schloß ab und kam die Treppe herunter. Er trug Jeans und ein gestreiftes Polohemd und hatte den Kopf gesenkt, um auf die Stufen zu achten. Carella drückte sich tiefer ins Dunkel.

Gab es dieses Flittchen?

Er gab ihm einen ordentlichen Vorsprung und folgte ihm dann. Nicht so dicht an ihm dran, daß er ihn entdeckt hätte, aber auch nicht mit so großem Abstand, daß er ihn womöglich verlor. Meinen eigenen Schwager beschatten, dachte er und mußte wieder den Kopf schütteln.

Einmal hatte er sich mit seinem Vater über Treue unterhalten. Oder besser, er hatte seinem Vater zugehört, der darüber gesprochen hatte, hatte genau aufgepaßt. Carella war alt genug gewesen, um zu merken, daß sein Vater viele dieser Dinge selbst durchgemacht hatte und seine Ansichten weitergeben konnte, ohne sich dabei wie der weise alte Mann von Welt anzuhören. Oder wie ein Vater. Er hörte sich wie irgendein Mann an, einer, den man zufällig gern mochte. Ein Freund. Womöglich der beste, den Carella oder sonst wer je haben würde.

Das war, kurz bevor er Teddy geheiratet hatte. Eine Woche vor der Hochzeit. Er und sein Vater waren in der Backstube – alle ihre wichtigen Unterhaltungen schienen in der Nähe der Öfen und dem Duft backenden Brotes in der Luft stattzufinden –, und Carella machte etwas durch, was er sich als voreheliches Muffensausen erklärte; er fragte sich laut, ob er da nicht einen Vertrag einging, der, nun ja, seine Bewegungsfreiheit doch zu sehr einschränken würde. Womöglich wird mir das eng, du weißt, was ich meine, Paps?

So wie er sich gefühlt hatte, dachte er, als Angela plötzlich am Freitagabend mit zum Tanzen gekommen war. Daß ihm jemand ins Gehege kam, seinen Freiraum bedrohte. Allerdings erzählte er seinem Vater nie, was er mit Margie Gannon mitten auf der Tanzfläche machte, und daß er sich durch die Anwesenheit seiner Schwester nicht so recht entfalten konnte. Ebensowenig hatte er je erwähnt, daß er später weitergegangen, aufgestiegen war – in den siebten Himmel sozusagen – und Margie Gannon auf dem Rücksitz des Familien-Dodge *richtig* gebumst hatte. Aber er vermutete, daß sein Vater das ohnehin alles wußte und verstand, daß sein einziger Sohn ein recht aktives Sexleben geführt und eine ganze Reihe von Frauen gehabt hatte, bevor er Teddy Franklin kennengelernt hatte, die Frau, die er nun heiraten wollte, die Frau, der er den Rest seines Lebens widmen wollte.

Er nahm das nicht leicht, und sein Vater merkte das.

Sein ganzes Leben lang hatte er noch keinen Vertrag unterschrieben, weder für ein Auto noch für eine Wohnung noch sonst was, und jetzt war er drauf und dran, einen zu unterschreiben, der ihn für immer und ewig binden würde. Abgesehen davon, daß er als Polizist geschworen hatte, die Gesetze dieser Stadt, des Staates und seines Landes aufrechtzuerhalten, hatte er nie einen öffentlichen Eid abgelegt, und jetzt stand er kurz davor, vor seinen und ihren Verwandten und Freunden zu schwören, daß er sie lieben und ehren und weiß Gott was sonst noch tun würde, bis daß der Tod sie scheide. Wenn er es genau bedachte, war es zum Fürchten.

»Liebst du sie?« fragte ihn sein Vater.

»Ja, ich liebe sie, Paps«, sagte er. »Ich liebe sie über alles.«

»Dann brauchst du dich auch vor nichts zu fürchten. Ich will dir mal was sagen, Steve. Der einzige Grund für einen Mann, an eine andere Frau zu denken, ist der, daß er die eigene nicht mehr liebt.

Glaubst du, daß das passieren wird? Befürchtest du, daß du Teddy mal nicht mehr lieben wirst?«

»Wie soll ich das wissen, Paps?«

»Du kannst es wissen. Du spürst es in allen Knochen, im Blut. Du kannst wissen, ob du diese Frau bis ans Ende deiner Tage liebst und nie wieder eine andere willst. Und wenn du das jetzt nicht weißt... dann heirate sie nicht.«

»Jetzt ist aber nicht morgen«, sagte er.

»Doch, jetzt ist morgen. Jetzt ist für immer«, sagte sein Vater.

Es wurde still in der Backstube.

»Hör mal zu«, sagte sein Vater.

»Ja, Paps.«

Sein Vater legte ihm die Hände auf die Schultern. Große mehlweiße Hände. Er sah Carella in die Augen.

»Was spürst du, wenn du dir vorstellst, daß sie ein anderer anfaßt?« fragte er ihn.

»Ich würde ihm den Hals umdrehen«, sagte Carella.

»Ja«, sagte sein Vater und nickte. »Du brauchst dir keine Sorgen zu machen. Heirate sie. Liebe sie. Bleib bei ihr und keiner anderen. Oder ich schlag' dir den Schädel ein«, sagte er und grinste dabei.

Und jetzt, Jahre später, folgte Carella dem Mann seiner Schwester, weil vielleicht die Zeit gekommen war, in der er sie nicht mehr liebte. Er nahm an, so eine Zeit konnte für jeden kommen. Er glaubte nicht, daß sie für ihn je kommen würde. Aber er fragte sich, ob das daran lag, daß er Teddy wirklich liebte oder daß sein Vater gedroht hatte, ihm den Schädel einzuschlagen. In der Dunkelheit der Straße beschleunigte er seine Schritte, als Tommy vor ihm um eine Ecke bog. Er lächelte in sich hinein.

Er mußte Tommy nun schon gut eine halbe Meile hinterhergelaufen sein, fast zehn Blocks, schätzte er, und aus der Wohngegend wurde ein Geschäftsviertel mit Hochbahn und Läden, die noch geöffnet waren, an einem herrlichen Sommerabend, an dem der Juli noch einmal mit seiner Leidenschaftlichkeit protzte, mit Männern und Frauen auf den Straßen – hatte er vor, einen Zug zu nehmen? War er auf dem Weg zur Haltestelle an der nächsten...?

Nein. Er ging an der Treppe zur Haltestelle und den Schienen über ihm vorbei, blieb mit festem Schritt auf dem Boulevard, mit den Schritten eines Mannes, der wußte, wo er hinging, der ein Ziel hatte. Es war jetzt kurz nach neun, die Dämmerung war in das Schwarz des mondlosen Himmels übergegangen, das Licht kam von Geschäften, Straßenlampen und den roten und grünen Ampeln auf den Schienen über und auf der Straße neben ihm. Tommy schritt mittlerweile schneller aus, sah immer wieder auf seine Uhr, während er den Boulevard hinaufging. Als er die Brandon erreicht hatte, bog er nach links ab und ging zur Willow hinunter, wo die aus Backsteinen gebaute Bibliothek jetzt im Dunkeln stand, in die Carella als Kind gegangen war.

Ein Stück die Straße hinauf, nicht weit von der Bücherei, parkte ein Auto.

Tommy ging direkt darauf zu.

Er öffnete die Tür auf der Beifahrerseite, die Innenbeleuchtung ging an und verlosch sofort wieder, nachdem er die Tür hinter sich zugeschlagen hatte. Die Scheinwerfer flammten auf; Carella bewegte sich aus dem grellen Licht heraus. Der Fahrer ließ den Motor an, die Maschine heulte auf, und das Auto setzte sich in Bewegung. Carella drückte sich tiefer in den Schatten, als es auf die Ecke zukam. Ein roter Honda Accord schoß an ihm vorbei.

Am Steuer saß eine Frau.

8. Kapitel

»Er wollte Sie feuern«, sagte Goodman. »Ich habe ihn dazu überredet, Ihnen dreißig Tage Probezeit zu geben.«

»Mich feuern?« fragte Eileen. »Aber wieso?«

Sie aßen zusammen Mittag in einem Fischrestaurant, das so gut wie neben dem Präsidium lag. Ihr Sonderdezernat befand sich im neunten Stock, Goodmans Büro im dritten. Das traf sich gut. Nur daß sie bis zu diesem Augenblick geglaubt hatte, er hätte sie gebeten, mit ihm essen zu gehen, um ihr zu gratulieren.

»Sie müssen ihn verstehen«, sagte Goodman.

»Oh, ich verstehe ihn, absolut.«

»Ach so, das, tja«, sagte er.

Wie sie das liebte, diese Art und Weise, wie Männer Dinge vom Tisch wischten, die für Frauen eine enorme Bedeutung hatten. Bert gestern mit seinem *Ach so, das, ja* als Kommentar zu der Sache, die für sie ja bloß die erschütterndste Erfahrung ihres Lebens gewesen war. Und jetzt Goodman mit seinem *Ach so, das, tja*, obwohl er doch wußte, daß hier von Bradys himmelschreiend sexistischer Einstellung die Rede war.

»In den Klassenkasper ist er ja geradezu verschossen«, sagte sie, »und er –«

»Nun, Sie müssen ja wohl zugeben, daß Materasso ein ziemlich ulkiger Kerl ist.«

»Und was ist mit Pellegrino? Oder Riley? So komisch sind die ja nun auch wieder nicht, und trotzdem behandelt Brady sie wie seine verlorenen Söhne. Der hat doch die beiden Frauen nur im Team, weil –«

»Sie dürfen nicht unfair sein, Eileen. Immerhin ist er es gewesen, der überhaupt Frauen ins Team geholt hat.«

»Ich frage mich warum.«

»Sicher nicht wegen seiner sexistischen Einstellung.«

»Was sollte dann dieses ›Ach so, das, tja‹?«

»Ich dachte, Sie wüßten es.«

»Nein, Mike, tut mir leid, ich weiß es nicht.«

Zum erstenmal benutzte sie seinen Vornamen und merkte, daß sie ihn bis dahin überhaupt noch nicht angesprochen hatte – weder mit Dr. Goodman noch mit Michael, und ganz sicher nicht mit Mike. Aber jetzt war es raus: Mike.

»Ich würde wetten, daß der sein ganzes Leben lang noch keiner Frau getraut hat.«

»Sie würden verlieren.«

»Ach ja?«

»Ich bin am Verhungern«, sagte er und lugte dabei hinter seiner Brille hervor in ihre Richtung, und als er auch noch die Augenbrauen hochzog, sah er aus wie ein hungriger kleiner Junge. »Sie etwa nicht?«

»Ich könnte auch was vertragen.«

»Gut, dann wollen wir mal bestellen.«

Sie nahmen beide den gedünsteten Hummer. Eileen bestellte eine gebackene Kartoffel, er bestellte Fritten. Eileen nahm Roquefort-Dressing zu ihrem Salat, er italienisches mit Sahne. Der Salat kam als erstes. Er aß wie ein Scheunendrescher. Es war fast schon komisch, ihm zuzusehen. Keine Spur von Tischmanieren. Sie hätte zu gern gewußt, ob er aus einer kinderreichen Familie stammte.

»Dann erzählen Sie doch mal«, sagte sie.

»Er hat eine verloren«, sagte Goodman.

»Wie meinen Sie das?«

»Eine Frau. Eine Unterhändlerin.«

»Was sagen Sie da?«

»Schon ganz am Anfang. Die erste Frau, die er ins Team geholt hatte.«

»Sie nehmen mich auf den Arm.«

»Nein, nein. Es ist schon lange her, Sie waren damals wahrscheinlich noch nicht mal bei der Polizei. Sie hieß Julie Gunnison, war beim Fahrzeugdiebstahl, eine gute Polizistin, Detective/Second

Grade. Es war Sommer, wie jetzt auch. Sie arbeitete zum erstenmal an der Tür. Es ging um eine Frau, die allein mit ihren drei Kindern in der Wohnung war, dann plötzlich durchdrehte und eines davon aus dem Fenster warf, bevor die Polizei eintraf. Sie drohte, die anderen beiden hinterherzuwerfen, wenn sie nicht abrückten. Er stellte Julie an die Tür, weil es sich um eine Frau handelte. Seinerzeit gab es die Theorie, daß Frauen sich lieber anderen Frauen anvertrauten, heute wissen wir ja, daß das nicht immer der Fall ist. Aber jedenfalls war das Lehrmeinung. Das Verhandeln mit Geiselnehmern steckte eben noch in den Kinderschuhen. War der Geiselnehmer eine Frau, gab man ihr eben eine Frau als Unterhändler.«

»Was ist passiert?« fragte Eileen.

»Gebackene Kartoffel?« fragte die Kellnerin.

»Ich.«

Die Kellnerin setzte die Teller ab.

»Was zu trinken?« fragte sie.

»Eileen, einen Wein? Bier?«

»Ich muß noch arbeiten«, sagte sie.

»Stimmt. Eine Coke? Pepsi?«

»Coke.«

»Ich nehme ein Heineken«, sagte Goodman.

»Eine Coke, ein Heineken«, sagte die Kellnerin und eilte mit gequälter Miene davon.

»Ich höre«, sagte Eileen.

»Julie stand sechs Stunden am Stück an dieser Tür. Es war der reinste Drahtseilakt, gegen die Gesetze der Erdanziehungskraft. Alle fünf Minuten griff sich die Frau drinnen eines ihrer Kinder und stürzte ans Fenster, hängte den Kleinen hinaus – mit dem Kopf nach unten, an den Knöcheln – und ließ ihn baumeln, und dabei schrie sie, sie würde loslassen, wenn die Bullen nicht abzögen. Die Straße war voller Polizei und Feuerwehrleute. Die versuchten zu erraten, in welche Richtung sie den Kleinen schwingen würde, bevor sie losließ, um zu wissen, wo sie mit dem Netz hinlaufen sollten. Julie arbeitete an der Tür und redete es ihr jedesmal wieder aus. Sagte ihr, sie wollten ihr doch nur helfen, ihr und den Kindern, sie sollten einander helfen, sie sollte rauskommen, und man könnte über alles reden. Die Frau hatte ein Fleischerbeil in der Hand. Ihr Mann war Fleischer. Dem Kind hatte sie beide Hände abgehackt, bevor sie es aus dem Fenster geworfen hatte.«

»Mein lieber Scholli«, sagte Eileen.

»Heineken und 'ne Coke«, sagte die Bedienung, stellte die Getränke hin und rauschte wieder ab.

»Na, jedenfalls«, sagte Goodman, »dachte Julie schon, sie mache Fortschritte. Die letzte Stunde über – es war mittlerweile acht Uhr abends, sie war seit nachmittags um zwei an der Tür gewesen – hatten sie schon nach Pizza und Limonade geschickt. Die Frau hatte zwar Bier verlangt, aber Sie wissen ja, wir geben ihnen nie Alkohol...«

Eileen nickte.

»...sie hatte mit den Kindern gegessen und wurde langsam, aber sicher gesprächig. Und sie hatte wenigstens eine Stunde lang nicht mehr versucht, eins aus dem Fenster zu werfen. Also fängt Julie an, ihr von ihren eigenen Kindern zu erzählen, so wie Mary Beth das letzte Woche bei der Frau in dem Wäschegeschäft gemacht hat, und die beiden kommen prima miteinander aus, Julie konnte sie sogar davon überzeugen, daß sie unbewaffnet war, sie zieht ihre Jacke aus, tastet sich selbst ab... keine Waffe, sehen Sie? Keinem geschieht was, okay? Und dann riskiert sie's und bittet die Frau, eines der Kinder herauszuschicken, keiner würde ihr was tun und die Kinder müßten doch schon längst müde sein, sie hätten ihnen im Flur eine Pritsche aufgestellt, warum schickt sie nicht eines der Kinder raus? Und die Frau sagt: Lassen Sie mich noch mal nachsehen, ob Sie auch wirklich keinen Revolver haben, und Julie zeigt ihr, daß sie keinen hat, was ja auch stimmt, und die Frau sagt: Okay, ich gebe Ihnen eins von den Kindern – und macht die Tür auf und spaltet Julie mit dem Fleischerbeil den Schädel.«

»Großer Gott!« sagte Eileen.

»Das können Sie laut sagen. Daraufhin stürmen die Leute vom SEK die Tür, die Frau wird dabei erschossen, und das ist das Ende der Geschichte. Bis darauf, daß man Brady ins Rathaus zitiert und zur Minna gemacht hat. Der Commissioner wollte wissen, wie das passieren konnte: ein totes Kind, eine tote Frau, ein toter Polizist!

Was, zum Teufel, denn schiefgelaufen sei? Wenn schon jemand tot war, als das Geiselteam eintraf, warum sie dann nicht sofort gestürmt hätten? Brady erklärte ihm, daß das nun mal nicht unsere Methode ist, daß das, was auch immer *vor* unserem Eintreffen passiert, keine Rolle spielt, daß wir sozusagen von Null anfangen und daß es unsere Aufgabe ist, sicherzustellen, daß keiner zu Schaden kommt, *nachdem* wir dazukommen. Worüber der Commissioner nur lachen konnte, denn schließlich waren ja Leute zu Schaden gekommen, es hatte drei Tote gegeben, und das Fernsehen konnte uns mal wieder so richtig in die Pfanne hauen.

Die Leute vom Fernsehen waren sauer, weil Brady sie nicht in die Nähe der Wohnung gelassen hatte, in der die Frau war – das ist ja auch heute noch eine unserer Regeln: keine Kameras. Und so fingen sie an, den Sinn des ganzen Programms in Frage zu stellen. Um genau zu sein, sie hätten es beinahe in Schutt und Asche gelegt. Die ganze Arbeit, die Polizeichef McCleary investiert hatte, um es auf die Beine zu stellen, all die Fortschritte, die Brady gemacht hatte, nachdem er übernommen hatte, um ein Haar wäre alles für die Katz gewesen. Sogar die Zeitungen bliesen zur Hatz auf ihn. Sie hatten alle den amtierenden Bürgermeister unterstützt, der die Wahl jedoch verloren hatte, und der neue Bürgermeister hatte einen neuen Commissioner ernannt, und der kriegte jetzt das Fett für das, was Brady angestellt hatte, und hängen blieb der Schwarze Peter natürlich an Brady, es war ja sein Programm, er war der Leiter des Teams. Es war ein Riesenschlamassel, das können Sie mir glauben.«

Goodman bearbeitete seinen Hummer, während er erzählte. Mit Nußknacker, Fingern und Gabel zerlegte er ihn fein säuberlich, stippte das saftige Fleisch in die Buttersauce, kaute, stopfte eine Fritte hinterher, und widmete sich wieder dem Hummer, diesmal den Scheren, dann ein Schluck Bier, eine Fritte, und redete, während er aß, vor sich hin.

»Brady gab sich natürlich selbst die Schuld, er ist nun mal der Typ dafür. Bildete sich ein, Julie nicht ausreichend ausgebildet zu haben... was einfach nicht stimmte, wir haben seither erkannt, daß der theoretische Unterricht immer seine Grenzen hat. Und überhaupt, sie war eine erstklassige Unterhändlerin, mit einer Menge praktischer Erfahrung. Im nachhinein betrachtet, machte sie es genau richtig. Ihr Pech war, an eine Frau zu geraten, bei der alle Sicherungen durchgebrannt waren.«

Goodman verstummte. Eileen sah ihm zu, wie er den Rest des Hummers demolierte. Jetzt nahm er wieder einen großen Schluck Bier. Stopfte eine Fritte hinterher.

»Große Familie, was?« fragte sie.

»Nur die drei Kinder«, sagte er.

»Ich habe Sie gemeint.«

»Nein, ich... wieso?«

»So wie Sie reinhaun.«

»Oh. Nein, ich habe schon immer so gegessen«, sagte er achselzuckend. »Ich krieg' einfach solchen Hunger.«

»Das sehe ich.«

»Ja«, sagte er und zuckte noch einmal die Achseln, um dann den Rest seines Biers zu trinken. »Er hat lange gebraucht, um darüber hinwegzukommen«, sagte er. »Eine Zeitlang wollte er überhaupt keine Frauen mehr im Team haben. Dann stellte er Georgia ein... ich glaube, die haben Sie noch nicht kennengelernt... und Mary Beth. Keine Ahnung, warum er sie gefeuert hat. Meiner Ansicht nach hat sie gute Arbeit geleistet. Womöglich ein Anfall von Hilflosigkeit. Eine Frau an der Tür, eine andere Frau eingedämmt, die ganze Situation hochgradig explosiv. Vielleicht hat er sie gefeuert, weil er fürchtete, es könnte ihr was zustoßen.«

»Mike...«

Wieder der Vorname, sie gewöhnte sich langsam daran.

»...Sie können es drehen und wenden, wie Sie wollen, es ist und bleibt sexistisch. Hat er je einen *Mann* gefeuert?«

»Einen. Aber der hatte Probleme mit dem Alkohol.«

»Sehen Sie.«

»Ich weiß nicht, ob die Sache so einfach ist.«

»Glauben Sie, er wird mich auch feuern?«

»Ich weiß nicht.«

»Schön... hatte er gestern das Gefühl, ich sei in Gefahr?«

»Sie *waren* in Gefahr. Er hätte Sie nicht an die Tür stellen dürfen. Sogar ich war dagegen. Sowohl gegen Sie als auch gegen Martha.«

»Warum?«

»Weil es zu früh war. Sie haben noch nicht genug beobachtet, sind noch nicht gut genug ausgebildet.«

»Aber es hat doch geklappt.«

»Zum Glück. Ich glaube übrigens nicht, daß Martha Erfolg gehabt hätte. Nur zu gut, daß der Alte sie nicht haben wollte.«

»Wieso sagen Sie das?«

»Sie ist einfach zu eifrig, zu aggressiv. Und weil wir schon dabei sind, ich glaube sowieso nicht, daß sie je eine gute Unterhändlerin wird.«

»Haben Sie Brady das gesagt?«

»Hab' ich.«

»Und was ist mit mir? Glauben Sie, ich werde eine gute abgeben?«

»Sie sind schon ziemlich gut. Einiges haben Sie noch ungeschickt angepackt, aber es war auch eine ungeheuer schwierige Situation. Ich nenne die Dinge gern beim Namen, Eileen. Ein Unterhändler der Polizei ist und bleibt ein Unterhändler der Polizei, und wir sollten auf keinen Fall lügen, was das anbelangt, was auch immer der Geiselnehmer fordern mag. Eine Nutte zu spielen...« Er schüttelte den Kopf. »Ich habe Brady gesagt, daß mir der Gedanke nicht gefällt. Als er darauf bestand, es durchzuziehen, habe ich ihm gesagt, wir sollten Georgia holen, sie dazu kriegen, da reinzugehen. Wenn wir den Geiselnehmer schon anlügen würden, dann brauchten wir einen erfahrenen Unterhändler, der das auch durchziehen konnte. Georgia hat übrigens schon verdeckt ermittelt und auch als Lockvogel gearbeitet. Es überrascht mich, daß Sie sie nicht kennen.«

»Wie heißt sie denn mit Nachnamen?«

»Mobry. M-O-B-R-Y. Georgia Mobry.«

»Sagt mir nichts.«

»Sie arbeitet meist im Rauschgiftdezernat.«

»Trotzdem.«

»Na, jedenfalls, sie wäre für das gestern genau die richtige gewesen. Das Problem ist nur, sie ist im Urlaub. Aber – wie Sie schon gesagt haben – es hat ja geklappt.«

»Zum Glück, wie *Sie* gesagt haben.«

»Na ja... wie auch immer.«

»Ich *hatte* doch Glück, oder?«

»Meiner Meinung nach hätte es so oder so ausgehen können. Wir hätten ihn nicht belügen sollen. Wenn er es herausgefunden hätte...«

»Ich habe versucht, eine gewisse Ambiguität zu wahren. Falls das das richtige Wort dafür ist.«

»Es ist das Wort dafür. Aber Tatsache ist, daß wir versucht haben, Sie ihm als Nutte anzudrehen. Wäre er dahintergekommen, daß wir ihn belogen haben...« Goodman nickte. »Immerhin hatten wir ein kleines Mädchen in dieser Wohnung. Und eine Flinte.«

»Warum ist Brady das Risiko dann eingegangen?«

»Mit Ihnen? Oder mit dem Betrug überhaupt?«

»Mit beidem.«

»Mit Ihnen, weil der Alte Martha nicht haben wollte. Brady hätte lieber sie an der Tür gesehen, sie war seine erste Wahl. Und der Betrug? Ich weiß auch nicht. Er hat wohl gedacht, es könnte hinhauen. Und wenn es der Kleinen das Leben retten könnte –«

»Es hat ihr das Leben gerettet.«

»Wie sich herausstellte, ja.«

»Warum sollte er mich dann feuern wollen?«

»Ich habe nie begriffen, wie das bei ihm im Kopf so funktioniert. Und ich bin jetzt zehn Jahre bei ihm...«

»So lange schon?«

»Ja. Warum?«

»Sie sehen jünger aus.«

»Ich bin achtunddreißig.«

»Trotzdem sehen Sie jünger aus. Warum sollte er mich feuern wollen?«

»Ich weiß es wirklich nicht. Ich war ja selbst total überrascht. Erst zieht er Martha Ihnen vor, und dann ist er sogar mit Ihren Bedingungen einverstanden. Dann schaffen Sie es, den Alten und die Kleine da herauszuholen, ohne daß jemand zu Schaden kommt, und er entschließt sich, Sie zu feuern. *Meschugge,* falls Sie Jiddisch verstehen.«

»Jedenfalls weiß ich, was *meschugge* bedeutet. Und ich denke, ich weiß auch, warum er mich feuern wollte.«

»Und das wäre?«

»Weil ich es nicht so gemacht habe, wie er es haben wollte.«

»Er wußte doch schon, daß Sie es nicht auf seine Art und Weise machen würden, als Sie ihm gesagt haben, daß da keiner reingeht, bevor der Alte nicht das Kind *und* die Flinte herausrückt. Das war schließlich nicht Bradys Methode, das ging nach Ihrem Kopf. Nach seinem Kopf wäre gewesen, daß das Kind herauskommt und Sie dafür reingehen – ein fairer Tausch.«

»Das ist doch genau das, was –«

»Sie verstehen mich nicht. Hätte er Sie feuern wollen, weil Sie es nicht nach seinem Kopf machen wollten, warum hat er Sie dann nicht auf der Stelle gefeuert? Als Sie sich geweigert haben, es auf seine Weise zu machen?«

»Weiß nicht. Warum hat er nicht?«

»Vielleicht hat er kapiert, daß Sie recht hatten. Aber dann, nachdem alles vorbei war, mußte er Sie feuern, um zu zeigen, daß hier immer noch er der Boß ist.«

»Aber er hat mich nicht gefeuert.«

»Nur weil ich es ihm ausgeredet habe.«

»Wie haben Sie das denn gemacht?«

»Ich habe ihm gesagt, daß Sie keine Angst haben, daß Sie ehrlich und mitfühlend sind und clever obendrein. Und daß Sie womöglich der beste Unterhändler werden, den das Team je gehabt hat – sei es Männlein *oder* Weiblein.«

»Keine Angst, was? Wenn Sie wüßten.«

»Keine Angst«, sagte er. »Und auch alles andere stimmt.«

»Und daraufhin soll er mir dreißig Tage Bewährung gegeben haben.«

»Na ja, ich habe ihm natürlich auch gesagt, daß Sie schön sind.«

»Haben Sie nicht«, sagte sie.

»Hab' ich doch«, sagte er. »Haben Sie Lust, heute abend ins Kino zu gehen?«

Sie sah ihn an.

»Was läuft denn?« fragte sie.

Louis Loeb sagte Carella am Telefon, das Testament seines Partners sei bereits vorgelegt worden und damit rechtskräftig, und er habe weder Zeit noch verspüre er irgendeine Neigung, mit den in der Mordsache ermittelnden Kriminalbeamten die einzelnen Details durchzugehen. Um so weniger, als sie die Bürgerrechte von Mr. Schumachers Witwe verletzt hätten, ein Vergehen, für das er – Mr. Loeb und nicht Mrs. Schumacher – noch immer auf eine Entschuldigung wartete. Carella sagte: »Ich danke Ihnen, Mr. Loeb«, und legte auf.

Um zwei Uhr nachmittags, nachdem sie anderthalb Stunden damit zugebracht hatten, sich im Nachlaßgericht – wie es in dieser Stadt hieß, während man es in anderen Städten als Vormundschaftsgericht bezeichnete – das Testament anzusehen, fuhren er und Brown stadtaufwärts in die Jefferson Avenue. Sie parkten in einem überwiegend aus Antiquitätenläden, Boutiquen, Schönheitssalons und Kunstgalerien bestehenden Viertel. Zwischen zwei dieser Galerien versteckt lag ein Geschäft namens Bide-A-Wee Pets. Die Inhaberin hieß Pauline Weed. Sie hatte Margaret Schumacher einen schwarzen Labradorwelpen verkauft, den diese ihrem Mann zum ersten gemeinsamen Weihnachtsfest schenken wollte – und jetzt war sie in Arthur Schumachers Testament als Legatarin von zehntausend Dollar genannt.

Die Frau zeigte sich erstaunt.

Blond, schön, Carellas Schätzung nach Anfang Dreißig, groß, schlank, schwarze Leggins, schwarze Pumps, dazu ein zu ihren Augen passendes blaues Kittelkleid. Sie nahm die Nachricht mit Unglauben auf, fragte, ob sie ihr vielleicht einen Streich spielen wollten. Dann warf sie einen eingehenderen Blick auf ihre goldenen, mit blauem Email eingelegten Polizeimarken, legte die Hand auf den Mund und kicherte kopfschüttelnd. Alles in allem schien sie aufrichtig überrascht und entzückt.

»Ich kann's einfach nicht glauben«, sagte sie. »Das ist doch nicht möglich.«

»Sie hatten also keine Ahnung, was?« fragte sie Brown.

»Nicht die geringste«, sagte sie, »das ist eine totale Überraschung, absolut unvorstellbar! Zehntausend Dollar, das ist ein *Ver-*

mögen! Wofür? Ich kannte den Mann ja kaum. Sind Sie sicher, daß Sie sich nicht irren?«

Sie versicherten ihr, daß es kein Zweifel sei.

Sie zeigten ihr den Passus, den sie sich aus dem Testament abgeschrieben hatten:

> In Anerkennung der exzellenten ärztlichen Versorgung meines geliebten Labradors durch die NBB Tierklinik, Derwood Street 731, in Isola, vermache ich Dr. Marin Robert Osgood die Summe von zehntausend Dollar ($10000) zur Förderung seiner Arbeit mit Tieren. Ebenfalls in Anerkennung für exzellente Behandlung und Ratschläge die Pflege des oben genannten Hundes betreffend hinterlasse ich Pauline Byerly Weed, Eigentümerin von Bide-A-Wee Pets, Jefferson Avenue 602 in Isola, die Summe von zehntausend Dollar ($10000). In Anbetracht der Vereinbarung mit dem Tierfriedhof und Krematorium Hollybrook, Liberty Road 4712 in Pinesdale, Begräbnis und fortwährende Pflege der Grabstätte für oben erwähnten Amos betreffend, verlange ich, daß meine Gattin Margaret, sollte sie mich überleben, oder meine Tochter, Lois Stein, sollte meine Gattin vor ihr verscheiden, sicherstellen, daß Tierfriedhof und Krematorium Hollybrook ihren vertraglichen Verpflichtungen nachkommen. Was den Restnachlaß anbelangt…

»Einfach erstaunlich«, sagte sie, »wirklich. Ich weiß gar nicht, was ich sagen soll. Ich habe ihn seit… Gott, das muß sechs, sieben Monate hergewesen sein, seit er das letzte Mal hier gewesen ist. Das ist eigentlich unglaublich. Entschuldigen Sie, aber ich kann es gar nicht fassen.«

»Welcher Art war denn diese ›Behandlung‹ oder die ›Ratschläge‹, die Sie ihm gegeben haben?« fragte Carella.

»Ging es um den Hund?«

»Nun, das erste Mal, als er mich anrief… na so was, das muß doch nun schon mindestens ein Jahr her sein. Hören Sie, sind Sie absolut sicher, daß es sich hier nicht um einen Ulk handelt? Ich meine, ich habe nichts weiter getan, als seiner Frau einen *Hund* zu verkaufen.«

»Erinnern Sie sich noch an den Hund?«

»Amos? Aber sicher, ein entzückender Welpe. Na ja, Sie wissen ja, Labradors, die sanftmütigsten Hunde der Welt. Ich habe gerade ein paar hier, wenn Sie sie sich ansehen wollen.«

Sie führte die beiden durch den Laden, vorbei an Käfigen mit Hunde- und Katzenkindern, an Bauern voller farbenprächtiger Vögel und Wasserbehältern mit tropischen Fischen, dann kamen Käfige mit Hamstern, deren Laufräder heiß liefen. In der Luft hing der Geruch von Federn und Fell sowie, fast verdeckt, der Duft von etwas, das gut und gern mit Streu kaschierte Katzenpisse hätte sein können. Die Labradorwelpen befanden sich in einem Käfig im hinteren Teil des Ladens; es waren zwei, und sie sahen erwartungsvoll und... na schön, *vergnügt* auf, als Pauline sich ihnen näherte.

»Hallo, Babys«, sagte sie, »hier sind zwei Leute, die mir eben eine ausgesprochen gute Nachricht überbracht haben.«

Sie steckte ihren Zeigefinger durch die Gitterstäbe des Käfigs und bewegte ihn hin und her, kraulte erst dem einen Hundekind den Kopf, dann dem anderen, um ihnen dann zu gestatten, schlabbernd an ihrem Finger zu lecken. Die Welpen tollten noch immer durch den Käfig, als sie die beiden Detectives wieder zurück in den Laden führte, wobei sie ihnen erklärte, daß sie sich nicht gern allzu weit von der Kasse entfernte, wenn sie allein im Laden sei. Nun, sie nehme an, die beiden wüßten ja, wie es in dieser Stadt zuging.

»Wie war das nun mit diesem ersten Anruf«, gab Carella ihr das Stichwort.

»Es ging eigentlich nur um ein Flohhalsband. Er wollte wissen, wie alt der Hund sein müßte, bevor er ihm ein Flohhalsband umlegen könne. Er hatte dem Hund schon einen Namen gegeben und nannte ihn unser ganzes Telefonat über Amos, ein süßer Name, wie ich finde...«

Brown legte die Stirn in Falten.

»...Amos hier, Amos da, und ich habe ihm gesagt, falls er den Hund mit an den Strand nehmen wollte – sie hatten doch ein Haus am Strand, Mr. und Mrs. Schumacher – oder sonst irgendwohin, wo es viel Gebüsch und damit Flöhe und Zecken gab – dann sollte er ihm gleich eins umlegen, der Hund war ja schon drei Monate alt. Und er kam noch in derselben Woche vorbei. Ich verkaufte ihm ein Flohhalsband speziell für junge Hunde, es gibt da nämlich verschiedene Stärken, wissen Sie, und ich verkaufte ihm ein Babyband von Zodiac. Ich fasse es noch immer nicht, verzeihen Sie mir«, sagte sie und schüttelte den Kopf. »Ihnen das überhaupt zu erzählen, ich meine, ich kannte den Mann ja kaum.«

»Und Sie sagen, er kam immer wieder vorbei…«

»Oh, ja, einmal im Monat oder alle sechs Wochen, so in etwa. Wenn er ohnehin in der Nähe war… Es gibt ja so nette Geschäfte hier in der Gegend, wissen Sie… Und dann kam er eben herein und kaufte eine Kleinigkeit für Amos, einen Büffellederknochen oder irgendein Spielzeug, wir bekommen ja ständig neues Spielzeug rein, und wir unterhielten uns über den Hund, und er erzählte mir Geschichten über ihn, na ja, was Amos wieder so alles angestellt hatte –«

»In seinem Testament schreibt er, Sie hätten ihm nicht nur Ratschläge gegeben, sondern ihn auch behandelt…«

»Na ja, *Behandlung* kann man das kaum nennen. Ratschläge ja, doch, ich nehme an. Ich meine, wissen Sie, ich habe ihm so kleine Tips gegeben, die ich so aufgeschnappt habe, Kleinigkeiten, die einen Hund – ja eigentlich jedes Tier – eben so glücklich machen. Tiere sind ja wie Menschen, wissen Sie. Es sind Individuen, man muß jedes anders behandeln. Hin und wieder hat er Amos vorbeigebracht, und ich habe ihn mir angesehen, ihm gesagt, was für ein guter Hund er sei, so Sachen eben. Ich erinnere mich an einmal… na ja, ich sollte mir das wohl gar nicht zugute halten, weil es der Tierarzt sowieso festgestellt hätte, wenn Mr. Schumacher ihn zur nächsten Untersuchung gebracht hätte. Aber ich tätschelte Amos den Kopf, und ihm hing so die Zunge raus, und er hechelte, na Sie wissen ja, er sah mich an, und ich weiß auch nicht, warum ich ihm in den Mund guckte. Ich nehme an, ich wollte wohl sehen, wie seine Zähne aussahen, man kann nämlich eine Menge über die Gesundheit eines Hundes sagen, indem man einen Blick auf Zähne und

Zahnfleisch wirft. Und da sah ich – ich wußte erst auch nicht, was es war – so eine Art *Grat* an seinem Gaumen, na eben so ein schmaler Grat auf seinem Platum. Ich griff hinein und es war – Sie werden es nicht glauben –, also er hatte auf einen Zweig gebissen, und der hatte sich zwischen den Zähnen verkantet, von einer Seite des Mauls zur anderen, genauso wie er ihn abgebissen hatte, und der war nun, so auf jeder Seite von den Zähnen gehalten, über seinem Gaumen verkeilt. Und dann riß ich ihm das Ding heraus... Großer Gott! Er hat nicht mal geblutet. Ich hatte das Ding sofort raus, und der Hund, also der guckte mich an, als hätte er am liebsten Männchen gemacht und mich geküßt! Können Sie sich vorstellen, wie weh ihm dieses Ding getan haben muß? So verkeilt wie es war? Wie Tag und Nacht Zahnschmerzen, können Sie sich das vorstellen? Der arme Hund. Aber wissen Sie... zehntausend Dollar war das ja nun auch wieder nicht wert. Ich meine, *nichts,* was ich getan habe, war zehntausend Dollar wert.«

»Ganz offensichtlich war Mr. Schumacher da anderer Ansicht«, sagte Carella.

»Aber Sie wußten nicht, daß Sie in seinem Testament bedacht werden sollten, ist das richtig?« fragte Brown.

»Um Gottes willen, *nein!* Wenn ich das meiner Mutter erzähle! Die stirbt mir glatt.«

»Er hat es Ihnen gegenüber also nie erwähnt.«

»Nie.«

»Nicht vielleicht, als er mal vorbeikam...«

»Nie.«

»Und wann, sagten Sie, war das das letzte Mal?« Brown sah ihn fragend an.

»Daß er vorbeikam? Januar? Februar? Also so lange ist es mindestens schon her. Ich kann's einfach nicht glauben!«

»Wie ist es mit seiner Frau? Ist sie jemals in den Laden gekommen?«

»Nachdem sie den Hund gekauft hatte, nicht mehr, nein.«

»Sie haben Sie danach also nicht wieder gesprochen?«

»Nie.«

»Oder gesehen?«

»Nie. Nun sehen Sie sich das an, ich zittere. Ich stehe ganz sicher unter Schock!«

Brown überlegte, wieso er niemanden kannte, der ihm zehntausend Eier hinterlassen wollte.

Also geliebt hatte Arthur Schumacher diesen Hund.

Er hatte nicht wissen können, daß sie beide vor demselben zornigen Erschießungskommando enden würden, und deshalb hatte er in seinem Testament für »Begräbnis und fortwährende Pflege der Grabstätte für oben erwähnten Amos betreffend« Vorsorge getragen, nicht zu vergessen die zehntausend Dollar, die er Dr. Martin Osgood respektive Miss Pauline Weed in Erinnerung an gewisse kleine Gefälligkeiten und Dienstleistungen vermacht hatte.

Was den Restnachlaß anbelangte, welcher Natur und wo immer er auch war, so hatte er fünfzig Prozent davon seiner Gattin Margaret Schumacher vermacht, fünfundzwanzig Prozent seiner Tochter Lois Stein und fünfundzwanzig Prozent seiner Tochter Betsy Schumacher. Die beiden Detectives tappten weiter im dunkeln, was den Gesamtwert des Nachlasses anbelangte, aber laut Gloria Sanders, der verbitterten Witwe, belief er sich auf eine beträchtliche Summe.

Von Susan Brauer war in dem Testament keine Rede.

Aber neben dem Bankschließfach, das Schumacher bei der Union Savings in der Nähe seines Büros im Zentrum unterhalten hatte, gab es noch ein Girokonto auf seinen Namen. Die Durchsicht seiner Kontoauszüge – sie hatten sich einen Gerichtsbeschluß besorgt, der ihnen das erlaubte – ergab, daß er tatsächlich zum Ersten jedes Monats fünftausend Dollar in bar abgehoben hatte. Es war mittlerweile kaum noch zu bezweifeln, daß dieses Geld seinen Weg auf Susan Brauers persönliches Girokonto fand. Unerklärt freilich blieben die zwölftausend Dollar, die sich in der Stahlkassette in ihrem Schrank befunden hatten. Hatte Schumacher ihr zusätzlich Geld gegeben? Und wenn ja, wo war es hergekommen?

Vielleicht hat er es gestohlen, sagte Teddy in Zeichensprache.

Carella sah sie an und überlegte dabei, wie eine so großherzige und reizende Person nur auf den Gedanken kommen konnte, anderen Menschen solche krummen Machenschaften zu unterstellen.

Von seiner Firma, signalisierte sie. *Oder vom Konto seiner Frau, falls sie eins hatte.*

»Ich glaube nicht, daß er stahl«, sagte Carella laut und in Zeichensprache zugleich.

Aber wo war das Geld sonst hergekommen?

»Vielleicht hatte er noch andere Konten«, sagte er. »Er hat ja auch dieses vor seiner Frau versteckt, warum also nicht noch andere? Ich meine, der Kerl war nicht gerade das, was man als vertrauenswürdig bezeichnen würde, oder? Er läßt sich von Gloria scheiden, um *eine* Blondine zu heiraten und fängt dann was mit einer anderen an. Vielleicht gehörten geheime Bankkonten zu seinem Lebensstil. In kluger Voraussicht, verstehst du?«

Teddy beobachtete seine Hände, als sehe sie sich im Fernsehen einen Zwei- oder Dreiteiler an: Seine Worte ließen in der ganzen Stadt Banken entstehen, mit großen Granitsäulen und Kassiererkäfigen aus Messing, langen schwarzen Limousinen und schönen blonden Frauen, in silbernen Sektkübeln kaltgestellte Champagner, klammheimliche Leidenschaften auf roten Seidenlaken.

Aber er war gut zu seinem Hund, signalisierte sie mit knochentrockenem Humor.

»Oh, ja«, sagte Carella. »Und zu dem Tierarzt, der sich um ihn gekümmert hat *und* zu der Frau, die Margaret den Hund verkauft hat. Zehntausend Dollar pro Nase, kannst du dir das vorstellen?« sagte er, als er ihre Verwirrung sah, und schrieb den Namen Buchstaben für Buchstaben in die Luft. »Die erste Blondine. Susan war die zweite. Susan. SU-S-A-N.«

Vielleicht sollte ich eine Tierhandlung aufmachen, signalisierte ihm Teddy. *Oder Tierärztin werden.*

»Gute Idee, wir könnten das Geld gebrauchen. Sie war ziemlich vorausschauend, findest du nicht? Gloria, meine ich, seine erste Frau. Die Wasserstoffblondine, Gloria. G-L-O-R-I-A. Weil sie das alles in die Scheidungsvereinbarung aufnehmen ließ, meine ich. Daß er den Töchtern fünfzig Prozent seines Vermögens hinterlassen sollte? Viele Kerle heiraten wieder und vergessen ganz, daß sie je Kinder *gehabt* haben. Weil wir gerade davon sprechen… Mark!« rief er. »April! Noch fünf Minuten!«

»Ach, Scheiße!« rief Mark den Flur herauf.

»Die Hippie-Tochter haben wir noch immer nicht aufgetrieben«, sagte Carella. »Erinnerst du dich, ich habe dir von ihr erzählt?«

Teddy nickte.

»Sie ist verschwunden«, sagte Carella. »Ich bring' die beiden ins Bett, bin gleich wieder da. Es gibt da noch was, was ich dir erzählen muß.«

Sie blickte zu ihm auf.

»Wenn sie schlafen.«

Sie legte fragend die Stirn in Falten.

Mit dem Mund formte er den Namen *Tommy*.

Teddy seufzte.

Die Zwillinge waren im Bad und putzten sich die Zähne. Elf Jahre waren sie jetzt schon, mein Gott, wie die Zeit verging.

»Mark hat ›Scheiße‹ gesagt«, sagte April.

»Ich hab's gehört.«

»Eigentlich müßtest du ihm eine Strafe aufbrummen.«

»Das werde ich, Mark, das macht zehn Cent.«

»Hat Mama es auch gehört?«

»Nein.«

»Dann macht es nur einen Fünfer.«

»Wer sagt das?«

»Wenn es nur einer hört, dann machte es nur die Hälfte.«

»Das erfindet er einfach, Papa.«

»Ich weiß. Zehn Cent, Mark.«

»Scheiße«, sagte Mark und spuckte ins Waschbecken.

»Und jetzt sind's zwanzig«, sagte Carella. »Geh und gib deiner Mutter einen Gutenachtkuß, und dann ab ins Bett.«

»Warum fluchst du denn nie?« fragte Mark seine Schwester, als die beiden das Bad verließen.

»Tu' ich doch«, sagte sie. »Ich kenne sogar noch schlimmere Wörter als du.«

»Aber du sagst sie nie.«

»Ich sage sie im Dunkeln.«

»Das ist doch albern«, sagte Mark.

»Vielleicht, aber es kostet mich kein Geld.«

Er hörte, wie sie im Wohnzimmer zu Teddy gute Nacht sagten. Er wartete im Flur, mit einemmal hundemüde, und mußte plötzlich wieder an seinen Vater denken. Als er und Angela noch klein gewesen waren, hatte sein Vater ihnen jeden Abend eine Gutenachtgeschichte vorgelesen. Er hatte bisweilen den Eindruck gehabt, daß sein Vater größere Freude an diesen Geschichten hatte als seine Kinder. Heute gab es nur noch Fernsehen.

»Bis morgen früh!« rief April. Ein richtiges Ritual bei ihr. Es auszusprechen machte es wahr. Sie würde sie am Morgen alle wiedersehen, wenn sie es am Abend sagte. Er brachte sie in ihre Zimmer; mittlerweile hatte jedes Kind sein eigenes, jetzt, wo sie älter wurden. Jedes sprach sein Abendgebet für sich. Als ersten packte er Mark ein.

»Ich fluche eben mal gern«, sagte Mark.

»Na gut, dann bezahlst du dafür.«

»Das ist aber nicht fair.«

»Was ist schon fair?«

»Opa hat gesagt, man soll immer fair sein.«

»Und er hatte recht damit. Das solltest du auch.«

»Fehlt er dir?«

»Ja. Sehr.«

»Mir auch.«

Carella küßte ihn auf die Stirn.

»Gute Nacht, mein Sohn«, sagte er.

»Nacht, Papa.«

»Ich liebe dich.«

»Ich dich auch.«

Er ging ins Zimmer nebenan und lauschte Aprils Gebet. Und schließlich sagte er: »Gute Nacht, mein Engel, schlaf gut.«

»Bis morgen früh«, sagte sie.

»Bis morgen früh.«

»Ich mach's nicht wirklich, weißt du«, sagte sie. »Im Dunkeln fluchen.«

»Besser, du zündest eine Kerze dabei an«, sagte Carella und lächelte.

»Was?« sagte sie.

»Ich liebe dich«, sagte er und küßte sie auf die Stirn.

»Ich liebe dich auch. Bis morgen früh«, sagte sie.

»Bis morgen früh«, sagte er.

Teddy erwartete ihn im Wohnzimmer. Sie saß unter der Tiffanylampe und las. Als er hereinkam, legte sie das Buch weg. Ihre Hände sagten ihm: *Erzähl's mir.*

Er erzählte ihr, wie er Tommy am Abend zuvor gefolgt war. Erzählte ihr, daß er Tommy in einen roten Honda Accord hatte steigen sehen und daß eine Frau am Steuer gesessen hatte.

»Ich weiß nicht, was ich Angela sagen soll«, sagte er.

Du darfst dich nur nicht irren, gab Teddy ihm zu verstehen.

Ihr Informant sagte ihnen, er hätte da zwei Typen aus Washington gesehen und daß einer von den beiden Sonny geheißen hätte, der andere Dick, und zwar in einem verlassenen Gebäude in einer Nebenstraße der Ritter Avenue. Sie hätten ein Mädchen dabei gehabt, von der er zwar nicht wüßte, wie sie hieß, aber immerhin, daß sie nicht aus Washington sei, sondern von hier aus der Stadt. Und daß sie alle drei Crackheads seien.

Das war alles, was Wade und Bent hatten.

Sie hatten das kurz nach neun an jenem Abend von einem Mann erfahren, der selbst vom Crack nicht mehr loskam und mit der Information freiwillig rausgerückt war, weil sie ihn wegen einem Apothekeneinbruch von der Woche zuvor am Wickel hatten. Er sagte ihnen, es hätte sich auf der Straße herumgesprochen, daß man nach einem Typ namens Sonny suche, und genau den hätte er früher am Abend gesehen, Sonny und diesen anderen Typ und ein Mädchen, das nicht älter als sechzehn sein könnte, und er hätte sich ja wohl nun wirklich kooperativ gezeigt, oder? Sie sagten ihm, er hätte sich in der Tat als sehr kooperativ erwiesen, und warfen ihn in eine der Gewahrsamszellen im Keller, wo er auf den Transport um zehn warten konnte.

Das Gebäude befand sich gleich um die Ecke von der Ritter Avenue, in einer Straße, die früher einmal von eleganten Apartmenthäusern gesäumt war, in denen meist Juden gewohnt hatten; eine Generation, deren Eltern die lange Reise von Polen und Rußland gemacht und sich in den kleinen Seitenstraßen von Lower Isola angesiedelt hatte. Die Juden hatten die Ritter Avenue freilich längst wieder verlassen. Die Gegend war von Puertoricanern mit Beschlag belegt worden, bis auch die wieder abgezogen waren, weil es für die Hausbesitzer billiger kam, Gebäude mit gebundenen Mieten abzustoßen, als sie in Schuß zu halten. Die Ritter Avenue und die sie umgebenden Seitenstraßen sahen jetzt aus wie London, Tokyo oder Berlin nach dem Zweiten Weltkrieg – nur daß auf Amerika nie Bomben gefallen waren. Was einst eine blühende Wohn- und Geschäftsgegend gewesen war, erinnerte heute an eine Mondlandschaft. Alles, was es hier gab, war ein stets in Veränderung begriffenes Gemisch aus Schutt und Gebäuden, die zu Schutt zerfielen. Keiner tat hier so, als gäbe es noch etwas zu retten; nirgends sah man phantasievolle Folien mit Blumentöpfen vor den Fenstern, die einen Wiederaufbau versprachen. Der Dschungel hatte sich zurückgeholt, was früher mal eine reiche und pulsierende Gemeinde gewesen war.

Sonny und Dick und das sechzehnjährige Mädchen hatten sich vermutlich in der Sloane Street 3341 eingenistet, das einzige Gebäude, das in diesem Schlachtfeld voll aufragender Backstein- und Betonruinen, herumliegender Matratzen, Müll, streunender Hunde und herumhuschender Ratten noch stand. Wolken zogen über den Himmel und ein dünner Mond, als die beiden Kriminalbeamten aus ihrem Wagen stiegen und am Haus hochsahen. In einem der ausgeschlachteten Fenster flackerte Licht.

Es war der dritte Stock.

Wade machte Zeichen.

Bent nickte.

Sie waren beide der Ansicht, das Flackern da oben stamme von einer Kerze. Für ein Feuer war es viel zu heiß, es sei denn, sie kochten sich was. Wahrscheinlich hockten sie um eine Kerze und rauchten Dope. Sonny und Dick und das sechzehnjährige Mädchen. Sonny, der am Abend von Anthony Carellas Ermordung eine Waffe getragen hatte. Sonny, der womöglich noch immer eine Waffe trug, es sei denn, er hatte sie verscherbelt, um Crack zu kaufen.

Weder Wade noch Bent sagten ein Wort. Beide zogen ihre Waffen und betraten das Gebäude. Die Schüsse kamen, als sie um den Treppenabsatz zum ersten Stock bogen. Vier Schüsse, kurz hintereinander. In der Nachtluft hörte es sich an wie das Knallen von Peitschen. Sie zerfetzten die Stille und ließen die beiden Polizisten auf der Treppe auseinanderspringen; der eine nach links, der andere nach rechts. Sie versuchten, sich aus der Schußlinie zu werfen. Jemand stand oben an der Treppe. Eine Wolke gab den kläglichen Rest des Mondes frei und machte die Silhouette eines Mannes auf dem dachlosen Obergeschoß über ihnen sichtbar – riesengroß, eine Waffe in der Hand. Aber nur für einen Augenblick. Dann war die Gestalt verschwunden. Sie hörten Geräusche, irgendwer lief hektisch herum, ein Mädchen kicherte nervös, ein verhaltenes Flüstern, und dann rasche Schritte in der Nacht – doch nicht in ihre Richtung. Wade trat aus der Deckung. Bent gab ihm Feuerschutz, indem er rasch nacheinander drei Kugeln die Treppe hinaufjagte. Beide polterten die Treppe hinauf, ihre Revolver fuhren wie Fächer durch die Luft vor ihnen. Die Wohnung rechts vom Treppenhaus war außer ein paar leeren Crackröhrchen und einer tropfenden Votivkerze in einem roten Glasbehälter leer. Die beiden Detectives brauchten nur einen Augenblick, um zu kapieren, wo die Leute hin waren: zur Feuerleiter an der Rückwand des Gebäudes.

Aber oben an der Treppe lagen einige Patronenhülsen. Damit hatten sie immerhin etwas. Etwas, das sich mit denen vergleichen ließ, die man am Abend, an dem Anthony Carella ermordet worden war, auf dem Boden der Bäckerei gefunden hatte.

9. Kapitel

Der Freitag konnte sich nicht so recht entscheiden. Seit dem frühen Morgen hatte er mit Regen gedroht; das Spülwassergrau des Himmels wechselte gelegentlich mit einem bläßlichen, Sonnenschein verheißendem Senfgelb, das jedoch sofort wieder in Grautöne zerfiel. Um sechs Uhr abends litt die Bevölkerung immer noch unter der feuchten Hitze, was aber auch alles war, woran sich nichts änderte. Nicht das leiseste Lüftchen deutete auf einen aufziehenden Sturm, selbst wenn der trübe Himmel noch so sehr Regen zu versprechen schien.

Vor dem grauen alten Sandsteingebäude des Präsidiums in der im Zentrum gelegenen High Street wartete Kling auf dem Gehsteig vor den flachen, aber dafür um so breiteren Stufen und sah die nach Dienstschluß nach Hause gehenden Polizisten aus dem Gebäude strömen. Einer wie der andere warf einen Blick zum Himmel hinauf, wenn er oben an der Treppe durch die schwere Bronzetür trat. Karin Lefkowitz kam um zwanzig Minuten nach heraus. Sie warf keinen Blick auf den Himmel. Sie hatte einen kleinen faltbaren Regenschirm dabei und scherte sich wahrscheinlich einen Dreck darum, was das Wetter machte. Sie trug eine Umhängetasche, in der sie zweifelsohne ihre Reeboks verstaut hatte; statt diesen trug sie nämlich jetzt, passend zu ihrem blauen Leinenkostüm, hochhackige blaue Pumps. Er schloß sich ihr an.

»Hallo«, sagte er.

Sie wandte sich ihm überrascht zu, wobei ihre Hand sich fester um den Schirm schloß, als bereite sie sich schon mal darauf vor, ihm eine überzubraten.

»Oh, hallo«, sagte sie, als sie ihn erkannte. »Sie haben mich erschreckt.«

»Tut mir leid. Hätten Sie vielleicht Zeit für eine Tasse Kaffee?«

Sie blickte ihn an.

»Mr. Kling...«, sagte sie.

»Bert«, sagte er und lächelte sie an.

»Hat das irgend etwas mit unserem Treffen am Mittwoch zu tun?«

»Ja, das hat es.«

»Dann würde ich lieber zweierlei tun: Erstens, um was auch immer es sich handelt, ich würde es lieber in meinem Büro diskutieren –«

»Na schön, wo immer Sie wollen...«

»...und zweitens hätte ich gern Eileen dabei.«

»Na ja, eigentlich bin ich allein hierhin gekommen, um Eileen *nicht* dabei zu haben.«

»Über etwas zu sprechen, was Eileen betrifft –«

»Natürlich betrifft es –«

»– wäre ungebührlich.«

»Ist es denn *nicht* ungebührlich, wenn Sie und Eileen über mich sprechen?«

»Sie sind nicht mein Klient, Mr. Kling.«

»Ich wollte Ihnen nur meine Seite der Geschichte erzählen.«

Sie sah ihn noch einmal an.

»Eine Tasse Kaffee, okay?« sagte er. »Zehn Minuten Ihrer Zeit.«

»Ich weiß nicht...«

»Bitte«, sagte er.

»Zehn Minuten«, sagte sie und warf einen Blick auf ihre Uhr.

Carella wartete nun schon seit drei vor der Bank und überlegte dabei, ob es nun regnen würde oder nicht. Jetzt war es halb sieben, und es hatte noch immer nicht geregnet. Er erwartete nicht, daß Tommy um drei herauskam, schließlich hatte er als leitender Angestellter Besprechungen, die bis in die Nacht dauerten. Tommys Aufgabe bestand darin, Kredite zu retten, die die Bank vergeben hatte. Wenn die Bank einem Kugellagerhersteller aus Pittsburgh drei Millionen Dollar lieh und der Knabe mit seinen Zahlungen in Verzug kam, schickte man Tommy los, um zu sehen, wie man dem Mann helfen konnte, seine Anleihe doch noch zurückzuzahlen. Die Bank hatte kein Interesse daran, eine Kugellagerfabrik zu übernehmen; die Bank war im Geldgeschäft. Wenn man sich also mit dem Betreffenden irgendwie arrangieren konnte, waren alle Beteiligten glücklich und zufrieden. Und genau das war Tommys Job; ein Job, bei dem er viel unterwegs war, kreuz und quer durch die Staaten, zuweilen mußte er sogar nach Europa. Carella sah, daß ein solcher Job sich für Abenteuer geradezu anbot, wenn einer von Natur aus ein Schürzenjäger war.

Um zwanzig vor sieben kam Tommy aus der Bank. Er hatte eine Frau dabei, eine attraktive Brünette, die Carella auf Ende Zwanzig schätzte, elegant gekleidet, auf Taille geschnittenes Kostüm, hochhackige Pumps, ein Aktenköfferchen in der Hand. Von der anderen Straßenseite aus konnte Carella nicht erkennen, ob es sich um dieselbe Frau handelte, die er am Abend zuvor in dem Auto gesehen hatte. Er ließ die beiden losgehen und folgte ihnen dann auf der anderen Straßenseite, blieb aber fast auf gleicher Höhe.

Sie schienen nichts zu verbergen zu haben. Carella tippte auf eine Kollegin. Sie gingen an der U-Bahn-Treppe vorbei die Straße hinauf; offensichtlich hatte keiner von beiden die Absicht, den Zug zu nehmen. Schließlich kamen sie an ein Parkhaus, gingen aber auch daran vorbei einige Blocks weiter bis zu einem zweiten. Die Frau ging hinein, Tommy an ihrer Seite. Sie öffnete ihre Handtasche und gab ihm ein gelbes Ticket. Carella winkte auf der Stelle ein Taxi heran.

Er stieg ein und zeigte dem Fahrer seine Marke.

»Warten Sie einfach«, sagte er ihm.

Der Fahrer stieß einen tiefen Seufzer aus. Bullen, dachte er.

Tommy stand am Kassenhäuschen und bezahlte die Parkgebühren. Er kam wieder zurück zu der Frau, und die beiden unterhielten sich weiter. Carella beobachtete sie vom Rücksitz des Taxis auf der anderen Straßenseite aus.

Etwa zwei Minuten später kam ein roter Honda Accord die Rampe herauf.

Es war derselbe Wagen, in den Tommy am Abend zuvor eingestiegen war.

In diesem Viertel voller Gerichts- und Verwaltungsgebäude, städtische wie staatliche, gab es nicht viele Eßlokale, die nach fünf, sechs noch offen hatten, weil sich die Straßen hier unten dann in eine Geisterstadt verwandelten. Es gab allerdings, am unteren Zipfel des Viertels, einen Katzensprung vom nächsten Wohnviertel entfernt, einen Imbiß, der laut einem Schild im Fenster bis neun geöffnet hatte.

Kling drängte Karin, etwas zu essen.

Die Düfte aus der Küche waren mächtig verlockend.

Sie gab zu, am Verhungern zu sein, und sagte ihm, sie brauche jeden Tag eine gute Stunde nach Hause. Sie wohne auf der anderen Seite des Flusses, im Nachbarstaat.

Kling empfahl ihr heiße Pastrami.

Sie sagte ihm, für heiße Pastrami könnte sie sterben. Und erzählte ihm, daß ihre Mutter mit ihr immer durch das Viertel spaziert sei, als sie noch ein kleines Mädchen gewesen war…

»Ich bin Jüdin, wissen Sie.«

»Ach, tatsächlich?«

»… an all den herrlichen Imbißbuden vorbei. Und nicht ein einziges Mal kriegte ich was von dem, was es dort so gab, ich durfte immer nur davorstehen und das Essen *riechen.* ›Riech doch mal, Karin‹, sagte sie, ›atme mal so richtig tief ein.‹«

Sie mußte lächeln, als sie daran zurückdachte, obwohl Kling es eine außerordentlich grausame und ungewöhnliche Strafe schien.

»Also, was soll's sein?« fragte er.

Sie bestellte heiße Pastrami auf Weißbrot. Er bestellte sie auf einem Sesambrötchen. Dazu nahmen sie Bier vom Faß. Auf dem Tisch stand eine große Schüssel eingelegter Gurken. Sie saßen da und aßen ihre Sandwiches. Angelten sich eine Gurke. Nippten an ihrem Bier. Außer ihnen war eine Handvoll weiterer Gäste da, Männer in kurzärmeligen Hemden, Frauen in Sommerkleidern. In Erwartung des Regens herrschte eine merkwürdige Stille.

»Also, weshalb wollten Sie mit mir sprechen?« fragte Karin.

»Es schmeckt mir nicht, was da Mittwoch passiert ist«, sagte er.

»Was schmeckt Ihnen daran nicht?«

»Daß Sie und Eileen sich gegen mich zusammentun.«

»Keiner von uns –«

»Weil es einfach nicht wahr ist, wissen Sie. Daß alles, was Eileen zugestoßen ist, allein meine Schuld ist.«

»Das sagt doch auch keiner, Mr. Kling.«

»Und ich wünschte, sie würden mich zum Teufel noch mal Bert nennen.«

»Ich glaube nicht, daß das gebührlich wäre.«

»Wie nennen Sie denn Eileen?«

»Eileen.«

»Warum ist es dann ungebührlich, mich Bert zu nennen?«

»Das habe ich Ihnen doch bereits gesagt: Eileen ist eine Klientin. Sie nicht. Und wenn es auch nicht zutreffen mag, daß Sie verantwortlich waren, was –«

»Vergessen Sie das Wenn und Aber. Es ist einfach nicht wahr.«

»Das will ich ja auch nicht behaupten. Ich sage nur, daß es für Eileen die Wahrheit war. Was übrigens vorbei ist.«

»Na, das hoffe ich doch. Wenn Sie sich als eine Art Rotkäppchen im finsteren Wald sehen will –«

»Ich bin sicher, daß dem so ist. Und um genau zu sein, war das auch nie der Fall.«

»Ich denke doch. Was diesen bestimmten Abend betrifft schon. Wenn es darum geht, daß sie diesen Typ erschießen mußte, schon. Rotkäppchen im Wald, Frau in Not, nennen Sie es, wie Sie wollen. Tatsache ist, daß sie als Polizistin einem mehrfachen Mörder gegenüberstand. Es war ihr Job zu schießen. Sie hat gottverdammt noch mal nichts weiter getan als ihren Job.«

»Wäre schön, wenn es so einfach wäre«, sagte Karin und biß wieder in ihr Sandwich. »Aber das ist es nicht. Eileen ist vergewaltigt worden. Und unglücklicherweise hatte ihr Vergewaltiger eine gewisse Ähnlichkeit mit Ihnen. Als Sie dann später in einer Situation auftauchten, die –«

»Das wußte ich ja gar nicht.«

»Er war blond. Der Vergewaltiger. Wie sie.«

»Das wußte ich wirklich nicht.«

»Tja. Und er war mit einem Messer bewaffnet...«

»Ja.«

»... er bedrohte sie mit einem Messer. Er hat sie sogar verletzt. Er hat ihr eine furchtbare Angst eingejagt.«

»Ja, ich weiß.«

»Und jetzt geht wieder ein Mann mit einem Messer auf sie los. Und sie ist allein mit ihm, weil Sie wegen Ihnen ihre Rückendeckung verloren hat.«

»Es war doch keine Absicht dah–«

»Aber Sie waren es nun mal. Und das bildet sie sich nicht nur ein – das war so. Wären Sie an jenem Abend zu Hause geblieben, hätte Eileen zwei fähige und erfahrene Detectives im Rücken gehabt, und sie wäre mit einiger Wahrscheinlichkeit nicht in eine Situation geraten, in der sie diesem Serienkiller allein gegenüberstand. Aber es kam nun mal so. Und nur wegen Ihnen.«

»Na schön. Es tut mir leid, daß das passiert ist. Aber –«

»Und es stimmt einfach nicht, wenn Sie sagen, sie mußte ihn abknallen. Sie hätte es nicht tun müssen. Ihrer Auffassung nach war dieser Mann drauf und dran, auf sie einzustechen, wenn sie ihn nicht stoppte. Aber sie hätte ihn nicht zu töten brauchen, um ihn aufzuhalten. Der Mann war schließlich nur mit einem Messer bewaffnet, während sie ihre Dienstwaffe – einen Smith & Wesson Kaliber .44 – *und* eine .26er Astra Firecat in einem Wadenholster *und* ein Springmesser in der Handtasche hatte. Sie hätte ihn nicht töten müssen. Sie hätte ihm in die Schulter oder ins Bein schießen können, egal wohin, es hatte ihn aufgehalten. Bei dieser Sache geht es darum, daß sie ihn töten *wollte.*«

Kling schüttelte den Kopf.

»O doch«, sagte Karin. »Sie wollte ihn töten. Auch wenn es nicht der Mann war, den sie eigentlich umbringen wollte. Der Mann, den sie eigentlich umbringen wollte, war der Mann, der sie vergewaltigt und verletzt hat und der – ich sage noch einmal unglücklicherweise – eine gewisse Ähnlichkeit mit Ihnen hatte. Wäre der blonde Vergewaltiger nicht gewesen, sie hätte diesen Mann nicht töten müssen. Wären Sie nicht gewesen...«

Er schüttelte den Kopf: nein, nein und nochmals nein.

»O doch, das ist genau das, was ihr Verstand ihr sagte. Wenn Sie nicht gewesen wären, dann hätte sie diesen Mann nicht töten brauchen. ›Ich hab' dir eine Chance gegeben‹, hat sie zu ihm gesagt, während sie ihm den Rücken voll Blei pumpte. ›Ich hab' dir eine Chance gegeben.‹ Was nichts anderes bedeutet, als daß sie *Ihnen* eine Chance gegeben hat. Nämlich zu beweisen, ihr zu zeigen, daß Sie noch an sie glaubten –«

»Ich habe an sie geglaubt, ich *glaube* noch immer an sie.«

»Aber nicht an diesem Abend. Sie sind ihr in die Canal Zone gefolgt –«

»Ja, aber doch nur –«

»– weil Sie kein Vertrauen in sie hatten, Bert! Sie waren der Ansicht, daß sie nicht auf sich aufpassen könnte. Es war Ihr Mangel an Vertrauen, der zu dieser Verwirrung geführt hat, die wiederum zu der Konfrontation führte und diese wiederum zu dem Mord.«

»Es war kein Mord, es war Not –«

»Es war Mord.«

»Es war in diesem Augenblick gerechtfertigt.«

»Vielleicht.«

Von draußen kam das leise Plätschern des Regens auf dem Bürgersteig. Beide hoben den Kopf.

»Es regnet«, sagte er.

»Ja«, sagte sie.

»Die fahren Richtung Norden«, sagte der Taxifahrer.

»Bleiben Sie dran«, sagte Carella.

Die Scheibenwischer verschmierten den leichten Regen. Reifen zischten auf dem Asphalt. Vor ihnen bewegte sich langsam der rote Honda Accord durch den Grauschleier aus Nieselregen und Dämmerung. Carella beugte sich über die Lehne des Beifahrersitzes und spähte durch die Scheibe.

»Sie halten«, sagte der Fahrer.

»Fahren Sie an ihnen vorbei bis zur Ecke.«

Er wandte den Kopf ab, als sie den Wagen überholten, und blickte dann durch die Heckscheibe zurück, um ihn im Auge zu behalten. Die Frau manövrierte den Accord an den Randstein. Auf der gegenüberliegenden Seite lag ein Kinderspielplatz, auf dem Kinder unter den Bäumen stehend in den Regen hinausblickten.

Carella bezahlte und gab dem Fahrer ein Trinkgeld. Dann stieg er aus und sprang, gerade als Tommy auf der Beifahrerseite aus dem Accord stieg, in eine Tür. Einen Augenblick später stand die Frau auf dem Bürgersteig neben ihm. Nebeneinander liefen sie durch den Regen auf ein braunes Sandsteinhaus vielleicht sieben Meter von ihrem geparkten Wagen zu. Carella sah sie beide ins Haus gehen. Er ging hinüber.

Er notierte sich eben die Adresse des Sandsteinhauses, als sich sein Piepser meldete.

Brown wartete im Regen auf ihn.

Die Frau lag auf dem Gehsteig unter den Bäumen. Blut sickerte aus ihrem Körper, mischte sich mit dem Regen, wurde verdünnt und rann in kleinen Rinnsalen in die Gosse. Das lange blonde Haar lag breit gefächert um ihren Kopf. Regentropfen fielen in ihre weit geöffneten blauen Augen. Als man Carellas Vater drei Jahre zuvor nach seinem Herzanfall ins Krankenhaus gebracht hatte, hatte es auch geregnet. Eine der Schwestern, die neben der Bahre hergingen, während man ihn aus dem Krankenwagen holte, sagte: »Das mag er nicht.« Und die andere: »Es regnet ihm ins Gesicht.« Worauf sie ihm, wie ein Zelt, eine Zeitung übers Gesicht gelegt hatte. Sein Vater hatte ein gewisses Vergnügen daran gehabt, diese Anekdote zu erzählen. Allein der Gedanke, daß er einen schweren Herzanfall hinter sich hatte und die Krankenschwestern den Regen auf seinem Gesicht diskutierten. Großer Häuptling »Verregnetes Gesicht« hatte er sich genannt.

Sie lag auf dem Rücken, ihr blondes Haar auf dem schmierigen Pflaster, ihr Gesicht von den Kugeln zerschmettert, die ihr in den Kopf gedrungen waren. Margaret Schumacher machte sich keine Gedanken mehr darüber, daß es ihr ins Gesicht regnete.

»Wann?« fragte Carella.

»Boy Eins hat es vor einer Stunde gemeldet.«

»Wer hat sie gefunden?«

»Der Junge da drüben unter der Markise.«

Carella hob den Kopf und sah die Straße hinauf, wo ein sechzehnjähriger weißer Junge mit dem Portier zusammen stand.

»Er hat alles gesehen«, sagte Brown, »hat den Täter sogar angeschrien, so daß der auf ihn geschossen hat. Er ist ins Haus gerannt und hat den Portier dazu gebracht, die neun-eins-eins anzurufen. Boy Eins ist der Sache nachgegangen.«

»Sind die vom Mord schon hier?«

»Nein, Gott sei's gedankt«, sagte Brown und verdrehte die Augen.

»Dann reden wir doch noch mal mit ihm«, sagte Carella.

Sie ging durch den Regen hinüber zum Haus, wo der Portier dem Jungen Ratschläge gab, wie man sich bei Befragungen durch Polizisten verhielt. Es war derselbe, der in der Nacht, als Arthur Schumacher und sein Hund erschossen worden waren, Dienst gehabt hatte. Jetzt lag Schumachers Frau tot auf dem Gehsteig, fast auf demselben Fleck. Das artete ja zu einer richtigen Epidemie aus. Carella stellte sich vor und sagte: »Wir würden dir gern noch ein paar Fragen stellen, wenn es dir recht ist.«

Er redete zwar nicht mit dem Portier, aber der meldete sich trotzdem gleich zu Wort: »Ich habe sofort neun-elf gerufen, als er hier reingelaufen kam.«

»Danke, wir wissen das zu schätzen«, sagte Carella und wandte sich dann an den Jungen: »Wie heißt du, mein Junge?«

»Penn Halligan«, sagte der Junge.

»Kannst du uns erzählen, was passiert ist?«

Der Junge war hübsch genug, um zart, ja fast schon feminin zu erscheinen: große braune Augen mit langen schwarzen Wimpern, ein Porzellangesicht mit hohen Wangenknochen und Kußmund; das lange schwarze Haar hing ihm vom Regen aufgeweicht in die Stirn. Er war hochgewachsen und schlank. Er stand mit dem Portier und den Detectives unter der Markise, die Hände in den Taschen einer blauen Nylonwindjacke. Man konnte sehen, wie er zitterte; er war gerade noch mal davongekommen.

»Ich kam vom Unterricht«, sagte er. »Ich nehme Schauspielunterricht.«

Carella nickte. Er konnte nicht umhin zu denken, daß Halligan hübsch genug war, um Filmstar zu werden. Obwohl das heutzutage freilich nicht mehr unbedingt nötig war.

»Unten am Stem«, sagte er und deutete mit der Hand in die Richtung. »Über dem RKO-Orpheum. Ich gehe jeden Montag-, Mittwoch- und Freitagnachmittag. Von fünf bis sieben. Ich war gerade auf dem Weg nach Hause, als...« Er schüttelte den Kopf. Der Gedanke daran ließ ihn erneut erschauern.

»Wo wohnst du denn?« fragte Brown.

»Gleich hier, weiter oben. Selby 1149.«

»Okay, was ist passiert?«

»Ich kam um die Ecke, als ich einen Kerl von unter den Bäumen da heraus und über die Straße laufen sah«, sagte er und deutete auf die Stelle. »Auf dieser Straßenseite kam die blonde Frau da auf mich zu. Der Kerl kam diagonal herübergerannt, unter den Bäumen hervor, genau auf die blonde Frau zu – so richtig auf Kollisionskurs. Ich kam gerade um die Ecke und habe alles gesehen.«

»Sag uns alles, was du gesehen hast«, sagte Carella. »Laß nichts aus.«

»Ich ging schnell wegen des Regens...«

Den Kopf eingezogen gegen den Regen, denn auch wenn es nicht gerade schüttet, so kann man doch ganz schön naß werden, wenn man die ganzen acht Blocks von der Stemmler heraufkommt. Er ist den ganzen Weg bis hinunter zur Butterworth gelaufen und dann die letzten vier Blocks weiter zur Selby und kommt um die Ecke der Straße, in der er wohnt, als er eine blonde Frau auf ihn zukommen sieht. Eine große gutaussehende Blondine in einem kurzen, engen Minirock; obwohl sie einen leuchtenden orange-weißen Schirm über dem Kopf hat – eins von diesen großen Dingern, die aussehen, als gehörten sie über einen Hot-dog-Stand –, beeilt sie sich, durch den Regen zu kommen. Ihre hohen Absätze klappern über den Bürgersteig, überall um sie herum trommelt der Regen aufs Pflaster, und er denkt sich, was für eine scharfe junge Mutter, weil er gehört hat, das wären die leidenschaftlichsten Frauen überhaupt, junge Mütter...

Carella fragt sich plötzlich, ob die zarte Schönheit des Jungen je Anlaß gewesen war, seine Männlichkeit in Frage zu stellen. Warum sonst die völlig überflüssige Bemerkung über eine Frau, die kaum zehn Meter vor ihnen tot auf dem Gehsteig lag?

...sie kommt durch den Regen auf ihn zu, ihre langen Beine fliegen durch den Regen, als er mit einemmal, aus dem Augenwinkel, eine Bewegung wahrnimmt, erst nur ein Wischen, fast ein Schatten, ein schwarzer Schatten, der sich aus dem noch tieferen Schwarz unter den Bäumen auf der anderen Straßenseite löst und, fast eins mit dem schwarzen Asphalt und dem grauen Regen, über die nasse Straße huscht. In der Hand hält der Mann einen Revolver.

Alles, was der Mann anhat, ist schwarz, eine Art schwarze Montur, wissen Sie, eine Mechanikermontur. Eben ein Blaumann, der bei Mechanikern immer mit Öl verschmiert ist, nur eben total schwarz, und dazu schwarze Socken und Schuhe, Joggingschuhe. Und eine schwarze Wollmütze, die er sich tief in die Stirn gezogen hat, fast bis auf die Augen, und den Revolver, den hält er so richtig weit weg von sich – haben Sie *Psycho* gesehen? Wissen Sie noch, wie Tony Perkins oben zur Tür herauskommt mit dem großen Brotmesser hoch über dem Kopf? Plötzlich kommt er in den Flur gelaufen und sticht auf Marty Balsam ein? Er hat Frauenkleider an, wissen Sie noch, wir sollen ja denken, daß es seine verrückte Mutter ist, die da rausgelaufen kommt, aber was einem so angst macht, das ist das Messer, das er hoch über dem Kopf hält, den Arm so richtig gestreckt. Und dieser total schwarz angezogene Typ da...

Und auf einmal weiß Carella, daß der Junge eine Frau gesehen hat.

...als der über die Straße gelaufen kommt, zielt der Revolver schon auf die blonde Frau, er hat den Arm geradewegs nach vorn gestreckt, kerzengerade, der Revolver verfolgt jede Bewegung der Blonden – wie auf einem Radarschirm, wie eine Kompaßnadel oder so was, er läuft im Regen über die Straße, und der Revolver fährt richtig so auf sie zu. Sie sieht den Kerl aber nicht, er bewegt sich ziemlich schnell, wie ein Tänzer, nein, wie ein Stierkämpfer, würde ich sagen, eher wie ein Stierkämpfer...

Und Carella ist sich sicher, daß es sich bei der Person, die der Junge gesehen hat, um eine Frau handelt...

...er kommt auf sie zu, sie, unter dem orange-weißen Schirm, sie sieht ihn noch nicht mal. Ich bin der einzige, der sie beide sieht, die Blonde kommt auf mich zu, als ich gerade um die Ecke komme, und der Typ kommt über die Straße gelaufen, mit einem Revolver in der Hand, also ich bin der einzige, der weiß, was passieren wird, ich bin wie die Kamera, wissen Sie, es ist, ich meine, es ist so, als würde ich das Ganze durch den Weitwinkelsucher einer Kamera sehen. Meine erste Reaktion ist…

»He!« schreit er. »He!«

Der Typ geht weiter auf sie zu. Die blonde Frau hebt den Kopf, weil sie den Schrei gehört hat, sie glaubt erst, Halligan sei derjenige, vor dem sie Angst haben sollte. Schließlich ist Halligan es, der schreit, Halligan, der Irre in einer Stadt voller Irrer, er kommt um die Ecke und geht auf sie los, schreit auf sie ein: He, he, he! Sie hat den Typ in Schwarz noch nicht gesehen, sie weiß noch nicht, daß da jemand einen Revolver auf ihren Kopf richtet, sie erkennt noch nicht, daß die Gefahr im spitzen Winkel von der anderen Straßenseite auf sie zukommt, fünf Meter weg von ihr, drei Meter…

»He!« schreit er noch mal. »Halt!«

…zwei Meter, einen Meter…

Und dann geht der Revolver los. Peng, peng knallt es durch die nasse Abendluft, noch mal peng, und noch mal, vier Schüsse zerreißen das regelmäßige Prasseln des Regens. »He!« schreit er, und der Mann dreht sich um und schaut ihm direkt ins Gesicht, während die Blondine hinter ihm in Zeitlupe auf den Bürgersteig kippt, auch der Mann dreht sich in Zeitlupe, alles läuft plötzlich in Zeitlupe, die Blondine fällt, bricht in Zeitlupe zusammen, der Regen fällt in Zeitlupe, jeder einzelne silberne Streifen setzt sich gestochen scharf gegen das Schwarz der Nacht ab, der Revolver fährt in Zeitlupe herum, ein gelber Blitz flammt an der Mündung auf, als er losgeht, die Explosion, die ihm folgt, scheint in Zeitlupe zu kommen, wirft ein Echo durch die regennasse Luft, und er denkt sich: Großer Gott! Und da geht der Revolver ein zweites Mal los.

Er wirft sich auf den Bürgersteig und rollt sich weg, wie er es in Dutzenden von Filmen gesehen hat, er ist ja nicht umsonst auf der Schauspielschule. Er rollt sich weg, auf die der Hand mit dem Revolver gegenüberliegende Seite, der Schütze ist schließlich Rechtshänder, jedenfalls hat er den Revolver in der Rechten. Also rollt er sich nicht in den Revolver hinein, nein, er rollt sich weg, es zahlt sich aus, genau hinzusehen, wenn man sich einen Film ansieht. Er erwartet einen weiteren Schuß, er hat nicht mitgezählt, wenn man sich fast in die Hosen macht, zählt man ja schließlich nicht mit, wie viele Schüsse da durch die Nacht krachen. Er weiß nur, daß er innerhalb der nächsten zehn Sekunden tot sein wird, er vermutet, daß die Blondine, ein zusammengekrümmtes, blutendes Bündel auf dem Bürgersteig, längst tot ist, hört die Schritte des Mannes im Regen, das Getrappel seiner Schritte durch das Prasseln des Regens...

Eine Frau, denkt Carella.

...kommt auf ihn zu, der jetzt gegen die Backsteinwand des Gebäudes gedrückt daliegt und auf den tödlichen Schuß wartet, es ist ein Wunder, daß sie ihn noch nicht getroffen hat, es ist ein Wunder, daß er noch nicht tot ist.

Er hört ein *Klick* und noch ein *Klick* und dann ein in die Nacht geflüstertes *Scheiße* – ein Zischeln in der Nacht, und der Mann dreht sich um und läuft davon, er sieht ihn zwar nicht laufen, nein, er hört nur die Schritte in der Nacht, im Regen. Hört, daß sie sich schnell entfernen, leiser und leiser werden und schließlich verschwunden sind. Er liegt an der Wand und zittert, dann endlich kommt er wieder auf die Beine und merkt, daß er sich tatsächlich naß gemacht hat, oder hat er an der Wand in einer Pfütze gelegen? Er späht in die Dunkelheit, in den Regen. Der Mann ist verschwunden.

»Könnte es auch eine Frau gewesen sein?« fragte Carella.

»Nein, es war mit Sicherheit ein Mann«, sagte Halligan.

»Sind Sie sicher, daß er Rechtshänder war?« wollte Brown wissen.

»Absolut.«

»Er hatte den Revolver in der Rechten?«

»Ja.«

»Was haben Sie dann gemacht?« fragte Brown. »Nachdem er weg war.«

»Ich bin hier rübergegangen und habe dem Portier erzählt, was ich eben gesehen hatte.«

»Und ich habe auf der Stelle neun-elf gerufen«, sagte der Portier.

»Und du bist sicher, daß es keine Frau war, eh?« fragte Carella.

»Absolut.«

»Na schön«, sagte Carella und dachte, womöglich war es ja nur der Hinweis auf Tony Perkins in Frauenkleidern gewesen.

»Und ich habe auf der Stelle neun-elf gerufen«, sagte der Portier noch einmal.

Tags darauf fanden sie Betsy Schumacher.

Oder besser, sie fand sie.

Es regnete noch.

Brown und Carella machten gerade Feierabend. Die Schicht war um Viertel vor vier abgelöst worden, und es war Viertel nach vier, als sie in das Großraumbüro des Reviers kam, tropfnaß, in einem gelben Regenmantel und gelbem Regenhut, das glatte blonde Haar fiel ihr zu beiden Seiten ins Gesicht.

»Ich bin Betsy Schumacher«, sagte sie. »Ich habe gehört, daß Sie nach mir suchen.«

Betsy Schumacher. Arthur Schumachers entfremdete Tochter. Die sie seit dem Tode ihres Vaters ausfindig zu machen versucht hatten, allein schon deshalb, weil sie in seinem Testament mit einem Viertel seines Vermögens bedacht worden war.

Da war sie also.

Die Augen so blau wie der heitere Himmel, aus dem sie aufgetaucht war.

»Ich habe das von Margaret in der Zeitung gelesen«, sagte sie.

Wie jeder andere in der Stadt auch. Es war nicht zu übersehen, daß die Geschichte für die Zeitungen ein gefundenes Fressen war. Erst das schöne blonde Püppchen im Liebesnest, dann ihr leicht angestaubter Liebhaber, und jetzt die nicht weniger schöne und blonde Gattin des angestaubten Liebhabers. Das war der Stoff, aus dem Amerikas Schlagzeilen waren. Aber wenn man verliebt ist, dann ist die ganze Welt blond, dachte Carella, stand doch schon wieder eine blonde Schönheit vor ihm, die weder Lippenstift noch Lidschatten trug, die Regenkleidung um einige Nuancen gelber als ihr honigfarbenes Haar, die Kornblumenaugen weit offen, das Gesicht dieselbe Form wie das ihrer Schwester – und wenn man es genau betrachtete – auch wie das ihrer Mutter. Betsy Schumacher? Guten Tag.

»Ich dachte, ich schaue lieber mal vorbei«, sagte sie und zog ausdrucksvoll die Schultern hoch. »Bevor Sie auf irgendwelche Ideen kommen.«

Das Achselzucken schien um so mädchenhafter, als sie neununddreißig Jahre alt war. Sie hatten hier keinen Teenager vor sich, trotz des taufrischen Teints, ja der Frische ihres Aussehens überhaupt. Ihr Vater hatte sie als alternden Hippie bezeichnet, ihre Mutter hatte die Beschreibung bestätigt: *Betsy ist ein neununddreißigjähriges Hippie-Mädchen, und wir haben Juli. Da könnte sie weiß Gott wo sein.*

»Wo sind Sie denn gewesen, Miss Schumacher?« fragte Carella.

»In Vermont«, sagte sie.

»Und wann sind Sie da hinaufgefahren?«

»Letzten Sonntag. Gleich nach der Beerdigung. Ich mußte mir über so einiges klar werden.«

Er fragte sich, ob sie sich darüber klarwerden mußte, wie sie ihr Geld auf den Kopf hauen sollte.

»Wie haben Sie denn erfahren, daß wir nach Ihnen suchen?«

»Mama hat es mir gesagt.«

»Hat sie Sie angerufen, oder wie war das?« fragte Brown.

Eine Fangfrage. Gloria Sanders hatte ihnen schließlich gesagt, sie wüßte nicht, wo ihre Tochter sei.

»Ich habe Sie angerufen«, sagte Betsy. »Als ich von Margaret las.«

»Wann war das?«

»Gestern.«

»Was sagte ihre Mutter denn dazu?«

»Sie war die Schadenfreude in Person«, sagte Betsy mit einem boshaften Grinsen. »Und um ehrlich zu sein, mir ging es genauso.«

»Und Sie hat Ihnen gesagt, daß wir mit Ihnen sprechen wollen?«

»Ja. Und da habe ich mir gedacht, ich komme besser gleich vorbei. Macht es Ihnen was aus, wenn ich den Mantel ausziehe?«

»Nur zu«, sagte Carella.

Sie klappte die Spangen an ihrem Regenmantel auf und ließ ihn von den Schultern auf die Arme gleiten. Sie trug einen verwaschenen Minirock aus Jeansstoff, etwas mitgenommene Sandalen und ein dünnes weißes T-Shirt mit der Aufschrift RETTET DIE WALE über der Brust. Sie trug keinen BH. Ihre Brustwarzen drückten sich durch das RETTET über der rechten und das WALE über der linken Brust, während der Artikel im Niemandsland ihres Brustbeins lag. Den Hut behielt sie auf. Schlaff saß er auf ihrem Kopf wie eine welke Sonnenblume, deren Blütenblätter ihr Gesicht umrahmten. Sie sah sich nach etwas um, wo sie den Mantel aufhängen konnte, erspähte einige Kleiderhaken über dem Trinkbrunnen in der Ecke, trug den Mantel hinüber und hängte ihn an einen davon. Sie genehmigte sich einen Schluck Wasser, wo sie schon mal drüben war – wobei sich der Jeansrock über ihre Hinterbacken spannte, als sie sich über die Fontäne beugte. Schließlich kam sie wieder herüber zu den beiden wartenden Detectives. Sie hatte ein vages, fast schon geheimnisvolles Lächeln auf den Lippen, als wüßte sie sehr wohl, daß die beiden ihren Hintern bewundert hatten, was natürlich stimmte, auch wenn beide verheiratet waren.

»Also, was wollen Sie wissen?« fragte sie, als sie sich auf den Stuhl neben Carellas Schreibtisch setzte und die Beine übereinanderlegte, so daß ihr Rock in verwegene Höhen rutschte. »Ich habe sein Betthäschen nicht umgebracht, genausowenig wie ich *Mrs.* Schumacher umgebracht habe...«

Sie gab der höflichen Anrede der Toten einen boshaften Unterton, auch wenn ihr der Titel zugestanden hatte...

»Und schon gar nicht die Scheißtöle.«

Der arme Amos, dachte Brown.

»Habe ich jemanden vergessen?« fragte sie und grinste Carella auf eine Weise an, in der dieser sofort die typisch überhebliche und provozierende Art der Hippies erkannte; genau jene Haltung, die sie wohl unzählige Male an den Tag gelegt hatte, als alle Welt jung gewesen war, kein Mensch Büstenhalter getragen, jedermann lange blonde Haare gehabt hatte und alle Polizisten Bullenschweine gewesen waren.

»Ich glaube nicht«, sagte er und wandte sich an Brown. »Fällt dir noch jemand ein, Artie?«

»Nicht daß ich wüßte«, sagte Brown. »Es sei denn vielleicht ihr Vater.«

»Oh, ja, stimmt«, sagte Carella. »Der ist ja auch ermordet worden, nicht wahr? Ihr Vater?«

Betsy warf ihm einen finsteren Blick zu.

»Aber beginnen wir mit dem ersten«, sagte Carella. »Dem Mord an seinem Betthäschen. Susan Brauer. Das dürfte Dienstag, der siebzehnte, gewesen sein, abends. Können Sie uns sagen, wo Sie –«

»Werde ich hier einen Anwalt brauchen?« fragte sie.

»Nein, es sei denn, Sie wollen einen dabei haben«, sagte Carella. »Aber das liegt ganz bei Ihnen.«

»Ich meine, wenn Sie mich fragen, wo ich gewesen bin und den ganzen Scheiß, dann –«

»Ja, genau, wir werden Sie fragen, wo Sie gewesen sind«, sagte Brown. Und den ganzen Scheiß, dachte er.

»Dann brauche ich vielleicht einen«, sagte sie.

»Warum? Waren Sie irgendwo, wo Sie nicht hätten sein sollen?«

»Ich weiß nicht mehr, wo ich war. Ich weiß noch nicht mal mehr, wann das war.«

»Heute ist Samstag, der achtundzwanzigste«, sagte Carella. »Damit wäre das vor elf Tagen gewesen.«

»Ein Dienstagabend«, sagte Brown.

»Der siebzehnte«, sagte Carella.

»Dann war ich in Vermont.«

»Ich dachte, Sie sind erst nach der Beerdigung Ihres Vaters nach Vermont gefahren.«

»Da bin ich zurückgefahren. Ich war schon seit Anfang Juli oben.«

»Hat Ihre Mutter das gewußt?«

»Ich sage meiner Mutter nicht alles, was ich tue.«

»Wo wohnen Sie, wenn Sie da oben sind?« fragte Brown.

»Ich habe da ein kleines Haus, das mir mein Vater nach der Scheidung geschenkt hat. Ich nehme an, er wollte mich auf seine Seite ziehen. Da hat er mir das kleine Häuschen da oben geschenkt.«

»Wo?«

»Vermont, das habe ich Ihnen doch gesagt.«

»Wo in Vermont?«

»Green River. Ein kleines Haus im Wald. Ich glaube, einer seiner Klienten hat es ihm vor Jahren mal gegeben, statt Anwaltsgebühren. Das war sogar, noch bevor er Mutter geheiratet hat. Das Haus stand herum, mitten im Wald, und löste sich praktisch in Wohlgefallen auf, und er hat mich gefragt, ob ich es haben will. Ich sagte: ›Sicher.‹ Sie wissen ja, was man über geschenkte Gäule sagt.«

Carella dachte, da hätte sie nun ihrem Vater noch nicht mal die Uhrzeit gesagt, aber so ein Häuschen, da sagte sie nicht nein.

»Na, jedenfalls bin ich sehr oft da oben«, sagte sie. »Mal abschalten von der Hektik dieser Stadt.«

»Und Ihre Mutter weiß also nichts davon, was?« fragte Brown. »Daß Sie ziemlich oft nach Vermont fahren, um von der Hektik der Stadt abzuschalten.«

»Ich bin sicher, Mutter weiß, daß ich nach Vermont gehe.«

»Aber sie wußte nicht, daß sie am ersten Juli hinauf sind…«

»*Anfang* Juli. Am fünften, um genau zu sein. Und ich weiß nicht mehr, ob ich es ihr gesagt habe oder nicht.«

»Aber Sie waren oben, als Susan Brauer ermordet wurde, ist das richtig?«

»Wenn sie am siebzehnten ermordet wurde, dann war ich oben, ja.«

»War jemand bei Ihnen?«

»Nein, ich fahre immer allein hinauf.«

»Wie kommen Sie denn da hin?« fragte Carella.

»Mit dem Auto.«

»Mit Ihrem eigenen? Oder mieten Sie sich eines?«

»Ich habe mein eigenes.«

»Sie fahren also in Ihrem eigenen Wagen hinauf nach Vermont.«

»Ja.«

»Mutterseelenallein?«

»Ja.«

»Wie lange brauchen Sie, um da hinaufzukommen?«

»Drei, dreieinhalb Stunden, kommt auf den Verkehr an.«

»Und Sie brauchen genauso lange, um wieder zurückzukommen, nehme ich an.«

»Ja.«

»Wann sind Sie denn wieder heruntergekommen?«

»Wie meinen Sie das?«

»Sie sagten, Sie sind am fünften hinauf-«

»Oh, ach so, ja. Ich bin sofort heruntergekommen, nachdem meine Schwester mich angerufen hatte.«

»Und wann war das?«

»Am Tag, nachdem mein Vater ermordet wurde. Sie hat mich angerufen, um es mir zu sagen.«

»Daß man ihn ermordet hatte?«

»Ja.«

»Dann hat Ihre Schwester also gewußt, daß Sie in Vermont waren.«

»Ja.«

»Also haben sowohl Ihre Mutter als auch Ihre Schwester Ihre Nummer von da oben.«

»Ja, beide haben die Nummer.«

»Also am Tag, nachdem Ihr Vater ermordet wurde...«

»Ja.«

»Und angerufen hat Sie Ihre Schwester.«

»Ja.«

»Das wäre dann am Samstag gewesen, am einundzwanzigsten.«

»Wann auch immer.«

»Und um wieviel Uhr, würden Sie sagen?«

»Sie rief schon früh am Morgen an.«

»Und Sie sagen, Sie sind gleich nach ihrem Anruf in die Stadt zurückgekommen?«

»Nun, zuerst habe ich meine Mutter angerufen. Nachdem ich mit meiner Schwester gesprochen hatte.«

Was durchaus mit dem übereinstimmte, was Gloria Sanders ihnen erzählt hatte.

»Worüber haben Sie gesprochen?«

»Darüber, ob ich zur Beerdigung gehen sollte oder nicht.«

Was ebenfalls übereinstimmte.

»Und wozu haben Sie sich entschieden?«

»Daß ich gehen würde.«

»Um wieviel Uhr also, würden Sie sagen, sind Sie in Vermont weggefahren?«

»Ich habe gefrühstückt, mich angezogen und einige Sachen zusammengepackt. Es muß wohl so gegen elf gewesen sein, bis ich schließlich weggekommen bin.«

»Und Sie sind direkt zurück in die Stadt gefahren, nicht wahr?«

»Ja.«

»Und Sie haben drei, dreieinhalb Stunden dazu gebraucht, richtig?« sagte Brown.

»So in etwa, ja.«

Sie dachten beide, daß Vermont schließlich nicht das Ende der Welt war. Es war durchaus in drei Stunden zu schaffen. Man konnte hier in der Stadt am Abend zuvor jemandem den Hahn abdrehen und am Morgen darauf wieder in Vermont sein, um einen Anruf entgegenzunehmen. Man konnte in einen Lebensmittelladen, eine Bäckerei, eine Buchhandlung, eine Bar gehen, und kein Mensch würde wissen, ob man die ganze Zeit über in seinem kleinen Häuschen oder dazwischen mal in der Stadt gewesen ist, um jemanden zu ermorden.

»Wußten Sie, daß Sie laut den Bestimmungen im Testament Ihres Vaters fünfundzwanzig Prozent des Vermögens erben würden?« fragte Carella.

»Ja, das wußte ich.«

»Woher haben Sie das gewußt?«

»Mama hat es uns ja ständig gesagt.«

»Was meinen Sie mit ständig?«

»Nun, dauernd eben. Jedenfalls während die Scheidungsvereinbarungen ausgehandelt wurden... Wir waren ja keine Kinder mehr, das ist ja erst zwei Jahre her. Mama hat uns erzählt, sie würde nicht in die Scheidung einwilligen, es sei denn, er erkläre sich einverstanden, uns beide in das Testament mit aufzunehmen. Mich und Lois. Wir sollten die Hälfte des Vermögens kriegen. Und sie uns teilen. Also haben wir das damals schon gewußt, und seitdem hat sie die Geschichte immer wieder voller Stolz und Vergnügen erzählt. Weil sie meinte, Sie hätte uns damit was ausgesprochen Gutes getan. Was natürlich stimmt.«

»Wo waren Sie Freitag abend, Miss Schumacher?« fragte Brown.

»In Vermont. Das habe ich Ihnen doch gesagt.«

Wieder das Hippie-Grinsen. Ganz die Tochter ihrer Mutter. Keine Tricks, bitte. Nur die Fakten, Madam.

»Sie waren nicht hier unten in der Stadt?«

»Nein. Ich war in Vermont.«

»War jemand bei Ihnen?«

»Ich habe Ihnen doch schon gesagt, daß ich immer allein hinauffahre.«

»Ich habe ja auch nicht gemeint, ob Sie mit jemandem hinaufgefahren sind«, sagte Brown freundlich. »Ich habe gefragt, ob an dem Abend, an dem Margaret Schumacher ermordet wurde, jemand bei Ihnen war.«

»Nein. Ich war allein zu Hause. Ich habe gelesen.«

»Was haben Sie gelesen?« fragte Carella.

»Weiß ich nicht mehr. Ich lese viel.«

»Welche Art von Büchern?«

»Größtenteils Romane.«

»Lesen Sie auch Kriminalromane?«

»Nein. Ich *hasse* Kriminalromane.«

»Sie sagen, Sie haben über Margaret Schumachers Mord in der Zeitung gelesen...«

»Ja.«

»Ein Vermonter Lokalblatt?«

»Nein. Ich habe mir eine unserer Zeitungen im –«

»*Unserer* Zeitungen?«

»Ja. Von hier aus der Stadt. Die sind nämlich auch da oben zu haben, wissen Sie.«

»Und in der haben Sie die Schlagzeile gesehen...«

»Es war keine Schlagzeile. Nicht in der Zeitung, die ich gekauft habe. Es war auf Seite vier des Lokalteils.«

»Ein Artikel über den Mord an Mrs. Schumacher?«

»Ja. Über den Mord an *Mrs.* Schumacher.«

Verächtlich wiederholte sie die Anrede und gab ihr einen obszönen Unterton.

»Und Sie sagen, Sie hätten Schadenfreude empfunden...«

»Na, vielleicht war das ein etwas zu starkes Wort.«

»Welches Wort würden Sie denn jetzt verwenden?«

»Freude. Der Artikel hat mich gefreut.«

»Einen Artikel über den brutalen Mord an einer Frau zu lesen...«

»Ja.«

»...hat Sie gefreut?«

»Ja.«

»Man hat ihr mehrere Male in Kopf und Brust geschossen...«

»Stimmt.«

»Und das zu lesen hat sie gefreut.«

»Ja«, sagte Betsy Schumacher. »Ich bin froh, daß jemand sie umgebracht hat.«

Beide Kriminalbeamte sahen sie an.

»Sie war ein total mieses Stück, das unser Leben zerstört hat. Ich habe gebetet, sie möchte doch aus dem Fenster fallen oder unter einen Bus kommen, aber nichts davon ist passiert. Nun, jetzt hat sie jemand erwischt. Jemand hat es ihr besorgt, und das gründlich. Ja, es freut mich. Und wenn ich ehrlich bin, ich verspüre auch Schadenfreude, ja, es ist schon das richtige Wort. Ich laufe geradezu über vor Schadenfreude über ihren Tod. Ich wünschte nur, man hätte ihr ein Dutzend Kugeln verpaßt anstatt nur vier.«

Sie hatte ein zufriedenes Lächeln auf dem Gesicht.

Einem solchen Lächeln zu widersprechen war sinnlos.

Man konnte sich nur fragen, ob die Zeitungen erwähnt hatten, daß Margaret Schumacher durch vier Kugeln getötet worden war.

Es wurde langsam spät.

Sie hatten sich im Wohnzimmer des Hauses unterhalten, das Angela bis vor kurzem noch mit Tommy geteilt hatte. Die dreijährige Tess schlief im hinteren Zimmer, während Angela ihrem Bruder erzählte, sie würde ihr Leben für eine Zigarette geben. Aber der Arzt hatte ihr das Rauchen während der Schwangerschaft strikt verboten. Carella mußte auf einmal an Gloria Sanders denken, die ebenfalls unbedingt eine Zigarette rauchen wollte, als sie sich im

Krankenhaus mit ihr unterhalten hatten. Er konnte sich einfach des hartnäckigen Gefühls nicht erwehren, daß es eine Frau gewesen war, die Penn Halligan beschrieben hatte. Oder war diese Idee ein Produkt des Wissens, daß Arthur Schumacher von drei Frauen überlebt worden war: zwei Töchtern und einer Ex-Frau, die ihn haßte.

»Na ja, es dauert ja nicht mehr lang«, sagte Angela.

»Du solltest nicht wieder damit anfangen«, sagte Carella.

»Schwer, so eine Gewohnheit loszuwerden«, sagte sie achselzukkend.

Sein Vater hatte nicht gewußt, daß Angela rauchte. Oder hatte wenigstens so *getan*. Carella erinnerte sich noch an einen Sonntagnachmittag, die Familie war zusammengekommen... damals hatte er selbst noch geraucht. Eine Ewigkeit war das jetzt her. Kurz nachdem Angela und Tommy geheiratet hatten. War es nicht ein Ostersonntag gewesen? Die ganze Familie war dagewesen. Sie hatten gerade die große Mahlzeit beendet – bei italienischen Familien ist jede Mahlzeit ein Festschmaus –, und er hatte sich die Taschen abgeklopft und gemerkt, daß er keine Zigaretten mehr hatte, worauf er aufstand und hinüber zu Angela ging, die, längst eine erwachsene Frau und verheiratet, an einem alten Klavier saß und die Lieder spielte, die sie als kleines Mädchen gelernt hatte. Und sagte zu ihr: »Hast du vielleicht mal eine Zigarette, Schwesterherz?« Und Tony Carella, der in einem Polstersessel saß und zuhörte, wie seine Tochter spielte, schüttelte plötzlich den Kopf und legte einen Finger an die Lippen, um Carella zum Schweigen zu bringen, ihm zu verstehen zu geben, daß sein Vater nicht wissen durfte, daß sein angebetetes Töchterlein rauchte – dieser ausgefuchste alte Heuchler.

Carella mußte lächeln, als er daran zurückdachte.

»Es soll leichter sein, mit Heroin aufzuhören als mit Nikotin«, sagte Angela.

»Aber du hast doch schon aufgehört«, sagte Carella. »Das sind jetzt acht, neun Monate, wenn das nicht Aufhören ist.«

»Mir ist aber immer noch nach einer Zigarette.«

»Mir auch.«

»Und ich werde mir eine genehmigen. Sobald das Baby da ist.«

»Ich wollte, du würdest es bleiben lassen«, sagte er.

»Warum, zum Teufel, sollte ich?« fragte sie.

Und mit einemmal weinte sie.

»Na, na«, sagte er.

Sie schüttelte den Kopf.

»Na, komm her.«

Sie hob, ein schwacher Protest, eine Hand, schüttelte aber noch immer den Kopf: Nein, bitte, laß mich in Ruhe. Er ging trotzdem hinüber und gab ihr ein Taschentuch.

»Hier«, sagte er. »Trockne dir die Augen.«

»Danke«, sagte sie.

Sie trocknete sich die Augen.

»Kann ich reinschneuzen?« fragte sie.

»Seit wann fragst du?«

Sie schneuzte sich. Sie schniefte noch ein paarmal. Trocknete sich noch mal die Augen.

»Danke«, sagte sie und gab ihm das Taschentuch zurück.

»Bedeuten dir denn deine Zigaretten soviel?«

»Nicht die Zigaretten«, sagte sie und schüttelte den Kopf.

»Sag's mir«, sagte er.

»Ich hab' nur eben gedacht, was, zum Teufel, spielt das schon für eine Rolle? Ob ich nun rauche wie ein Schlot und an Krebs sterbe, wen interessiert das schon?«

»Mich zum Beispiel.«

»Ja, dich«, sagte sie. Und dabei standen ihr wieder Tränen in den Augen.

»Warum glaubst du eigentlich, daß Tommy eine Affäre hat?« fragte er.

»Weil ich es weiß.«

»Woher weißt du es?«

»Aus der Art und Weise, wie er in letzter Zeit so ist. Ich meine, ich habe keine Taschentücher mit Lippenstift gefunden, und er riecht auch nicht nach Parfum, wenn er heimkommt, aber...«

»Ja, aber was?«

»Ich weiß es einfach, Steve. Er benimmt sich so anders. Er hat seinen Kopf ganz woanders, er hat eine andere, ich weiß es einfach.«

»Wie anders ist er denn?«

»Eben einfach anders. Die ganze Nacht wirft er sich von einer Seite auf die andere ... grade so, als würde er an jemand anders denken, als könnte er sie einfach nicht vergessen und deswegen nicht einschlafen.«

»Sonst noch was?«

»Ich rede mit ihm, und er ist nicht bei der Sache. Ich schaue ihn an, und ich weiß einfach, daß er sich nicht auf das konzentrieren kann, was ich ihm sage, weil er an *sie* denkt.«

Carella nickte.

»Und er ... ach was, ich will nicht drüber reden.«

»Rede drüber«, sagte Carella.

»Nein, wirklich, ich will nicht, Steve.«

»Angela ...«

»Na schön, er will nicht mehr mit mir schlafen, bist du nun zufrieden?« sagte sie. »Oh!« sagte sie und griff sich ganz plötzlich an den Bauch. »Oh!« sagte sie noch einmal.

»Angela?« sagte er.

»Oh!«

»Was ist denn?«

»Ich glaube – oh!«

»Ist es das Baby?«

»Ja, ich – oh!« stöhnte sie und hielt weiter ihren Bauch umklammert.

»Welches Krankenhaus?« fragte er sofort.

Vom Dienst aus hätte er das Gehörlosentelefon auf seinem Schreibtisch benutzt und mit Teddy direkt »gesprochen« – indem er seine Nachricht in die Tastatur des Geräts getippt und sie dann mit Hilfe der Eingabetaste zur Antwort aufgefordert hätte, die er dann auf seinem Gerät hätte lesen können. Aber er rief sie vom Wartezimmer des Krankenhauses aus an, und die öffentlichen Fernsprecher waren nun mal noch nicht auf dem neuesten Stand der Technik. Fanny Knowles meldete sich.

»Bei Carella«, sagte sie.

Er stellte sie sich vor, an der Anrichte in der Küche stehend, eine streitbare Person um die fünfzig, die Haare feuerrot gefärbt, einen Zwicker auf der Nase, eine Hand in die Hüfte gestemmt, als warte sie nur darauf, daß ein Anrufer sagte, es handle sich um Polizeiangelegenheiten, die die Heiligkeit des häuslichen Herdes verletzten.

»Fanny, ich bin es«, sagte er.

»Ja, Steve«, sagte sie.

»Ich bin im Twin Oaks, dem Krankenhaus, Teddy kennt es, weil die Zwillinge hier geboren wurden.«

»Ja, Steve.«

»Können Sie ihr sagen, sie soll sich ein Taxi nehmen und herüberkommen? Angela liegt schon im Kreißsaal.«

»Wollen Sie, daß ich Ihrer Mutter Bescheid sage?«

»Nein, das mache ich gleich. Twin Oaks, Entbindungsstation.«

»Hab' ich, ja.«

»Ich danke Ihnen, Fanny. Alles in Ordnung?«

»Ja, alles in Butter. Ich sag's ihr gleich.«

»Danke«, sagte er, legte auf und angelte in der Tasche nach einer weiteren Münze. Dann wählte er die Nummer seiner Mutter.

»Hallo?« meldete sie sich.

Ihre Stimme nach wie vor dumpf und monoton, wie er sie seit dem Tode seines Vaters kannte.

»Mamma, ich bin's«, sagte er. »Steve.«

»Ja, Schatz?«

»Ich bin mit Angela im Krankenhaus –«

»Oh, mein Gott!« sagte sie.

»Es ist alles in Ordnung, sie ist im Augenblick im Kreißsaal, willst du –?«

»Ich bin sofort da«, sagte sie.

»Twin Oaks, Endbindungsstation«, sagte er. »Ruf dir ein Taxi.«

»Sofort«, sagte sie und legte auf.

Er hängte den Hörer zurück an den Haken und setzte sich neben einen fast schon kahlköpfigen Mann, der ausgesprochen besorgt dreinschaute.

»Ihr erstes?« fragte der Mann.

»Es ist meine Schwester«, sagte Carella.

»Oh«, sagte der Mann. »Bei mir ist es das erste.«

»Wird schon gutgehen, machen Sie sich keine Sorgen«, sagte Carella. »Das Krankenhaus ist gut.«

»Ja«, sagte der Mann.

»Meine Zwillinge wurden hier geboren«, sagte Carella.

»Ja«, sagte der Mann.

Wie lange das schon her ist, dachte Carella. Meyer und Hawes waren seinerzeit hier zusammen mit ihm auf und ab gelaufen. Meyer hatte ihn beruhigt, er hätte das schon dreimal durchgemacht, nur keine Bange. Teddy war fast eine Stunde oben im Kreißsaal. Zwillinge. Heutzutage...

»Wir kriegen einen Jungen«, sagte der Mann.

»Schön«, sagte Carella.

»Sie hätte ja lieber ein Mädchen gehabt.«

»Ach was, Jungen sind auch nett«, sagte Carella.

»Was haben Sie?«

»Eins von jeder Sorte«, sagte Carella.

»Wir werden ihn Stanley nennen«, sagte der Mann. »Nach meinem Vater.«

»Schön«, sagte Carella.

»Sie wollte ihn ja Evan nennen.«

»Stanley ist ein prima Name«, sagte Carella.

»Das will ich meinen«, sagte der Mann.

Carella warf einen Blick auf die Uhr.

Sie war nun schon zwanzig Minuten oben. Auf einmal fiel ihm Tommy ein. Eigentlich sollte er hier sein. Egal, was für Probleme die beiden miteinander hatten, Tommy sollte hier sein. Er ging noch mal ans Telefon, holte sein Notizbuch heraus, fand die Nummer für das Zimmer über der Garage und wählte. Er ließ es ein dutzendmal klingeln. Niemand meldete sich. Er legte auf und setzte sich wieder neben den besorgten Mann mit der fortgeschrittenen Glatze.

»Was bekommt sie denn? Ihre Schwester?«

»Ich weiß es nicht.«

»Hat Sie denn keinen Test machen lassen?«

»Ich denke schon. Aber sie hat mir nicht gesagt, was –«

»Sie hätte die Tests machen sollen. Durch diese Tests erfahren Sie alles.«

»Ich bin sicher, sie hat das machen lassen.«

»Ist sie verheiratet?«

»Ja.«

»Wo ist denn ihr Mann?«

»Ich habe eben versucht, ihn zu erreichen«, sagte Carella.

»Oh«, sagte der Mann und sah ihn argwöhnisch an.

Zehn Minuten darauf traf Teddy ein. Der Mann beobachtete die beiden, als sie sich mit flinken Fingern in Zeichensprache unterhielten. Diese Zeichen zogen unweigerlich Publikum an. Nicht einmal ein Krokodil in der Kanalisation im Zentrum von Isola hätte soviel Aufmerksamkeit auf sich gezogen wie eine Unterhaltung in Taubstummensprache. Fasziniert sah der Mann zu.

Sie fragte ihn, ob er seine Mutter angerufen hatte.

Er sagte ihr, er hätte.

Ich hätte sie auf dem Weg abholen können, signalisierte sie.

»Es ist einfacher so«, sagte er laut und in Zeichensprache zugleich.

Dem Mann fielen fast die Augen aus dem Kopf. Die fliegenden Finger ließen ihn die Sorgen um seinen Sohn Stanley, der jeden Augenblick eintreffen mußte, glatt vergessen.

Einige Minuten später kam Carellas Mutter ins Wartezimmer. Sie sah besorgt aus. Erst elf Tage zuvor war sie in diesem Krankenhaus gewesen, um in der Leichenhalle ihren Mann zu identifizieren. Und gelegentlich ging ja auch in einem Kreißsaal etwas schief. »Wie geht es ihr?« fragte sie. »Hallo, Liebes«, sagte sie zu Teddy und drückte ihr einen Kuß auf die Backe.

»Sie haben sie vor vierzig Minuten hinaufgebracht«, sagte Carella mit einem Blick auf die Uhr an der Wand.

»Wo ist Tommy?« fragte seine Mutter.

»Ich habe versucht, ihn zu erreichen«, sagte Carella.

Er und Teddy tauschten einen Blick aus, der seiner Mutter jedoch entging.

Vierzig Minuten ist nicht sehr lang, gab Teddy ihm zu verstehen.

»Sie sagt, vierzig Minuten ist nicht besonders lang«, wiederholte er für seine Mutter.

»Ich weiß«, sagte seine Mutter und tätschelte Teddys Arm.

»Hat Angela dir gesagt, was es wird?« fragte Carella.

»Nein. Dir etwa?«

»Nein.«

»Geheimniskrämerei«, sagte seine Mutter und verdrehte die Augen. »Sie muß immer aus allem ein Geheimnis machen. Das war bei ihr schon als kleines Mädchen so, weißt du noch?«

»Aber sicher«, sagte er.

»Geheimniskrämerei«, sagte sie noch mal, diesmal zu Teddy, und wandte ihr dabei das Gesicht zu, damit sie von ihren Lippen lesen konnte. »Meine Tochter. Immer muß sie aus allem ein Geheimnis machen.«

Teddy nickte.

»Mr. Gordon?«

Alle drehten sich um.

Ein Arzt in einem blutbefleckten weißen Chirurgenkittel stand in der Tür.

Der besorgte Mann mit der Glatze sprang auf.

»Ja?« sagte er.

»Alles in Ordnung«, sagte der Arzt.

»Ja?«

»Ihrer Frau geht es gut...«

»Ja?«

»Und Sie haben einen gesunden, strammen Jungen.«

»Ich danke Ihnen«, sagte der Mann strahlend.

»Sie können die beiden in zirka zehn Minuten sehen, ich schicke Ihnen dann eine Schwester herunter.«

»Danke«, sagte der Mann.

Angelas Arzt kam eine halbe Stunde später. Er sah furchtbar müde aus.

»Alles in Ordnung«, sagte er.

So fingen sie immer an...

»Angela geht es gut«, sagte er.

Immer zuerst die Versicherung, daß die Mutter in Ordnung sei...

»Und den Zwillingen auch.«

»Zwillinge?« fragte Carella.

»Zwei gesunde, stramme kleine Mädchen«, sagte der Arzt.

»Geheimniskrämerei«, sagte seine Mutter wissend. Und dann zu Carella: »Wo ist Tommy?«

»Ich werde versuchen, ihn aufzutreiben«, sagte Carella.

Als erstes fuhr er zu dem Haus, das Tommy nach dem Tod seiner Eltern geerbt hatte. Kein Licht im Zimmer über der Garage. Er kletterte trotzdem die Stiege hinauf und klopfte an die Tür. Es war erst Viertel nach elf, aber vielleicht war Tommy ja schon im Bett. Er bekam keine Antwort. Er ging wieder zum Auto und überlegte einen Augenblick, bevor er startete und sich dann auf die lange Fahrt ins Zentrum machte.

Er hoffte, daß Tommy nicht bei seiner Freundin war. Nicht am Abend der Geburt seiner beiden Töchter.

Der Spielplatz auf der anderen Straßenseite des braunen Sandsteinhauses war verlassen. Regentropfen trommelten auf das Blech von Schaukeln und Rutschen. Parken war in dieser Straße abwechselnd, mal links, mal rechts, erlaubt. Das Wasser lief in Strömen von den windkanalgestylten Oberflächen der Autos, die den Randstein vor dem eingezäunten Spielplatz säumten. Carella fand einen Platz gefährlich nahe an einem Hydranten, klappte die Sonnenblende mit dem Polizeilogo herunter, schloß ab und rannte durch den strömenden Regen die Straße hinauf.

Er war schon zu lange Polizist, um die beiden Männer nicht gleich auszumachen, die gegenüber in einem geparkten Wagen saßen. Er ging hinüber, klopfte an der Beifahrerseite ans Fenster. Das Fenster öffnete sich.

»Ja?« sagte der Mann im Wagen.

»Carella, vom Siebenundachtzigsten«, sagte er, die Schultern hochgezogen, um sich vor dem Regen zu schützen, und zeigte dem Mann seine Marke. »Was ist denn los hier?«

»Steigen Sie ein«, sagte der Mann.

Carella öffnete die hintere Tür und stieg ins Trockene. Der Regen hämmerte aufs Dach des Wagens. Die Tropfen wanden sich in Schlangen die Scheiben hinunter.

»Peters, vom Einundzwanzigsten«, sagte der Mann am Steuer.

»Macmillen«, sagte sein Partner.

Beide Männer waren unrasiert. Ein Look, den Kriminalbeamte pflegten, wenn sie auf Observation waren. Weil er sie überarbeitet und unterbezahlt aussehen ließ. Was sie natürlich auch ohne die Stoppeln waren.

»Wir haben in dem Lieferwagen da vorn Kameras laufen«, sagte Peters und nickte dabei in Richtung Windschutzscheibe. Durch den strömenden Regen sah Carella einen grünen Lieferwagen direkt vor dem Auto der beiden Beamten. Quer über die Hecktür, direkt unter dem übermalten Fenster, standen die Worte HI-HAT CHEMISCHE REINIGUNG.

»Wir sitzen nun schon eine geschlagene Woche vor dem Kasten da«, erklärte Macmillen.

»Vor welchem?«

»Dem braunen«, sagte Peters.

»Warum? Was ist denn los da drüben?« fragte Carella.

»Kokain. Das ist los«, sagte Macmillen.

10. Kapitel

Es war Montag morgen, und wie immer am Montagmorgen waren die Spielführer aufmarschiert. Oder wenigstens einer von ihnen. Er hieß Lieutenant Peter Byrnes, und er erklärte den versammelten Detectives, was sie seiner Meinung nach längst hätten wissen sollen.

»Wenn Sie nicht mehr weiterkommen«, sagte er, »dann fangen Sie noch mal von vorn an. Mit anderen Worten: *Sie* fangen da an, wo der *Fall* angefangen hat.«

Er saß hinter dem Schreibtisch in seinem Eckbüro, das ihm als Chef des 87. Reviers zustand. Ein kompakter Mann mit harten, humorlosen blauen Augen und dem ersten Rauhreif im Haar. Sechs seiner Detectives saßen bei ihm. Vier von ihnen hatten bereits Bericht über ihre diversen Fälle erstattet. Der *große* Fall hatte geduldig bis jetzt auf seinen Auftritt gewartet. Der große Fall war mehrfacher Mord – im Augenblick der unangefochtene, steppende, singende und klavierspielende Star dieser kleinen Revue. Wie ein Unterhaltungschef beim Fernsehen, der seinen altgedienten Drehbuchautoren einen Vortrag über Motivation und Dialoge hielt, sagte der Lieutenant seinen Leuten, wie sie ihre Arbeit zu erledigen hatten.

»Der Fall hat mit einem toten Mädchen angefangen«, sagte er.

Susan Brauer. Das tote Mädchen. Zweiundzwanzig Jahre alt, für sie hier ein Mädchen, obwohl Arthur Schumacher sie unter Garantie als Frau gesehen hatte.

»Und genau da müssen Sie noch mal anfangen – ganz von vorn«, sagte Byrnes. »Bei diesem toten Mädchen.«

»Wenn ihr meine Meinung hören wollt«, meldete sich Andy Parker, »ihr habt euren Täter längst.«

Carella war derselben Ansicht.

»Euer Täter ist die Hippie-Tochter«, sagte Parker.

Genauso ist es, dachte Carella.

Als sich Carella Parker so ansah, in seinem zerknautschten Anzug, dem zerknitterten Hemd und der fleckigen Krawatte, Kinn und Backen unrasiert, dachte Carella zum hundertstenmal an die beiden Kollegen, die das braune Sandsteinhaus im Zentrum observierten. Er hatte noch immer nicht mit seinem Schwager gesprochen, weil er einfach noch nicht dahintergekommen war, wie er die Sache anpacken sollte. Genausowenig wie er Angela erzählt hatte, daß die plötzlichen Veränderungen im Verhalten ihres Mannes nicht das geringste mit Sex oder einer anderen Frau zu tun hatten, sondern lediglich auf etwas zurückzuführen waren, was die meisten Kokainsüchtigen für weitaus befriedigender hielten als Sex. Er hoffte nur, daß weder Peters noch Macmillen Fotos von Tommy hatten, wie er in einem Haus aus und ein ging, das man wegen Drogenhandels observierte. Wie konnte er nur so gottverdammt dämlich gewesen sein?

»...wäre für den Anfang mal das Testament, laut dem sie ein Viertel des Vermögens kriegt«, sagte Parker. »Grund genug, den alten –«

»Sie fangen nicht bei dem toten Mädchen an«, erinnerte ihn Byrnes.

»Das tote Mädel war schlicht und ergreifend ein Ablenkungsmanöver«, sagte Parker ebenso forsch wie zuversichtlich.

»Ist von der im Testament auch die Rede?« fragte Kling. »Von der toten Kleinen?«

Er war mit seinen Gedanken bei Eileen Burke. Am Montagmorgen war es machmal gar nicht so einfach, sich wieder den anstehenden Geschäften zu widmen, vor allem wenn es sich bei diesen Geschäften tagein, tagaus um Verbrechen handelte.

»Nein«, sagte Brown. »Die einzigen Leute im Testament sind die beiden Töchter, seine jetzige Frau –«

»Die mittlerweile selber schon tot ist«, sagte Parker wissend.

»– der Tierarzt und die Frau aus der Tierhandlung«, schloß Brown.

»Mit wieviel sind die denn dabei?« fragte Hawes. »Die beiden letzten?«

»Zehntausend pro Nase«, sagte Carella.

Hawes nickte und verwarf den Gedanken.

»Der springende Punkt ist doch«, insistierte Parker, »daß die beiden Kinder die Hälfte des Vermögens kriegen. Also wenn das als Motiv nicht reicht...«

»Auf wieviel, hast du gesagt, beläuft sich das«, fragte Hawes noch mal. »Das Vermögen?«

»Was, zum Teufel, gibst du hier heute morgen ab?« fragte ihn Parker. »Einen Buchhalter?«

»Ich will nur wissen, wie groß das Vermögen ist, wenn's recht ist?« sagte Hawes.

»Angeblich handelt es sich um einen Haufen Geld«, sagte Carella. »Eine genaue Zahl haben wir nicht.«

»Wie groß es auch ist«, sagte Parker und nickte wieder auf seine wissende Art, »das Vermögen ist jedenfalls groß genug, um bei der Hippie-Tochter für Speichelfluß zu sorgen.«

Ein großes Wort für ihn, *Speichelfluß*. Er sah in die Runde, als erwarte er Anerkennung dafür.

»Und ihr sagt, sie hat gewußt, daß seine Frau an vier Kugeln gestorben ist?« fragte Willis.

»Ja«, sagte Carella.

»Und? Stand das in den Zeitungen?«

»Nein, aber im Fernsehen haben Sie's gebracht.«

»Wer hat das bekannt gegeben?« fragte Byrnes.

»Das versuchen wir gerade festzustellen«, sagte Brown. »Womöglich M & M. Oder sonst einer vom Morddezernat, wo wir schon davon reden.«

»Morddezernat«, sagte Byrnes und schüttelte verstimmt den Kopf.

»Was ja nicht heißt, daß sie der Frau die vier Kugeln nicht selber reingejagt hat«, sagte Parker. »Um sie gleich mit aus dem Weg zu schaffen. Wenn schon, denn schon. Sie legt ihren alten Herrn wegen einem Viertel seines Geldes um –«

»Vorausgesetzt, sie hat das gewußt«, warf Byrnes ein.

»Sie hat, Pete.«

»Schon seit der Zeit, wo sie ihrer Mutter noch auf dem Schoß gesessen hat«, sagte Parker.

»Na ja, die beiden Töchter waren zum Zeitpunkt der Scheidung ja schon erwachsen, das ist ja erst zwei Jahre her. Aber sie haben gewußt, daß das Testament sie mit je einem Viertel bedachte.«

»Wer kriegt denn jetzt den Anteil der Frau?« wollte Kling wissen. »Jetzt, wo sie tot ist.«

»Ihrem Testament nach ein Bruder in London.«

»Alleinerbe?«

»Ja. Aber wir haben angerufen, und er ist tatsächlich in London. Er ist seit vier Jahren nicht mehr in den Staaten gewesen.«

»Vergeßt ihn«, sagte Parker. »London könnte genausogut auf dem Mond liegen. Die Hippie-Tochter war hinter dem Geld her, damit ist der Fall erledigt.«

»Warum hat sie dann auch die beiden anderen umgebracht?«, fragte ihn Kling.

»Aus Haß – schlicht und ergreifend«, sagte Parker.

»Ihr solltet bloß mal hören, wie sie ›*Mrs.* Schumacher‹ sagt«, fügte Carella hinzu.

»Genauso wie seine Ex«, sagte Brown. »Die sagt es genauso. *Mrs.* Schumacher. Sie hat alle beide gehaßt, und wie. Ihren Alten, die Neue –«

»Die Hippie-Tochter aber auch«, sagte Parker, um seinen Standpunkt zu verteidigen.

»Nein, nun wart mal einen Augenblick, tu das nicht so schnell ab«, sagte Willis. »Seine erste Frau haßt Schumacher…«

»Korrekt«, sagte Kling mit einem Nicken.

»Also murkst sie nicht nur ihn ab, sondern auch noch gleich sämtliche Frauen in seinem Leben.«

»Und schlägt damit zwei Fliegen mit einer Klappe«, sagte Kling. »Die Geliebte *und* seine jetzige Frau…«

»Drei Fliegen«, korrigierte ihn Hawes. »Wenn man Schumacher mitzählt.«

»Schön und gut, aber ich rede hier nicht von einer Leichenstatistik. Was ich sagen will, ist, sie knallt die Frauen über den Haufen und sorgt gleichzeitig dafür, daß ihren Töchtern ein bißchen Bares zukommt.«

»Ja, aber dafür muß sie ja erst Schumacher beiseite schaffen.«

»Stimmt, ja.«

»Ich mein' ja nur«, sagte Hawes.

»Schon klar.«

»Und was, wenn die drei unter einer Decke stecken«, schlug Willis vor. »Vielleicht haben wir es ja mit drei Killern zu tun anstatt bloß mit einem. So wie im Orientexpreß.«

»Was, zum Teufel, ist der Orientexpreß?« fragte Parker.

»Na, du weißt schon, Agatha Christie.«

»Wer, zum Teufel, ist Agatha Christie?« fragte Parker.

»Vergiß es«, sagte Willis.

»Außerdem waren das mehr als drei«, sagte Hawes.

»Und die jüngere Tochter hat ihn gern gehabt«, warf Carella ein. »Ich glaube nicht, daß die –«

»Sie *behauptet,* daß sie ihn gern gehabt hat«, sagte Willis.

»Nun ja, schon, aber –«

»Die könnte kein Wässerchen trüben«, sagte Brown.

»Das sind manchmal die schlimmsten«, sagte Willis. »Außerdem weiß ich natürlich, daß das mehr als drei Leute waren, Cotton. Ich habe das nur als Beispiel benutzt.«

»Wo sind wir hier?« fragte Byrnes. »In der Stadtbibliothek?«

»Hm?« machte Parker, jetzt vollständig verwirrt.

»Was ist mit der Frau von der Tierhandlung?« fragte Kling.

»Was soll mit der sein?«

»Hat sie gewußt, daß sie im Testament ist?«

»Sie behauptet jedenfalls, nichts davon gewußt zu haben«, sagte Carella.

»Sie schien aufrichtig überrascht«, sagte Brown.

»Na, wie auch immer«, sagte Hawes, »wer würde schon für schlappe zehn Riesen jemand um die Ecke bringen?«

»Ich«, sagte Parker, und alle lachten.

»Außerdem hat sie den Kerl doch kaum gekannt«, sagte Brown.

»Sie hat ihm gelegentlich mal einen Rat für den Kläffer gegeben«, sagte Carella.

»Und dann hat sie den Hund doch schon gekannt, als er noch ganz klein war«, sagte Hawes. »Wer immer die Töle weggeputzt hat, muß sie doch gehaßt haben.«

»Genau, die Hippie-Tochter«, sagte Parker und nickte. »Wenn ich an eurer Stelle wäre, würde ich sie kassieren und mit 'nem Gummischlauch bearbeiten.«

Wieder lachten sie alle. Außer Byrnes.

»Und wo kommen die zwölf Riesen her?« fragte er.

»Welche zwölf Riesen?« sagte Hawes.

»Die zwölf Riesen in der Geldkassette in ihrem Wandschrank«, sagte Byrnes. »Und wie ist der Mörder in die Wohnung gekommen?«

»Tja, so recht wissen wir das selber –«

»Hat jemand mit dem Portier gesprochen, der Dienst hatte?«

»Ja, Sir«, sagte Kling. »Ich und Artie.«

»Und was hat der gesagt?«

»Daß er keinen Verdächtigen gesehen hat.«

»Hat er jemanden in die Wohnung gelassen oder nicht?«

»Er sagt, es würde dauernd was geliefert, er könnte sich einfach nicht erinnern, ob nun jemand die Treppe rauf ist oder nicht.«

»Er konnte sich nicht mehr erinnern«, wiederholte Byrnes kategorisch.

»Ja, Sir.«

»Er konnte sich nicht mehr erinnern.«

»Ja, Sir, das hat er gesagt. Daß er sich nicht mehr erinnern konnte.«

»Haben Sie versucht, seinem Gedächtnis etwas auf die Sprünge zu helfen?«

»Ja, Sir, wir haben eine ganze Stunde mit ihm geredet, vielleicht sogar länger. Seine Aussage liegt in der Akte.«

»Er konnte kaum Englisch«, sagte Brown. »Er ist von irgendwo aus den Nahen Osten.«

»Reden Sie noch mal mit ihm«, sagte Byrnes. »Gehen Sie zurück an den Anfang.«

Der Anfang war das tote Mädchen.

Mit den offenen blauen Augen. Der durchschnittenen Kehle. Dem Gesicht mit den Schnittwunden. Neunzehn, zwanzig Jahre alt, langes blondes Haar und aufsehenerregend blaue Augen, weit geöffnet. Mit einem schönen jungen Körper unter dem aufgeschlitzten schwarzen Kimono mit den blutfarbenen Mohnblüten.

Sie waren wieder in dem Penthouse, genauso wie am Abend des siebzehnten Juli, standen in demselben Raum, in dem die junge Frau neben dem Couchtisch gelegen hatte – ein Martini auf dem Tisch, eine Zitronenscheibe auf dem Boden des Glases, das Obstmesser neben ihr auf dem Teppich, die Klinge voller Blut –, und die scheinbar aus hundert oder aus mehr Stich- und Schnittwunden geblutet hatte.

Diesmal war der Portier mit dabei.

Er hieß Achmed Sowieso. Carella hatte sich den Nachnamen notiert, konnte ihn aber nicht aussprechen. Ein kleiner, untersetzter sandfarbener Mann mit einem schmalen Bart auf der Oberlippe; in seiner grauen Uniform mit dem roten Besatz sah er aus wie von einer Palastwache. Mit zusammengekniffenen Augen gab er sich alle Mühe zu verstehen, was die beiden sagten.

»Haben Sie jemanden in die Wohnung gelassen?«

»Nix erhinnern«, sagte er.

Er sprach mit einem schrecklichen Akzent, wahrscheinlich aus dem Nahen Osten. Sie hatten ihn nicht gefragt, woher er kam. Carella fragte sich, ob sie wohl einen Dolmetscher brauchten.

»Versuchen Sie sich zu erinnern«, sagte er.

»Immer viel Pickchen«, sagte der Mann und zuckte hilflos mit den Achseln.

»Das müßte so am späten Nachmittag oder frühen Abend gewesen sein.«

Der Leichenbeschauer hatte den seit ihrem Tod verstrichenen Zeitraum auf zwei, drei Stunden geschätzt. Das heißt, sie war so zwischen fünf und sechs erstochen worden. Der Portier blickte nur verwirrt aus der Wäsche. Carella tippte darauf, daß er mit den Wörtern »Nachmittag« und »Abend« nichts anfangen konnte.

»Fünf Uhr«, sagte er. »Sechs Uhr. Haben Sie da gearbeitet?«

»Arbeiten, ja«, sagte der Portier.

»Okay, ist jemand an die Tür gekommen und hat nach Miss Brauer gefragt?«

»Nix erhinnern.«

»Das ist wichtig«, sagte Brown.

»Ja.«

»Diese Frau ist ermordet worden.«

»Ja.«

»Wir versuchen den zu finden, der sie ermordet hat.«

»Ja.«

»Also würden Sie uns bitte helfen? Würden Sie sich zu erinnern versuchen, ob Sie jemanden haben hinaufgehen lassen.«

Es war etwas in seinen Augen. Carella sah es zuerst, Brown einen Sekundenbruchteil später.

»Vor was haben Sie Angst?«

Der Portier schüttelte den Kopf.

»Sagen Sie schon.«

»Ich niemand sehen«, sagte er.

Aber er wußte was. Sie waren sicher.

»Was ist es?« fragte Carella.

Der Portier schüttelte abermals den Kopf.

»Wollen Sie lieber mit auf die Wache kommen?« fragte Brown.

»Nun wart doch mal einen Augenblick, Artie«, sagte Carella.

Guter Bulle – böser Bulle. Es brauchte keinerlei Zeichen, um den Vorhang hochgehen zu lassen; die beiden beherrschten die Masche im Schlaf.

»Warten, Scheiße!« sagte Brown in seiner Paraderolle als fieser schwarzer Nußknacker. »Der Mann hier lügt doch, wenn er's Maul aufmacht.«

»Der Mann hat Angst, das ist alles«, sagte Carella. »Habe ich nicht recht, Sir?«

Der Portier nickte. Dann schüttelte er den Kopf. Dann nickte er wieder.

»Gehen wir, Mister«, sagte Brown und griff nach den Handschellen an seinem Gürtel.

»Nun mach doch mal halblang, Artie«, sagte Carella. »Was ist es, Sir?« fragte er freundlich. »Sagen Sie mir doch bitte, wovor Sie solche Angst haben.«

Der Portier sah aus, als würde er jeden Augenblick in Tränen ausbrechen. Sein kleines Bärtchen zitterte, seine braunen Augen wurden feucht.

»Setzen Sie sich, Sir«, sagte Carella. »Nun steck schon die verdammten Handschellen weg, Artie!«

Der Portier setzte sich auf das schwarze Ledersofa. Carella setzte sich neben ihn. Brown hängte mit finsterer Miene die Handschellen zurück an den Gürtel.

»Und jetzt erzählen Sie mir alles«, sagte Carella. »Bitte.«

Es war ziemlich einfach: Der Mann hatte keine Aufenthaltsgenehmigung. Er hatte sich für zwanzig Dollar eine falsche Arbeitserlaubnis nebst Sozialversicherungskarte gekauft und hatte jetzt eine Todesangst davor, die Behörden könnten ihm auf die Schliche kommen und ihn wieder nach Hause schicken, wenn er da hineingezogen wurde. Zuhause war er im Iran. Er wußte, was die Amerikaner von Iranern hielten. Wenn er da hineingezogen würde, dann würde man ihn für das verantwortlich machen, was dem Mädchen passiert war. Das erzählte er ihnen mit Tränen in den Augen und in gebrochenem Englisch. Carella dachte, für einen Ausländer ohne Aufenthaltsgenehmigung lernte er ziemlich schnell: *Keiner* in dieser Stadt hatte Lust, in irgend etwas hineingezogen zu werden.

»Und jetzt sagen Sie schon«, sagte Carella. »Haben Sie jemanden zu Miss Brauers Apartment hinaufgeschickt?«

Achmed hatte gesagt, was er zu sagen bereit war. Jetzt starrte er wie ein Mystiker in den Raum.

»Wir werden das mit Ihrer Arbeitserlaubnis vergessen«, sagte Carella. »Sie brauchen sich deswegen keine Sorgen zu machen. Sagen Sie uns einfach, was an jenem Nachmittag passiert ist, okay?«

Achmed starrte nur vor sich hin.

»Na schön, du kleiner Pinscher«, sagte Brown, »gehen wir«, und griff wieder nach den Handschellen.

»Tja, ich habe getan, was ich konnte«, sagte Carella und stieß einen tiefen Seufzer aus. »Er gehört dir, Artie.«

»Vittoria«, sagte Achmed.
»Was?« sagte Carella.
»Ihr Name«, sagte Achmed.
»Wessen Name?«
»Von Frau, die kommen.«
»Welche Frau, die kommt?« hakte Brown nach.
»An diese Tag.«
»An diesem Tag ist also eine Frau gekommen?«
»Ja.«
»Wie war ihr Name noch mal?«
»Vittoria.«
»Sie meinen Victoria?«
»Ja. Vittoria.«
»Sie hieß also Victoria?«
»Ja.«
»Victoria *weiter?*«
»Siegah.«
»Wie?«
»Siegah.«
»Wie schreiben Sie das?«
Achmed sah die beiden verständnislos an.
»Wie schreibt sich das, Steve?«
»Ist das ein *S*?« fragte Carella.
Achmed hob die Schultern. »Siegah«, sagte er.
»Wie sah sie aus?«
»Groß«, sagte Achmed. »Dinn.«
»Dünn?«
»Dinn, ja.«
»Weiß oder schwarz?«
»Weiß.«
»Welche Haarfarbe?«
»Ich weiß nicht. Sie tragen...«
Er überlegte, gab dann aber auf und tat so, als würde er sich ein Tuch über den Kopf ziehen und unter dem Kinn zubinden.
»Ein Kopftuch?« sagte Brown.
»Ja.«

»Welche Augenfarbe?« fragte Carella.
»Sie hat Brille.«
»Sie trug eine Brille?«
»Ja.«
»Trotzdem, konnten Sie da ihre Augenfarbe nicht –«
»Finster Brille.«
»Eine Sonnenbrille? Sie trug also eine Sonnenbrille?«
»Ja.«
»Was trug sie sonst noch?«
»Hose. Hemd.«
»Welche Farbe?«
»Farbe von Sand.«
»Was hat sie gesagt?«
»Sagen Vittoria Siegah. Miss Brauer fragen.«
»Was sollten Sie ihr sagen?«
»Vittoria Siegah hier.«
»Und? Haben Sie es ihr gesagt?«
»Ich ihr sagen, ja.«
»Und dann?«
»Sie mir sagen, ich schicken hinauf.«
»Und? Ist sie hinauf?«
»Ja. Gehen mit Aufsug.«
»Wie schreiben Sie das?« fragte Brown noch mal. »S-I-E-G?«
»Siegah«, sagte Achmed.
»Um wieviel Uhr ist das gewesen?« fragte Carella. »Als sie hinauf ist?«
»Fünf. Wenig mehr.«
»Also kurz nach fünf?«
»Ja. Wenig nach.«
»Haben Sie sie gesehen, als sie wieder herunterkam?«
»Ja.«
»Wann war das?«
»Sechs.«
»Punkt sechs?«
»Wenig nach.«
»Sie war also eine ganze Stunde oben, ja?«

Auf Achmeds Gesicht spiegelte sich sein Unverständnis.
»Haben Sie auf Ihre Uhr gesehen?«
»Nein.«
»Sie schätzen also nur?«
Wieder der leere Ausdruck.
»Hatte Sie Blut an ihrer Kleidung?«
»Nein.«
»Was fällt Ihnen sonst noch zu ihr ein?«
»Tasche. Markttasche.«
»Sie trug eine Tasche?«
»Ja.«
»*Was* für eine Tasche?« fragte Brown.
»Markttasche.«
»Sie meinen eine Einkaufstasche.«
»Ja. Einkaufstasche.«
»Haben Sie gesehen, was drin war, in dieser Tasche?«
»Nein.«
»Sie ist schon damit hinaufgegangen?«
»Ja.«
»Und wieder damit heruntergekommen?«
»Ja.«
»Könnten Sie nicht versuchen, ihren Namen für uns zu buchstabieren?« fragte Carella.
Einmal mehr blieb Achmeds Miene verständnislos.
Brown schüttelte den Kopf. »Sieger«, sagte er.
Was wohl nahe dran war, aber – wie man so schön sagt – es traf den Nagel nicht auf den Kopf.

In den Telefonbüchern der fünf Stadtbezirke fanden sie achtunddreißig Siegers, Seigers und Seegers, aber keine Victoria. Dazu kamen acht Seagers und elf Seagrams. Wieder keine Victoria. Es gab Hunderte und Aberhunderte von Segals, Segels, Seigals, Seigels, Siegels, Siegles, Sigals und Sigalls. Eine davon war eine Victoria und mehrere hatten sich lediglich mit einem *V.* eintragen lassen. Es bestand natürlich die Möglichkeit, daß ihre Victoria zu einem Mark, einem Harry, einer Isabel oder wem auch immer gehörte.

»Wir brauchten vierzig Bullen für ein halbes Jahr, und das rund um die Uhr, um all diesen Leuten nachzugehen«, sagte Byrnes. »Und wissen dabei noch nicht mal, ob der Araber den Namen richtig ausgesprochen hat.«

Genaugenommen war der Iraner turkmenischer Abstammung, nicht arabischer – aber um so feine Unterschiede kümmern Amerikaner sich selten.

Am selben Montagnachmittag gingen sie noch einmal zurück in das Penthouse. Um dann in dem Wohnzimmer zu stehen, in dem Susan Brauer gelegen hatte. Mit Wunden, die lautlos in den Abend schrien. Stich- und Schnittwunden auf den Brüsten, auf dem Bauch, auf der Innenseite ihrer Oberschenkel; Blut, wo man nur hinsah. Aufgerissenes weißes Fleisch und hellrotes Blut, ein Anblick, der einen anschrie.

Jetzt war es still in der Wohnung.

Durch die Fenster fiel schräg die frühe Nachmittagssonne in den Raum.

Sie waren ihr Adreßbuch durchgegangen und hatten keinerlei Eintrag unter dem Namen Siegel und dessen Variationen gefunden, auch keine Victoria, nichts. Keine Seagrams. Kein gar nichts. Nicht der geringste Anhaltspunkt.

Was sie jetzt suchten...

Sie wußten es nicht.

Beim besten Willen.

Sie waren wieder bei Null.

Man hatte ihnen gesagt, noch mal ganz zum Anfang zurückzugehen, und genau da waren sie jetzt. Gehen Sie zurück zum Aufgang. Die Geldkassette war im Schrank zum Vorschein gekommen. Mit zwölftausend Dollar. In Hundert-Dollar-Scheinen. Also gingen sie noch mal zum Schrank und durchsuchten ihn ein weiteres Mal: Tinnef, Pelze, Satinwäsche, Federn, Kinkerlitzchen, Klamotten mit teueren Etiketten, Koffer mit Monogrammen, reihenweise hochhackige Schuhe aus Lack-, Eidechsen- und Krokoleder. Sie fanden nichts, was Kling und Brown nicht schon beim ersten Mal gefunden hätten.

Also gingen sie noch mal den Schreibtisch durch, den Papierkorb darunter, öffneten noch einmal jedes Papierkügelchen, überprüften jeden Schnipsel darauf, ob sie womöglich etwas übersehen hatten, rissen einen kleinen Zettel von einem Kaugummi, lasen die Krakel darauf, um ihn dann als unwichtig zu verwerfen.

Blieb ihnen noch die Küche.

Nächster Versuch.

Der Abfall erwartete sie in dem Eimer unter der Spüle.

Er roch nicht besser als vor dreizehn Tagen. Noch einmal leerten sie ihn auf ausgebreitete Zeitungen und machten sich daran, ihn Stück für Stück durchzugehen, den ganzen widerlichen Haufen, das verschimmelte Brot, die verfaulten Bananen, die leere Haferkleiepackung, den Kaffeesatz, den Milchkarton, die Suppendosen, die zerknüllten Küchentücher, die muffelnde weiche Melone, das ranzige Stück Butter, das welke Gemüse, die verschrumpelten Sommerfrüchte, das alte...

»Was ist das?« fragte Brown.

»Wo?«

»Hier in dem Karton?«

Etwas Weißes stach hell heraus. Ein zerknüllter weißer Zettel. Er lag auf dem Boden des runden weißen Kunststoffbechers, der einmal Yoghurt enthalten hatte. Er stank zum Himmel. Und folglich auch das weiße Papierknäuel darin – Weiß auf Weiß, die perfekte Tarnung. Es war kein Wunder, daß sie ihn beim ersten Anlauf übersehen hatten. Aber diesmal übersahen sie ihn nicht.

Carella hob ihn auf.

Blütenweiß.

Er faltete ihn auf, glättete Falten und Knitter und machte aus dem, was eben noch ein zerknülltes Bällchen gewesen war, einen Papierstreifen, zirka achtzehn Zentimeter lang, vielleicht drei breit. Weiß. Aber nichts darauf. Ein leerer Streifen weißes Papier. Er drehte ihn um. Hier hatte er auf beiden Längsseiten violette Streifen. Und er war bedruckt. $2000 hieß es von einem Ende des Streifen zum anderen. Etwa fünfmal in regelmäßigen Abständen. Über die ganze Länge. Zwischen zwei dieser fett gedruckten Zahlen befanden sich Stempel, die sich auf den ersten Blick wie Geheimzeichen ausnahmen.

Is. Bk. & Tr. Co., N. A.
Jeff. Ave. Br.

JUL 09 WL

Was sie da vor sich hatten, nannte man im Bankgewerbe eine Goldbanderole.

Der Direktor der Zweigstelle der Bank & Treuhandgesellschaft, Isola, in der Jefferson Avenue war ein Mann namens Avery Granville. Er war um die fünfzig und zeigte deutliche Anzeichen der kommenden Glatze, trug einen leichten braunen Sommeranzug, ein beiges Hemd mit geknöpftem Kragen und eine abscheuliche grünorange gestreifte Krawatte. Mit der Konzentration eines Archäologen, der eine suspekte Papyrusrolle in den Händen hält, untersuchte er den schmalen Papierstreifen mit den violetten Rändern. Dann hob er den Kopf und sagte: »Ja, das ist eine unserer Banderolen« und lächelte liebenswürdig –, als hätte er eben einen Kreditantrag bewilligt.

»Wofür steht das BVB?« fragte Brown.

»Für den Bundesverband der Sparkassen«, sagte Granville.

»Und das WL?«

»Für Wendell Lawton. Einer unserer Kassierer. Jeder Kassierer hat seinen eigenen Stempel.«

»Wieso das denn?« fragte Brown.

»Nun, der Kassierer ist verantwortlich für das, was auf der Banderole steht«, sagte Granville mit einem überraschten Blick. »Der persönliche Stempel des Kassierers bedeutet, daß er dieses Geld gezählt hat und sich in diesem Bündel fünfzig, hundert, fünfhundert Dollar befinden, je nach dem aufgedruckten Betrag.«

»Wenn also auf diesem zweitausend steht –«

»Ja, wie der Aufdruck schon sagt. Der violette bestätigt den Betrag. Violett steht für zweitausend Dollar.«

»Dann waren in diese Bauchbinde –«

»Ähm, wir nennen das eine Banderole.«

»– diese Banderole also irgendwann einmal zweitausend Dollar gewickelt.«

»Ja. Wir haben natürlich auch Banderolen für kleinere Beträge, aber das hier ist eine Zweitausend-Dollar-Banderole.«

»Bis wie hoch gehen die? Diese Banderolen?«

»Diese hier ist die höchste, zweitausend Dollar, für gewöhnlich in Hundert-Dollar-Noten. Und wie gesagt, die Banderolen haben alle verschiedene Farben. Hier bei der BTI ist die Tausend-Dollar-Banderole gelb, die für fünfhundert Dollar ist rot und so weiter. Das variiert je nach Bank. Jede Bank hat da ihren eigenen Farbcode.«

»Und das Datum hier...«

»Das stammt auch vom Kassierer. Erst stempelt er die Banderole mit seinem Zeichen und dann mit einem Datumsstempel.«

»Ich nehme an, daß hier bedeutet dann –«

»Neunter Juli, ja. Die Banderolen sind nicht für die Dauer gedacht und werden weggeworfen, also stempeln wir sie nur mit Monat und Tag, das ist einfacher.«

»Ist Mr. Lawton im Haus?«

»Ich denke doch«, sagte Granville mit einem Blick auf seine Uhr. »Aber es ist schon spät, wissen Sie, und er ist mitten im Tagesabschluß.«

Die Uhr an der Wand zeigte zehn vor vier.

»Was uns interessieren würde, Sir«, sagte Brown, »ist, wer wohl am neunten Juli diese zweitausend Dollar abgehoben haben könnte. Gibt es womöglich Aufzeichnungen über derartige Bargeldtransaktionen? Darüber, daß jemand zweitausend Dollar in bar abgehoben hat?«

»Ich bitte Sie, meine Herren...«

»Es ist ausgesprochen wichtig«, sagte Brown.

»Es hat womöglich mit dem Mord an einer jungen Frau zu tun«, sagte Carella.

»Schon, glauben Sie mir, ich wäre Ihnen gern behilflich. Aber...« Er warf einen weiteren Blick auf seine Uhr. »Dazu müßte man Wendells Kassenrolle von diesem Tag durchsehen, und das –«

»Was ist das?« fragte Carella. »Eine Kassenrolle?«

»Ein Computerausdruck über sämtliche Transaktionen an seinem Schalter. Es ähnelt in etwa der Papierrolle einer Rechenmaschine.«

»Wäre auf dieser Rolle eine solche Abhebung verzeichnet? Zweitausend Dollar in bar?«

»Nun ja, wenn sie tatsächlich getätigt wurde, ja. Aber sehen Sie...«

Wieder der Blick auf seine Uhr.

»Ein Kassierer kann an jedem beliebigen Wochentag bis zu zweihundertfünfzig solcher Transaktionen vornehmen. Die alle durchzugehen...«

»Na gut, aber eine Abhebung über zweitausend Dollar ist doch wohl durchaus ungewöhnlich, oder nicht?«

»Nein, nicht unbedingt. So etwas könnte an jedem beliebigen Tag x-mal vorkommen.«

»Genau zweitausend Dollar?« fragte Carella skeptisch. »In bar?«

»Nun ja...«

»Könnten wir uns diese Rolle mal anschauen, Mr. Granville?« fragte Brown. »Wenn Ihr Kassierer mit seinem Kassensturz durch ist?«

»Mit seinem Abschluß«, korrigierte ihn Granville und seufzte. »Ich denke doch, ja.«

Wendell Lawton war Anfang Dreißig. Mit seinem leichten blauen Blazer, dem weißen Hemd und der roten Krawatte hätte man ihn für einen Nachrichtensprecher halten können. Er bestätigte, daß es sich bei dem Stempel auf der Banderole in der Tat um den seinen handelte, sagte ihnen aber, daß Tag für Tag viele solcher Bündel durch seine Hände gingen und man von ihm unmöglich erwarten könnte, sich daran zu erinnern, wem genau er diese spezielle Banderole über den Schalter –

»Aber wie wir eben erfahren haben, gibt es eine Registrierrolle«, sagte Carella.

»Nun ja, eine *Kassen*rolle, ja«, berichtigte Lawton ihn und warf dann einen Blick auf die Uhr an der Wand. Muß wohl ein langer, schwerer Tag gewesen sein, dachte Carella.

»Wenn wir uns diese Rolle vielleicht mal ansehen könnten...«

»Nun ja«, sagte er noch einmal.

»Wir ermitteln hier in einem Mordfall«, sagte Brown und fixierte Lawton mit einem so finsteren Blick, der selbst schon fast mörderisch war.

Lawtons Kassenrolle wurde in einem verschlossenen Schubfach unter seinem Schalter aufbewahrt. Auch sein Stempel war hier weggeschlossen. Er schloß das Fach auf und durchsuchte seine Nachweisbögen, wie er sie nannte, und fand schließlich den für den neunten Juli. An diesen geheftet, fand sich ein Papierstreifen, der in der Tat wie ein langer Kassenbon aussah. Lawton hatte an seinem Schalter an diesem Tag genau einhundertundsiebenunddreißig Transaktionen getätigt. Eine Barabhebung über genau zweitausend Dollar freilich war nicht darunter. Aber bei einer der hier aufgezeichneten Transaktionen fiel ihm etwas ein.

Der Computerausdruck auf seiner Rolle zeigte Datum und Uhrzeit und schließlich folgendes:

113-807-40   162   772521
SS $2400

»Die erste Zahl ist die Kontonummer«, erklärte Lawton. »Die nächste die Bankleitzahl unserer Zweigstelle hier. Eins-sechs-zwo. Die letzte Zahl ist die Kennziffer des Kassierers.«

»Und wofür steht das SS?« fragte ihn Brown.

»Für ein Soll auf dem Sparkonto. Mit anderen Worten, der Betreffende hat zweitausendvierhundert Dollar von seinem Sparkonto abgehoben. Es besteht die Wahrscheinlichkeit, daß ich sie dem Betreffenden in einem Bündel zu zwotausend und vier losen Hunderter-Noten gegeben habe.«

»Können Sie feststellen, wem diese Kontonummer gehört...«

»Ja.«

»...und uns den Namen des Kunden geben?«

»Wenn Mr. Granville nichts dagegen hat.«

Mr. Granville sagte, er habe nichts dagegen, daß er ihnen den Namen des Kunden nannte.

Als der Computer diesen lautstark ausspuckte, sagte Lawton: »Aber ja doch.«

»Aber ja doch was?« fragte Brown.

»Er hebt schon seit dem März jeden Monat zwotausendvierhundert ab – in bar.«

Der Name des Kunden war Thomas Mott.

Er hatte keine Ahnung, wovon die beiden sprachen.

»Da muß irgendwo ein Fehler passiert sein«, sagte er.

Das sagten sie alle.

»Nein, es ist kein Irrtum möglich«, sagte Carella.

Sie standen im Mittelgang seines Antiquitätenladens an der Drittel Avenue. Eine deutsche Standuhr schlug zur vollen Stunde: wieder mal sechs Uhr abends. Es war immer sechs Uhr hier drin. Mott schien es nicht zu passen, daß sie gerade hereingeschneit waren, als er schließen wollte. Niemand schien es an diesem Tag zu passen, daß er länger arbeiten mußte. Aber die beiden Polizisten waren schon seit morgens Viertel vor acht im Dienst.

»Sie erinnern sich doch daran, am neunten dieses Monats zweitausendvierhundert Dollar abgehoben zu haben, nicht wahr?« fragte ihn Carella.

»Nun ja, schon, aber das war ein ausgesprochen besonderer Anlaß. Es kam ein Mann mit einem Humpen aus der Zeit Williams und Marys, ein seltenes Stück, und er wollte nur Bargeld akzeptieren. Er hatte keine Ahnung, was er da hatte, ich habe ihn für einen Apfel und ein Ei bekommen. Ich ging also auf die Bank –«

»Um zwölf Uhr siebenundzwanzig«, sagte Brown, um ein bißchen anzugeben.

»So um den Dreh.«

»So steht's auf der Kassenrolle«, sagte Brown.

»Dann wird es wohl so gewesen sein.«

»Wer ist der Mann mit diesem seltenen Humpen?« fragte ihn Carella.

»Ich bin sicher, ich habe seinen Namen irgendwo in den Unterlagen.«

»Dann wäre ich Ihnen dankbar, wenn Sie ihn für uns finden würden«, sagte Carella. »Und wenn Sie schon dabei sind, sehen Sie auch gleich noch wegen der Abhebungen am ersten Juni, das war ein Freitag, am ersten Mai, ein Dienstag, am zweiten April, einem Montag, und für den März –«

»Ich erinnere mich an keine dieser Abhebungen«, sagte Mott.

»Die Kassenrolle«, erinnerte ihn Brown und lächelte liebenswürdig. »Da haben die Abhebungen angefangen. Im März.«

»Zweitausendvierhundert Dollar pro Monat.«

»Was zusammen zwölftausend Dollar ergibt.«

»Erinnern Sie sich?«

»Ja, jetzt, wo Sie es erwähnen...«

Auch das sagten sie alle.

»...erinnere ich mich daran, diesen Betrag abgehoben zu haben, jeden Monat. Für ähnliche Gelegenheiten wie den seltenen Humpen.«

»Aha«, machte Brown.

»Das erklärt die Sache natürlich«, sagte Carella.

»Was dadurch nicht erklärt wird«, sagte Brown, »ist, wie diese zwölftausend Dollar in Susan Brauers Geldkassette gekommen sind.«

Mott blinzelte.

»Susan Brauer«, sagte Brown und setzte wieder sein liebenswürdiges Lächeln auf.

»Sie erinnern sich doch an sie?« fragte Carella.

»Schon, aber...«

»Sie kam ab und an in Ihrem Laden hier vorbei, wissen Sie nicht mehr?«

»Sie war auch am neunten hier, erinnern Sie sich?«

»Um sich den Butler-Tisch anzusehen, von dem Sie ihr erzählt hatten...«

»Ja, *natürlich* erinnere ich mich.«

»Erinnern Sie sich auch daran, ihr jeden Monat zweitausendvierhundert Dollar in bar gegeben zu haben?«

»Ich habe nichts dergleichen getan.«

»Seit März«, sagte Brown.

»Selbstverständlich nicht. Warum hätte ich so etwas tun sollen?«

»Sie sind gut, woher soll ich das wissen«, entgegnete Brown. »Warum haben Sie denn?«

»Die Frau war eine Kundin, warum sollte –«

»Mr. Mott... wir haben in ihrem Apartment eine Geldbanderole gefunden...«

»Ich habe keine Ahnung, was eine Geldbanderole ist –«

»...die wir bis zu Ihrem Konto zurückverfolgt haben. Das Geld stammt von Ihrem Konto, Mr. Mott, daran besteht nicht der geringste Zweifel. Also, wollen Sie uns jetzt sagen, warum Sie Susan Brauer Monat für Monat zweitausendvierhundert Dollar bezahlt haben?«

»Und das die letzten fünf Monate über...«

»Zweitausend in einer Banderole –«

»Den Rest in losen Hundertern.«

»Warum, Mr. Mott?«

»Ich habe sie nicht umgebracht«, sagte Mott.

Kennengelernt hatte er Susan...

Er hatte sie Susan genannt, weil sie es so gewünscht hatte. *Niemand* nennt mich Suzie, hatte sie gesagt.

...hier im Laden, als sie eines Tages im Januar hereingekommen war, nur mal zum Gucken, wie sie gesagt hatte. Sie habe eine Wohnung oben am Silvermine Oval, sagte sie. Sie habe sie zwar möbliert gemietet, aber es fehle noch die eine oder andere Kleinigkeit, die aus dem Dach über dem Kopf ein Zuhause mache. Deshalb sei sie ständig auf der Suche nach irgend etwas, was der Wohnung eine persönliche Note gäbe. Er fragte sie, was ihr so vorschwebe, und sie sagte ihm: Oh, nichts Großes, nicht gleich Büffets, Wohnzimmertische, Anrichten oder dergleichen. Aber wenn er zum Beispiel einen kleinen Schemel hätte oder eine hübsche Lampe. Etwas, das sie mitnehmen könnte, wenn sie auszog. Sie hoffte nämlich, bald in eine größere Wohnung umziehen zu können, sobald gewisse Dinge arrangiert wären, erzählte sie ihm, aber Wohnungen seien ja *sooo* teuer heutzutage, ob er das nicht auch finde?

Dann hatte er sie eines Tages angerufen, als er eine Lieferung aus England hereinbekommen hatte; gegen Ende Januar war das gewesen. Er und seine Frau hatten eine Woche in Jamaika verbracht, und er erinnerte sich, daß er Susan angerufen hatte, kaum daß sie wieder zurück waren, weil sich unter der Lieferung ein Satz schöner Sheffielder Kerzenständer befand, bei denen nicht schon das Kupfer durchkam – was bei Sheffieldern selten sei. Da der Preis vernünftig war, hatte er sich gedacht, sie könnte sie sich vielleicht mal ansehen. Sie kam noch am selben Nachmittag in den Laden und verliebte sich gleich in sie – kein Wunder, sie *waren* ja auch schön. Aber schließlich äußerte sie Zweifel daran, ob sie zur Einrichtung ihres Apartments paßten, die im wesentlichen modern war, Leder und rostfreier Stahl. Sie wissen schon, riesige Kissen auf dem Boden, abstrakte Gemälde und so weiter und so fort. Also sagte er ihr, er würde ihr die Kerzenständer mit Freuden leihen, bis sie sich entschlossen hätte, und sie sagte: Ohhh, wirklich? Also ließ er sie ihr tags darauf vorbeibringen.

An einem Samstag hatte sie dann angerufen, in der ersten Februarwoche war das, und hatte ihn gefragt, ob er es wohl einrichten könnte, bei ihr vorbeizukommen und sich die Ständer selbst anzusehen. Sie hätte sie auf den Eßtisch gestellt, der ganz aus Glas und rostfreiem Stahl war, und sie denke, das Messing beiße sich womöglich mit dem Stahl, und daß ihr seine Meinung weiterhelfen würde. Und so fuhr er gegen Abend bei ihr vorbei.

Sie hatte einen Krug Martini gemixt, den sie besonders gern trank.

Er sagte ihr ganz ehrlich, daß die Kerzenständer tatsächlich nicht auf den Tisch paßten, und sie dankte ihm für seine Ehrlichkeit und auch dafür, daß er den ganzen Weg herauf in die Nordstadt gekommen war. Sie bot ihm einen Drink an, und er griff dankend zu. Es war etwa halb sieben, schätzte er. Ein besonders kalter Februarabend. Sie hatte Musik aufgelegt. Es blieb nicht bei dem einen Drink. Sie tanzten. Und so hatte es angefangen. Es schien alles so natürlich.

Gegen Ende Februar dann…

Zu diesem Zeitpunkt waren sie bereits wenigstens ein halbes dutzendmal miteinander im Bett gewesen…

Gegen Ende des Monats also erzählte sie ihm, sie hätte Probleme, die Miete für das Apartment zusammenzubekommen und daß die Eigentümerin sie auf die Straße zu setzen drohe. Sie sagte ihm, die

Miete betrage zweitausendvierhundert Dollar im Monat, was er für horrend hielt in Anbetracht der Tatsache, daß selbst die Hypothek auf seinem Haus in Locksdale nur etwas über *drei*tausend betrug, und sie sagte ihm, es wäre doch eine Schande, die Wohnung zu verlieren. Sie biete den beiden doch eine so herrliche Möglichkeit, sich in einer angenehmen Atmosphäre zu treffen. Nicht daß sie ihn gebeten hätte, ihr das Geld zu *schenken*...

»Ich wußte erst nicht, was sie damit meinte«, sagte Mott.

...sie wollte es nur *geliehen*, verstehen Sie.

Vorübergehend.

Die zweitausendvierhundert.

Nur für die Miete, nur für den März, verstehen Sie. Weil sie doch einige Jobs als Model hätte, für die sie bezahlt würde, noch bevor die Aprilmiete fällig sei. Und dann hätte sie auch wieder genug, es ihm zurückzuzahlen, mit Zinsen. Wenn er ihr die zweitausendvierhundert nur leihen könnte. Weil sie doch so *furchtbar* gern mit ihm zusammen sei und was sie alles so machten, hätte er es nicht gern, was sie alles so machten?

»Sie war so schön«, sagte Mott.

So wahnsinnig schön. Und so bemerkenswert...

»Ach was, *erstaunlich*...«

Er konnte das richtige Wort nicht finden. Oder er wußte es und weigerte sich, es mit den beiden Kripobeamten zu teilen.

»Ich habe ihr das Geld gegeben«, sagte er. »Ich habe es aus einem Sparguthaben genommen und es ihr gegeben. Sie hat mich gefragt, ob ich einen Schuldschein wolle, und ich habe ihr gesagt, natürlich nicht, sei nicht albern. Und dann...«

Als es Zeit für die Aprilmiete wurde, hatte sie auch die nicht, und so lieh er ihr weitere zweitausendvierhundert, dasselbe noch mal im Mai, und als dann der Juni kam, war ihm klar, daß sich das so eingespielt hatte, er bezahlte ihr das Apartment, er hielt sie aus, sie war praktisch seine...

»Na, warum soll ich die Sache nicht beim Namen nennen«, sagte er. »Sie war es nun mal. Sie war meine Mätresse.«

Deine und die von Schumacher, dachte Carella.

»Gott, habe ich sie geliebt«, sagte Mott.

Im Juli waren er und seine Frau dann zum Nationalfeiertag am vierten... nun, eigentlich hatten sie die Stadt ja schon am dreißigsten Juni verlassen, einem Samstag, und hatten die ganze Woche darauf bei ihrer Schwester in Baltimore verbracht. Sie waren erst am Sonntag darauf wieder zurückgekommen.

Schon tags darauf kam Susan in den Laden. Am Montag. Dem neunten. Sie kam gegen Mittag und wollte wissen, ob er nicht vielleicht eine Kleinigkeit vergessen hätte. Er wußte erst gar nicht, was sie meinte. Oh? sagte sie. Du weißt es nicht? Du weißt es wirklich nicht? Du glaubst vielleicht, ein Mädchen wie ich läuft dir jeden Tag über den Weg, was? Vielleicht willst du ja, daß ich das nächste Mal...

»Nun ja, sie machte eine Anspielung auf... auf was wir... auf was wir... nun ja, was sie... äh... Sie sagte, ich könnte ja... sie sagte, ich sollte das nächste Mal daran denken, wenn ich sie bitten würde... Na Sie wissen schon. Weil, wenn ich in Zukunft vergessen sollte, daß die Miete fällig sei, dann sollte sie sich ja womöglich schon mal nach jemandem umsehen, der gern mit ihr zusammen wäre und sie nicht nur ausnutzte. Sie war wütend. Ich hatte sie nie so gesehen. Ich hatte nie das Gefühl gehabt, sie auszunutzen, ich dachte, es *gefiele* ihr. Ich versuchte ihr zu erklären...«

Er hatte versucht, ihr alles zu erklären. Es sei der Feiertag gewesen, ob sie das nicht verstehe, der vierte Juli, die Bank wäre Mittwoch ohnehin geschlossen gewesen, und außerdem hätte er mit seiner Frau weggemußt, sie wisse doch, daß er verheiratet sei, sie wisse doch, daß er eine Frau habe. Sie sagte ihm, ob er denn überhaupt eine Ahnung hätte, wie erniedrigend es sei, von der Vermieterin angerufen und gefragt zu werden, wo denn die Miete bleibe. Ob ihm das nicht klar sei? Er war sofort auf die Bank gegangen, während sie im Laden gewartet hatte...

»Das war tatsächlich so gegen halb eins, die Aufzeichnungen der Bank sind schon korrekt«, sagte er.

...und nachdem er das Geld abgeholt hätte, sei sie schlagartig ein anderer Mensch geworden, wieder ganz die alte Susan, die er gekannt hatte. Nun, um ehrlich zu sein, sie hatte ihm gleich hier im Laden...

»Nun ja«, sagte er.

Sie fragten nicht weiter danach, was genau sie gleich im Laden gemacht hatte.

Statt dessen sagte Carella: »Wo waren Sie an dem Abend, an dem sie ermordet wurde?«

»Zu Hause bei meiner Frau.«

Isabelle Mott war eine Frau zwischen Mitte und Ende vierzig, einssiebzig, einszweiundsiebzig, langes glattes Haar und dunkelbraune Augen, die ihr zusammen mit den türkisen Steinen in ihrem Silberschmuck die auffallende Attraktivität einer Indianerin verliehen, die sie freilich nicht war. Sie war vielmehr schottisch-irischer Abstammung. Sachen gab's...

Sie sagten ihr nicht, daß ihr Mann, Thomas, in letzter Zeit eine Affäre mit einer schönen einundzwanzigjährigen Blondine gehabt hatte, die acht Tage, nachdem er sie das letzte Mal gesehen hatte, ermordet worden war. Ihrer Ansicht nach machte es keinen Sinn, dem Mann noch mehr Ärger zu bereiten. Sie fragten sie nur, ob sie wüßte, wo er am Abend des siebzehnten Juli gewesen war – ein Dienstag, Madam. Als sie fragte, warum sie das wissen wollten, sagten sie ihr, was sie allen Zivilisten sagten, die wissen wollten, warum gewisse Fragen gestellt wurden: Eine reine Routinesache, Madam.

»Er war hier«, sagte sie.

»Wieso erinnern Sie sich daran?« fragte Carella.

Sie hatte weder auf einen Kalender gesehen, noch einen Terminplaner zu Rate gezogen...

»An dem Abend lag ich krank im Bett«, sagte sie.

»Aha«, sagte Carella.

»Was hatten Sie denn, Madam?« fragte sie Brown.

»Nun, genaugenommen erholte ich mich von einer Operation«, sagte sie.

»Aha«, sagte Carella.

»Eine Operation, Madam?« fragte Brown.

»Nur eine Kleinigkeit«, sagte sie.

»Waren Sie länger im Krankenhaus?« fragte Carella.

»Nein. Ich wurde vormittags operiert, und nachmittags kam Tommy und holte mich ab.«

»Wo fand diese Operation denn statt, Madam?« fragte sie Brown.

Beide Polizisten dachten an eine Abtreibung. Es hörte sich ganz nach einer solchen an.

»In Hollingworth«, sagte sie.

Ein Krankenhaus unweit vom 32. Revier.

»Und welcher Art war diese Operation?« fragte Carella.

»Wenn Sie es unbedingt wissen müssen«, sagte Isabelle. »Ich hatte eine Dilatation mit Kürettage, okay?«

»Verstehe«, sagte Carella und nickte.

Brown dachte, daß man vor *Roe gegen Wade* noch alle Abtreibungen so genannt hatte.

»Um wieviel Uhr sind Sie aus dem Krankenhaus nach Hause gekommen?« fragte sie Carella.

»So gegen vier, halb fünf.«

»Und Sie sagen, Ihr Gatte war bei Ihnen?«

»Ja.«

»Hat er das Haus dann noch mal verlassen?«

»An diesem Abend, meinen Sie?«

»Ja. Am Abend des siebzehnten. Nachdem Sie aus dem Krankenhaus gekommen waren, hat er da das Haus zu irgendeinem Zeitpunkt noch mal verlassen?«

»Nein.«

Fest und nachdrücklich.

»Er war die ganze Zeit über zu Hause?«

»Ja«, sagte sie, und so wie sie es sagte, war nicht daran zu rütteln.

»Na, dann danken wir Ihnen«, sagte Carella.

Brown nickte finster.

Auf den Straßenschildern stand, weiß auf grün, *Meriden St.* beziehungsweise *Cooper St.* Ersteres zeigte geradewegs von Ost nach West, letzteres von Nord nach Süd. Darunter stand auf einem größeren Schild weiß auf Blau:

KRANKENHAUS
LÄRMSCHUTZZONE
HUPEN VERBOTEN!

Auf der anderen Straßenseite warfen die riesigen, hell erleuchteten Fenster des Farley Hospitals ein grelles weiß-gelbes Licht an den mondlosen Himmel. Es war eine Viertelstunde vor Mitternacht, die Straße still und verlassen. Nicht daß überhaupt keine Fahrzeuge vorbeigekommen wären, aber der Verkehr hielt sich in Grenzen. Wegen der Geschwindigkeitsbegrenzung von dreißig Stundenkilometern mieden die Autofahrer die Straße und nahmen in Richtung Brücke lieber die Averill.

Wenn man im Schatten der Bäume an der Straße stand, war es so still, daß man den eigenen Herzschlag hören konnte. Die Hand lag auf dem Knauf des Revolvers in der rechten Tasche des langen schwarzen Mantels, einmal mehr ganz in Schwarz, die Griffschalen der Waffe, vorhin noch so kühl, mittlerweile warm in der dunklen Kühle der Manteltasche. Doch auch die hatte sich etwas erwärmt. Die Handfläche auf dem Walnußholz war ein wenig feucht, jedoch nicht aus Nervosität – wenn man es oft genug machte, verschwand die Nervosität. Es war die Erwartung, die Vorfreude, die die Hand feucht werden ließ, der ehrliche Schweiß der Vorfreude, darauf, sie zu erschießen, wenn sie durch die Tür kam. Ihr die ganze Trommel in den Körper zu jagen. Sie zu töten.

Um Mitternacht würde sie herauskommen.

Montags hatte sie die Schicht von vier bis Mitternacht. Es war wichtig, sich nach solchen Dingen zu erkunden, sicherzugehen, daß man auch wußte, wer sich zu welchem Zeitpunkt wo aufhalten würde. Andernfalls machte man Fehler. Nicht ein Fehler bisher. Die ganzen Fragen, die sie gestellt hatten. Aber nicht ein Fehler. Sie waren einfach nicht clever genug, das war alles. Man brauchte ihnen bloß zu zeigen, was sie sehen wollten, ihnen sagen, was sie hören wollten, und schon waren sie zufrieden. Man brauchte sich nur anzusehen, mit wem man es zu tun hatte. Es war so leicht, sie an der Nase herumzuführen, so kinderleicht. Man brauchte bloß die Person zu spielen, für die sie einen *hielten,* die Schmerzen, das Leid in sich beiseite zu schieben und ihnen nichts als die Oberfläche zu zeigen. Man spielte genau die Rolle, in der sie einen sehen wollten, den Stereotyp der Person, für die sie einen hielten. Hier habt ihr mich. So und nicht anders bin ich, oder nicht? Für wenn auch immer ihr mich *haltet*. Was auch immer für Vorstellungen ihr von mir hattet, bevor ihr mich kennengelernt habt, nicht wahr? Das bin ich doch, oder?

Nein, das bin ich nicht. Nein. Tut mir leid, aber das bin ich nicht.

Das hier, das bin ich.

Diese Waffe hier, das bin ich.

Hart und kalt und feucht und heiß in meiner Hand.

Noch fünf Minuten bis Mitternacht.

Jeden Augenblick wirst du rauskommen. In deinem gestärkten weißen Kittel; ziehst dich ja immer erst zu Hause um, nicht? Komm nur heraus in deiner weißen Tracht, Madam Krankenschwester. Seine allererste Wahl. Allen voran. Das Modell für alle, die nachkommen sollten. So was von dumm, eine derart bodenlose Dummheit! Schlank, hübsch, der Inbegriff der amerikanischen Blondine. Der Mann hat eine entschiedene Schwäche für Blondinen – *hatte*. Auch wenn du jetzt nicht mehr ganz so schön bist, nicht wahr, Miss Nightingale? Und blond bist du auch noch, solange du etwas nachhilfst, nicht wahr? Mit etwas Hilfe von Miss Clairol, hmm? Nun, ich werde dir auch ein bißchen helfen heute nacht, mit ein bißchen Unterstützung von Miss Cobra hier in meiner Tasche, mit ein bißchen Gift von Miss Cobra. Die ganze Trommel! Ich besudle dein Bild von dir als Krankenschwester, aber euer Bild von mir erhalte ich aufrecht, was immer ihr in mir sehen wollt, wie immer das Bild aussieht, das ihr euch von mir gebastelt habt und von dem ihr glaubt, daß es das einzig wahre Bild von mir ist. Hier stehe ich, einmal mehr ganz in Schwarz, versteckt hinter meiner Trauer, ganz in Schwarz, nur mein Gesicht leuchtet weiß in der Dunkelheit. Wer bin ich? Sagt es mir!

Ein rotes Licht über der Tür auf der anderen Straßenseite.

Der Personaleingang.

Auf dem Schild steht es: Nur für Personal.

Noch drei Minuten bis Mitternacht.

Jetzt geht die Tür auf.

Schwestern kommen heraus. Pfleger. Assistenzärzte. Verlieren sich in der Nacht. Einige in Arbeitskleidung, andere in Straßenkleidung. Zerstreuen sich. Aber wo bist du, Madam Krankenschwester? Es ist nicht nett, uns warten zu lassen, weißt du das? Miss Cobra und ich reagieren ziemlich gereizt, wenn...

Da!

Sie kommt heraus. Sagt gute Nacht zu einem Mann in einer blauen Jacke über der weißen Krankenhaushose. Ruft ihm etwas zu. Bis morgen. Ihre Stimme dringt durch die Stille der Nacht. Oh, nein, morgen siehst du keinen mehr! Jetzt wendet sie sich ab. Sie lächelt. Geht nach links auf den Eingang zur U-Bahn zu. Vor ihr ein, zwei andere Schwestern. *Jetzt!*

Aus dem Schatten. Schnell. Über die Straße. Den Revolver heraus. Jetzt auf sie los. Schnell. Hinter sie. Da! Da! Da! Da! Da! Da!

Jemand schreit.

Lauf!

Lauf!

11. Kapitel

Wäre sie auf einem Besenstiel ins Revierbüro geritten, sie hätte nicht furchterregender wirken können. Das blonde Haar war ein zerzaustes Krähennest, die blauen Augen funkensprühend, die Lippen über den vor Zorn knirschenden Zähnen geschürzt; so stieß sie die Tür im Raumteiler auf und schritt geradewegs auf Carellas Schreibtisch zu, an dem dieser mit Brown saß.

»Okay, was haben Sie dazu zu sagen!«

Beide Detectives blinzelten. Da sie sich eben den Bericht der Ballistiker angesehen hatten, der kaum fünf Minuten zuvor hereingekommen war, hätten sie ihr sagen können, daß die Geschosse vom Kaliber .22, die vergangene Nacht ihre Mutter getötet hatten, mit denen der anderen Morde übereinstimmten. Aber sie schien nicht in Stimmung für die Nachricht zu sein, daß ihre Mutter mit derselben Waffe erschossen worden war wie ihr Vater und ihre Stiefmutter. Nein, diesen Blick hatten sie schon an anderen unwilligen Bürgern gesehen, selten allerdings so dicht am Siedepunkt. So wie sie die Fäuste geballt hatte, sah es ganz so aus, als würde Betsy Schumacher jeden Augenblick auf einen der beiden Kriminalbeamten einschlagen, wenn nicht gar auf beide. Sie fragten sich, was sie falsch gemacht hatten. Sie sagte es ihnen.

»Warum haben Sie mich nicht angerufen?«

»Wir hatten Ihre Nummer in Vermont nicht«, sagte Carella. »Ihre Schwester sagte, sie würde –«

»Vergessen Sie meine Schwester! Es war *Ihre* Pflicht, mich zu informieren, daß meine Mutter tot ist!«

Genaugenommen waren sie zu überhaupt nichts verpflichtet. Weder das Gesetz noch die Dienstvorschriften schrieben dem ermittelnden Kriminalbeamten vor, die Familie eines Mordopfers zu benachrichtigen. Darüber hinaus war eine solche Information durch die Polizei ohnehin oft völlig überflüssig, da die Familie es in den meisten Fällen schon aus dem Fernsehen erfahren hatte. Im Leitfaden eines ehemaligen Kripochefs rangierten Familie und Freunde erst an sechster Stelle, was die Dringlichkeit der einzuleitenden Maßnahmen anbelangte:

> Legen Sie ein Arbeitsblatt an...
> Stellen Sie die Zahl der benötigten Beamten fest...
> Delegieren Sie Schreib- und Büroarbeiten...
> Sorgen Sie für zusätzliche Telefonleitungen...
> Befragen Sie sämtliche Zeugen und Verdächtigen...
> Fragen Sie Familie und Freunde des Verstorbenen nach Hintergrundinformationen.

Erst nachdem die üblichen Verdächtigen vorgeführt worden waren, hielt man es also für notwendig, mit Familie und Freunden zu sprechen. Und auch dann nur der Hintergrundinformationen wegen. Nirgendwo bestand der Chef oder sonst jemand darauf, daß der Kriminalbeamte zuerst die Familie zu benachrichten hatte, auch wenn es – in der Praxis – oft darauf hinauslief. So hatten sie letzte Nacht sofort Lois Stein benachrichtigt, hatten sie sogar nach Betsy Schumachers Nummer in Vermont gefragt. Sie hatte ihnen gesagt, sie würde ihre Schwester selbst anrufen. Was sie ganz offensichtlich getan hatte. Weil Betsy Schumacher nun wutschnaubend vor ihnen stand und damit drohte, ihnen den Prozeß zu machen oder sie an den Daumen in Scotland Yard aufhängen zu lassen, je nachdem, welche Strafe ihrem abscheulichen Verbrechen angemessener schien. Carella dachte, daß eigentlich scheußliche Verbrechen war in diesem Fall ein weiterer Mord, und er fragte sich schon, ob die Frau vor ihm nicht ein bißchen zu lautstark protestierte, wenn man bedachte, daß sie sich ihr Versehen schließlich nur einbildete. Brown hatte diesen Gedanken bereits einen Schritt weiter gedacht: Er überlegte, ob Betsy ihre Mutter nicht selbst in die Kiste befördert hatte. Sie zieht die Nummer mit der Rundreise Vermont und zurück ab und dann: Ciao, Mama.

»Tut uns leid, Miss Schumacher«, sagte er, und es hörte sich ganz so an, als meine er es auch so, »aber es war schon ziemlich spät, als wir endlich Ihre Schwester erreicht haben…«

»Und bei allem, was am Tatort zu erledigen war…«, sagte Carella.

»Und wir haben sie tatsächlich nach Ihrer Nummer gefragt, mein Wort darauf.«

»Sie hat mich um vier Uhr morgens angerufen«, sagte Betsy.

»Also kurz nachdem wir sie verlassen haben«, sagte Brown.

Ein Wink mit dem Zaunpfahl, daß diese hart arbeitenden und unterbezahlten Lakaien des Gesetzes die ganze Nacht über an der Sache drangewesen waren, den Tatort untersucht hatten, Berichte getippt –

»Es wäre trotzdem Ihre Pflicht gewesen«, sagte Betsy verdrießlich, begann jedoch langsam aufzuweichen. »Lois hat gesagt, man hätte Mutter gegen Mitternacht erschossen, und ich habe es erst –«

»Ja, laut den Zeugen, war das der –«

»Sie meinen, Sie haben Zeugen?« fragte Betsy überrascht.

»Ja, zwei.«

»Leute, die gesehen haben, wie man sie erschossen hat?«

»Nun, *gehört* trifft es wohl besser«, sagte Carella. »Zwei Krankenschwestern, die gerade auf der Treppe hinunter zur U-Bahn waren. Sie haben sich umgedreht, als sie die Schüsse hörten, und sahen den Mörder davonlaufen.«

»Dann haben Sie also eine Beschreibung.«

»Nicht direkt. Sie haben eine Person gesehen. Aber sie konnten uns nicht sagen, wie diese Person aussah, außer daß der Mann –«

»Oder die Frau«, fügte Brown hinzu.

»Oder die Frau«, wiederholte Carella mit einem Nicken, »ganz in Schwarz war.«

»Dann wissen Sie also im Grunde –«

»Nichts, Miss Schumacher, nein«, sagte Carella. »Noch nicht.«

»Noch nicht, aha«, sagte sie. »Wann, glauben Sie, *werden* Sie etwas wissen?«

»Wir tun unser –«

»Das ist nun der vierte Mord, um Himmels willen!«

»Ja, wir –«

»Es ist doch derselbe, nicht wahr? Derselbe, der Papa umgebracht hat und jetzt...«

»Wir haben guten Grund zu der Annahme, daß es sich um dieselbe Person handelt, ja.«

»Seine Betthäschen sind mir scheißegal, ich wollte, die zwei hätte einer schon früher umgebracht. Aber wenn Sie meine Meinung wissen wollen...«

Was ehrlich gesagt nicht der Fall war.

»...dann ist dieser Mensch hinter der ganzen Familie her. Seine Betthäschen waren da bloß ein Ablenkungsmanöver...«

Eine Theorie, die sie selbst schon in Betracht gezogen hatten. Und wieder verworfen.

»...um die wirklichen Ziele zu verschleiern, und die waren mein Vater und meine Mutter. Und das bedeutet, daß Lois und ich womöglich die nächsten sind.« Sie zögerte, wenn auch nur einen winzigen Augenblick, und sagte dann: »Während Sie hier nichts tun.«

»Wir tun, was wir können«, sagte Carella.

»Nein, das glaube ich nicht. Nicht, wenn innerhalb von zwei, drei oder weiß der Teufel wie vielen Wochen vier Leute umgebracht werden.«

»Heute sind es genau zwei Wochen«, sagte Brown.

»Ach, und das nennen Sie was tun. Das ist gar nichts, rein gar nichts. Wo, zum Teufel, waren Sie gestern nacht, während meine Mutter umgebracht wurde?«

Die beiden Detectives sagten nichts.

»Sie sehen doch wohl, daß das Ganze nach einem Muster verläuft, oder?«

»Welches Muster sehen Sie denn, Miss Schumacher?« fragte Carella geduldig.

»Ich sehe, daß man Papas Betthäschen umgebracht hat und dann Papa selbst. So daß wir annehmen sollen, es geht ausschließlich um ihn und sie. Aber dann wird auch das andere Püppchen umgebracht –«

»Mit dem anderen Püppchen mei –«

»*Mrs.* Schumacher, sein geliebtes Weib«, sagte sie. »Margaret, das allererste seiner Betthäschen. Kommenden September wären sie zwei Jahre verheiratet gewesen. Aber ist das nicht eine herrliche Ironie? Schon letzten Juni – noch bevor der Hochzeitsbraten kalt war – hatte er eine neue gefunden. Der Punkt ist doch...«

Nein, Ihr Zeitplan stimmt nicht ganz, dachte Brown.

»...daß diese Person, wer immer es auch ist, zuerst das neue Püppchen erledigt und dann erst meinen Vater...«

Das mit der kleinen Brauer, das hat nämlich erst dieses Jahr angefangen.

»...um es so aussehen zu lassen, als gäbe es eine Verbindung zwischen den beiden...«

»Nun, es gab eine Verbindung zwischen den beiden«, sagte Carella. »Ihr Vater hatte eine Af –«

»Ich weiß, was er mit ihr hatte, ich kann schließlich Zeitung lesen, danke. Worauf ich hinauswill, ist, daß er sich als nächstes Margaret vornimmt, damit wir denken, er wäre hinter Vaters kleinen Püppchen her, wo er es doch in Wirklichkeit auf die ganze verdammte Familie Schumacher abgesehen hat. Man braucht kein Genie zu sein, um das zu sehen. Ich dachte, sie wären Polizisten. Wen hätten Sie denn gern als nächstes? Meine Schwester? Mich?«

»Sie bringen da übrigens was durcheinander«, sagte Brown.

»Ach ja, tatsächlich?« sagte sie und wandte sich ihm zu. »Wie sehen Sie das Ganze denn? Die ersten drei Morde waren –«

»Ich meine den Zeitpunkt, an dem er das mit der kleinen Brauer angefangen hat.«

»Ich habe keine Ahnung, wann er das mit ihr angefangen hat, was immer das heißen mag, ich weiß nur, daß er letzten Juni mit ihr eine intime Beziehung gehabt hat.«

»Das ist nicht möglich.«

»Wenn ich es Ihnen sage...«

»Miss, wir haben einen Brief von Ihrem Vater, in dem er schreibt, er hätte sie am Neujahrstag kennengelernt –«

»*Ihr* Brief ist aber auf den letzten Juni datiert.«

Beide Detectives sahen sie an.

»Wessen Brief?« fragte Carella.

»Na, wessen meinen Sie wohl? Der Brief der Frau, die er ausgehalten hat, die Frau, von denen die Zeitungen voll waren. Die kleine Susie Sonnenschein.«

»Sie haben einen Brief von Susan Brauer an Ihren Vater?«

»Ja.«

»Wie sind Sie zu dem gekommen?«

»Ich habe ihn gefunden.«

»Wo?«

»In Vermont.«

»In dem Haus, das Ihnen Ihr Vater geschenkt hat?«

»Nicht im Haus, in der Garage. In einem Schuhkarton in der Garage. Ich habe die Garage aufgeräumt, als ich eingezogen bin, und da...«

»Und es war nur dieser eine Brief in der Schachtel?«

»Ja.«

»Welcher Art ist dieser Brief?«

»Hi!« sagte sie und legte sich beide Hände an die Backen, die Finger fächerartig gespreizt. Die blauen Augen weit geöffnet, ein Shirley-Temple-Lächeln auf dem Gesicht, piepste sie mit einem Kleinmädchenstimmchen: »Ich würd' dir zu gern einen blasen, Baby!« Dann schloß sie ruckartig die Hände und sagte mit demselben kleinen Stimmchen: *»Bye!«*

Brown nickte.

»Diese Art Brief«, sagte sie.

»Und wann, sagen Sie, haben Sie den gefunden?« fragte Carella.

»Letzten Juli. Als ich in das Haus da oben eingezogen bin.«

»Unmöglich«, sagte Brown noch mal. »Er und Susan...«

»Sagen Sie *mir* nicht, was möglich ist und was nicht!« sagte Betsy. »Ich weiß verdammt gut, wann das gewesen ist! Es war der wichtigste Tag meines Lebens!«

»Wir haben seine Briefe an sie«, sagte Carella, »alle aus diesem Jahr...«

»...und ihre Briefe an ihn«, sagte Brown.

»Na, jedenfalls habe ich den Brief vor einem Jahr gefunden«, sagte Betsy beharrlich, »und datiert ist er auf Freitag, den dreißigsten Juni.«

»Dann muß er von diesem Jahr sein«, sagte Brown.

»Wollen Sie mir einreden, ich wüßte nicht, wann ich... Hören Sie, haben Sie einen Kalender?«

Carella warf Brown einen Blick zu, unterdrückte ein Stöhnen und griff in seine Schreibtischschublade. Er holte seinen Terminplaner heraus, blätterte, bis er den Kalender für Juni dieses Jahres hatte, warf einen kurzen Blick darauf, und sagte: »Der dreißigste fiel auf einen Samstag.«

»Schau nach, wie das letztes Jahr war«, sagte Brown leise.

Ganz hinten gegenüber der Karte mit den Zeitzonen und Postleitzahlen für die ganzen USA fand Carella drei kleine Kalender, alle auf ein und derselben Seite, der gültige Kalender zwischen dem fürs letzte und dem fürs kommende Jahr. Mit zusammengekniffenen Augen auf die kleineren Ziffern starrend, studierte er den vom letzten Jahr, hob dann den Kopf und sagte: »Sie hat recht, der dreißigste Juni fiel auf einen Freitag.«

Brown nickte.

»Haben Sie den Brief noch?« fragte er.

Freitag, 30. Juni

Hi!

Das Spiel gefällt mir. Nur schade, daß Du nicht früher draufgekommen bist. Aber wenn wir uns das nächste Mal sehen, mußt Du mir noch mal die Regeln erklären. Darf ich alles schreiben, was mir grade in den Sinn kommt? Mein lieber Schwan, ich werde so unanständig sein, Du wirst es nicht aushalten.

Heute regnet es. Willst Du mit mir im Regen planschen? Willst Du, daß ich mit Dir im Regen spiele?

Weil Du mich immer fragst, was ich anhabe. Im Augenblick trage ich einen Halbschalen-BH aus schwarzer Spitze, der so tief geschnitten ist, daß meine Brustwarzen freiliegen. Schwarze Seidenstrümpfe mit Strapsen. Ein schwarzes Höschen ohne Schritt. Schuhe mit spitzen schwarzen Absätzen. Die Seidenstrümpfe sind so was von glatt. Ich denke, Du würdest gern mit der Hand dar-

überstreichen, mit der Hand meinen Schenkel entlangfahren, bis Du an den Saum kommst. Vielleicht würde Deine Hand dann gern über meine feuchte, hungrige Möse streifen. Meine Beine sind weit gespreizt für Dich. Aber da Du weißt, daß ich bereit bin und mich nach Dir verzehre, vielleicht würdest Du ja lieber einfach Deinen Schwanz in mich reinstecken und mich noch im selben Augenblick ficken.
Denkst Du an mich, wenn Du Deine Frau fickst?
Ich werde ganz heiß, während ich hier sitze und an Dich und Deinen großen harten Schwanz denke. Warum bist Du nicht hier bei mir? Was soll ich denn ohne Dich hier machen? Vielleicht lege ich mir einfach selber die Hand zwischen die Beine, was meinst Du, soll ich? Mit dem Mittelfinger an meiner Klitoris reiben? Ja, das mach' ich, ich glaube, genau das werde ich tun. Es mir selbst machen und dabei an Dich und Deinen Schwanz in meinem Mund denken. Ich mache die Augen zu und sehe Deinen Schwanz in meinem Mund, spüre ihn in meiner Möse, höre die Schweinereien, die Du mir sagst, oh, mein Gott, ich wollte, es wäre Dein Mund da unten zwischen meinen Beinen, ich wollte, es wäre Deine Zunge, die mich leckt, mich leckt, mich leckt, das kann doch unmöglich ich sein, die das sagt. Ich würde Dir doch nie sagen, daß meine Brüste anschwellen, wenn ich an Dich denke, daß sie wachsen und vor Verlangen ganz weh tun, daß mir der Gedanke, daß Du mich fickst, die Möse naß werden läßt. Ich mag es, wie Du meine Brüste streichelst, sie werden dann ganz rot und heiß vor Verlangen. Meine nasse Möse ist mehr als bereit für Dich, komm zu mir, komm und steck Deinen Schwanz in mich rein. Fick mich erst ganz langsam –– es ist so was von scharf zu spüren, wie Du Deinen Schwanz fast ganz wieder rausziehst und dann wieder so tief reinsteckst, wie es geht – immer schneller, fick mich, komm, fick mich, ich mag das, ich mag das, oh, Gott, ich komme, und Du bist noch nicht mal hier.

Was bist Du doch für ein schlimmer Mann, daß Du mich dazu bringst, solche Dinge zu tun.
Schau mal vorbei, und Du kriegst ein neues Spielzeug.
Bye!

Der Brief war mit derselben Maschine getippt wie die anderen, die sie in Arthur Schumachers Bankschließfach gefunden hatten; das Schriftbild war ohne jeden Zweifel identisch. Wie die anderen siebzehn Briefe begann auch dieser mit dem getippten Wochentag...

Freitag.

Dann das Datum in Ziffern.

30.

Und schließlich der Monat.

Juni.

Der dreißigste Juni war im vorangegangenen Jahr auf einen Freitag gefallen. Ein Anruf im Archiv der Morgenzeitung bestätigte ihnen, daß es den ganzen Tag über geregnet hatte. In keinem der Briefe folgte eine Jahresangabe auf das Datum. Es hieß immer nur Mittwoch, 28. Juni, Freitag, 30. Juni, Dienstag, 4 Juli. Samstag, 15. Juli und so weiter und so fort – achtzehn Briefe insgesamt, den mitgezählt, den Betsy Schumacher in einer staubigen Garage in Vermont in einem ansonsten leeren Schuhkarton gefunden hatte. Sämtliche Datumsangaben entsprachen dem Kalender vom letzten Jahr; es gab jetzt keinen Zweifel mehr, wann diese Briefe geschrieben worden waren.

Aber wenn es überhaupt jemanden gab...

Nun, alles deutete darauf hin...

Und dennoch...

Wenn nur einer der Meisterdetektive aus dem 87. Revier sich die Mühe gemacht hätte, die Datumsangaben auf den gefundenen Briefen mit dem Kalender zu vergleichen, als sie sie *gefunden* hatten...

Nun, die Briefe schienen so offensichtlich mit dem Fall...

Dann wäre ihnen sofort aufgegangen, daß auch nicht eine der Datumsangaben auf den Briefen aus Schumachers Bankschließfach den Tagen des diesjährigen Kalenders entsprach.

Trotzdem, es war leicht zu sehen, wie...

Nein, verdammt noch mal, sie hätten das nachprüfen sollen.

»Wir hätten's nachprüfen sollen«, sagte Brown.

»Nobody's perfect«, sagte Carella.

Womit er auch wieder recht hatte.

Nichtsdestotrotz, wenn Arthur Schumacher Susan erst Januar dieses Jahres kennengelernt hatte, hatte sie ihm nicht im Juni und Juli des Vorjahres diese Briefe schreiben können.

Das war klar.

In diesem Fall lautete die große Frage: Wer hatte sie geschrieben?

Keiner davon war unterschrieben. Jeder begann mit der Grußformel »Hi!« und endete mit dem entsprechenden Abschiedsgruß: »Bye!«

Der Inhalt glich sich, auch der Stil – wenn man es so bezeichnen wollte. Wer auch immer einen dieser Briefe geschrieben hatte, der hatte sie alle geschrieben.

»Was denkst du, meint sie hier?« fragte Brown.

»Wo?« fragte Carella.

»Hier. Das mit dem Spielzeug.«

»Keine Ahnung.«

Brown sah ihn an.

»Was ist?« fragte Carella.

»Ich *weiß* nicht. Irgendwo klingelt's da bei mir.«

»Du meinst wegen des Spielzeugs?«

»Ich weiß nicht, ob es das Spielzeug ist.«

»Was sonst?«

»Irgendwas«, sagte Brown.

»Schau mal vorbei, und du kriegst ein neues Spielzeug«, sagte Carella, als gebe er ihm ein Stichwort.

Die beiden Männer sahen einander an. Beide zuckten mit den Achseln.

»Irgendein Sexspielzeug?« fragte Carella.

»Kann schon sein, aber...«

»Oder vielleicht meinte sie ein Trio.«

»M-hmm.«

»Ein neues Spielzeug, verstehst du?«

»M-hmm.«

»Ein anderes Mädel. Ein Trio. Schau mal vorbei, und du kriegst ein neues Spielzeug.«

»M-hmm«, machte Brown. »Aber klingelt es da nicht bei dir?«

»Nein. Bei dem Spielzeug, meinst du?«

»Das *neue* Spielzeug. Hat nicht wer... War da nicht irgendwo von einem neuen Spielzeug die Rede?«

»Nein, ich kann –«

»Davon, jemandem ein neues Spielzeug zu besorgen...«

»Nicht daß –«

»...oder ein neues Spielzeug zu kaufen... oder... eine Lieferung neues Spielzeug...«

»Himmel noch mal, der Hund!« sagte Carella.

Der Laden hatte früher mal *Wally's Soul* geheißen und servierte nach wie vor deftige schwarze Südstaatenküche, auch wenn der Besitzer ihn kurz nach dem triumphalen Besuch des südafrikanischen Führers in der Stadt in *Viva Mandela Deli* umgetauft hatte. An jenem Donnerstag abend um sieben war es ziemlich voll. Bent hatte Steak nach Südstaatenart mit Kartoffelpüree und Soße, mit Rückenspeck, gedünsteten grünen Bohnen und kleinen heißen Brötchen. Wade hatte Brathähnchen mit Kohlrübengemüse, gebratenem Gumbo und heißen Maisfladen mit zerlaufener Butter. Sie waren nicht in erster Linie zum Essen hergekommen, aber jeder Polizist in der Stadt lernte beizeiten, sich einen Bissen zu genehmigen, wenn sich die Gelegenheit bot, weil man schließlich nie wußte, ob nicht schon im nächsten Augenblick irgendwo die Kacke am Dampfen war.

Sie waren hier, um mit einem sechzehnjährigen weißen Mädchen, einer gewissen Dolly Simms, zu sprechen.

»Rassenmacke hat sie ja keine, unsre Dolly, wa?« bemerkte Wade.

»Nicht die Bohne. Der ihr Problem ist, daß sie keinen Geschmack hat«, sagte Bent. »Sich mit zwei Crackern aus Washington einzulassen.«

»Falls Smiley uns nicht verladen hat.«

Smiley war eine verkniffene kleine Bazille, die sie hin und wieder ausquetschten; ihr Damoklesschwert für ihn waren fünfzehn Jahre Kiste für einen bewaffneten Raubüberfall. Bent fragte sich, ob Smiley ihnen die Wahrheit gesagt hatte, als er behauptete, Dolly Simms lebe mit den zwei schwarzen Mackern aus Washington zusammen. Dolly ging anschaffen.

»Glaubst du, die kommt wirklich hierher zum Essen?« fragte Bent.

»Du hast Smiley doch gehört. Jeden Abend, bevor sie loszieht.«

»Was ich sagen will, ist, daß ich den Fraß hier kaum runterkriege, und ich bin schwarz.«

Die beiden lachten.

»Das Brathähnchen ist nicht ohne«, sagte Wade.

Bent warf einen Blick auf den Teller seines Partners.

»Als sie den Namen geändert haben, hätten sie auch gleich das Essen ändern sollen«, sagte er verdrießlich.

»Die hätten den Namen erst gar nicht ändern sollen«, sagte Wade. »Hat uns immerhin zwei Komma neun Millionen gekostet, eine Party für den Mann zu schmeißen. Und er geht her und sagt uns, wir sollen uns erheben und allen Weißen die Hälse abschneiden.«

»Hat er doch nicht gesagt«, sagte Bent.

»Aber seine Frau. Hier oben in Diamondback. Sie hat gesagt, wir schwarzen Amerikaner, wir sollten uns unsren Brüdern im Busch anschließen, wenn die Zeit kommt, sich in Südafrika gegen den weißen Mann zu erheben. Was soll denn dieser Scheiß, Charlie?«

»Uns verbinden nun mal gewisse Bande mit Afrika«, sagte Bent.

»Klar doch, wo wir hier Millionen von Schwarzen in der Stadt haben, deren Verwandtschaft im südafrikanischen Busch rumläuft.«

»Na ja, aber so gewisse Bande sind nun mal da«, sagte Bent noch mal.

»Willst du damit sagen, du identifizierst dich mit irgend 'nem Afrikaner mit Fliegen auf den Augen – der Ziegenmilch und Blut säuft?«

»Das nicht, nein, aber trotzdem … wir reden hier schließlich von Wurzeln.«

»Was für Wurzeln? Meine Wurzeln sind in South Carolina, wo Mami und Papi geboren sind«, sagte Wade. »Und vor ihnen Oma und Opa. Und weißt du, wo deren Wurzeln liegen? Weißt du, wo deren Mama und Papa hergekommen sind? Aus Ghana – das haben sie früher die Goldküste genannt. Und das ist nicht entfernt in der Nähe von Südafrika.«

»Sind aber auch 'ne Menge Sklaven aus Südafrika rübergekommen«, sagte Bent.

»Nein, grade aus Südafrika sind eben nicht 'ne Menge rübergekommen, von wegen. Der Sklavenhandel lief mit Westafrika, kannst du ruhig nachschlagen, Charlie. Gegenden wie Dahomey, Elfenbeinküste, Ghana und Nigeria, also rund um den Golf von Guinea, da lief das mit dem Sklavenhandel. Manchmal auch im Kongo oder Gambia. Du hast ja wohl überhaupt keine Ahnung von Afrika, was?«

»Ich weiß auch, wo diese Länder liegen«, sagte Bent beleidigt.

»Diesen Mandela haben sie nach siebenundzwanzig Jahren Gefängnis wachgeküßt«, sagte Wade, der jetzt langsam in Fahrt kam, »und der kommt hier rüber wie ein Schlafwandler und redet daher, als hätte er keine Ahnung davon, daß die Welt den Kommunismus längst vor die Tür gesetzt hat. Will uns einreden, wir sollten unsren schwarzen Brüdern in Südafrika die Hände reichen, wo unsre Brüder nicht mal da herstammen. Mit was für dämlichen Niggern, meint er eigentlich, hat der's hier zu tun?«

»Also ich denke, er hat hier einiges bewirkt«, sagte Bent.

»Und ich denke, er hat bloß einiges noch schlimmer gemacht«, sagte Wade entschieden. »Wir haben selber ernste Probleme genug, und mit Paraden für Ausländer ist denen sicher nicht beizukommen.«

»Wie kommt das bloß, daß du noch Brathähnchen ißt?« fragte Bent. »Ich meine, so gottverdammt weiß wie du bist, warum genehmigst du dir nicht 'ne Scheibe Golden Toast mit cholesterinfreier Margarine drauf?«

»Oh, ich bin schwarz«, sagte Wade und nickte dazu, »darauf kannst du einen lassen. Aber ich bin nun mal kein Südafrikaner, und darauf kannst du gleich noch einen lassen. Da kommt sie ja.«

Er saß mit dem Gesicht zur Eingangstür. Bent wandte sich um und warf einen Blick über die Schulter. Was sie sahen, war ein anscheinend magersüchtiger weißer Teenager, einsachtundsechzig bis einssiebzig groß, um die fünfundvierzig Kilo vielleicht. Sie trug lila Wildlederstiefel mit Fransen, einen schwarzen Minirock und eine lavendelfarbene Seidenbluse, deren tiefer Ausschnitt nahezu den ganzen mageren Busen freigab. Ihr gekräuseltes Haar hatte dieselbe Farbe wie die Stiefel. Man sah ihr die Nutte auf fünfzig Meter an, den Junkie auf hundert. Beide Polizisten standen auf und drehten sich in Richtung Tür. Die hier würde ihnen bestimmt nicht entwischen.

»Miss Simms?« sagte Wade.

Er kam von rechts auf sie zu, etwas hinter ihr, so daß sie ihnen nicht gleich wieder durch die Tür verschwand.

Bent kam von links. »Polizei«, sagte er und ließ sie seine Marke sehen.

Es kratzte sie nicht im mindesten. Blinzelnd warf sie einen Blick auf die Marke, dann einen auf Bents Gesicht und drehte sich schließlich nach Wade um. Ihrer Ansicht nach war sie bis an die Halskrause zugeknallt. Es war kurz nach sieben, sie hatte eine lange, schwere Nacht vor sich und war jetzt schon total bereit.

»Wir würden Ihnen gern ein paar Fragen stellen«, sagte Wade.

»Worüber?« fragte sie.

Ihre blassen Augen blickten etwas verschwommen. Ein dünnes Lächeln umspielte ihren Mund. Sie fragten sich, auf was sie wohl war. Bents Blick tastete automatisch die nackten Arme ab. Nicht ein Einstich auf der blassen Haut. Und ihr Rock war kurz genug, um eventuelle Spuren auf ihren Schenkeln freizugeben.

»Setzen wir uns doch«, sagte er.

»Klar doch«, sagte sie.

Sie hatte nichts zu verbergen, so offen und locker, wie sie sich gab; offensichtlich hatte sie nichts am Laufen. Nichts weiter als eine angeknallte Stricherin und zwei Bullen, alle drei auf derselben Straße, wenn auch auf verschiedenen Seiten.

Sie setzten sich an einen Tisch im hinteren Teil des Ladens. Es herrschte ein reger Verkehr von und zu den Toiletten. Wades und

Bents Ansicht nach verzogen die Leute sich nur, um rasch ein paar Lines reinzuziehen, aber sie waren schließlich hinter einem Mörder her. Sie hatten nicht die geringste Lust darauf, ein paar armselige kleine Kokser einzubuchten. Das war das Problem dabei, wenn so eine Stadt erst mal in die Binsen ging. Man konnte sich nicht mehr mit Kleinigkeiten abgeben. Wenn wo Leute umgebracht wurden, da lief man nicht mehr hinter Kindern her, nur weil sie Graffitis an Wände sprühten. Wer sollte sich da noch damit aufhalten, einem Trucker ein Knöllchen zu verpassen, nur weil er mit seiner Fanfare spielte. Oder damit, Leute einzubuchten, weil sie schwarz mit der U-Bahn fuhren. Wenn man sich mit Mord und Totschlag, Vergewaltigung und bewaffnetem Raubüberfall herumzuschlagen hatte, dann galt alles andere als zivilisiert.

»Erzählen Sie uns was über Sonny und Dick«, sagte Wade.

»Kenn ich nicht«, sagte Dolly. »Kann ich was zu essen kriegen? Ich bin nämlich hergekommen, um was zu essen.«

»Klar. Was hätten Sie denn gern, Dolly?«

»Eis«, sagte sie. »Und zwar Schoko, wenn's recht ist.«

Sie bestellten ihr eine Portion Schokoladeneis. Im letzten Augenblick fiel ihr noch ein, daß sie gern Streusel drauf hätte. Der Kellner nahm die Eisschale wieder mit zurück zur Theke und gab Streusel darüber. Als er wieder an den Tisch kam, nahm sie den Löffel und machte sich sofort darüber her.

»Mmmm«, murmelte sie.

»Sonny und Dick«, sagte Bent. »Zwei Männer, beide schwarz.«

»Ich mag schwarze Männer«, sagte sie und leckte sich augenzwinkernd über die Lippen.

»Das hat man uns schon gesagt.«

»Mmmm«, machte sie und schaufelte etwas Eis auf den Löffel.

»Wo sind die beiden jetzt?« fragte Wade.

»Ich kenn' die nicht«, sagte sie.

»Sonny wie?« sagte Bent.

»Nee, tut mir leid«, sagte sie. Und aß dabei. Leckte sich die Lippen. Leckte den Löffel ab.

»Dick wie?« fragte Wade.

»Kenn' ich auch nicht.«

»Erinnern Sie sich an Donnerstag abend?«

»Nee.«

»Wissen Sie noch, wo sie am Donnerstag abend gewesen sind?«

»Nee, tut mir leid. Wo bin ich 'n gewesen?«

»So gegen zehn, oder 'n bißchen später?«

»Tut mir leid.«

»Erinnern Sie sich an die Sloane Street?«

»Nee.«

»Sloane Street Nummer 3341?«

»Das Eis hier ist prima«, sagte sie. »Sollten Sie mal probieren. Wollen Sie mal?« fragte sie Bent und hielt ihm den Löffel hin.

»Im zweiten Stock«, sagte Wade. »Sie und Sonny und Dick haben sich dort ihr Dope aufgekocht, über einer Kerze in einer roten Schale.«

»Ich nehm' kein Dope«, sagte sie. »Ich bin clean.«

»Erinnern Sie sich noch an die Schüsse?«

»Ich erinnere mich an nichts dergleichen. Kann ich noch 'n bißchen Eis haben?«

Sie bestellten ihr eine zweite Schale Schokoladeneis mit Streuseln.

»Sollten Sie wirklich mal probieren«, sagte sie ihnen, »ist wirklich lecker.«

»Einer ihrer Kumpels hatte eine Neun-Millimeter-Automatik dabei«, sagte Wade.

»Na so was, was ist das denn?« sagte sie.

»Eine große Pistole mit einem Zwanzig-Schuß-Magazin. Er hat die Treppe herunter auf uns geschossen, wissen Sie noch?«

»Ich weiß noch nicht mal, wo die Sloane Street ist«, sagte Dolly und zuckte mit den Achseln.

»Dolly, nun hör mal genau zu, ja?« sagte Wade. »Leg den Löffel weg und hör genau zu.«

»Ich kann auch zuhören, wenn ich esse«, sagte sie.

»Leg den Löffel weg, Schätzchen.«

»Ich hab' doch gesagt, ich kann –«

»Oder ich brech' dir verdammt noch mal den Arm«, sagte er.

Sie legte den Löffel weg.

»Einer deiner Kumpels hat jemanden umgebracht«, sagte er.

Sie sagte nichts. Behielt ihn nur im Auge, einen mißmutigen Ausdruck im Gesicht, wütend, weil er sie das Eis nicht essen ließ.

»Hast du gewußt, daß einer deiner Kumpels jemanden umgebracht hat?«

»Nein, hab' ich nicht.«

»Wir glauben, daß es Sonny war, es könnte aber auch Dick gewesen sein. Wie auch immer –«

»Ich kenn' die Leute nicht, und deswegen ist mir das hier auch scheißegal«, sagte sie.

»Er hat den Vater von 'nem Bullen umgebracht«, sagte Wade.

Dollys Augenlider zuckten.

Er beugte sich weiter in ihre Richtung, damit sie die Messernarbe auch richtig sehen konnte, die sich straff und rosig über sein linkes Auge zog. Du stehst doch auf Schwarze, Schätzchen? Okay, was hältst du denn von dem mit seiner Schlägernarbe hier?

»Den Vater von 'nem *Bullen*«, sagte er und betonte das Wort.

Sie mochte ja noch zehn Minuten zuvor nicht mehr gewußt haben, wo oben und unten war, und womöglich war sie immer noch high, das war schwer zu sagen. Aber jetzt flackerten ihre leblosen, blassen Augen immerhin schwach. Sie gestattete sich jetzt, die Worte der beiden zu kapieren, gestattete den Schlüsselwörtern zu ihr durchzudringen – sie sprachen davon, daß man den Vater eines Bullen umgelegt hatte.

»Du weißt, was das bedeutet?« fragte Bent. »Wenn einer den Vater eines Polizisten umbringt?«

»Wenn ich aber doch keinen Sonny kenne.«

»Das bedeutet, daß jeder Bulle in der ganzen Stadt hinter dem Mann her ist, bis er geschnappt ist. Und dann kann er von Glück reden, wenn er lebendig im Bau landet.«

»Kann mir doch scheißegal sein«, sagte sie. »Ich kenn' keinen Sonny.«

»Das ist gut«, sagte Wade, »denn wenn du einen kennst...«

»Ich hab' Ihnen doch gesagt, ich kenn' keinen.«

»...und es stellt sich raus, daß du ihn *deckst*...«

»Und keinen Diz auch nicht.«

»Diz?« hakte Wade sofort nach. »Heißt er so? Diz?«

Dolly war noch nicht klar geworden, daß sie sich selber ein Bein gestellt hatte.

»Diz *wie*?« fragte Bent.

»Wenn ich ihn doch nicht kenne, wie soll ich dann wissen, wie er sonst noch heißt?«

»Aber du kennst ihn doch, nicht wahr, Dolly?«

»Nein, ich...«

»Du kennst sie alle beide, nicht wahr?«

Und dann gingen sie von beiden Seiten auf sie los, schleuderten ihr die Worte nur so entgegen, warteten gar nicht erst auf Antworten, sondern droschen mit ihren Worten nur so auf sie ein, Wade zu ihrer Rechten, Bent zu ihrer Linken, und Dolly dazwischen, die den Löffel auf den Tisch legte, während das Eis schmolz.

»Sonny und Diz.«

»Zwei schwarze Mörder aus Washington.«

»Wie heißen die beiden mit Nachnamen, Dolly?«

»Sag uns ihre Nachnamen.«

»Sonny wie?«

»Diz wie?«

»Sie haben den Vater eines Polizisten umgebracht!«

»Willst du zusammen mit denen verknackt werden?«

»Willst du weiter zwei völlig Fremde decken?«

»Zwei Mörder.«

»Willst du jeden Bullen in der Stadt an den Hacken haben?«

»Du kriegst keinen Moment Ruhe mehr.«

»Die verknacken dich mit den beiden, Dolly!«

»Den Vater von 'nem Bullen, Dolly!«

»Willst du damit für den Rest deiner Tage leben?«

»Ich...«

Sie verstummten.

Warteten.

Sie starrte auf das vor sich hin schmelzende Eis.

Die beiden warteten.

»Ich weiß nichts über sie«, sagte sie.

»Na schön«, sagte Wade und nickte.

»Ich hab' sie nur das eine Mal gesehen, Donnerstag abend.«

»Ach ja.«

»Und seitdem auch nicht wieder. Ich kenn' keine…«

»Hör mal, Schätzchen, du bist ja wirklich mächtig scharf auf Ärger, was?«

»Aber ich sag' Ihnen die Wahrheit!«

»Von wegen. Erzählst uns hier einen vom Pferd!« sagte Bent. »Wir wissen, daß du mit den beiden zusammenlebst…«

»Tu' ich nicht!«

»Na schön, wenn du's nicht anders willst«, sagte Bent und schob seinen Stuhl zurück. »Gehen wir, Randy.«

»Kannst dich schon mal auf Druck gefaßt machen, Kleine«, sagte Wade und stand auf. »Mehr als dir lieb ist. Von jedem Bullen in der ganzen Stadt. Bis du platt bist. Du mischst dich da in eine Polizeiangelegenheit, es geht hier um den Vater eines Polizisten.«

»Schlaf gut«, sagte Bent und schickte sich zum Gehen.

»Nu warten Sie doch mal«, sagte sie.

Sie blieben stehen, wandten sich ihr wieder zu.

»Kann ich noch Eis kriegen?« sagte sie.

Sie erwarteten sie schon, als sie an jenem Abend wieder in den Laden kam. Sie standen an einem Aquarium mit tropischen Fischen. Hinter ihnen sprudelte Wasser, in dem Fische hin und her schwebten. Sie unterhielten sich über einen James-Bond-Film, in dem ein Aquarium oder was in der Art explodiert war. Sie versuchten auf den Titel des Films zu kommen.

Sie hatten zuerst angerufen und mit Pauline Weeds Verkäuferin gesprochen, einem jungen Mädchen, das ihnen gesagt hatte, die Chefin sei außer Haus, was zu essen besorgen, aber sie erwarte sie in etwa einer halben Stunde zurück. Sie waren direkt ins Zentrum zu Bide-A-Wee Pets an der Jefferson gefahren, wo sie erfahren hatten, daß das Mädchen Hannah Kemp hieß, sechzehn Jahre alt war, später mal Tierärztin werden wollte und immer dienstags und freitags nach der Schule hier arbeitete, da der Laden an diesen Tagen bis acht geöffnet hatte. Sie stand mit einem Kunden vorne im Laden, als Pauline fünf Minuten später hereinkam. Sie deutete auf die beiden Detectives in der Nähe der schwebenden tropischen Fische und sagte etwas, was sie nicht hören konnten. Pauline sah überrascht durch den Gang und kam dann auf die beiden zu, die noch immer versuchten, auf den Titel des Films zu kommen.

»Na so was, hallo«, sagte sie.

»Tag, Miss Weed«, sagte Carella.

»Kann ich Ihnen ein paar Fische verkaufen?« fragte sie und lächelte.

Blond, schön, blauäugig, genau der Typ, den der Mann bevorzugt hatte. Ihr Lächeln freilich war nicht ganz sicher.

»Miss Weed«, sagte Carella, »als wir hier angerufen haben, sagte uns Ihre Verkäuferin –«

»Hannah«, sagte sie. »Ein nettes Mädchen.«

»Ja, also sie hat uns gesagt, Sie wären grade nicht im Laden, Sie würden etwas zu essen besorgen...«

»M-hm.«

»Und daß Sie in zirka einer halben Stunde wieder da wären.«

»Und da bin ich«, sagte sie und grinste.

»Miss Weed, sind Sie je verheiratet gewesen?« fragte Brown.

»Nein, bin ich nicht«, erwiderte sie und sah ihn überrascht an.

»Ich dachte nur, Ihr zweiter Vorname wäre womöglich...«

»Oh, nein, das ist der Mädchenname meiner Mutter. Da habe ich übrigens auch den Namen des Geschäfts her. Das Bide und das Wee. Von meinem zweiten Vornamen und meinem Nachnamen.«

»›Byerly and Weed‹«, sagte Brown.

»Ja. Bide-A-Wee.«

»Miss Weed«, sagte Carella, »als wir angerufen haben, haben wir gefragt, ob wir wohl mit Ihnen sprechen könnten...«

»Nettes Mädchen«, sagte sie noch mal.

Aber sie machte jetzt einen nervösen Eindruck.

»Sie sagte... und zwar mit genau diesen Worten... also sie sagte: ›Bye ist außer Haus, was zu essen holen.‹«

»M-hm.«

»Sie nannte Sie Bye.«

»M-hm.«

»Nennen Sie viele Leute so?«

»Ach, so einige, schätze ich.«

»Als Kurzform für Byerly, nicht wahr?«

»Nun ja, mein Vorname ist Pauline, der haut einen ja nun nicht gerade um, oder?«

»Nennen Sie sich selbst auch Bye?«

»Ja.«

»Und wie unterschreiben Sie?«

»Pauline Byerly Weed.«

»Sie unterschreiben mit allen Ihren –?«

»Ich unterschreibe alles mit Pauline Byerly Weed, ja.«

»Auch Ihre persönliche Korrespondenz?« fragte Brown.

Sie wandte sich ihm zu.

»Ja«, sagte sie. »Auch die. Alles.«

»Sie nennen sich Bye, aber sie unterschreiben mit Pauline Byerly Weed.«

»Ja.«

»Miss Weed«, sagte Carella, »haben Sie eine Schreibmaschine?«

Ihre Augen blitzten auf. Achtung. Gefahr. Die beiden konnten es deutlich sehen.

»Wir können uns auch einen Durchsuchungsbefehl besorgen«, sagte Brown.

»Ich habe eine Schreibmaschine«, sagte sie, »ja.«

»Hatten Sie diese Schreibmaschine auch schon im Juni letzten Jahres?«

»Ja.«

»Im Juli letzten Jahres?«

»Ja.«

»Dürfen wir Sie bitte mal sehen?«

»Wozu?«

»Weil Sie unserer Ansicht nach Arthur Schumacher einige Briefe geschrieben haben«, sagte Brown.

»Das kann schon sein, daß ich –«

»Erotische Briefe«, sagte Carella.

»Können wir diese Schreibmaschine mal sehen – bitte?« sagte Brown.

»Ich habe ihn nicht umgebracht«, sagte sie.

»Es war so«, sagte Dolly, »daß die beiden zuerst Freier von mir gewesen sind, wissen Sie? Ich stand an der Casper... Wissen Sie, wo ich meine, Casper, die Fields, oben an dem alten Friedhof? St. August? Wo das kleine Haus gestanden hat, daß sie abgerissen haben? Gleich hinterm Tor? Da stellen sich abends 'ne Menge Mädchen hin, weil da die Autos vorbeikommen, die auf die Stadtautobahn wollen, also am Eingang von der Casper Avenue, wissen Sie, wo ich meine? Na egal, jedenfalls hab' ich die beiden da kennengelernt, sie kamen die Straße lang, beguckten sich die Ware, stehen ja 'ne ganze Menge Mädchen am Friedhof, na ja, ich glaube, das brauch' ich Ihnen wohl nicht zu sagen. Ich versuch' Ihnen bloß beizubringen, daß ich keinen Bock habe, mich dafür verknacken zu lassen, daß einer den Alten von 'nem Bullen umgelegt hat. Ich kenn' die Typen kaum, die waren zuerst bloß Freier, sonst nichts.«

»Wann war das?« fragte Wade.

»Letzten Sonntag abend.«

»Fast vor 'ner Woche.«

»Fast.«

»Was für 'n Datum war das, Charlie?«

Bent holte einen kleinen Plastikkalender aus seinem Notizbuch.

»Der zweiundzwanzigste«, sagte er.

Fünf Tage, nachdem man Carellas Vater umgebracht hatte.

»Die beiden kommen also zu Ihnen hin...«

»Ja, und sie haben mir gesagt, ich würd' ihnen gefallen«, sagte sie und hob bescheiden die Achseln, »und ob ich nicht vielleicht an 'nem Dreier interessiert wäre. Also hab' ich ihnen gesagt, daß ich für 'nen Dreier gewöhnlich mehr kriege, und da haben sie mich gefragt wieviel, und ich hab' ihnen gesagt hundertfünfzig, und sie haben gesagt, das hört sich an, als wär's in Ordnung. Und da sind wir dann zu der kleinen Absteige, die die Mädchen da benutzen, das ist bei der großen Halle an der Casper, wo sie Hochzeiten und so ausrichten. Gleich nebendran. Und so hat das eben angefangen«, sagte sie und zuckte wieder mit den Achseln.

»Und wie bist du in dem Abbruchhaus an der Sloane gelandet?«

»Na ja, wie sich rausstellte, schwammen die zwei in der Kohle...«

In Tony Carellas Kasse waren zwölfhundert Dollar gewesen.

»... und dann sind die auf Crack genauso abgefahren wie ich. Ich meine, wer nicht? Wenn's nach mir ginge, also ich würd' das Zeug heiraten. Und da haben wir eben so'n nettes kleines Arrangement getroffen, Sie wissen schon, was ich meine, ja? Ich mache, was immer die zwei wollen, und die versorgen mich dafür mit Crack.«

Eine simple geschäftliche Vereinbarung. Ein Tauschhandel, weiter nichts. Und ganz und gar nicht ungewöhnlich. Sex für Dope. Und weil jeder entweder schon total zu oder gerade dabei war, sich zuzuknallen, kam es kaum zu safer Sex. Wenn Crack im Spiel ist, macht sich keiner Sorgen um Präser. Deswegen wurden ja auch so viele Cracksüchtige schwanger. Was wiederum der Grund dafür war, daß es eine solche Menge Höllenqualen leidender Crackbabys gab, die statt nach Muttermilch nach Kokain plärrten. Ein Teufelskreis.

»Ich weiß nicht, wo sie das viele Geld her hatten...«, sagte sie.

Sie haben einen Mann dafür umgebracht, dachte Wade.

»... aber hören Sie, wen juckt das schon?«

Zwölfhundert Dollar, dachte er.

»Hilfst du mir, helf' ich dir. Eine Hand wäscht die andre, isses nicht so? Da wird nicht lang gefragt. Da heißt es: Beam mich hoch, Scottie.«

Das sollte man wirklich, dachte er.

»Wie seid ihr in der Sloane Street gelandet?« fragte er.

»Also ich glaub', daß die auf der Flucht waren.«

»Wie meinst du das?«

»Na ich denk', daß die an dem Abend 'n Ding gedreht haben. Sie haben mich angerufen und gesagt, daß sie nicht nach Hause wollen. Die hatten Schiß –«

»Und wo ist das?«

»Na ja, da sind wir eben zu 'nem Crackhouse, wissen Sie, aber der Typ an der Tür, also der guckt so durch sein Guckloch und sagt dann: ›Woher zum Geier soll ich wissen, wer ihr seid?‹ Als wenn wir Bullen wären, also echt!« sagte sie sarkastisch. »Ich mein', ich striche, seit ich dreizehn bin, sehe ich etwa so aus, als wär' ich 'ne Undercover-Agentin, also echt. Sonny und Diz genauso, ich mein', die beiden hält doch kein Schwanz für was andres als Ex-Knackis

Und der Typ an der Tür, der kommt uns mit so 'm Stuß! Na, jedenfalls bleibt uns nichts andres übrig, als uns was auf der Straße zu besorgen. Was ja null Problem ist, ich mein', ich mach' das die ganze Zeit, Crack kriegste ja an jeder Ecke – Gott, wem sag' ich das! Also echt. Aber es wär' halt einfacher gewesen, wenn wir das drinnen, also privat, hätten qualmen können, anstatt uns 'n Platz zu suchen, wo wir hinkönnen. Weil in unsere Bude, da konnten wir ja nicht zurück, wissen Sie, weil Sonny und Diz gemeint haben, da würden sie die Bullen suchen kommen.«

»Und wo ist das?«

»Und so sind wir dann in der Sloane gelandet, in dem Haus da, großer Gott, was für 'n Loch! Also echt. Die Ratten dort, die sind so groß wie Alligatoren, ich schwör's Ihnen. Dann wart ihr beiden das also, he?«

»Ja, das waren wir beide«, sagte Wade.

»Habt uns 'ne Scheißangst eingejagt«, sagte Dolly und kicherte genauso wie an jenem Abend. »Wir sind die Feuerleiter runter.«

»Haben wir uns schon gedacht.«

»Ich hätt' mir fast den Hals gebrochen.«

»Wo sind Sonny und Diz jetzt?«

»Ich habe Ihnen schon alles erzählt, was ich über die weiß.«

»Außer wo sie sind.«

»Ich hab' keine Ahnung, wo die sind.«

»Du hast doch gesagt, ihr wohnt zusammen...«

»Aber jetzt nicht mehr.«

»Du hast gesagt, du hättest eine Wohnung.«

»Ja, das war mal.«

»Dolly...«, sagte Wade warnend.

»Ich mein's ernst«, sagte sie. »Ich weiß es wirklich nicht.«

»Na schön«, sagte er, »dann gehen wir jetzt eben aufs Revier, okay?«

»Nicht doch, warten Sie 'nen Augenblick«, sagte sie. »Bitte.«

Das Verhör fand noch am selben Abend um zwanzig vor zehn auf dem 87. Revier statt. So lange dauerte es, bis man alle zusammengetrommelt hatte. Nellie Brand mußte eigens den ganzen Weg von ihrer Wohnung an der Everetts heraufkommen. Auch der Polizeistenograph mit seiner Videokamera mußte den ganzen Weg heraufkommen, er freilich vom Präsidium an der High Street. Pauline Weeds Anwalt, ein gewisser Harry Kahn, mußte von seiner Kanzlei an der Stockton aus die ganze Stadt durchqueren. Brown, Carella und Byrnes waren die einzigen, die nur den Flur hinaufzugehen brauchten, um zum Vernehmungsraum zu gelangen, da sie ohnehin gerade im Versammlungsraum waren.

Nellie Brand war hier, um festzustellen, ob an der Geschichte was dran war. Es hatte sich ganz danach angehört, als man ihr die Einzelheiten des ersten Verhörs geschildert hatte, aber man konnte nie wissen. Sie trug ein leichtes beiges Sommerkostüm, eine strohfarbene Handtasche und Slipper. Wieder hatte sie ihr lohfarbenes Haar hochgesteckt, was ihr etwas Schnelles gab, etwas von einer Windsbraut, so als hätte sie es furchtbar eilig, ja als fliege sie geradezu. Sie wußte, daß sie als Staatsanwältin den Löwenanteil der Fragen stellen würde; abgesehen von denen, die Carella oder Brown ergänzend einbrachten. Probleme erwartete sie keine; Paulines Anwalt sah ihr nach einem ziemlichen Dämlack aus – aber wie gesagt, man konnte nie wissen. Groß und dünn, in einem zerknitterten braunen Anzug, der zu seinen wässrigen Augen paßte, saß er neben Pauline am anderen Ende des langen Tisches und flüsterte ihr etwas zu, was Nellie nicht hören konnte. Der Stapel erotischer Briefe lag vor ihr auf dem Tisch. Sie hatte sie gelesen, gleich nachdem sie angekommen war. Ganz schön heiß für eine Frau, die aussah, als könnte sie kein Wässerchen trüben.

Carella machte sich daran, Pauline Weed ein zweites Mal ihre Rechte zu verlesen, aber Kahn fiel ihm mit einem barschen »Das hatten wir bereits, Detective« ins Wort, worauf Carella entgegnete: »Nur fürs Protokoll, Herr Anwalt.« Beide gaben dem Titel des anderen einen Unterton, der ihm etwas Abschätziges, ja Ehrenrühriges verlieh. Mit ungeduldiger Geste signalisierte Kahn seine Zustimmung, und Pauline hörte zu und bestätigte, daß sie sich über ihre Rechte im klaren sei, die ihr gestellten Fragen jedoch zu beantworten gedenke.

Carella warf einen Blick auf die Uhr an der Wand, und erklärte –

für das Video und den Stenographen –, es sei nun einundzwanzig Uhr fünfzig. Nellie begann ihre Fragen zu stellen.

F.: Würden Sie mir bitte Ihren Namen nennen?
A.: Pauline Weed.
F.: Ist das Ihr vollständiger Name?
A.: Ja.
F.: Was ich wissen möchte, Miss Weed...
A.: (von Mr. Kahn) Sie hat Ihre Frage beantwortet.
F.: Das glaube ich nicht. Was ich wissen möchte, ist, ob dies der Name auf ihrer Geburtsurkunde ist.
A.: (von Mr. Kahn) Na gut, dann fragen Sie.
F.: Ist das der Name, der auf Ihrer Geburtsurkunde steht? Pauline Weed?
A.: Nein.
F.: Und wie lautet der Name auf Ihrer Geburtsurkunde?
A.: Pauline Byerly Weed.
Q.: Dann ist *das* also Ihr vollständiger Name?
A.: Ja.
F.: Ich danke Ihnen. Wo kommt dieses Byerly her?
A.: Es ist der Mädchenname meiner Mut-
A.: (von Mr. Kahn) Entschuldigen Sie, aber was hat das mit dem –
F.: Ich denke, Sie werden gleich sehen, worauf ich hinauswill, Mr. Kahn.
A.: Nun, ich wüßte schon sehr gern, worauf Sie im Augenblick hinauswollen. Sie schleppen meine Klientin hier mitten in der Nacht –
F.: Entschuldigen Sie, Mr. Kahn. Wenn Ihre Klientin meine Fragen nicht beantworten will, so braucht sie es nur –
A.: Ach bitte, sparen Sie sich die Einführung in die Jurisprudenz, ja?
F.: Sagen Sie mir einfach, was Sie wollen, Mr. Kahn. Wollen Sie die Vernehmung beenden? Das ist Ihr gutes Recht, Ihre Klientin behauptet, sie hätte ihre Rechte verstanden. Wünscht sie, daß ich abbreche? Wenn nicht, dann lassen Sie mich doch bitte meine Fragen auch stellen, ja?

A.: Nur zu, nur zu, ist doch immer die gleiche alte Geschichte.
F.: Miss Weed, spricht man Sie mit dem Kosenamen Bye an?
A.: Zuweilen.
F.: Würden Sie nicht eher sagen, daß dies öfter als nur zuweilen der Fall ist?
A.: Gelegentlich. Ich würde sagen gelegentlich.
F.: Nun denn, reagieren Sie auf diesen Namen? Bye?
A.: Ja.
F.: Falls ich Sie Bye nennen würde, würden Sie also darauf reagieren, ist es nicht so?
A.: Ja.
F.: Wofür steht es? Dieses Bye?
A.: Byerly.
F.: Was, wie wir gehört haben, Ihr zweiter Vorname ist.
A.: Ja.
F.: So daß es eigentlich eher an der Tagesordnung ist, nicht wahr? Daß man Sie Bye nennt und daß Sie auf diesen Namen reagieren.
A.: Ich benutze diesen Namen zuweilen. Bye. Aber man nennt mich auch Pauline. Und manchmal auch Byerly.
F.: Haben Sie je einen Brief mit diesem Namen unterzeichnet?
A.: Sie meinen mit Byerly?
F.: Nein, ich meine mit Bye. Haben Sie je einen Brief mit dem Namen Bye unterzeichnet?
A.: Zuweilen.
F.: Miss Weed, ich zeige Ihnen jetzt die Kopien einiger Briefe –
A.: (von Mr. Kahn) Darf ich die bitte sehen?
F.: Es handelt sich um Kopien der Briefe, welche die Detectives Brown und Carella aus Arthur Schumachers Bankschließfach sichergestellt haben. Wir wollen die Originale nicht mehr strapazieren, als das ohnehin der Fall gewesen ist.
A.: Zeigen Sie sie mir bitte.
F.: Bitte. Aber verbrennen Sie sich nicht die Finger. (Die Vernehmung wurde um 22.05 wieder aufgenommen.)
F.: Miss Weed, haben Sie diese Briefe geschrieben?
A.: Nein.

F.: Sie haben diese Briefe also nicht mit dem Namen Bye unterschrieben?

A.: *Niemand* hat diese Briefe mit *irgendeinem* Namen unterschrieben.

F.: Ja, entschuldigen Sie, da haben Sie absolut recht. Haben Sie den Namen Bye unter diese Briefe *getippt*?

A.: Nein, habe ich nicht. Ich habe diese Briefe nicht geschrieben.

F.: Wir haben hier eine Schreibmaschine, die die beiden Detectives in Ihrem Laden sichergestellt haben...

A.: (von Mr. Kahn) Welche Schreibmaschine? Ich sehe keine Schreibmaschine.

F.: Sie befindet sich auf dem Weg ins Labor, Mr. Kahn. Sichergestellt wurde sie bei Bide-A-Wee Pets in der Jefferson Avenue 602, und sie wird zur Zeit als potentielles Beweismittel untersucht –

A.: Beweismittel? Als Beweis wofür?

F.: Als Beweismittel in einem Mordfall.

A.: Ich sehe da keine Verbindung, Mrs. Brand, tut mir leid. Selbst wenn Miss Weed diese Briefe geschrieben hat... und ich hoffe doch, Sie können das beweisen, da die Briefe an sich höchstens den guten Ruf meiner Klientin schädigen würden...

F.: Aus genau diesem Grund befindet sich die Schreibmaschine im Labor, Mr. Kahn. Aber wenn Sie jetzt entschuldigen würden, wir stehen hier nicht vor Gericht, wir versuchen schließlich nur eine Verdächtige zu vernehmen, nicht wahr? Wenn Sie mir das also gestatten würden? Oder wollen Sie, worauf ich vorhin schon hingewiesen habe, daß ich die Vernehmung sofort beende?

A.: (von Miss Weed) Ich habe nichts zu verstecken.

F.: Mr. Kahn? Darf ich das als Erlaubnis werten, fortfahren zu dürfen?

A.: Sicher doch, nur zu, ist doch immer wieder dieselbe alte Geschichte.

F.: Miss Weed, wann haben Sie Arthur Schumacher kennengelernt?

A.: Im Januar letzten Jahres.

F.: Das wären dann also... was haben wir heute?
A.: (von Mr. Carella) Den einunddreißigsten Juli.
F.: Das wären dann also... Wieviel macht das? Achtzehn, neunzehn Monate?
A.: (von Mr. Carella) Achtzehn.
F.: Trifft das zu, Miss Weed?
A.: Ein bißchen länger.
F.: Wie haben Sie ihn kennengelernt?
A.: Seine Frau hat einen Hund bei mir gekauft. Als Weihnachtsgeschenk. Er kam einen Monat später bei mir vorbei, um sich wegen eines Halsbandes zu erkundigen.
F.: Und das war der Beginn Ihrer Beziehung.
A.: Ich hatte keine *Beziehung* zu ihm. Er war ein *Kunde.*
F.: Und nichts weiter?
A.: Nichts weiter.
F.: Wie erklären Sie dann diese Briefe?
A.: Ich habe diese Briefe nicht geschrieben.
F.: Sie wissen doch, daß es uns gemäß den Richtlinien aus der Entscheidung im Fall Miranda –
A.: (von Mr. Kahn) Schon wieder eine Einführung in die Jurisprudenz!
F.: – zum Beispiel gestattet ist, Ihre Fingerabdrücke zu nehmen...
A.: (von Mr. Kahn) Wogegen ich aufs Heftigste protestieren würde.
F.: Was jedoch nichts am Wortlaut des Gesetzes ändern würde. Sind Sie sich dessen bewußt, Miss Weed?
A.: Wenn Sie sagen, daß das Gesetz ist...
F.: Das sage ich.
A.: Dann wird es wohl stimmen.
F.: Sind Sie sich außerdem darüber im klaren, daß die Originale dieser Briefe, durch wie viele Hände sie inzwischen auch immer gegangen sein mögen –
A.: Ich habe diese Briefe nicht geschrieben.
F.: Wer immer sie geschrieben hat, seine Fingerabdrücke können durchaus noch auf den Originalen sein, sind Sie sich darüber im klaren?

A.: Ich weiß nicht das geringste über diese Briefe. Ich habe keine Ahnung, wer diese Briefe geschrieben hat.
F.: Haben Sie je die Originale dieser Briefe gesehen?
A.: Nein.
F.: Sind Sie sich dessen sicher?
A.: (Schweigen)
F.: Miss Weed?
A.: Ja. Ich bin mir dessen sicher. Ich habe sie nie gesehen.
F.: Dann ist es also völlig *ausgeschlossen*, daß sich Ihre Fingerabdrücke darauf befinden können, ist das so?
A.: Sie können nicht darauf sein.
F.: Was, wenn sie es nun doch sind? Was, wenn wir Fingerabdrücke auf diesen Briefen finden, die mit den Ihren identisch sind? Wie würden Sie das erklären, Miss Weed?
A.: (Schweigen)
F.: Miss Weed?
A.: (Schweigen)
F.: Miss Weed? Würde Sie meine Frage bitte beantworten?
A.: (Schweigen)
F.: Lieutenant, ich möchte, daß von der Gefangenen Fingerabdrücke genommen werden, bitte.
A.: (von Mr. Kahn) He, nun warten Sie aber mal, ja! In den Miranda-Richtlinien steht kein Wort davon, daß Sie –
F.: Kann jemand dem Mann eine Kopie der Richtlinien geben?
A.: (von Mr. Kahn) Nun warten Sie aber mal einen Augenblick!
F.: (von Lieutenant Byrnes) Geh doch mal jemand hinunter zum Sergeant vom Dienst, ob der einen Miranda-Leitfaden unterm Tisch hat. Miss, wenn Sie jetzt mitkommen würden? Steve, würden Sie ihr für mich die Fingerabdrücke abnehmen, ja?
A.: (von Mr. Carella) Gehen wir, Miss.
F.: (von Mrs. Brand) Miss Weed?
A.: (Schweigen)
F.: Miss Weed?
A.: Ich habe ihn so sehr geliebt.

Ich habe nicht gewußt, daß er jemand anderen gefunden hatte. Ich habe gedacht, er hätte einfach das Interesse verloren. So etwas kommt vor, wissen Sie. Liebe währt nun mal nicht ewig. Ich war bereit, das zu akzeptieren. Wenn jemand einen nicht mehr liebt, dann liebt er einen eben nicht mehr. Es hat ein Jahr gedauert – na ja, genaugenommen haben noch ein paar Tage gefehlt. Er kam zum erstenmal an jenem dreiundzwanzigsten in den Laden, das war unser Jahrestag, der dreiundzwanzigste Januar. Das war nicht schlecht. Ich habe Freundinnen, die sind schon glücklich, wenn ein Mann sechs Monate bei ihnen bleibt. Und mit uns ging das fast ein Jahr. Der Tag, an dem er mir gesagt hat, daß er Schluß machen will, das war der fünfzehnte Januar. Ich kann mir solche Daten gut merken. Es ging also fast ein Jahr. Also habe ich...

Wissen Sie.

Ich...

Ich habe ihm gesagt: okay.

Ich meine, was sollte ich machen? Wenn ein Mann einen nicht mehr liebt, bleibt einem nichts anderes übrig, als ihn gehen zu lassen, nicht?

Ich mußte trotzdem ständig an die ganzen Sachen denken, die wir gemacht hatten.

Das mit den Briefen war ein netter Spaß. Aber es hat nur eine kleine Weile gedauert, es war ein heißer Sommer.

Hin und wieder habe ich noch eine andere für ihn eingeladen. Na ja, für uns. Sie und ich, wir sind zusammen aufs College gegangen. Marian heißt sie. Eine Blonde, genau wie ich... na ja, er hatte nun mal eine Schwäche für Blondinen. Aber da war ich mir seiner noch sicher. Ich meine, natürlich waren wir zu dritt, sicher, aber eigentlich waren wir doch nur zu zweit, wenn Sie wissen, was ich meine? Er und ich, wir beide haben den Ton angegeben. Marian war nur zu unserem Vergnügen dabei.

Wir hatten schöne Stunden zusammen.

Aber wenn etwas vorbei ist, dann ist es eben vorbei, ist es nicht so? Ich meine, ich bin kein Kind mehr, ich weiß, wann man aufhören muß. Und obwohl ich einsam war...

Und ich war sehr einsam.

Ich habe ihn so sehr geliebt.

Trotzdem, ich... ich habe gedacht, ich könnte damit leben. Ich hatte das Geschäft, ich liebe Tiere, wissen Sie. Habe ich mich eben damit beschäftigt. Und ich denke, ich wäre sicher damit zurechtgekommen, wenn sie nicht...

Es war irgendwie fast so, als würde ich in den Spiegel sehen. Nur daß es eine jüngere Ausgabe von mir war, die da den Kopf lachend zurückgeworfen, in Arthurs Armen die Straße herauf auf mich zukam. Langes blondes Haar, blaue Augen – ein Spiegelbild von Arthur und mir. Nur daß nicht ich es war. Es war eine andere Frau, im Grunde ein kleines Mädchen, sie konnte nicht älter sein als zwanzig, sie stellte sich auf die Zehenspitzen, um ihn auf die Wange zu küssen, ich drehte mich um, bevor sie mich sehen konnten. Lief mitten im Verkehr über die Straße. Alle hupten, es war schrecklich. Als ich mich wieder umdrehte, waren sie weg. Im Gewühl verschwunden. Fort.

Ich dachte mir: Nun sieh einer an.

Ich dachte mir: Hat der Mistkerl doch tatsächlich schon eine Neue.

Es ist gerade mal einen Monat her...

Das war am zwölften Februar, ich vergesse solche Daten nicht so schnell...

Es ist gerade mal einen Monat her, und schon hat er eine neue, noch nicht mal eine Frau, nein, ein kleines Mädchen, so jung wie sie aussah. Und als ich überlegte, ob...

Ich meine, war es denn möglich, daß er *so schnell* eine andere gefunden hatte? Ich meine gerade mal einen Monat, nachdem wir uns ade gesagt hatten? War das nicht ein bißchen zu fix gegangen? Und dann kam mir der Gedanke, daß er womöglich schon eine ganze Zeit mit ihr zusammen war, vielleicht schon, *bevor* er mir den Laufpaß gab. Und das machte mir dann doch zu schaffen. Ich meine, wirklich zu schaffen. Ich hätte wohl einfach sagen sollen, zum Teufel mit dem Kerl, aber es hat mir arg zugesetzt. Wissen Sie, wie manche Dinge eben so an einem nagen. Nun, genauso war das. Es hat mich geradezu aufgefressen.

Ich meine, alles, was wir zusammen gemacht hatten.

Großer Gott.

Und so...

Nun, ich denke, ich habe wohl angefangen, ihm nachzuspionieren, weil ich herausfinden wollte, wie lange das schon mit den beiden ging, wissen Sie. Ich meine, hatte der Mann mich die ganze Zeit über zum Narren gehalten? Hatte er die Kleine schon nebenher, während ich ihm die vielen Briefe schrieb und ihm andere Frauen besorgte... na ja, nur Marian, aber wir haben eine Menge zusammen mit ihr gemacht, wir müssen es mindestens ein dutzendmal mit ihr gemacht haben. Hatte er mich wirklich die ganze Zeit über zum Narren gehalten, verdammt noch mal?

Sie wohnte in einem Luxusapartment am Silvermine Oval... na, Sie wissen ja, wo sie gewohnt hat. Er ging so zwei-, dreimal die Woche zu ihr. Ich bin ihm gefolgt. Eines Tages fragte ich einen der Portiers, nicht den Saudi oder was immer der ist, dieser kleine, der nicht Englisch kann, damals war das ein anderer. Ich sagte ihm, er könnte mir sicher sagen, wer die junge Frau sei, die eben hereingekommen war, Helen King, nicht wahr? Ich sei sicher, sie wäre eine Ex-Kollegin von mir. Er sagt nein, sie heiße anders, und ich sagte, ich sei sicher, daß sie es sei, ob er mir nicht den Namen sagen könnte, bitte. Er hat mich angesehen, wie einen Portiers eben so ansehen – als wollte ich reingehen und jemanden in seinem Scheißgebäude umbringen, und er sagt: Nein, ich darf keine Namen herausgeben. Sie sehen also, es war gar nicht so einfach, ihren Namen zu kriegen.

Ich begann dann, auch ihr nachzuspionieren. Nicht nur, wenn sie mit ihm zusammen war, mit Arthur, meine ich, nein, auch wenn sie allein war. Ich wollte unbedingt ihren Namen herauskriegen, wissen Sie. Es ist gar nicht so einfach, in dieser Stadt den Namen von jemandem herauszukriegen. So was von mißtrauisch, wie die Leute hier sind. Da ich ihr nachging, wußte ich bald, daß sie ihre Lebensmittel im Food Emporium oben am Stem kaufte. Sie wollte das Zeug geliefert haben, und füllte einen kleinen Zettel aus. Also sorgte ich dafür, daß ich an der Kasse hinter ihr zu stehen kam, so daß ich sehen konnte, wie sie Namen und Adresse auf den Auftragsblock schrieb: Susan Brauer, Silvermine Oval 301. Ph – das war's.

Nicht, daß ich was geplant hätte.

Ich wollte nur über sie Bescheid wissen.

Weil es in mir nagte, daß er sich womöglich schon mit ihr getroffen hatte, als er mir noch erzählte, wie sehr er mich liebe.

Und dann, eines Tages, sah ich dann den anderen.

Ich sah sie mit einem anderen.

Das war gleich nach Ostern, am achtzehnten April. Es regnete. Es war tagsüber. Es schüttete furchtbar. Sie kamen zusammen aus dem Haus, er war ganz offensichtlich bei ihr oben gewesen. Er hatte weißes Haar, erst dachte ich wirklich, es wäre ein alter Mann. Ich konnte nicht verstehen, was sie an ihm fand.

Sie gingen zusammen zu einem kleinen Italiener an der Culver. Dann kehrten sie zurück in ihre Wohnung. Sie waren den ganzen Nachmittag über oben. Arthur ging dann später am Abend hinauf. Sie hatte mit *beiden* was. Ich konnte es einfach nicht glauben! Mott hieß der Kerl. Thomas Mott. Ich bin ihm zu seinem Antiquitätengeschäft an der Dritten Avenue gefolgt. Ich bin eines Tages in den Laden, nur um ihn mir aus der Nähe anzusehen. Er war jünger, als ich gedacht hatte, in den Fünfzigern, schätze ich. Dunkelbraune Augen in einem blassen Gesicht. Ich sagte ihm, ich interessiere mich für eine Tiffany-Lampe. Er schien ganz sympathisch zu sein.

Aber sehen Sie, sie hatte einen großen Fehler gemacht.

Damit konnte ich Arthur zurückbekommen. Indem ich ihm sagte, daß sie ihn betrog. Ich meine, die ganze Zeit über, in der ich mit Arthur zusammen war – und das war fast ein ganzes Jahr, vergessen Sie das nicht –, da habe ich ihn nicht ein einziges Mal betrogen. Nicht ein einziges Mal. Und jetzt war da plötzlich jemand, den er schon... na gut, ich wußte nicht, wie lange er sie schon gekannt hatte, bei dem bißchen, was ich überhaupt wußte, hätte das ja auch schon seit einer Ewigkeit gehen können... aber seit Januar ging das mindestens schon, und es war erst April, und schon betrog sie ihn. Also dachte ich mir, gehst du mal hin und redest mit ihr. Sagst ihr, daß du sie verpfeifst, wenn sie nicht aufhört, sich mit Arthur zu treffen. Rede ganz vernünftig mit ihr. Sie hatte einen Mann, wozu brauchte sie zwei? Rede mit ihr. Ganz vernünftig. Der Tag, an dem ich dann hingegangen bin...

Dienstag, der siebzehnte Juli, ist ein drückend heißer Tag. Die drei apokalyptischen Reiter, Dunst, Hitze und Luftfeuchtigkeit, fegen rücksichtslos durch eine Stadt, die ohnehin längst in die Unterwürfigkeit getrampelt worden ist. Sie geht nur hin, um mit ihr zu reden. Sie hat erst angerufen, um ihr zu sagen, sie hätte einige Dessous zu liefern und ob es in Ordnung wäre, wenn eines der Mädchen später am Nachmittag vorbeischauen würde. Er hatte ihr doch garantiert schon mal die einen oder anderen sexy Dessous geschenkt? Das Spielchen mit den Strapsen? Einen BH mit den Ausschnitten für die Brustwarzen? Aber sicher doch.

Die kleine Susie sagte: »Ach, geben Sie's doch bitte einfach beim Portier ab, ja?«

Ein Minnie-Maus-Stimmchen. Das erste Mal, daß sie ihre Stimme gehört hat.

»Der Herr hat mir aufgetragen, dafür zu sorgen, daß Sie die Sachen persönlich bekommen, verstehen Sie«, sagte sie ins Telefon. »Der Herr hat darauf bestanden, daß Sie für die Lieferung quittieren.«

»Welcher Herr?« fragt Susie mit ihrem Minnie-Maus-Stimmchen. »Sagen Sie mir bitte seinen Namen?«

»Arthur Schumacher«, sagt sie.

»Oh, das geht in Ordnung«, sagt Susie mit demselben überstürzten, atemlosen Tonfall. »Können Sie am späten Nachmittag vorbeikommen?«

»Welche Zeit wäre Ihnen denn recht, Miss?«

»Habe ich Ihnen nicht gerade gesagt, am späten Nachmittag? Das ist um *fünf* Uhr!«

F.: Wie empfanden Sie das? Die Art und Weise, wie sie mit Ihnen gesprochen hat?

A.: Ich dachte mir, daß sie ein kleines Miststück ist.

F.: Schon, aber hatte ihre Reaktion nicht vielleicht etwas mit dem zu tun, was später passierte? Die Ungeduld in ihrer Stimme?

A.: Nein, ich dachte mir nur, was für ein Miststück sie sei, aber ich hatte trotzdem nichts weiter vor, als hinaufzugehen und mit ihr zu reden.

F.: Na schön, was ist dann passiert?
A.: Ich mußte mit dem Portier fertig werden, aber ich wußte ja, daß da ein Portier war. Ich trug...

Sie trägt ein beiges Seidenkopftuch, um ihr blondes Haar, und eine dunkle Brille, um ihre Augenfarbe zu verbergen, von Kopf bis Fuß ist sie in dieses undefinierbare Beige gehüllt, eine Farbe – oder *Nichtfarbe* –, die sie nicht ausstehen kann und deshalb so gut wie nie trägt. Und heute trägt sie das Beige nur, weil sie zum Ton der Einkaufstüte des Dessous-Geschäfts paßt. Sie möchte ja für eine Lieferantin gehalten werden. In beiger Polyesterhose, beiger Baumwollbluse, goldenem Ledergürtel, geht sie auf den Portier in der grauen Uniform mit den roten Streifen zu, in der Rechten hält sie die große beige Tüte mit der goldenen Aufschrift. Mit diesem Portier hat sie schon mal gesprochen, es ist der kleine Dicke mit dem Akzent. Jetzt sagt sie ihm...

F.: Wann war das?
A.: Wie bitte?
F.: Wann haben Sie mit ihm gesprochen?
A.: Oh. Als ich noch ihren Namen herauszufinden versuchte. Aber er spricht kaum Englisch, so daß ich es schließlich aufgegeben habe. Er hatte auch an diesem Tag Dienst. Ich habe ihm gesagt, weshalb ich hier sei...

»Miss Brauer, bitte.«

»Wer sind Sie, bitte?« Er musterte sie mit einem Blick von Kopf bis Fuß, was sie an Männern absolut nicht ausstehen kann.

»Sagen Sie ihr nur, daß Victoria's Secret hier ist«, sagte sie.

»Augenblick«, sagte er und klingelte im Penthouse an.

»Ja?«

Ihre Stimme kommt über die Gegensprechanlage.

»Lady?«

»Ja, Achmed?«

»Vittoria Siegah hier«, sagt er.

»Ja, schicken Sie sie bitte herauf.«

Das wär's.

Noch immer will sie nur mit ihr reden.

Aber es gibt nun mal Leute, mit denen man einfach nicht reden kann.

Die kleine Susie ist ärgerlich, weil man sie ausgetrickst hat. Im Wohnzimmer stehen zwei schwarze Ledersofas, eins davon an der Wand gegenüber der Apartmenttür, das zweite an der kürzeren Wand mit dem Fenster auf der anderen Seite des Raumes. Ein Couchtisch mit einer Glasplatte steht vor dem einen Sofa, darauf ein Martiniglas, in dem eine Zitronenscheibe schwimmt, die kleine Lady hat was getrunken. Sie steht vor dem Sofa, höchst ärgerlich und schlicht und ergreifend wunderschön, blond, blauäugig, in einem schwarzen Seidenkimono, der bereits von Victoria's Secret stammen dürfte, rotes Klatschmohnblütenmuster, darunter nackt, wie sie aus den zornig aufgerichteten Brustwarzen schließt.

»Sie haben kein Recht hierherzukommen«, sagt sie.

»Ich möchte nur mit Ihnen reden.«

»Ich rufe ihn auf der Stelle an, und sage ihm, daß Sie hier sind.«

»Nur zu, rufen Sie ihn an.«

»Das werde ich«, sagt sie.

»Er braucht mindestens eine halbe Stunde, um hierherzukommen. Bis dahin sind wir längst fertig.«

»*Sie* sind es, die bis dahin fertig ist.«

»Ich würde wirklich gern mit Ihnen reden. Könnten wir nicht miteinander reden, bitte?«

»Nein.«

»Bitte, Susan, bitte.«

Vielleicht ist es der flehentliche Ton in ihrer Stimme, der die kleine Susie dazu veranlaßt, auf ihrem Weg zum Telefon umzukehren und wieder an den Couchtisch zurückzugehen, wo sie ihren Martini nimmt und leert. Dann geht sie an die Bar, ihre nackten Füße tappen über den dicken Flor des Teppichs, und – charmante Gastgeberin, die sie ist – schenkt sich – und nur sich! – einen weiteren Martini ein. Auf der Bar liegt eine Zitrone, sie leuchtet, so gelb ist sie. Neben ihr liegt ein Flaschenöffner mit einem Holzgriff. Neben diesem ein dazu passendes Obstmesser. Die späte Nachmittagssonne fällt durch die luftigen weißen Gardinen hinter dem schwarzen Ledersofa an der hinteren Wand. Das kleine Susie-Püppchen geht zum Couchtisch zurück und stellt sich daneben, hübsch wie sie ist, in Pose, barfuß, gereizt, den Kimono locker um die Taille gebunden. Ein Hauch blonden Schamhaares spitzt hervor.

»Was wollen Sie?« fragt sie.

»Ich will, daß Sie aufhören, sich mit ihm zu treffen.«

»Nein.«

»Hören Sie doch erst mal zu.«

»Nein.«

»Hören Sie mir zu, Susie –«

»Nennen Sie mich nicht Susie! Niemand nennt mich Susie!«

»Wollen Sie, daß ich es ihm sage?«

»Was wollen Sie ihm sagen?«

»Ich denke, Sie wissen schon, was.«

»Nein, weiß ich nicht. Und außerdem ist es mir sowieso schnuppe. Ich möchte, daß Sie jetzt gehen.«

»Sie wollen also, daß ich es ihm sage, ja?«

»Ich will, daß Sie hier verschwinden«, sagt Susie und dreht ihr den Rücken zu, um das Martiniglas neben ihr auf den Tisch zu stellen, als sei sie hiermit entlassen – Ende der Party, Schwester, Schluß mit Cocktails, auch wenn ich dir gar keinen angeboten habe.

»Na schön, dann sage ich ihm eben, was zwischen Ihnen und –«

»Na dann sagen Sie's ihm eben«, sagt Susie und wendet sich ihr wieder zu, jetzt mit einem Grinsen auf dem Gesicht, die Hände auf die Hüften gestemmt, die Beine weit gespreizt, das Schamdreieck eine glatte Herausforderung. »Er wird Ihnen nicht glauben«, sagt sie, und das Grinsen wird breiter, der blanke Hohn.

Aber sie hat recht, er wird ihr nicht glauben, sie hat völlig recht. Er wird denken, sie hätte sich das aus den Fingern gesogen. Eine Lüge, um sie beide auseinanderzubringen. Und mit dieser Wahrheit vor Augen, voller Hilflosigkeit im Angesicht dieser grausamen und bitteren Wahrheit packt sie mit einemmal der Zorn. Sie weiß nicht mehr, was sie im nächsten Augenblick sagt – vielleicht sagt sie auch gar nichts oder sagt es so leise, daß es nicht zu hören ist. Sie weiß nur, daß sie plötzlich das Obstmesser in der Hand hat.

F.: Haben Sie Susan Brauer erstochen?

A.: Ja.

F.: Wie oft haben Sie auf sie eingestochen?

A.: Das weiß ich nicht mehr.

F.: Wissen Sie, daß sie zweiunddreißig Stichwunden hatte?

A.: Gut.

F.: Miss Weed...

A.: Meine Kleidung war voll Blut. Ich nahm mir einen Regenmantel aus ihrem Schrank und zog ihn an. So daß der Portier das viele Blut nicht sehen würde.

F.: Miss Weed, haben Sie auch Arthur Schumacher getötet?

A.: Ja. Ich hätte das bleiben lassen sollen, es war dumm von mir. Ich konnte nicht mehr richtig denken.

F.: Wie meinen Sie das?

A.: Nun, sie war ja aus dem Weg, verstehen Sie. Ich hatte ihn wieder ganz für mich allein.

F.: Ich verstehe.

A.: Aber natürlich stimmte das gar nicht.

F.: Was stimmte nicht, Miss Weed?

A.: Daß ich ihn wieder für mich alleine hatte. Nicht wirklich. Weil er es ja gewesen war, der Schluß gemacht hatte, verstehen Sie, nicht ich. Und wenn er so schnell eine andere gefunden hat, nun, dann würde er eben wieder eine andere finden, so einfach war das, finden Sie nicht? Er war fertig mit mir, er würde nie wieder zu mir zurückkommen. Er würde ein anderes Püppchen finden, diesmal vielleicht eine noch Jüngere – er hatte mich mal gebeten, was mit Hannah aus meinem Laden zu arrangieren, können Sie sich das vorstellen? Sie war damals fünfzehn, und er bat mich, doch ein Trio mit ihr zu arrangieren. So habe ich... ich denke, mir ist klar geworden, daß ich ihn für immer verloren hatte. Und da packte mich wieder der Zorn. Über das, was er getan hatte. Mich so einfach zu verlassen und mit ihr was anzufangen. Daß er mich *benutzt* hatte. Ich habe es nicht gern, wenn man mich benutzt. Also habe ich... er hatte mir einen Revolver geschenkt. Ich ging also hin und wartete.

F.: Wohin, Miss Weed?

Nellies Stimme war kaum hörbar. Sie wollte die Adresse bekommen, für später, wenn man die Sache vor Gericht brachte. Sie wollte alles lückenlos beisammen haben; heutzutage kam es ja sogar vor, daß sich eine Jury noch nicht mal von auf Video aufgezeichneten Geständnissen beeindrucken ließ.

A.: Na da, wo er wohnte. Am Selby Place.
F.: Wann war das, wissen Sie das noch?
A.: Ja, das war der zwanzigste. Ein Freitagabend.
F.: Und Sie sagen, Sie sind dorthin gefahren und haben vor dem Haus gewartet…
A.: Ja, und ich habe ihn erschossen.
F.: Wie oft haben Sie geschossen? Wissen Sie das noch?
A.: Viermal.
F.: Haben Sie auch den Hund erschossen?
A.: Ja. Das tat mir leid. Aber der Hund war ein Geschenk von ihr, wissen Sie.
F.: Von…?
A.: Margaret. Seiner Frau. Über Margaret wußte ich natürlich Bescheid, Margaret war kein Geheimnis, wir haben ständig über Margaret gesprochen.
F.: Haben Sie auch sie getötet?
A.: Ja.
F.: Warum?
A.: Alle.
F.: Verzeihung, wie meinen Sie…?
A.: Jede Frau, die je was mit ihm zu tun gehabt hat.
F.: Wollen Sie damit sagen, daß…?
A.: Alle, ja. Haben Sie sein Testament nicht gelesen? Eine derartige Beleidigung!
F.: Nein, ich habe es nicht gelesen. Sagen Sie mir, was –
A.: Nun, Sie sollten es sich mal ansehen. In meinem ganzen Leben hat mich nie jemand so beleidigt! Zehntausend Dollar! Wenn das kein Schlag ins Gesicht ist, was dann? Nach allem, was wir einander bedeutet hatten, nach allem, was wir zusammen gemacht hatten? Er hat die gleiche Summe seinem Scheißtier-

arzt hinterlassen! Großer Gott, es hätte mich fast umgebracht vor Wut! Was hat er den *anderen* hinterlassen, das war die Frage. Wieviel hat er seiner geliebten Margaret hinterlassen, oder seiner ersten Frau, die übrigens mit ihm in Bars gegangen ist, um da Nutten aufzugabeln. Er hat mir erzählt, daß sie einmal drei Stück in der Wohnung gehabt hätten, drei auf einmal, drei schwarze Nutten! Das war, als seine feinen Töchter im Sommerlager gewesen sind. Und überhaupt, was ist mit denen? Dem frommen Hausmütterchen mit ihrem Zahnarzt und der blöden Hippie-Göre, der er das Haus oben in Vermont geschenkt hat? Wieviel hat er *denen* vermacht? Großer Gott, ich war so was von wütend! Hat er mich für einen Trottel gehalten? Ich bin kein Trottel, wissen Sie. Das habe ich ihm gezeigt.

F.: Wie haben Sie es ihm gezeigt?

A.: Ich war hinter ihnen allen her. Ich wollte sie alle kriegen. Um es ihm zu zeigen.

F.: Mit ›ihnen allen‹ –

A.: Na eben allen. Margaret und seine erste Frau, seine lieben Töchter, eben alle – was meinen denn Sie, was alle heißt? Seine *Weiber*! Seine Scheiß*weiber*!

F.: Sie haben also auch Gloria Sanders getötet?

A.: Habe ich, ja. Das habe ich doch gesagt, oder nicht?

F.: Nein, bis jetzt nicht...

A.: Na jedenfalls habe ich es getan. Ja. Und es tut mir auch nicht leid. Nicht um sie, nicht um eine von ihnen. Es sei denn... na ja, ich nehme an vielleicht um...

F.: Ja?

A.: Nein, lassen Sie's gut sein.

F.: Bitte, sagen Sie es mir.

A.: Ich denke, es tut mir leid...

F.: Ja?

A.: Arthur weh getan zu haben.

F.: Warum das?

A.: Er war so ein wunderbarer Mensch.

Ein Klopfen kam von der Tür.

»Wir sind beschäftigt!« rief Byrnes.

»'Tschuldigung, Sir, aber –«

»Ich habe doch gesagt, wir sind beschäftigt!«

Die Tür öffnete sich zaghaft. Miscolo, einer der Schreibkräfte, steckte den Kopf zur Tür herein.

»Tut mir leid, Sir«, sagte er, »aber es ist dringend.«

»Was ist los?« fuhr Byrnes ihn an.

»Es ist für Sie, Steve«, sagte Miscolo. »Detective Wade vom Fünfundvierzigsten.«

12. Kapitel

Die Autos schoben sich durch die Nacht wie aufgetauchte U-Boote, zwei große Pkw mit je fünf Kripobeamten. Alle in kugelsicheren Westen. Carella saß im ersten Wagen, mit ihm Wade, Bent und zwei Polizisten, die sie ihm als Tonto und Lone Ranger vorstellten. Nicht, daß Tonto auch nur das mindeste von einem Indianer gehabt hätte. Carella hatte sich zusammen mit den anderen im 45. Revier eingekleidet und saß jetzt auf dem Rücksitz zwischen Wade und Bent. Alles Mordskerle. Die kugelsicheren Westen machten sie noch breiter. Es war eng im Wagen.

»Der, der geschossen hat, heißt Sonny Cole«, sagte Wade. »Er hat in jedem Fall eine Neun-Millimeter dabei, und so wie das Mädel sie beschrieben hat, ist es wahrscheinlich die Uzi, die wir schon suchen.«

»Okay«, sagte Carella und nickte. Sonny Cole, dachte er. Der Kerl, der meinen Vater umgebracht hat.

»Der andere Diz Whittaker. Sein richtiger Name ist, glaub ich, Desmond, wir sind eben dabei, die beiden per Computer zu überprüfen. So, wie sie uns das erzählt hat, ist dieser Diz das Gehirn des Unternehmens.«

»Sauberes Hirn«, meinte Bent verdrießlich.

»Na, jedenfalls ist er derjenige, der den Überfall auf den Laden Ihres Vaters geplant hat, und dann noch einen weiteren am letzten Donnerstag abend, als wir sie beinah geschnappt haben.«

»Auf einen Schnapsladen«, erklärte Bent. »Auf die Art und Weise besorgen sich die beiden das Moos fürs Dope, mit armseligen, kleinen Überfällen.«

Wade warf ihm einen scharfen Blick zu.

Armseliger kleiner Überfall, dachte Carella. Mein Vater wurde für zwölfhundert Dollar umgebracht. Er dachte, er würde die Begegnung mit diesen beiden Strolchen genießen. Und wie er das genießen würde.

»Das Mädel wohnt seit ein paar Wochen mit ihnen zusammen, sie haben sie am Friedhofsstrich aufgegabelt, sie geht da anschaffen«, sagte Wade.

»Und auf Dope ist sie auch«, sagte Bent.

»Ein Musterkind auf der ganzen Linie«, sagte Wade.

»Das Haus ist an der Talley Road, das ist im Sechsundvierzigsten, da wohnen fast nur Schwarze und Spanier. Sie leben in einem Zimmer im zweiten Stock. Zweifamilienhaus, mitten in der Prärie, weil sie rundherum alles planiert haben, für neue Sozialbauten.«

»Das heißt also, sie sehen uns schon meilenweit kommen.«

»Tja, so ist das Leben«, sagte Bent.

Das Haus war zweistöckig, mit Schindeln verkleidet und mit Dachpappe gedeckt. Leere Grundstücke zu beiden Seiten, nichts als Sand, es sah aus, als hätte sich jemand das Haus mitten in die Wüste gestellt. Neue Sozialbauten am oberen Ende der Straße, keinen Block weit entfernt; sie sahen bereits aus, als hätte sich eine plündernde Armee darüber hergemacht: Graffitis an den Backsteinwänden, Bänke herausgerissen, Fenster eingeworfen.

Auf der gegenüberliegenden Straßenseite warteten acht Kriminalbeamte, alle vom 46., alle in kugelsicheren Westen. Es ging schließlich um eine große Sache: Der Vater eines Polizisten war erschossen worden. Ein schmaler Mond hing über den Bäumen und warf silbriges Licht auf den räudigen Rasen vor dem Haus. Nächtliche Insekten summten und zirpten. Noch war weit und breit kein Polizeifahrzeug zu sehen. Sie standen auf dem Parkplatz der Sozialbauten, außer Sicht, aber nur einen Funkruf weit weg; man wollte die Täter nicht aufschrecken. Die beiden Wagen vom 45. Polizeirevier entließen je vier Detectives in die schwarze Stille und verschwanden dann in der Dunkelheit. Unter den Bäumen hockten sie sich zu den anderen, sechzehn Detectives alles in allem, und gingen flüsternd wie Sommerinsekten zu Rate, um ihr Vorgehen abzusprechen.

»Ich will die Tür«, sagte Carella.

»Nichts da«, sagte Wade.

»Es war *mein* –«

»Die Tür gehört mir.«

Keiner der anderen widersprach ihnen. Worum sich die beiden hier rissen, war ein Vorgang, der als Stürmen der Tür bezeichnet wurde, was nichts anderes bedeutete, daß sie hier um einen plötzlichen Tod knobelten. Beim Stürmen einer Tür handelte es sich um die gefährlichsten dreißig Sekunden im Leben eines Polizisten. Wer immer die Spitze des Angriffskeils bildete, stellte sich schon mal für Flügel und Harfe an; schließlich konnte man ja nie wissen, was einen erwartete, und bei der heutigen Spezialmunition war es durchaus möglich, daß einem selbst durch eine Eisentür eine Kugel entgegengeflogen kam. In diesem speziellen Fall wußten sie sogar, was sie in dem Haus gegenüber erwartete: Ein Mörder mit einer 9-mm-Selbstladewaffe. Keiner, der sie noch alle beisammen hatte, würde diese Tür stürmen wollen. Außer Carella. Und Wade.

»Nehmen wir sie eben zusammen«, sagte Carella.

»So 'ne Tür kann bloß einer eintreten«, sagte Wade und grinste in den Mondschein. »Die hier gehört mir, Carella. Seien Sie brav.«

Die Zeiger von Carellas Uhr standen beide gerade nach oben. Tonto gab einen Funkspruch zum Sergeant der Schutzpolizei durch, der in seinem Wagen auf dem Parkplatz der Sozialbauten wartete. Er hatte noch sechs weitere Wagen neben sich. Er sagte dem Mann, sie würden es jetzt angehen. Der Sergeant sagte nur: »Verstanden. Ende.«

Die Detectives sahen einander an.

Wade nickte, und sie machten sich auf den Weg über die Straße.

Die acht Detectives vom 46. und vier von denen vom 45. Revier teilten sich in zwei Teams zu je sechs Mann und zogen los, um Flanken und Rückseite zu sichern. Carella und Wade, der Lone Ranger und Tonto dicht hinter ihnen, gingen das Haus auf dem Weg über den Rasen an.

Auf die von einem Geländer umgebene Veranda vor dem Haus führte eine Reihe niedriger Stufen. Das Ganze wirkte wie ein Haus irgendwo in der Prärie. Fast erwartete man, Steppenhexen vorbeirollen zu sehen. Dolly hatte ihnen gesagt, daß sie ein Zimmer im zweiten Stock nach vorne raus bewohnten, und zwar auf der rechten Seite des Hauses. Nur daß nirgendwo Licht zu sehen war. Vier schwarze Fenster im oberen Stock, zwei schwarze Fenster links von der blauen Haustür. Auch der Weg über den Rasen lag, abgesehen vom fahlen Mondlicht, im Dunkeln; die Straßenlampe hatte jemand eingeworfen. Der Weg war mit Kies aufgeschüttet.

Sand oder Schnee, ja selbst Schlamm wäre ihnen lieber gewesen: Der gottverdammte Kies krachte bei jedem Schritt so laut wie ein Knallfrosch. Rasch und, abgesehen vom Knirschen des Kieses, ohne Lärm zu machen, gingen sie über den Weg, bei jedem Klicken der Steinchen zusammenfahrend bewegten sie sich geradewegs auf die blaue Haustür zu. Wade und Carella hatten gerade die Verandatreppe erreicht, als die Schüsse losgingen.

Wie aufgescheuchte Fledermäuse stoben sie von den Stufen, hechteten in die niederen Sträucher zu beiden Seiten, einer links, einer rechts, drei weitere Schüsse kamen von rechts, der Lone Ranger und Tonto warfen sich vom Weg, rollten sich auf dem spärlichen Rasen ab und machten sich schon mal gefaßt, auf was auch immer nun kommen sollte.

Der nächste Schuß folgte fast unmittelbar, nur daß sie diesmal sahen, wo er herkam, ein gelber Blitz aus einem der Fenster links von der Veranda, fast unmittelbar gefolgt vom Brüllen der gasdruckstarken Pistole, die die Kugeln in die Nacht hinauspreßte, dann wieder der gelbe Blitz und *buummm,* ein Blitz und *buummm,* viermal, fünfmal – und dann wieder Stille.

Entweder hatte Dolly sich geirrt, was den Raum anbelangte, den sie und ihre Kumpane gemietet hatten, oder Sonny und Diz waren nach unten, in ein anderes Zimmer, gezogen.

Das jedenfalls dachten sie im Augenblick.

Es kam ihnen nicht einen Augenblick in den Sinn, daß Dolly sie –

»Nicht schießen!« schrie sie. »Die haben mich hier drin!«

»Scheiße«, sagte Wade.

Der Job war noch nicht mal drei Minuten alt, und schon hatten sie eine Geiselnahme am Hals.

Sämtliche Bewohner der Sozialbauten am anderen Ende der Straße kamen herunter, um sich das »Spätprogramm« anzugucken: *Stirb langsam,* Teil I und II, in einer Sommernacht Anfang August. Nur, daß das hier kein Wolkenkratzer in Los Angeles oder ein Flughafen in Washington war. Das hier war nichts weiter als ein armseliges kleines Häuschen, das auf die Bulldozer wartete, um Platz für Sozialbauten wie die zu machen, in denen die Leute hier lebten. Noch waren hier nicht Tausende von Leuten auf einem Flugplatz gefangen, ja noch nicht einmal Hunderte in einem Wolkenkratzer, hier ging es lediglich um zwei Strolche aus der Hauptstadt der Vereinigten Staaten – die, auf die Einwohner umgerechnet, die höchste Mordrate der ganzen Welt aufzuweisen hatte – und eine sechzehnjährige Geisel. Die verdiente sich nicht nur ihr Geld auf dem Strich an der Friedhofsmeile, sondern war obendrein auch noch eine Cracksüchtige. Und um deren Leben ging es jetzt. Carella wußte das. Dolly Simms hatte seinen Vater nicht umgebracht. Sonny Cole und Diz Whittaker hatten das auf dem Gewissen, gemeinschaftlich. Aber Dolly war jetzt bei den beiden Mördern da drin – wie, zum Teufel, war sie da bloß reingeraten, verdammt noch mal! Jedenfalls konnte die Polizei nun nicht einfach reingehen und den Laden in Stücke schießen.

Es war kaum zu glauben, wie die Menge vor dem Haus wuchs. Vielleicht entwickelte sich die Geschichte zu nichts anderem als einer weiteren glücklich endenden Episode der *Waltons,* aber man konnte schließlich nie wissen. Inzwischen jedenfalls war es allemal besser, hier draußen auf der Straße herumzulungern, wo wenigstens der Hauch eines Lüftchens herrschte, als in einem siebzehnstöckigen Backsteinturm. Bis ein Uhr morgens an jenem ersten Tag im August hatte die Polizei, in dem vergeblichen Bemühen, etwas Ordnung in die Gaffer zu bringen, das Haus nach allen vier Seiten abgeriegelt und mehr recht als schlecht ein Viereck aus Barrikaden erstellt. Beide LKWs vom Sondereinsatzkommando waren zur Stelle, und etwa drei Dutzend blau-weiße Funkstreifen standen um das belagerte Gebäude herum wie eine Phalanx antiker Streitwagen, hinter denen sich uniformierte und zivile Polizisten verschanzt hatten. Man hatte einen Generator aufgestellt, so daß das Haus nun von vier Seiten mit Scheinwerfern angestrahlt wurde, vor allem die Vorderfront. Dort kauerte nun schon Inspektor Bradys vierter Unterhändler hinter den Büschen vor der Veranda und versuchte mit einem der beiden Männer im Zimmer ins Gespräch zu kommen. Drei Unterhändler hatte Brady bereits verheizt. Den ersten beiden hatte man fast die Köpfe weggeschossen. Nicht einer von ihnen hatte es gewagt, auch nur einen Fuß auf die Veranda zu setzen.

Dolly Simms saß in einem der beiden Fenster und starrte geradewegs hinaus in die grellen Lichter.

Sie war alles, was zu sehen war.

Die beiden Männer waren irgendwo tiefer im Raum, weitab vom Fenster.

Sie ans Fenster zu kriegen wäre die erste Aufgabe.

Es war Dolly, die den Unterhändlern sagte, sie sollten besser nicht zu schießen anfangen. Sie sah nicht im geringsten verängstigt aus. Einer der Unterhändler berichtete, daß sie völlig stoned zu sein schien – was niemanden weiter überraschte.

Auch der Prediger war bereits auf der Straße und machte, was er am besten machte, was faktisch auch das einzige war, was er überhaupt konnte, nämlich die Leute bis zur Raserei aufzuhetzen. Hinter den Barrikaden schritt er auf und ab, das lange Haar hatte er nach hinten pomadisiert, im Licht der Scheinwerfer funkelten Goldkettchen um den Hals, und mit einer Flüstertüte in der Hand paukte er der Menge ein, daß man immer gleich den nächstbesten Afro-Amerikaner beschuldige, wenn irgendwo eine weiße Frau ›Vergewaltigung‹ schrie...

»Aber nehmt eine reine und unschuldige kleine Jungfrau wie Tawana Brawley, die von einem schreienden Mob weißer Männer vergewaltigt wird, die ihr danach auch noch das Wort *Nigger*...«

Jaa, jaa ertönte es von einer Handvoll Männer in dunklen Anzügen und roten Krawatten hinter ihm.

»...auf ihren Körper schmieren, es ihr mit Exkrementen auf ihren jungen geschändeten Körper schmieren, dann natürlich, dann befindet das weiße Gerichtssystem diese bigotten Vergewaltiger für völlig unschuldig und schimpft die junge Tawana eine Lügnerin und eine Hure!«

Die Polizisten hörten sich kaum über den Lärm seiner Flüstertüte hinweg.

»Nun, meine Brüder und Schwestern, was wir da drinnen haben, ist eine *echte* Hure, eine astreine und waschechte hundertprozentige Liebesdienerin, die zwei junge afro-amerikanische Brüder in eine Situation gelockt hat, für die sie nicht das geringste können! Und deshalb haben wir heute nacht die ganze mächtige Polizei dieser großen Stadt hier draußen, deshalb haben wir heute nacht diesen Zirkus hier – um einmal mehr die Jugend des schwarzen Amerika zu verfolgen und an den Pranger zu stellen!«

Kleine Kinder sprangen durchs Blickfeld der Fernsehkamera, um kurz ins Bild zu kommen, ein breites Grinsen auf dem Gesicht, die große Chance, einmal ins Fernsehen zu kommen – toll, da seh' ich mich morgen früh in den Nachrichten! In einem hatte der Prediger recht: Es herrschte heute nacht eine Zirkusatmosphäre hier draußen, aber nicht, weil hier auch nur einer darauf aus war, die unblutige Verhaftung zweier Mörder mitzuerleben. Statt dessen knisterte die Luft von einer Aufregung, wie sie in einer altrömischen Arena geherrscht haben mochte, in der niemand eine Chance hatte außer den Löwen. Keiner in diesem heruntergekommenen Viertel glaubte, daß jemand das Haus lebendig verlassen würde, nicht bei dieser Armee von Bullen. Schwarz oder weiß, wer immer da drinnen steckte, war so gut wie tot, davon war auch der letzte hier draußen auf der Straße überzeugt, ganz gleich welcher Religion, welcher politischen Richtung oder welchen Geschlechts. Die einzige Frage, die die Leute hier bewegte, war, *wann* es soweit sein würde. Und so wogte die Masse unruhig hinter den Absperrungen und wartete – wie seinerzeit das römische Publikum in der Arena darauf wartete, daß sich die Löwen einen Arm oder besser noch einen Kopf schnappten. Wartete, in der Hoffnung, den entscheidenden Augenblick mitzubekommen, in der Hoffnung, daß das Hollywoodfeuerwerk aus *Stirb langsam I & II* hier mitten in ihr wirkliches Leben hinein explodierte, mitten hinein in ihr billiges, müdes Viertel. Kaum einer hörte auf die zornigen Phrasen des Predigers, außer den Typen in Anzug und rotem Schlips, die jedes seiner Worte mit lauten *Ja-jaas* bestätigten. Alle Augen waren auf die Frau gerichtet, die da unter den Sträuchern kauerte und mit dem Mädchen mit den lila Haaren sprach, die im grellen Scheinwerferlicht im Fenster saß.

Das Problem war, daß es niemandem gelang, einen Kontakt mit den Geiselnehmern herzustellen. Sie hatten kein Telefon im Zimmer, so daß die Polizei die Telefongesellschaft nicht bitten konnte, die Leitung anzuzapfen und ihr die Kontrolle darüber zu geben. Das hätte es ihr ermöglicht, mit Sonny oder Diz, oder wer auch immer da drin den Ton angab, zu reden – und zwar nur mit ihnen. Ein weiteres Problem war, daß es sich hier um eine Situation handelte, die man im Geiselteam als »Zwei-Einser« bezeichnete, mit anderen Worten, es handelte sich um zwei Geiselnehmer und nur eine Geisel, was zwar bei weitem besser war als ein »Vier-Zwölfer«, aber nichtsdestoweniger bedeutete, daß man eine gewisse Gruppendynamik mit einzukalkulieren hatte, wie klein auch immer die Gruppe nun sein mochte. Niemand wußte, wer im Haus den Ton angab. Dolly hatte Wade und Bent erzählt, daß Diz der Kopf des Vereins sei, eine Vermutung, die jedoch in gewissem Gegensatz zu seinem Spitznamen stand, in dem sie eine Kurzform von Dizzy vermuteten, was wiederum nichts anderes hieß, als daß er womöglich nicht alle Latten am Zaun hatte. Aber da keiner der beiden bereit war, mit jemandem zu reden, hatten die Unterhändler keine Ahnung, wer da drinnen der erste Mann war. Bisher hatte nur die Waffe – vielleicht auch mehrere Waffen – gesprochen, Schüsse, die aus der Tiefe des Raumes kamen, wann immer ein Unterhändler auch nur den Kopf über die Dielen des Verandabodens steckte. Keine der Kugeln hatte bisher allerdings irgendwelchen Schaden angerichtet.

Die Beobachter von der Taktischen Einheit mit ihren Nachtsichtgläsern konnten nicht weit genug in den Raum sehen, um festzustellen, ob es dort nur die eine Neun-Millimeter oder auch noch andere Waffen gab. Insgesamt hatte man fünf Beobachter, je einen auf beiden Seiten, einen hinter und zwei vor dem Haus, wo die Musik spielte. Die Beobachter hatten gemeldet, daß sämtliche Fenster auf den Seiten des Hauses vernagelt waren: Sonny und Diz hatten also Gesellschaft erwartet.

Das war die erste Information, die Georgia Mobry aus der am Fenster sitzenden Dolly herausbekam.

Georgia war die beste von Bradys Frauen im Unterhändlerteam, sie war erst gestern aus dem Urlaub zurückgekommen und gleich mitten im Getümmel gelandet. Sie war die vierte, die am Fenster arbeitete, das heißt, eigentlich mußte man sagen, an der Veranda, oder noch richtiger, an den Sträuchern, denn genau dort kauerte sie, vielleicht zwei Meter vom Fenster entfernt, in dem Dolly bleich und lila im Rampenlicht saß. Sie alle hier draußen fragten sich, wie Dolly nur so dumm gewesen sein konnte, sich in eine solche Situation zu manövrieren. Schließlich hatte sie der Kripo verraten, wo sie Sonny und Diz finden könnte; da wäre es doch wohl nur vernünftig gewesen, einen möglichst großen Bogen um das Haus zu machen.

Aber jetzt sagte sie Georgia – die sogar eine Kröte hätte melken können –, sie hätte Gewissensbisse bekommen, nachdem die beiden schwarzen Bullen sie allein gelassen hätten, und da sei sie eben zurückgegangen, um Sonny und Diz zu stecken, was hier gleich ablaufen würde. Die beiden Männer hätten ihr dann, anstatt sich aus dem Staub zu machen, etwas Crack zu rauchen gegeben und ihr gesagt, sie sei ihr Ticket nach Jamaika. Soviel zur zweiten Information.

»Also fangt bitte ja nicht zu schießen an«, sagte sie, »weil die mich sonst umbringen, sie haben gesagt, sie würden mich umbringen.«

Was sie auch den anderen Unterhändlern immer wieder gesagt hatte, die man bereits wieder abgezogen hatte. Nur daß Georgia nun wußte, daß Dolly sich ihre gegenwärtige mißliche Lage selbst zuzuschreiben hatte und der Preis für ihre Freiheit ein Ticket in die Karibik war.

»Wollen die wirklich nach Jamaika?« fragte sie. »Hab' ich das richtig verstanden, Schätzchen?«

Ihr Akzent war so freundlich und stark wie ihr Name und der Staat, aus dem sie kam.

»Weiß nicht, ich sage Ihnen bloß, was sie mir gesagt haben.«

»Daß Sie ihr Ticket nach Jamaika wären?«

»Ja.«

»Mann, ich wollte, ich könnte selber mit den beiden reden«, sagte Georgia.

»Schon, aber das wollen die nicht.«

»Weil ich denke, daß wir da was ausknobeln könnten.«

Wie dich da rauskriegen und die zwei Saubeutel da drinnen über den Haufen schießen, dachte Georgia. Ihrer Ansicht nach – und sie war schließlich durch Bradys Schule gegangen – hatten sie es hier mit einer aussichtslosen Geiselsituation zu tun. Verhandeln hatte hier keinen Zweck. Früher oder später würde einer zum Sturm blasen. Vor zehn Minuten hatten sie die Antwort des Computers über Sonny Coles bekommen. Laut der hatte Sonny bereits drüben an der Westküste gesessen, weil er bei einem Überfall auf einen Lebensmittelladen in Pasadena einen Mann erschossen hatte. Sie hatten es hier also nicht nur mit einem zu tun, der womöglich den Vater eines Polizisten auf dem Gewissen hatte, sondern mit einem, der bereits einmal verurteilt worden war, weil er einem anderen das Leben genommen hatte, und der jetzt bewaffnet war und durch ein offenes Fenster ballerte, wann immer ihm danach war.

Desmond Whittaker war auch nicht gerade ein Waisenknabe. In Louisiana hatte er fünf Jahre Zuchthaus bei Zwangsarbeit wegen Totschlags abgebrummt. Eigentlich wäre die Geschichte ja nach Artikel 30 des Strafgesetzbuchs von Louisiana unter Mord gefallen, nur daß er die Tat »in einer plötzlichen Aufwallung des Blutes«, mit anderen Worten im Affekt, begangen hatte. Wie sich dieses saubere Pärchen in Washington gefunden hatte, war nach wie vor ein Rätsel. Dasselbe galt für die Frage, was sie wohl in diese Stadt verschlagen haben mochte. Auf jeden Fall waren sie beide extrem gefährlich, und wenn die beiden nicht wenigstens Zeichen einer Verhandlungsbereitschaft erkennen ließen, dann würde früher oder später jemand grünes Licht für einen direkten Sturm oder den Einsatz chemischer Kampfstoffe verlangen. Ein Präzisionsschütze kam nicht in Frage; kein Mensch konnte sehen, wo im Raum, zum Teufel, die beiden sich aufhielten. Das einzige Ziel war das Mädchen im Fenster. Und sie war diejenige, die gerettet werden sollte.

So kam es, daß Georgia sich in diesem Fall kaum Hoffnung auf Erfolg machte.

»Warum bitten Sie nicht einen von denen, sich mit mir zu unterhalten?« sagte sie.

»Weil die das nicht wollen«, sagte Dolly noch einmal.

»Frag sie, okay?«

»Die erschießen mich«, sagte sie.

»Nur weil du sie was fragst? Nein, das würden sie nicht, meinst du nicht?«

»Die schon«, sagte Dolly. »Bei denen ist alles drin.«

Obwohl sich keine zwei Geiselnahmen aufs Haar glichen, hatte es Georgia schon gut ein dutzendmal erlebt, daß eine Geisel als Vermittler fungierte. Es kam sogar vor, daß ein Geiselnehmer einer seiner Geiseln freies Geleit zusicherte, damit sie hinausgehen und mit der Polizei reden konnte – wobei klar gestellt wurde, daß eine der anderen Geiseln dran glauben müßte, falls sie nicht wiederkam. Georgia wollte nicht, daß so etwas hier passierte. Die jämmerliche kleine Kreatur, die da als Vermittlerin am Fenster saß, schien stoned genug, um nicht mal zu merken, daß hier Horden von Polizisten bereitstanden. Ja, nicht nur bereitstanden, sondern geradezu darauf brannten, das Haus zu stürmen und alles, was sich drinnen bewegte, über den Haufen zu schießen. So stoned, daß sie kein Gefühl für die Gefahr hinter sich im Raum gehabt hätte, war sie freilich auch wieder nicht: ein, vielleicht auch zwei bewaffnete Männer, die gedroht hatten, sie zu erschießen, wenn sie nicht –

Wenn sie nicht *was*?

»Es ist so«, sagte Georgia, »daß wir einfach nicht wissen, was für ein Problem sie haben.«

Auf keinen Fall durfte man den Leuten ihr Problem definieren. Das mußte man schon ihnen selbst überlassen.

»Wenn wir wüßten, wo das Problem liegt, ich bin sicher, wir könnten zu einer Einigung kommen. Wir würden ja gern helfen, aber wenn keiner mit uns reden will…«

Auch Hilfe in Aussicht zu stellen gehörte dazu. Der oder die Geiselnehmer waren für gewöhnlich in Panik. Politisch motivierte Terroristen genauso wie in die Falle getappte Kriminelle, ja selbst Psychotiker, sie alle waren für gewöhnlich in Panik. Wenn man ihnen sagte, man wolle helfen…

»Warum also fragen Sie sie nicht, wie wir helfen können?« sagte Georgia.

»Ich weiß nicht…«

»Machen Sie schon. Fragen Sie sie einfach, okay? Vielleicht können wir uns ja gleich einigen. Versuchen Sie es wenigstens, okay?«

»Ich weiß nicht…«

»Machen Sie schon.«

Dolly drehte den Kopf weg vom Fenster. Georgia konnte nicht hören, was sie sagte. Ebensowenig wie sie hören konnte, was hinter ihr im Zimmer gesagt wurde. Sie hörte lediglich das tiefe Grummeln einer Männerstimme. Dolly wandte sich wieder nach vorn.

»Er sagt, daß er kein Problem hat, er meint, *Sie* hätten das Problem.«

»Wer ist das? Wer hat Ihnen das gesagt?«

»Diz.«

Immerhin. Also war Diz der Boß. Diz war der Mann, zu dem sie durchkommen mußten.

»Wie sieht denn seiner Meinung nach unser Problem aus?« fragte Georgia. »Vielleicht können wir ihm ja helfen.«

Dolly wandte sich wieder ab vom Fenster.

In einiger Entfernung, hinter den Barrikaden, die den äußeren Rand der Stellung darstellten, hörte Georgia die Stimme des Predigers Tawana Brawleys Vorzüge loben, »eine Hohepriesterin der Tugend und der Wahrheit!« nannte er sie, und das »in einer Zeit politischer Lügen und paramilitärischen Betrugs. Und heute nacht haben wir es mit der gleichen Geschichte zu tun, sehen wir eine grimmige, großmächtige Demonstration weißer Polizeimacht gegen zwei junge Afro-Amerikaner, die nicht weniger unschuldig sind als die Scottsboro…«

Dolly wandte sich wieder dem Fenster zu.

»Er meint, das Problem ist, einen Hubschrauber zum Flugplatz zu kriegen und dann einen Jet nach Jamaika, das ist das Problem.«

»Ist es das, was er will? Hören Sie, kann er nicht ans Fenster kommen? Er hat die Waffe, ich habe keine, es wird ihm nichts passieren, wenn er ans Fenster kommt. Bitten Sie ihn, ans Fenster zu kommen, okay?«

Georgia war tatsächlich unbewaffnet. Sie trug eine leichte Panzerweste, aber der Mann da drinnen hatte eine Neun-Millimeter.

Rotes T-Shirt. Blaue Windjacke mit weißer Aufschrift POLIZEI auf dem Rücken. Ein Walkie-talkie hing an ihrem Gürtel.

»Dolly?«

»Hm?«

»Fragen Sie ihn, okay, Schätzchen? Es wird ihm nichts passieren, ich verspreche es ihm.«

Dolly wandte sich wieder ab. Wieder war von drinnen das tiefe Grummeln zu hören. Sie wandte sich wieder dem Fenster zu.

»Er hat gesagt, daß Sie uns doch bloß Scheiße erzählen, die haben schließlich einen umgebracht«, sagte Dolly.

»Was vorbei ist, ist vorbei, jetzt ist jetzt. Lassen Sie uns doch sehen, ob wir nicht unser jetziges Problem lösen können, okay? Bitten Sie ihn einfach –«

Mit einemmal erschien er am Fenster, ein mächtiger Kerl, schwarz, selbst im grellen Scheinwerferlicht. Es war wie die Szene im *Weißen Hai,* in der Roy Scheider Köder ins Wasser wirft und das große weiße Vieh plötzlich hochkommt, genauso war es hier, das Herz hätte einem stehenbleiben können. Georgia duckte sich. Sie hatte eine AK-47 in seiner Hand entdeckt.

»Wer sind Sie?« fragte er.

»Ich heiße Georgia Mobry«, sagte sie, »ich bin eine Unterhändlerin der Polizei. Wer sind Sie?«

Unterhändlerin. Du hast Unterhändlerin gesagt. Du bist hier, um einen Deal herauszuschlagen, die Leute hier rauszukriegen, bevor jemand zu Schaden kommt. Man benutzte auch das Wort *Geisel* nicht, um die Leute zu definieren, die ein Geiselnehmer bei sich hatte. Auch das Wort *aufgeben* war tabu. Man forderte einen Geiselnehmer auf, die Leute herauszuschicken, dann selbst herauszukommen, sich helfen zu lassen, niemand wird Ihnen etwas tun – beruhigende Wörter, neutrale Wörter. *Geisel* war ein Wort, das dem Geiselnehmer nur noch größere Flausen in den Kopf setzte, ihn an den Ajatollah Khomeini denken ließ. Von *aufgeben* zu sprechen war eine Beleidigung, die alle Bemühungen zunichte machte und lediglich noch größeren Trotz auslöste.

»Ich bin Diz Whittaker«, sagte er, »und hier gibt's nix zu verhandeln, Georgia, he?«

Sie sah zum Fenster hinauf, hob die Augen jedoch kaum über die Kante der Verandadielen. Sie sah einen großen muskulösen Mann mit einem rasierten Schädel in einem weißen T-Shirt; das war alles, was sie im Fenster sehen konnte. Die AK-47 hatte er in seiner Rechten. Schon allein der Anblick dieser Waffe jagte ihr jedesmal aufs neue einen Schauer über den Rücken. Das illegale Sturmgewehr aus chinesischer Produktion – ein Nachbau des Gewehrs, das seinerzeit der Vietcong benutzte – war zwar nur halbautomatisch, das heißt, daß man für jeden Schuß den Abzug durchziehen mußte, aber es verschoß immerhin bis zu fünfundsiebzig Schuß, ohne daß man nachladen mußte. Darüber hinaus verlieh ihm das bananenförmige Magazin das tödliche Aussehen einer *Kriegs*waffe, ganz gleich, wie oft die Lobby der amerikanischen Waffenproduzenten es als durchaus legitimes Jagdgewehr bezeichnete.

»Steh auf, Georgia«, sagte er.

Sie mochte die Art nicht, wie er ihren Namen aussprach. Es hörte sich fast schon an wie ein Knurren. Georgia. Als wäre sie Georgia, der ganze gottverdammte Bundesstaat, und nicht Georgia, die Person. Die Art, wie er ihren Namen aussprach, machte sie nervös.

»Ich möchte nicht, daß mir was passiert«, sagte sie.

»Laß dich anschauen, Georgia.« Wieder diese knurrende Aussprache ihres Namens. »Bist du aus Georgia? Bist du da her?«

»Ja«, sagte sie.

»Steh auf und laß dich anschauen, Georgia.«

»Versprechen Sie erst, daß Sie mir nichts tun.«

»Haben Sie 'ne Wumme dabei?«

»Nein.«

»Woher soll ich wissen, daß das stimmt?«

»Weil ich es Ihnen sage. Und ich lüge nicht.«

»Da wärst du der erste Polyp, der mir übern Weg läuft und nicht lügt, daß sich die Balken biegen«, sagte er. »Steh auf und laß sehen, daß du keine Wumme dabei hast.«

»Das kann ich nicht, Mr. Whittaker. Nicht ehe Sie mir nicht versprechen –«

»Komm mir nicht mit dieser *Mister*-Whittaker-Scheiße«, fiel er ihr ins Wort. »Was weißt du über mich, Georgia?«

»Mein Vorgesetzter hat mir gesagt, wer Sie und Ihr Freund sind, ich weiß also das eine oder andere über Sie beide. Ich kann Ihnen nicht helfen, ohne etwas über Sie zu –«

»Was genau hat dir dein Boß denn gesteckt, Georgia?«

Man sagte ihnen immer, daß man nicht allein sei, daß man nicht allein zu entscheiden hatte, ob man ihren Forderungen nachkam, daß man erst mit seinen Vorgesetzten Rücksprache nehmen müßte, mit seinem Boß, seinen Leuten, wie immer man die Person über einem nennen wollte. Man wollte, daß sie glaubten, man sei ihr Partner, wenn es darum ging, einen Ausweg aus der Situation zu finden. Daß man zusammen mit ihnen gegen diese unbestimmte Figur stand, die abseits der Bühne die Fäden zog, diese unsichtbare Person mit der Macht, auf ihre Forderungen einzugehen oder nicht. Die meisten Leute hatten einen Chef. Sogar Kriminelle wußten, was es hieß, einen Chef zu haben.

»Er hat gesagt, Sie hätten mal gesessen.«

»M-hmm.«

»Sie und Ihr Freund.«

»M-hmm. Hat er dir auch gesagt, daß Sonny den Mann in der Bäckerei umgebracht hat?«

»Er hat gesagt, sie nehmen es an, ja.«

»Und daß ich mit ihm zusammengewesen bin, hat er dir das gesagt, Georgia?«

»Ja.«

»Das macht mich zum Komplizen, stimmt's?«

»Sieht ganz so aus. Aber warum reden wir nicht über das Problem, das wir im Augenblick haben, Mr. Whittaker? Ich würde Ihnen gern helfen, aber solange wir nicht –«

Ganz plötzlich eröffnete er das Feuer.

Eine Heckenschere hätte die Büsche über ihrem Kopf nicht weniger effektiv stutzen können als die halbautomatische Waffe. Sie drückte sich an den Boden und betete, daß er nicht durch die Holzdielen der Veranda schoß, da sie dann womöglich eines dieser starken Geschosse traf. Sie schloß die Augen, drückte sich an den Boden und betete zum erstenmal seit ihrem fünfzehnten Lebensjahr, während die Kugeln über ihren Kopf hinwegtobten.

Dann verstummte das Feuer.
Sie wartete.
»Sag deinem Boß, er soll mir jemand anderen schicken und nicht so 'ne verlogene Bauernschlampe aus Georgia«, sagte Whittaker. »Zieh los und sag ihm das, Georgia.«
Sie wartete.
Sie hatte Angst, sich zu bewegen.
Sie nahm das Walkie-talkie vom Gürtel und preßte den Sendeknopf.
»Beobachter Zwei«, sagte sie, »was haben Sie im Fenster?«
Ihre Stimme bebte. Sie verfluchte ihre verräterische Stimme.
Es entstand eine lange Pause.
»Hallo, Beobach-«
»Der Schütze ist weg«, sagte eine Männerstimme. »Wir haben bloß noch das Mädel.«
»Sind Sie sicher?«
»Ich hab' mein Glas direkt drauf gerichtet. Das Fenster ist leer.«
»Inspektor?« sagte sie.
»Ja, Georgia?«
»Ich denke, ich komm wohl besser zurück. Ich kann hier draußen doch nichts mehr ausrichten.«
»Dann kommen Sie«, sagte er.

Von dort, wo Mike Goodman mit Brady und diversen hohen Tieren zusammenstand, sah er die Leute von der Taktischen Einsatzgruppe hinter den Fahrzeugen des inneren Rings in Schußbereitschaft gehen und Georgia wie eine Querfeldeinläuferin zu dem Deckung bietenden LKW Eins zurücksprinten, in dem Brady seine Einsatzzentrale eingerichtet hatte. Es war ihr deutlich anzumerken, daß sie Angst hatte. Ihr Gesicht war ganz käsig, und ihre Hände zitterten. Einer der Männer vom Sondereinsatzkommando reichte ihr eine Tasse Kaffee, obwohl sie einen ordentlichen Schluck Bourbon nötiger gehabt hätte. Die Tasse zwischen den bebenden Händen, nippte sie daran und informierte Brady, den Kommandanten des SEK sowie die Chefs von Kripo und Schupo, daß man es jetzt mit mindestens zwei Waffen zu tun hatte, der Neun-Millimeter und einer AK-47, mit der man ihr fast den Kopf weggeschossen hätte. Sie ließ sie auch wissen, daß die Geiselnehmer einen Hubschrauber und einen Jet nach Jamaika wollten…

»Jamaika?« sagte Brady.

…und daß Whittaker keinen Sinn dafür hatte, daß bei der Polizei Südstaatenschönheiten das Verhandeln erledigten – denken Sie nur, nennt der mich eine Bauernschlampe, wo meine Mutter Bibliothekarin und mein Vater in Macon Arzt ist! Die hohen Tiere hörten mit ernster Miene zu und berieten dann untereinander über den Einsatz von Gewaltmaßnahmen. Georgia hörte lediglich zu; für sie war die Sache gelaufen.

Di Santis' Ansicht nach hatten sie hinreichend Grund, das Haus zu stürmen. Angesichts der Vorstrafen der beiden Täter sowie der hohen Wahrscheinlichkeit, daß sie den Bäcker umgebracht hatten, fürchtete er weder die Fragen der Anklagekammer noch den Untersuchungsrichter, falls einer der beiden Verbrecher dabei umkommen sollte. Brady dagegen machte sich Sorgen um das Mädchen. Dasselbe galt für Brogan.

Curran dachte, sie sollten es mit einem chemischen Angriff versuchen, da man sich nicht um Lüftungsschächte oder dergleichen zu sorgen brauchte, über die das Gas sich verbreiten könnte, wie das etwa bei einem Apartmenthaus der Fall gewesen wäre, und überhaupt, wer schere sich schon darum, wenn in einem Abbruchhaus ein Feuer ausbrach? Brady und Brogan machten sich dennoch Sorgen um das Mädchen. Nehmen wir an, die beiden Strolche fingen zu schießen an, in dem Augenblick, wo sie hier mit dem Gas loslegten? Zwei Offensivwaffen, sagen Sie? Da wäre das Mädel doch schon so gut wie tot. Sie kamen überein, noch einen Unterhändler an die Sträucher zu schicken und wenigstens noch einen letzten Versuch zu machen, jemanden auf diese Veranda zu kriegen und den Saukerlen etwas Vernunft beizubringen.

Das Problem war nur, daß Brady seine voll ausgebildeten Unterhändler bereits verbraucht hatte, wenigstens die, die nicht gerade im Urlaub waren; alles, was er noch hatte, war er selbst und die Lehrgangsteilnehmer. Allzeit bereit, furchtlos eine Rolle an der Spitze zu übernehmen, war Brady durchaus willens, der AK-47 –

oder womit auch immer man sich ihm entgegenwerfen würde – die Stirn zu bieten, aber Di Santis wies darauf hin, daß die drei Unterhändler, die an den Sträuchern da drüben am wenigsten bewegt hätten, Männer gewesen seien, und daß es wohl ratsam wäre, es noch mal mit einer Frau zu versuchen. Georgia pflichtete ihm hierin insofern bei, als eine Frau womöglich mehr Glück mit dem jungen Mädchen hätte, die – ob es ihnen nun paßte oder nicht – die Vermittlerin ihrer Wahl war, solange die zwei Arschlöcher da drinnen nicht einsichtig würden. Damit blieb ihnen entweder Martha Halsted oder Eileen Burke. Und da Eileen, wenn auch unfreiwillig, bereits Erfahrungen an der Tür gemacht hatte, kam man überein, ihr eine weitere Chance zu geben. Brady schickte Goodman hinüber zum LKW Zwei, um sie zu holen.

»Der Inspektor möchte Sie sprechen«, sagte er.

»Okay«, sagte sie.

»Sie blasen ihm wohl ab und an einen?« fragte Martha sie.

»Rutschen Sie mir doch den Buckel runter«, sagte Eileen.

Aber als sie sich vom LKW entfernte, hörte sie Martha und die anderen Lehrgangsteilnehmer flüstern. Es störte sie nicht mehr. Ihre Kollegen redeten seit der Vergewaltigung hinter ihrem Rücken. Tratschende Bullen waren gefährlicher als der Prediger mit seinem Megaphon.

Die Menge war mittlerweile verstummt; man wartete auf die nächsten Spezialeffekte. Also ehrlich gesagt, der Streifen begann langsam etwas durchzuhängen.

Sogar der Prediger schien sich zu langweilen. Er rasselte mit seinen Goldkettchen und machte ein finsteres Gesicht.

Brady und die hohen Tiere trugen eine schrecklich feierliche Miene zur Schau.

»Tag, Burke«, sagte er.

»Sir.«

»Ist Ihnen nach Arbeit?« fragte er und lächelte.

»Nein, Sir«, sagte Eileen.

Das Lächeln verschwand.

»Warum nicht?« sagte er.

»Eine persönliche Angelegenheit, Sir.«

»Sind Sie nun Polizist, verdammt noch mal, oder was sind Sie?« sagte Brady, sofort auf hundertachtzig.

»Steve Carella ist ein Freund von mir«, sagte sie. »Ich kenne ihn –«

»Was, zum Teufel, hat –?«

»Ich kenne seine Frau, ich kenne sein –«

»Was, zum Teufel, hat das mit dem hier zu tun?«

»Ich habe Angst, es zu verbocken, Sir. Wenn diese Männer davonkommen...«

»Inspektor?«

Sie alle drehten sich um.

Carella und Wade standen in der Tür.

»Sir«, sagte Carella, »wir haben da eine Idee.«

Die Menge hatte zu skandieren begonnen. »Macht – die – Nut-te platt! Macht – die – Nut-te platt!« Wobei sie das Wort in zwei Teile brachen. »Macht die Nut-te platt! Macht – die – Nut-te platt! Macht – die – Nut-te platt!« Man drängte die beiden im Haus gefangenen Männer, Dolly genauso auseinanderzunehmen, wie sie das Wort auseinandernahmen. »Macht – die – Nut-te platt! Macht – die – Nut-te platt!«

Falls Dolly hörte, was die Menge da skandierte, so ließ sie es sich jedenfalls nicht anmerken. Bleich und abwesend saß sie im Fenster wie Lily, die Jungfer von Astolat, auf daß ein Ritter kam und sie mitnahm. Nur, daß es an diesem Abend hier draußen weder Ritter noch »Blaue Zenturionen« gab. Nur eine Gruppe ausgebildeter Polizisten, die hofften, daß der Situation mit Organisation, Disziplin und Teamarbeit – vor allem aber Geduld – beizukommen war, bevor jemand in diesem Haus in die Luft ging.

Die beiden Männer da drinnen waren Kriminelle, und Bradys Erfahrung nach war mit kriminellen Geiselnehmern leichter umzugehen als mit politisch motivierten Terroristen oder Psychopathen. Kriminelle waren Meister in der Kunst des Kuhhandels; ihr ganzes Leben basierte auf irgendwelchen Deals. Ein Krimineller wußte, wenn man sagte, man könne ihm keine anderen Waffen geben, dann war das auch so, basta. Hatte der Geiselnehmer zum Beispiel eine .45er, so wußte er, man würde sie ihm nicht gegen eine MP-83 eintauschen, auch nicht für eine der Geiseln. Und sagte man ihm, man würde ihm auf keinen Fall eine weitere Geisel geben, dann wußte er, daß einem auch damit ernst war. Sagte er zum Beispiel, er würde keinem was tun, wenn man ihm jemanden hineinschickte, um ihm was zu kochen oder die Klamotten zu waschen, so wußte er, daß das nicht in die Tüte kam. Es gab ein Limit, und der Kriminelle kannte dieses Limit genau; er wußte, er würde sich zum Narren machen oder wie ein Amateur dastehen, wenn er darüber hinaus zu verhandeln versuchte. Ein Krimineller verstand sogar, warum man ihm seine Forderung nach Bier, Wein oder Whiskey abschlug; er wußte genausogut wie man selbst, daß man es mit einer gefährlichen Situation zu tun hatte und Alkohol so eine Situation noch nie verbessert hatte. Ein Krimineller verstand das alles.

Und wahrscheinlich wußte er, irgendwo tief drinnen, auch, daß diese Geschichte nicht auf einer einsamen Insel voller ukulelezupfender Eingeborenenmädchen endete, die ihm Blumen ins Haar flochten. Er wußte, er würde das hier entweder nicht überleben oder gefaßt werden. Es waren die einzigen beiden Möglichkeiten, die er hatte. Tief drinnen wußte er das. Je länger sich so eine Verhandlung also hinzog, desto größer waren bei einem Kriminellen die Chancen, daß schließlich und endlich sein gesunder Menschenverstand die Überhand gewann. Laß dich auf den Deal ein, geh wieder zurück in die Kiste, das war allemal besser als in einem Leichensack rausgetragen zu werden. Aber die Situation hier war explosiv, und Brady war nicht so recht überzeugt, daß man mit den beiden da drinnen je vernünftig würde reden können. Das Beste, auf was er hoffen konnte, war, daß Eileen etwas weiter kam als ihre Vorgänger.

»Dolly?«

Ein ausdrucksloser Blick. Sie sah hinaus in die Lichter, als wäre sie von ihnen hypnotisiert. Und von den Gesängen, die die Nachtluft über die Straße trug. »Macht – die – Nut-te platt! Macht – die – Nut-te platt! Macht – die – Nut-te platt!« Mit denen man Männer anfeuerte, die das beileibe nicht nötig hatten.

»Ich bin Eileen Burke. Ich bin eine Unterhändlerin der Polizei.«

Keine Antwort.
»Dolly? Könnten Sie Mr. Whittaker bitte sagen, daß ich mit ihm sprechen möchte?«
»Er will aber nicht«, sagte Dolly.
»Schon, aber das galt für die andere Unterhändlerin. Sagen Sie ihm, daß jetzt eine neue hier –«
»Er will trotzdem nicht.«
»Wenn Sie es ihm bitte sagen könnten...«
»Sagen Sie's ihm doch selber.«
Wieder ragte er plötzlich im Fenster auf. Großmächtig und mit finsterer Miene, das weiße T-Shirt voller Schweißflecken, die AK-47 in beiden Händen.
»Mr. Whittaker«, sagte sie. »Ich bin Eileen Burke, eine Unterhändle-«
»Was, zum Teufel, willst du, Burke?«
»Sie haben was von einem Hubschrauber gesagt...«
»Hab' ich. Steh auf und laß dich anschaun. Ich seh' ja bloß deinen Kopf und die Augen.«
»Sie wissen, daß ich das nicht tun kann, Mr. Whittaker.«
»Woher soll ich das wissen, eh?«
»Na ja, Sie haben schließlich bisher auf alles geschossen, was sich hier draußen bewegt...«
»Haben Sie einen, der mich im Visier hat?« fragte er und verschwand mit einemmal hinter dem Fensterrahmen.
»Ich hab' ihn verloren«, sagte über das Walkie-talkie einer der aufgestellten Scharfschützen zu Brady.
»Wenn du mit mir quatschen willst«, sagte Whittaker, »dann komm hier rauf auf die Veranda und stell dich hier vors Fenster.«
»Später vielleicht«, sagte sie.
»Weil ich nämlich keinen Bock hab', hier die Zielscheibe abzugeben, soviel steht fest.«
»Niemand wird Ihnen was tun, das kann ich Ihnen versprechen«, sagte Eileen.
»Du kannst mir 'n Scheißdreck versprechen, Red«, sagte er.
»Ich hab's nicht gern, wenn man mich Red nennt«, sagte sie.
»Dein Problem, was du magst und was nicht.«

Sie überlegte, ob sie einen Fehler gemacht hatte. Sie entschloß sich, die Linie weiterzuverfolgen. Wenigstens redeten sie miteinander. Wenigstens hatten sie die Ansätze zu einem Dialog.

»Als ich ein Kind war, haben mich alle Red genannt«, sagte sie.

Er sagte nichts. Das Gesicht zur Hälfte hinter dem Fensterrahmen versteckt. Dolly saß da und sperrte Augen und Ohren auf. Das war die erste interessante Geschichte, die sie in dieser Nacht zu hören bekam.

»Eines Tages hab' ich mir die Haare ratzekahl abgeschnitten und bin so zur Schule...«

»Igitt!« sagte Dolly und fuhr sich mit der Hand an den Mund.

»Darauf haben mich dann alle Glatze genannt«, sagte Eileen, »und ich hab' ihnen gesagt, das wäre mir allemal lieber als Red.«

Sie hörte Whittaker hinter dem Fensterrahmen lachen. Und die Geschichte stimmte sogar, sie hatte sie noch nicht mal erfunden. Sie hatte sich die verdammten roten Zotteln abgeschnitten, ratzekahl, ihre Mutter war völlig fertig gewesen. Eileen, was hast du nur *gemacht*?

»Ich hab' mir alle Haare abgeschnitten«, sagte sie, genauso wie sie es vor all den Jahren gesagt hatte.

»Na, da müssen Sie ja vielleicht ausgeschaut haben«, sagte Dolly.

»Ich konnt's einfach nicht haben, wenn man mich Red nannte«, sagte sie, völlig logisch.

»Sich alle Haare abzuschneiden, is' ja geil!«

»Ratzekahl.«

»Mein lieber Schollie«, sagte Dolly.

Whittaker hatte noch immer nichts gesagt. Sie dachte, sie hatte ihn wohl verloren. Mehr als ein bißchen Kichern war bei ihm wohl nicht drin, dann würde es wieder zur Sache gehen.

»Wie hättest du's denn gern, daß man dich nennt?« fragte er ganz plötzlich, zu ihrer Überraschung.

»Eileen«, sagte sie, »und was ist mit Ihnen? Was wäre Ihnen denn am liebsten?«

»Mir, also mir wär' das liebste ein Hubschrauber«, sagte er und mußte lachen.

Gut. Er machte Witze. Sicher, einen mit einem ellenlangen Bart, aber wenigstens hatte er nicht gesagt: »Ich hab's am liebsten von hinten.« Und außerdem waren sie wieder beim Thema. Gut. Zeit für einen Deal. Vielleicht.

»Ein Hubschrauber wäre drin«, sagte sie, »aber ich muß das mit meinem Boß besprechen.«

»Dann geh und red mit ihm, Eileen.«

»Ich bin ziemlich sicher, daß er das einrichten kann...«

»Das will ich doch hoffen, Eileen.«

»Aber ich weiß, daß er dafür eine –«

»Weil ich hier drin nämlich langsam verdammt fickrig werd'...«

»Ich weiß nicht, das ist das erste Mal, daß –«

»...ich würd's wirklich nicht gern sehen, wenn der Kleinen hier was passiert, eh?«

»Ich würd's nicht gern sehen, wenn hier *irgend* jemandem was passiert, das können Sie mir glauben. Aber es ist das erste Mal, daß wir miteinander sprechen, Sie und ich, wissen Sie, und –«

»Warum kommst du nicht einfach rauf auf die Veranda?« sagte er.

»Sie halten mich wohl für verrückt?« fragte sie.

Er lachte wieder.

»Nein, komm nur, ich tu' dir nichts. Laß schon gehen. Im Ernst, komm rauf.«

»Ich weiß nicht...«

»Komm nur.«

»Wie wär's, wenn ich erst mal einfach aufstehe?«

»Okay.«

»Aber Sie müssen mir Ihre Hände zeigen. Zeigen Sie mir erst, daß Sie nichts in der Hand haben, dann steh' ich auf.«

»Woher soll ich wissen, daß *du* nix in der Hand hast?«

»Ich zeige Ihnen meine Hände auch. Hier, sehen Sie?« sagte sie und streckte beide Hände über die Verandakante und wackelte mit den Fingern. »Nichts in der Hand, in Ordnung?«

»Woher willst du wissen, daß ich dir nicht meine Hände zeig' und dich dann trotzdem alle mache? Ich brauch' doch bloß die Knarre hochzunehmen und –«

»Ich weiß nicht, ich glaube nicht, daß Sie das tun würden. Nicht, wenn Sie's mir versprechen.«

Das erste Mal, als sie das im Unterricht gehört hatte, war ihr das absolut lachhaft erschienen. Man soll einem Terroristen das Versprechen abverlangen, einen nicht über den Haufen zu schießen? Man soll irgendeinem Typ mit einem Sprung in der Schüssel und frisch aus der Klapsmühle das Versprechen abverlangen, daß er einem nichts tut? Man hatte ihr immer wieder versichert, daß es funktionierte. Wenn sie es einem *wirklich* versprechen, wenn man sie dazu kriegte zu sagen: »Ich verspreche es Ihnen.« Dann würden sie einem tatsächlich nichts tun.

»Also, kann ich Ihre Hände nun sehen?« fragte sie.

»Hier sind meine Hände«, sagte er und trat für einen Augenblick in den Fensterrahmen und wackelte mit den Fingern, so wie sie es eben gemacht hatte. Dann huschte er wieder zur Seite, so daß er nicht mehr zu sehen war. Sie meinte, sie hätte ihn sogar grinsen sehen. »Jetzt steh auf«, sagte er.

»Wenn ich aufstehe, versprechen Sie mir, daß Sie mir nichts tun?«

»Ich versprech's.«

»Sie werden mir nichts tun?«

»Ich versprech's dir, ich werd' dir nichts tun.«

»Also gut«, sagte sie – und stand auf.

Er sagte einen Augenblick nichts, musterte sie nur eingehend von Kopf bis Fuß. Schön, dachte sie, guck nur richtig hin. Aber das hier, das ist nicht dasselbe wie mit dem Alten, du bist keine vierundachtzig und senil, du bist ein Mörder. Also guck soviel du willst, aber…

»Legen Sie Ihre Hände aufs Fensterbrett, ja, so daß ich sie sehen kann!« sagte sie.

»Was'n los, traust du mir nicht?« sagte er.

»Ich traue Ihnen, doch, weil Sie's mir versprochen haben. Aber mir wäre trotzdem viel wohler, wenn ich Ihre Hände sehen könnte. Sie sehen ja meine auch«, sagte sie und hielt sie vor sich hin, drehte sie in alle Richtungen, als führe sie ihm ihren Nagellack vor. »Also wissen Sie, daß ich Ihnen nichts tue, stimmt's?«

»Stimmt.«

Trat aber immer noch nicht aus seinem Versteck hinter dem Fensterrahmen hervor.

»Wie wär's also mit demselben Respekt mir gegenüber?« sagte sie.

»Okay, hier hast du meine Hände«, sagte er und kam neben Dolly ins Fenster, wo er mit seinen Mordspranken das Fensterbrett umfaßte.

»Klares Schußfeld«, sagte der Scharfschütze in sein Walkie-talkie. »Soll ich ihn abknipsen?«

»Auf keinen Fall«, sagte ihm Brady.

»Ich könnte jetzt folgendes tun«, sagte Eileen. »Und zwar könnte ich zu meinem Boß zurückgehen und ihn wegen dem Hubschrauber fragen.«

»Wirklich ganz schön rot«, sagte Whittaker grinsend.

»Ja, ich weiß«, sagte Eileen kopfschüttelnd und erwiderte sein Lächeln. »Ich bin ziemlich sicher, er kann Ihnen besorgen, was Sie wollen, aber es dauert womöglich eine Zeit. Und ich weiß, daß er eine Gegenleistung von Ihnen erwartet.«

»Was soll'n das heißen?«

»Ich will damit nur sagen, daß ich ihn kenne. Er besorgt Ihnen einen Hubschrauber, aber er wird mir sagen, eine Hand wäscht die andere. Aber lassen Sie mich mit ihm reden, okay? Mal sehen, was er sagt.«

»Wenn er drauf spekuliert, daß ich Dolly laufen lass', dann träumt er aber. Dolly bleibt bei uns, bis wir in dem Jet sitzen.«

»In welchem Jet?«

»Dolly hat dir doch gesagt, daß wir –«

»Nein, nicht mir. Vielleicht der anderen Unterhändlerin.«

»Wir wollen einen Jet nach Jamaika.«

Eileen dachte, er stand nun schon gut drei, vier Minuten im Fenster, ein sauberer Schuß für die Präzisionsschützen von der Taktischen Einsatzgruppe. Aber Sonny befand sich noch immer irgendwo in der Dunkelheit des Zimmers hinter ihm. Und Sonny trug eine 9-mm-Selbstladepistole.

»Warum gerade Jamaika?« fragte sie.

»Weil's da unten schön ist«, sagte er vage.

»Na gut, dann lassen Sie mich mit ihm reden, okay? Sie verlangen da nun schon zwei Sachen auf einmal, das macht mir die Sache nicht grade leichter. Lassen Sie mich sehen, was ich tun kann, in Ordnung?«

»Ja, mach nur zu. Und sag ihm, daß wir hier keinen verdammten Spaß machen.«

»Werd' ich. Also, Mr. Whittaker, ich drehe Ihnen jetzt den Rükken zu und gehe zu dem LKW dort hinüber. Habe ich immer noch Ihr Versprechen?«

»Du hast mein Versprechen.«

»Sie werden mir nichts tun.«

»Ich werd' dir nix tun.«

»Ich habe also Ihr Versprechen«, sagte sie und nickte. »Ich bin wieder da, sobald ich mit ihm gesprochen habe.«

»Immer zu.«

Sie wandte sich um, ohne ihm Grund zu der Annahme zu geben, sie mache sich Sorgen oder hätte gar Angst, drehte sich um und ging dann rasch und zielstrebig auf den LKW des Einsatzkommandos zu, das Wort POLIZEI auf ihrer blauen Popelinejacke; sie gab sich alle Mühe, den Kopf nicht einzuziehen, konnte aber trotzdem nicht anders, als daran zu denken, daß ihr jeden Augenblick eine Handvoll Kugeln in die Wirbelsäule knallen konnte.

Aber Whittaker hielt sein Versprechen.

Carella war es gewesen, der daraufgekommen war, daß die Verbrecher sich selbst einen toten Winkel geschaffen hatten. Indem sie nämlich auf drei Seiten des Hauses die Fenster vernagelt hatten. Und wenn vor allen diesen Fenstern Bretter waren, dann konnten sie auch nicht hinaussehen. Was nichts anderes bedeutete, als daß der Polizei drei Seiten des Hauses zugänglich waren. Genau das hatte er Brady gesagt.

Bei der Maklerfirma, die das Haus vor gut zwölf Jahren an ein Ehepaar namens Borden verkauft hatte – lange bevor man geplant hatte, die Gegend hier mit Sozialbauten zu überziehen –, hatte man einen Grundriß aufgetrieben. Der sah folgendermaßen aus:

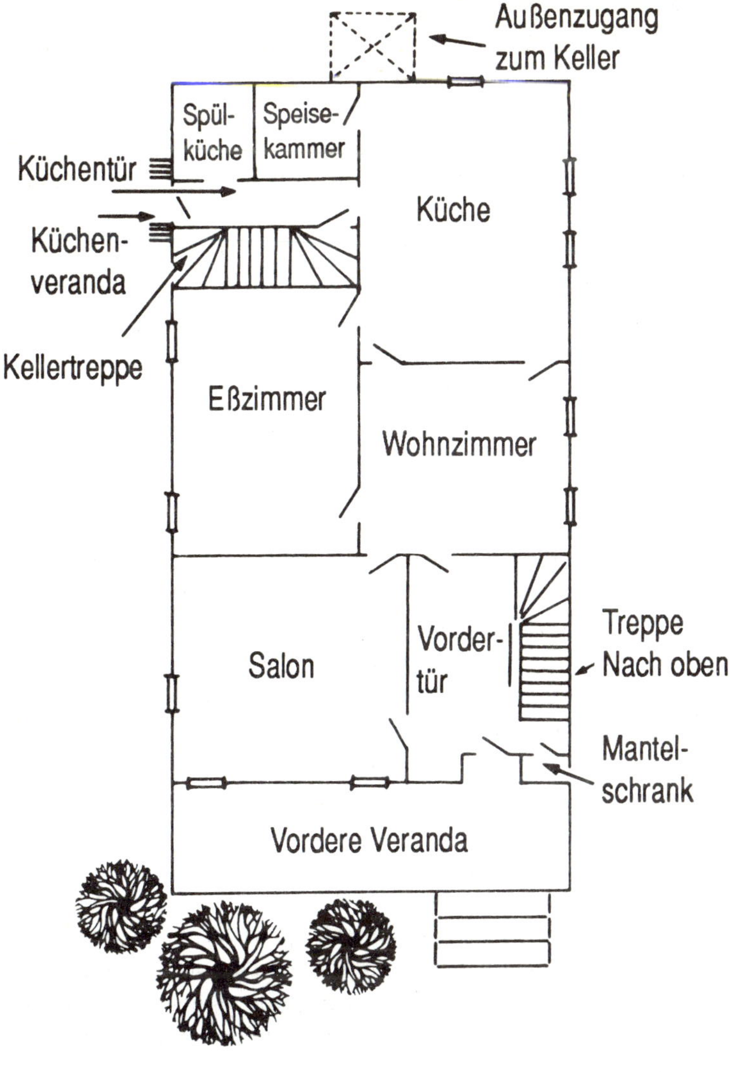

Laut Dolly waren, seit die Besitzer das Haus in eine Pension umgewandelt hatten, sowohl der Salon als auch das Eßzimmer zu Schlafzimmern geworden, während das Wohnzimmer nun eine Art Gemeinschaftsraum mit einem Sofa, zwei Polstersesseln und einem

Fernseher war. Die Küche mit der anschließenden Speisekammer und der Waschküche – die man früher einmal als Spülküche bezeichnet hatte – waren die einzigen Räume im Erdgeschoß, die sich seit dem Bau des Hauses vor der Jahrhundertwende nicht verändert hatten. Das Haus hatte nur ein großes Bad, das im ersten Stock lag.

Auf der Rückseite gab es einen Außeneingang zum Keller.

Auch auf ihn wies Carella hin.

Es handelte sich um eine jener schräg liegenden Türen, die Kinder so gern als Rutschbahn benutzten, mit zwei Flügeln, die sich nach außen klappen ließen. Beobachter Nummer vier, der auf der Rückseite des Hauses den inneren Ring im Auge behielt, berichtete, daß man das Fenster links – von *ihm* aus gesehen – von der Kellertür zwar vernagelt, die Tür selbst jedoch anscheinend nicht angerührt hatte. Die beiden Flügel der Tür seien mit einem Vorhängeschloß versehen.

Carella kam auf den Gedanken, daß sie, falls es ihnen gelang, in diesen Keller zu kommen, über die innere Treppe hinauf in die Küche und durch das Haus in den alten Salon gelangen könnten, in dem Sonny und Whittaker das Mädchen festhielten. Von jeder der beiden Türen aus hätte man ein unverstelltes Schußfeld auf jede Person da drinnen, auch auf denjenigen, der womöglich an der rückwärtigen Wand des Zimmers stand, wo Sonny sich ihrer Ansicht nach postiert hatte.

Brady wollte als erstes das Mädchen aus dem Haus haben.

Kein Sturm, bevor das Mädchen nicht draußen war.

Er sagte Eileen, sie solle zu Whittaker zurückgehen und ihm sagen, sie könnten ihm zwar keinen Hubschrauber besorgen, aber eine Limousine vor die Hintertür stellen, freilich nur unter der Voraussetzung, daß sie gleichzeitig das Mädchen gehen ließen. Es ging ihm darum, das Pärchen aufzuspalten. Whittaker dazu zu bringen, Sonny nach hinten an die Küchentür zu schicken, während das Mädchen zur Vordertür herauskam. Man mußte es nur zeitlich so einrichten, daß Carella und Wade bereits die Kellertreppe hinauf wären, wenn Sonny nach hinten kam, um nach der Limousine zu sehen. Kein Sturm, bevor sie nicht sicher sein konnten, daß Dolly aus dem Haus war. Sie sollten sich im Keller bereithalten, in Stellung gehen, aber kein Angriff, bevor das Mädchen nicht außer Gefahr wäre.

So könnte es funktionieren.

Vielleicht.

»Tut mir leid«, sagte Eileen, »aber einen Hubschrauber kann er Ihnen nicht besorgen.«

»Du hast mir doch gesagt –«

»Ich weiß, aber –«

»Sag ihm, daß ich die Scheißtussi hier alle mach'! Wenn er hier Spielchen spielen will, dann mach' ich die Scheißtussi hier alle!«

»Kann ich wieder auf die Veranda kommen?« fragte Eileen.

Man bat immer um Erlaubnis, sich nähern zu dürfen. Man verlangte stets eine Zusicherung, daß es nicht zu irgendwelchen Unfällen kam, zu irgendwelchen Ausrutschern. Man wollte schließlich vermeiden, daß jemand zu Schaden kam. Weder man selbst, noch der andere, niemand.

»In Ordnung?« fragte sie. »Kann ich raufkommen?«

»Nein«, sagte Whittaker. »Was hast du denn gemacht, Red? Hast du dir drüben bei deinen Kumpels 'ne Wumme eingesteckt?«

»Nein, hab' ich nicht. Ich bin unbewaffnet, ich zeig' es Ihnen, wenn Sie wollen. Geht das in Ordnung, wenn ich aufstehe?«

»Du mußt wirklich nicht ganz dicht sein, weißt du das? Kommst hier wieder an mit 'nem Scheißdreck von ihm und erwartest von mir –«

»Sie haben versprochen, mir nichts zu tun. Hab' ich Ihr Versprechen noch?«

»Warum sollt' ich dir was versprechen?«

»Weil ich denke, daß ich einen Ausweg weiß. Wenn wir nur drüber reden könnten...«

»Ich geb' dem nichts, bevor er nicht mir was gibt!«

»Das ist es ja, worüber ich mit Ihnen reden will. Kann ich aufstehen? Versprechen Sie mir, mir nichts zu tun, wenn ich aufstehe?«

»Mach schon, steh auf«, sagte er.

»Ich hab' Ihr Versprechen nicht gehört.«

»Du hast mein Scheißwort drauf, okay?«

Sie überlegte, ob sie noch mal verlangen sollte, seine Hände zu sehen. Sie kam zu dem Schluß, daß sie damit wohl etwas zu weit gehen würde. Er hatte ihr sein Wort gegeben, und sie mußte ihm vertrauen. Mit gespielter Zuversicht stand sie auf, öffnete so weit wie möglich ihre Jacke und sagte: »Nichts drunter, Mr. Whittaker. Ich bin unbewaffnet.«

»Dreh dich um, heb die Jacke hinten hoch.«

Sie drehte ihm und dem Sturmgewehr in seinen Händen den Rükken zu. Dann hob sie die Jacke, zeigte ihm die Rückseite des gelben Hemds darunter. Keine Waffe. Keine Schußwaffe, kein Holster, kein gar nichts.

»Alles klar?« fragte sie.

»Was ist das da an deinem Gürtel?« fragte er.

»Ein Walkie-talkie. Keine Sorge, es ist keine Trickwaffe oder was.«

»Schmeiß das Ding hier rauf auf die Veranda.«

»Nein. Das geht nicht. Ich muß mit denen in Verbindung bleiben. Für den Fall, daß sie eine Nachricht für mich haben. Okay?«

»Na schön, okay.«

»In Ordnung, wenn ich die Jacke wieder runterlasse?«

»Ja, mach schon, Red.«

»Wollen Sie, daß ich mir noch mal die Haare abschneide?«

Sie meinte, von drinnen ein Kichern zu hören.

»Dann hören Sie auf, mich Red zu nennen, okay?«

Keine Antwort.

»Geht das in Ordnung, wenn ich mich wieder umdrehe?« fragte sie.

»Alles klar, ja.«

Sie wandte sich wieder dem Fenster zu. Sie konnte ihn noch immer nicht sehen. Nur Dolly saß im Fenster. Nicht der geringste Ausdruck auf ihrem Gesicht.

»Kann ich jetzt raufkommen, auf die Veranda?«

»Wieso?«

»So daß wir zusammen reden können, ohne schreien zu müssen.«

»Komm rauf.«

»Habe ich noch immer Ihr Wort?«

»Hab' ich dich vielleicht schon erschossen, oder was?«

»Ich hätte gern ihr Wort darauf, daß Sie's nicht tun.«

»Werd' ich nicht. Mein Wort drauf.«

»Na schön, dann komme ich also rauf, okay?«

»Ich hab' doch gesagt, daß es klar geht.«

»Ich will bloß keine Unfälle. Ich will, daß Sie immer wissen, was ich tue, damit uns keine Ausrutscher passieren.«

»Alles klar, komm rauf.«

Sie stieg die breiten niederen Stufen zur Haustür hinauf, dann ging sie über die Veranda nach links zum nächsten Fenster und auf das...

»So, jetz' bleib stehn«, sagte er.

»Alles klar.«

»So, wie du stehst, ist das grade richtig.«

»Alles klar.«

»Also, was stellst dir so vor?«

»Er sagt, keinen Hubschrauber. Es hat einen großen Unfall auf dem Harb ge-«

»Auf dem *was*?«

»Auf dem Harb, unserem Fluß hier, kennen Sie denn... ach ja, Sie sind ja aus Washington.«

»Woher weißt 'n das?«

»Ich habe Ihre –«

»Alles klar. Was soll 'n das für 'n Unfall sein?«

»Ein Vergnügungsdampfer hat die Fähre nach Bethtown gerammt. Wir haben sämtliche Hubschrauber bei der großen Rettungsaktion.«

Eine glatte Lüge. Aber das Spiel hatte sich verändert. Bald würden sich zwei Männer mit einem Bolzenschneider um das Haus zur Kellertür schleichen. Und wenn das Mädchen erst mal aus der Schußlinie war...

»Dann sag deinem Boß eben, er soll einen *mieten*!«

»Ich werde ihn fragen, wenn Sie wollen. Aber wissen Sie, was ich denke?«

»Was denn?«

»Ich denke, mit einer Limousine wären Sie besser bedient. Bis der Jet da rauskommt –«

»Was für 'n Jet? Er besorgt mir 'n Jet?«

»Ich dachte, das hätte ich Ihnen gesagt. Man ist gerade dabei, einen aufzutanken.«

»Hast du nicht, nein, du hast nur gesagt, daß kein Hubschrauber drin ist.«

»Er ist bald fertig, so in –«

»Wo ist er fertig?«

»In Spindrift. So in einer Stunde. Wenn ich ihn dazu kriege, Ihnen eine Limousine zu schicken, dann wären Sie auf jeden Fall früh genug draußen. Ist übrigens womöglich sogar schneller als ein Hubschrauber, so wie die Fluglotsen da draußen arbeiten.«

Sie konnte jetzt sein Gesicht sehen. Sie hatte ihn näher ans Fenster gelockt. Er ließ sich die Sache durch den Kopf gehen.

»Ich werde meinen Boß bitten, Ihnen eine Motorradeskorte zu geben«, sagte sie. »Da sind Sie in vierzig Minuten am Flughafen.«

Der Gedanke begann ihm zuzusagen. Der große Botschafter aus Washington in seiner eigenen superlangen Limousine mit Motorradeskorte bis hin vor seinen eigenen Privatjet. Sie glaubte fast zu hören, wie sich die Rädchen in seinem Kopf in der Dunkelheit des Hauses drehten.

»Ich lass' die Kleine laufen, wenn ich im Jet sitze«, sagte er.

»Ach, kommen Sie, Mr. Whittaker, wie soll ich das denn meinem Boß beibringen?«

»Ist mir scheißegal, wie du ihm das beibringst...«

Jetzt aber sachte, dachte sie.

»...ich bin es, der ihr eine Knarre an den Kopf hält.«

»Das ist mir klar«, sagte sie. Ihr Herz klopfte wie wild. »Und ich will auch nicht, daß ihr was passiert, Mr. Whittaker, ich will überhaupt, daß hier keinem was passiert. Aber ich muß ihm was Vernünftiges mit zurückbringen, ich bin sicher, daß Sie das einsehen. Er gibt Ihnen eine Limousine und einen Jet, ich muß ihm einfach sagen, daß Sie ihm dafür auch was geben.« Sie redete sich das Maul fusselig, blendete ihn mit ihrer brillanten Logik. »Ich weiß, daß ich Ihnen die Limousine besorgen kann, das habe ich schon mit ihm besprochen. Und er hat dafür gesorgt, daß man im Augenblick den Jet betankt. Er besorgt Ihnen also alles, was Sie wollen. Er ist also von vorn bis hinten bereit, mit Ihnen zusammenzuarbeiten, meinen Sie nicht auch? Nur der Hubschrauber kommt nicht in Frage, aber nur wegen dem blöden Unfall auf dem Fluß, was keiner von uns vorhersehen konnte, meinen Sie nicht? Also, wenn ich jetzt zu ihm gehen und ihm sagen kann, ›Hören Sie, Mr. Whittaker läßt die Kleine laufen, aber er will gewisse Zusicherungen, wie immer sie aussehen mögen.‹ Sagen Sie mir, was Sie wollen, ich geb' es weiter. Und wenn wir uns einigen können und Ihnen besorgen, was Sie wollen, und sicherstellen können, daß der Kleinen nichts passiert, daß Ihnen nichts passiert, dann können wir dafür sorgen, daß Sie in fünf oder zehn Minuten im Wagen sitzen und rechtzeitig am Flughafen sind. Was meinen Sie dazu?«

»Was ich dazu meine? Woher ich wissen soll, daß das keine Falle ist, das mein' ich dazu.«

»Deswegen frage ich Sie ja auch, welche Zusicherungen Sie für Ihre Sicherheit wollen. Sagen Sie mir einfach, welche Garantien Sie wollen, und ich gebe sie weiter. Wir wollen um jeden Preis Ausrutscher vermeiden. Sie sagen uns, was Sie wollen, wir sagen Ihnen, was wir tun werden. Auf die Art und Weise wissen *Sie,* was wir machen, und *wir* wissen, was Sie machen, und keiner kommt zu Schaden. Was halten Sie davon?«

Nun *mach* schon, dachte sie.

»Woher soll ich wissen, daß Sie überhaupt 'ne Limousine haben? Ich lass' die Kleine laufen, und ihr rückt mir mit 'ner verdammten Armee auf die Pelle.«

»Nein, wir bringen Ihnen die Limousine, bevor Sie die Kleine rausschicken. Sie können nachsehen, ob sie da ist.«

»Wo?«

»Wo immer Sie wollen. Ich habe mir gedacht, hier draußen an der Tür links vom Haus. Hinten, wo Sie die kleine Veranda haben. Wäre Ihnen das recht?«

»Sagen Sie Ihrem Boß, ich will, daß Whisky in der Limousine ist.«

Gut, dachte sie, er ist zu einem Deal bereit.

»Nein«, sagte sie. »Whisky kann ich Ihnen nicht besorgen.«

»Warum nicht?« sagte er.

»Weil wir nicht wollen, daß jemand zu Schaden kommt. Ich weiß, Sie halten Ihr Versprechen, Mr. Whittaker, aber Whisky hat nun mal keine Ahnung, wie man sein Wort hält.«

Wieder meinte sie, ihn in sich hineinlachen zu hören.

»Also, was soll ich ihm sagen?« fragte sie. »Wenn ich Ihnen die Limousine beschaffe, werden Sie die Kleine dann herausschicken?«

»Mal angenommen, ich seh' die Limousine vorm Haus –«

»Wir stellen Sie Ihnen direkt vor die Tür hinten. Alles, was Sie tun müssen, ist, einen Schritt vor die hintere Veranda zu tun und einzusteigen.«

»Schön, aber angenommen, ich seh' den Wagen und lass' die Kleine laufen, so wie du sagst, woher soll ich wissen, daß ihr mich nicht über 'n Haufen knallt, noch bevor ich in den Wagen steigen kann?«

Er dachte über die Einzelheiten nach. Und wußte dabei letztlich ganz genau, daß ihn niemand in einen Jet nach Jamaika steigen lassen würde, damit er an einer sonnigen Küste in den Tropen Piña Coladas schlürfen konnte. Und trotzdem feilschte er. Hoffte wider alle Hoffnung, doch noch den großen Schnitt zu machen. Laß die Kleine laufen, klettere in die Limousine.

»Also, wie sollen wir's nun angehen?« fragte sie. »Die Sache ist die: Mein Boß will sichergehen, daß die Kleine in Sicherheit ist, bevor er Ihnen die Limousine hinstellen läßt...«

»Ist doch totaler Quatsch, daß wir in 'ner Limousine sicher sind«, sagte er. »Kaum steig' ich in den Wagen, ballert ihr mich mitsamt Sonny und der Karre zurück in die Steinzeit. Kannste vergessen, Red. Sag deinem Scheißboß, ich will 'n Hubschrauber. Sag ihm, die Kleine kommt mit mir zusammen raus zum Hubschrauber. Ich lass' sie laufen, sobald Sonny in der Maschine sitzt und ich selber einsteige. In dem Augenblick kriegt ihr die Kleine. Sag deinem Boß, er hat fünf Minuten, um sich's zu überlegen. Sonst kriegt er die Kleine gleich, aber *tot*. Fünf Minuten. Sag ihm das.«

Auf der Straße draußen wurde die Menge hinter der Absperrung langsam, aber sicher unruhig. Es war mittlerweile bereits drei Uhr morgens, aber keiner hier dachte an Schlaf. Das einzige, was hier jeder im Kopf hatte, war die Entscheidung am OK Corral. Wyatt Earp gegen die Clantons. Um das zu erreichen, nahm der Prediger – anscheinend in der bewußten Absicht, Öl ins unvermeidliche Feuer zu gießen und die Umstehenden so aufzuhetzen, daß das Ganze nur in einem Blutbad enden konnte – wieder seine Flüstertüte hoch und begann eine eingängige kleine Parole zu skandieren, die aber auch nicht das geringste mit der Situation hier zu tun hatte.

»Nie wieder Jogger-Justiz!« schrie er mit rauher Stimme, der Hals längst heiser geschrien. »Nie wieder Jogger-Justiz!«

Er spielte damit auf die junge Frau an, die man vergewaltigt und brutal zusammengeschlagen hatte, einen Fall, der seinerzeit durch die gesamte Weltpresse gegangen war. Er spielte darauf an, daß man ihre Peiniger schuldig gesprochen hatte. Es spielte dabei keine Rolle, daß selbst die blühendste Phantasie – ganz zu schweigen von der des Predigers – die kleine weiße Hure und die beiden schwarzen Mörder in diesem Haus nicht mit der Joggerin und ihren brutalen Vergewaltigern in Zusammenhang bringen konnte. Dem Prediger ging es einzig und allein darum, sich, wann immer irgendwo was los war, ins Zentrum des Geschehens zu stellen und für Rambazamba zu sorgen, wenn ihm nicht genug los war. Ihm ging es darum, sich im Fernsehen als die einzige und einsame Stimme des schwarzen Bewußtseins zu präsentieren – obwohl die meisten Schwarzen wußten, daß er nichts weiter als ein Volksverhetzer war, dem sein eigenes Vorwärtskommen am meisten am Herzen lag.

»Nie wieder Jogger-Justiz!« schrie er in sein Megaphon. »Nie wieder Jogger-Justiz!«

Und die Menge – noch einen Moment zuvor fast in den Schlaf gelullt von dieser endlosen Schachpartie mit ihren schwarzen und weißen Figuren auf einem schwarzweißem Brett, dessen Fluchtpunkt irgendwo, viel zu weit weg, in beinahe unendlicher Entfernung zu liegen schien –, die Menge nahm die eingängige kleine Parole auf: »Nie wieder Jogger-Justiz!« Sie verstärkte sie, auch ohne Flüstertüte, peitschte die Worte in einem Rhythmus hinaus, der schier zum Mitstampfen aufforderte: »Nie wieder Jogger-Justiz!«, und die Litanei ergoß sich über die Absperrungen und brandete gegen die Veranda des Hauses, in dem mit bleichem Gesicht und wie betäubt Dolly Simms im Fenster saß.

Sie hörte den hämmernden Rhythmus der Sprechchöre durch den dröhnenden Lärm des Polizeihubschraubers, der über der Szene kreiste. Sonny und Diz befanden sich jetzt beide tief im Raum und flüsterten, Sonny, die Neun-Millimeter auf den Kopf des Mädchens gerichtet, dessen Silhouette er im grellen Licht der Scheinwerfer sah. Dollys Ansicht nach sprachen sie darüber, ob sie sie umbringen sollten. Sie wußte, die beiden waren verrückt genug, um sie umzubringen. Irgendwie schien sie das jedoch nicht mehr zu berühren.

»Mr. Whittaker?«

Die Rothaarige. Hockte wieder draußen hinter den Sträuchern. Manche Leute gaben doch nie auf. Vielleicht war sie auch verrückt. Vielleicht war die ganze Welt verrückt. Außer Dolly. Und die war, so wie es aussah, in zehn Minuten tot. Wenigstens wurde immer gesagt, daß das Leben danach angenehmer sein sollte.

»Mr. Whittaker? Ich bin's. Eil-«

»Die können Sie nicht hören«, sagte Dolly.

»Was?«

»Die können Sie nicht hören«, wiederholte sie. »Der Hubschrauber ist zu laut.«

»Dann gehen Sie nach hinten und sagen Sie Mr. Whittaker, daß ich mit ihm reden muß.«

»Der knallt mich über 'n Haufen, wenn ich mich vom Fenster wegrühre.«

»Sagen Sie ihm einfach, wir müssen noch mal miteinander reden.«

»Ich kann nicht.«

Eileen griff nach ihrem Walkie-talkie.

»Inspektor?« sagte sie.

»Ja«, sagte Brady.

»Schicken Sie den verdammten Hubschrauber zum Teufel, ich kann noch nicht mal mein eigenes Wort verstehen.«

»Verstanden. Ende«, sagte er.

Von dort, wo Wade mit dem Bolzenschneider zugange war, hörte er den Hubschrauber abdrehen, und das regelmäßige Wummern der Rotorblätter machte den Sprechchören Platz, die anschwollen und mit eindringlichen Stimmen in den tiefschwarzen Himmel über ihnen hinaufschallten, als wollten sie die Maschine zurückrufen. »Nie wieder Jogger-Justiz! Nie wieder Jogger-Justiz!«

»Blöde Arschlöcher«, sagte er und setzte die scharfen Kanten des Bolzenschneiders auf den Bügel des Vorhängeschlosses. Mit einem Knacken gab der Stahl nach. Er warf den Schneider beiseite und riß das Schloß von der Tür. Innerhalb von ganzen drei Sekunden hatte Carella beide Flügel der Tür geöffnet und war auf dem Weg die Treppe hinunter, Wade sofort hinter ihm her. Der Lärm des Hubschraubers war so gut wie verschwunden. Jetzt waren nur noch die Sprechchöre zu hören.

Im Keller konnte man nicht die Hand vor Augen sehen.

Es roch nach Kohlen und Staub.

Sie nahmen an, die Treppe nach oben müßte sich ein Stück weiter links vor ihnen befinden.

Das Licht getrauten sie sich nicht anzumachen.

»Wo fliegt der hin?« fragte Sonny.

»Halt's Maul«, sagte Whittaker.

»Aber der fliegt doch weg, Mann, hörste das nicht?«

»Ich hör's ja, also halt's Maul«, sagte Whittaker und trat ans Fenster. »Red!« schrie er. »Wo, zum Teufel, steckst du?«

»Ich bin hier«, sagte sie.

»Wo? Steh auf, so daß ich dich sehen kann.«

»Nein«, sagte sie.

»Was soll 'n das heißen, *nein*? Willst du vielleicht, daß –«

»Mr. Whittaker, es wird langsam Zeit, daß wir hier Tacheles reden. Sie wissen, daß wir –«

»Sag du mir nicht, was ich zu reden hab', Frau! Ich bin es, der die Kleine hier drin hat. Du hast kein –«

»Na und, wollen Sie vielleicht für immer und ewig da drin bleiben? Wollen Sie das? Oder wollen Sie die Geschichte endlich regeln und zusehen, daß Sie zum Flugplatz kommen? Was wollen Sie? Der

Hubschrauber ist hier. Ich habe den verdammten Hubschrauber für Sie, wie wär's also, wenn Sie mir zur Abwechslung mal ein bißchen helfen? Ich hab' mir den Arsch aufgerissen für Sie, Mr. Whittaker...«

Sie hörte ihn kichern.

»Ja, das ist unheimlich komisch«, sagte sie. »Und Sie lassen mich vor meinem Boß wie 'ne Idiotin dastehen. Wollen Sie, daß der Hubschrauber landet, oder wollen Sie mich den Rest der Nacht hier hin und her laufen lassen? Ich habe ein Walkie-talkie hier – hier, sehen Sie«, sagte sie und hielt die Hand über den Kopf, über die Kante der Verandadielen hinaus, damit er ihre Hand und das Walkie-talkie darin aus den Sträuchern ragen sehen konnte. »Sie brauchen mir nur zu sagen, was Sie wollen, und ich geb's ihm durch. Ich versuche die Operation hier leichter zu machen, ich versuche, Sie in den Hubschrauber und das Mädchen aus dem Haus zu kriegen, ohne daß einer zu Schaden kommt. Also, werden Sie mir nun dabei helfen, Mr. Whittaker? Ich versuche hier wirklich mein Bestes, ehrlich, ich sag's Ihnen. Ich brauche allerdings ein bißchen Unterstützung von Ihnen.«

Drinnen herrschte tiefes Schweigen.

Schließlich sagte er: »Okay, dann machen wir folgendes.«

Sie hatten die Kellertreppe gefunden.

Der Lautstärkeregler des Walkie-talkie war auf das Minimum gestellt, aber sie hörten, was Eileen dem Inspektor zu sagen hatte. So, wie sie die Bedingungen mitbekamen, sollte der Hubschrauber auf dem leeren Grundstück links vom Haus heruntergehen, ungefähr fünfzehn Meter von der auf dem Grundriß eingezeichneten Küchenveranda. Der Pilot des Hubschraubers sollte allein sein, und er sollte aussteigen und die Hände über den Kopf heben, bevor sie aus dem Haus kommen würden. Whittaker würde als erster herauskommen, während Sonny hinter ihm in der Küchentür blieb, die Pistole auf den Kopf des Mädchens gerichtet. Wenn Whittaker ungeschoren hinter dem Piloten stand, die Mündung der AK-47 am Hals des Piloten, würde er Sonny Zeichen geben, das Mädchen laufen zu lassen. Wenn das Mädchen auf den LKW des Sondereinsatzkommandos zulief, sollte Eileen sie schon erwarten, um sie zurückzuführen. Zu diesem Zeitpunkt hätte auch Sonny den Hubschrauber erreicht. Sollte jemand versuchen, Sonny auf seinem Weg aus dem Haus etwas zu tun, würde Whittaker den Piloten erschießen.

»Hört sich in meinen Ohren ganz danach an, als würden sie eine Geisel gegen eine andere austauschen«, flüsterte Wade. »Die Kleine gegen den Piloten.«

»Die tauschen nie eine Geisel gegen eine andere«, sagte Carella. »Das ist eine von ihren Regeln.«

»Und wonach hört sich das Ihrer Ansicht nach an?«

»Es hört sich nach einem Austausch an«, sagte Carella. »Aber der Pilot ist Polizist.«

»Ach, und wenn sie den umbringen, dann ist das wohl in Ordnung?«

»Nein, aber –«

»Wie sieht denn der Plan aus, wenn sie erst mal am Flugplatz sind?«

»Weiß ich auch nicht«, sagte Carella. »Ich bin hier nur Angestellter.«

Sie standen oben an der Treppe und lauschten an der Tür. In wenigen Augenblicken würden, wenn alles glatt ging, Sonny und Whittaker den Flur entlang und an der Tür vorbeikommen. In dem Augenblick, in dem Sonny die Kleine laufen ließ, würde Carella dem Mann gegenüberstehen, der seinen Vater ermordet hatte.

Der Scharfschütze lauerte tief geduckt rechts vom Piloten in der Kabine des Hubschraubers. Unter ihnen kam ein einzelner Polizist im orangefarbenen Leuchtanzug aus dem inneren Ring der Absperrung gelaufen.

»Wer ist das?« fragte Whittaker sofort.

»Er ist unbewaffnet«, versicherte Eileen ihm. »Er gibt dem Piloten Zeichen, um ihm zu zeigen, wo er das Ding absetzen soll. Wir wollen keinen Fehler riskieren.«

»Ich will, daß er verschwindet, sobald er gelandet ist.«

»Inspektor?« sagte Eileen ins Walkie-talkie.

»Ich höre«, antwortete Brady.

»Er will, daß der Mann da verschwindet, sobald der Hubschrauber gelandet ist.«

»Geht in Ordnung«, sagte Brady.

»Haben Sie gehört?«, fragte sie Whittaker.

»Nein.«

»Er verschwindet, sobald der Hubschrauber steht.«

»Das würd' ich ihm auch raten.«

Dolly saß noch immer allein im offenen Fenster. Die anderen beiden standen irgendwo hinter ihr im Dunkeln. Eileen konnte den Mann nicht sehen, mit dem sie sprach. Aber sie war sich sicher, daß Whittaker sie vom Zimmer aus sah; er hatte ja auch den Mann in Orange gesehen, der über den Sand des leeren Nachbargrundstücks links vom Haus gelaufen war.

»Keiner geht hier raus, bevor der Mann nicht wieder da ist, wo er hingehört«, drohte er aus der Dunkelheit heraus.

»Machen Sie sich keine Sorgen wegen dem. Er gibt jetzt Zeichen«, beruhigte sie ihn. »Sie können ihn von Ihrem Platz aus nicht sehen, aber er weist den Hubschrauber ein.«

Der Scharfschütze sah den Mann unter ihnen mit einer roten Taschenlampe einen Kreis über dem Kopf zeichnen. Die Schiebetür auf der rechten Seite des Hubschraubers war offen. Diese Seite sollte zum Haus zeigen, wenn der Pilot aufsetzte. In dem Augenblick, wo Whittaker sich mit dem Piloten als Schild aufgestellt hätte, das Gesicht dem Polizeikordon zugewandt, sollte der Scharfschütze freies Schußfeld auf den Kopf des Kerls haben. *Hoffte* jedenfalls der Pilot.

»Glühwürmchen an Igel, Ende«, sagte der Pilot.

»Ich höre Sie, Glühwürmchen.«

»Wir haben Euren Mann gesichtet und sind bereit zur Landung.«

»Dann bringen Sie ihn runter, Glühwürmchen.«

»Zehn-Vier.«

Der Funkcode der Polizei für »Verstanden und Ende«, obwohl es sich hier um Luft-Erde-Funkverkehr handelte und ein »Roger!« womöglich angebrachter gewesen wäre. Der Pilot, der da oben zur Landung ansetzte – um sich von einem bewaffneten Mörder gefangennehmen zu lassen, dem der Scharfschütze neben ihm den Kopf von den Schultern schießen würde oder auch nicht –, und der Chef der Schutzpolizei Curran, der vom Boden aus mit ihm sprach, hatten nichts weiter als Landeanweisungen ausgetauscht. Heutzutage konnte man ja nie wissen, wer nicht alles auf dieser Frequenz mithörte, und schließlich hatte man noch immer ein sechzehnjähriges Mädchen im Haus.

»Sie kommen runter«, sagte Eileen.

»Ich schick' jetzt Sonny mit der Kleinen nach hinten in die Küche«, sagte Whittaker. »Wenn er laut genug schreit, kann ich ihn von hier aus hören. In dem Augenblick, wo er mir sagt, daß der Hubschrauber steht, geh' ich selber nach hinten. Von da an liegt's dann an euch, ob jemand was passiert oder nicht.«

»Er ist so gut wie gelandet«, sagte sie.

»Hast du kapiert?«

»Ich hab's kapiert.«

»Okay, Sonny, dann zieh Leine.«

Die Blätter der Sträucher vor dem Haus zitterten wie wild, als die Kufen des Hubschraubers sich dem Boden näherten. Durch den Lärm des Motors und das Rauschen des Windes sagte Eileen ins Walkie-talkie: »Sonny geht jetzt in die Küche.« Bei dem ganzen Krach hätte sie nicht gedacht, daß Whittaker das mitbekommen würde, doch er hatte es gehört.

»Warum erzählst du ihm das?« schrie er durch das Getöse.

»Wir wollen keine Fehler riskieren, das wissen Sie.« Ins Walkie-talkie sagte sie: »Der Hubschrauber steht, Inspektor, sehen Sie besser zu, daß der Mann da draußen verschwindet.« Doch diese Information war eigentlich an Wade und Carella gerichtet, die gleich hinter der Kellertür auf dem Treppenabsatz warteten.

»Diz!«

Großer Gott!

Seine Stimme klang, als stünde er direkt neben Carellas Ellenbogen hinter der Tür.

»Mach schon, du Schlampe!«

Die beiden liefen jetzt den Flur entlang, an der Tür vorbei.

»Autsch!«

Die Stimme des Mädchens.

»Ich hab' gesagt, du sollst dich *bewegen*! Diz! Kannst du mich hören, Diz?«

»Du brauchst mich nicht mit dem verdammten Ding zu sto-«

»Diz!«

Ein Stück weiter weg jetzt. Er schrie jetzt aus der Küche, überlegte Carella. Er rief sich den Grundriß des Hauses ins Gedächtnis, den schmalen Korridor von der Veranda draußen zur Küche. Sonny Cole, der Mörder seines Vaters, stand in der Küche und schrie seinem Partner vorn im Haus etwas zu.

»Diz! Er steht, Diz, ich kann ihn sehen! Er ist gelandet! Diz! Kannst du mich sehen?«

Sie hörten nicht, daß ihm jemand geantwortet hätte.

Dafür hörten sie abermals Schritte. Sie kamen den Korridor herauf auf sie zu. Carella hielt das Walkie-talkie ans Ohr gedrückt, aus Angst, ein unbeabsichtigtes Geräusch könnte ihre Position verraten. Plötzliches Gelächter direkt vor der Tür ließ ihn ein weiteres Mal zusammenfahren.

»Jetzt geht's nach Jamaika«, sagte Sonny dem Mädchen und lachte, seine Stimme hoch und schrill.

Das glaubst auch bloß du, dachte Carella.

»Das war grade eben Sonny«, sagte Whittaker. »Er sagt, daß der Hubschrauber gelandet ist.«

»Er hat recht, er ist gelandet«, sagte Eileen.

»Dann geh' ich jetzt also mal nach hinten.« Es hörte sich fast so an, als wäre er traurig darüber, gehen zu müssen. »Bist du auch sicher, daß du alles klargekriegt hast?«

»Na, ich hoffe doch«, sagte Eileen.

»Ich auch«, sagte Whittaker, »sonst wird hier nämlich einer dran glauben müssen, klar? Sobald ich den Piloten draußen stehen sehe, geh' ich raus zum Hubschrauber. Der Rest ist klar, ja?«

»Alles klar.«

»Besser, ihr versucht keine Tricks.«

»Keine Tricks«, sagte sie.

»Und keine Überraschungen«, sagte er und tauchte urplötzlich am Fenster auf. »Na dann, Red«, sagte er, grinste und war auch schon wieder in der Dunkelheit verschwunden.

»Ich heiße *Eileen*«, murmelte sie mit verhaltenem Atem und sagte dann sofort ins Walkie-talkie: »Whittaker kommt jetzt nach hinten.«

Ohne Eileens Stimme im Walkie-talkie wäre Carella blind gewesen. Die Stimme einer guten Polizistin und einer nicht weniger guten Freundin, die ihn auf dem laufenden hielt und ihm mitteilte, wann es Zeit wäre, herauszukommen und dem Mörder seines Vaters guten Tag zu sagen.

»Der Hubschrauber steht...«

Und dann: »Whittaker kommt jetzt nach hinten...«

Und jetzt: »Der Pilot ist ausgestiegen...«

Carella wartete. Wade stand mit zum Zerreißen gespannten Nerven neben ihm; er lauschte, das Ohr an die Kellertür gedrückt, ob nicht irgendwelche Geräusche vom Flur zu hören wären.

Ihre Waffen hatten sie schon vor langer Zeit gezogen.

Jetzt warteten sie einfach.

»Er streckt die Hände über den Kopf...«, sagte Eileen.

Sie stand jetzt auf halbem Weg zwischen LKW und Hubschrauber; die Zipfel ihrer blauen Jacke tanzten in dem von den wirbelnden Rotorblättern erzeugten Wind; sie sah den Piloten, der unten an der Leiter, die aus der Maschine führte, stehenblieb. Sie sah die offene Schiebetür hinter ihm, sie sah, wie sein Haar vom Wind hin und hergerissen wurde, und wie er die Hände hinter dem Kopf verschränkte. In der Maschine selbst konnte sie niemanden entdecken.

»Die Küchentür geht auf«, sagte sie ins Walkie-talkie.

Sie hielt den Atem an.

»Whittaker steckt den Kopf heraus und sieht sich um...«

Sie winkte ihm zu. Ließ ihn wissen, daß sie da war. Alles nach Plan, okay? Sobald du den Piloten hast, läßt du die Kleine laufen. Ich warte hier auf sie. Er winkte nicht zurück. Na, komm schon, dachte sie, du kannst mich ruhig zur Kenntnis nehmen. Laß mich wissen, daß du mich siehst. Sie winkte noch mal mit weiten Bewegungen. Er winkte auch diesmal nicht zurück. Er sah sich nur ein letztes Mal um, er wollte sichergehen, daß niemand im Hinterhalt lag, und rannte dann auf den Hubschrauber zu.

»Er ist auf dem Weg zum Hubschrauber!« rief sie ins Walkie-talkie. »Das Mädchen ist noch im Haus. Also bleibt, wo ihr seid. Inspektor?«

»Ja.«

»Wer gibt das Zeichen?«

»Ich. Sagen Sie mir nur, wenn das Mädel aus dem Schußfeld ist.«

»Jawohl, Sir.«

Schweigen.

»Er ist jetzt so gut wie drüben.«

Weiter nichts als Schweigen.

»Jetzt ist er hinter dem Piloten. Er gibt Zeichen zur Tür. Das Mädchen ist raus! *Dolly!*« schrie sie. »Hierher! Hier rüber!«

»Sturm Eins, marschmarsch!« rief Brady.

Später, in einem Schnellimbiß in der Nähe des Präsidiums im Zentrum, bei Kaffee und Doughnuts, ein neuer heißer Tag dämmerte gerade über der Stadt, da versuchten sie dann zusammenzukriegen, was eigentlich passiert war. Sie saßen da wie über einem großen Puzzle, bemühten sich, aus etwas, was ihnen lediglich wie ein Chaos von bizarren und völlig durcheinandergeratenen Teilchen erschien, ein Ganzes zu machen; jeder steuerte aus seiner Perspektive einen Teil der Geschehnisse bei.

Das Mädchen rannte auf sie zu.

Ihr lila Haar wie ein Leuchtfeuer in der Nacht.

»Dolly!« schrie sie.

»He! Red!«

Sie war im ersten Augenblick überrascht. Seine Stimme kam aus der Dunkelheit um den Hubschrauber, wo er hinter dem Piloten stand. Sie wandte sich in die Richtung, um seine Stimme zu lokalisieren. Nur einen Augenblick lang nahm sie die Augen von der Kleinen.

»Ich hab' gelogen!« schrie er.

Und dann platzte das Blut aus dem Mädchen heraus.

Sie machten ihren Ausfall aus dem Keller in dem Augenblick, in dem Brady grünes Licht gab. Sonny hatte eben das Mädchen losgelassen und stand, zur Flucht bereit, innerhalb der Tür wie ein Läufer, der, auf den Schuß wartend, den Fuß an der Startlinie plaziert. Aber der Startschuß kam von hinten, aus Wades Achtunddreißiger, ein Schuß, der Sonny am rechten Schenkel erwischte und ihn von den Beinen fegte, noch bevor er einen Fuß auf die Veranda setzen konnte. Die nächsten zehn Sekunden waren sie mit ihm beschäftigt: Wade trat ihm die Neun-Millimeter aus der Hand, als Sonny sich aufsetzen wollte und versuchte, die Waffe in den Anschlag zu bringen; Carella rammte ihm ein Knie unters Kinn und warf ihn zurück auf den Linoleumboden des schmalen Flurs. Grünes Linoleum, wie er sich später erinnerte. Mit gelben Blumen gemustert. Grün und Gelb und Sonnys weit aufgerissene braune Augen, als Carella ihm die Mündung seiner Waffe in die weiche Kuhle am Hals setzte. Er hatte eine gezackte rosarote Messernarbe auf der einen Seite seines Gesichts.

»Tu's ruhig«, flüsterte Wade.

Das Mädchen kam auf sie zugestolpert, die Knospen ihrer Brüstchen unter der lavendelfarbenen Bluse explodierten zu großen roten Blüten, als die Kugeln aus dem Sturmgewehr in ihren Rücken schlugen und zusammen mit Fontänen aus Lungenfetzen, Blut, Knorpel und Haut vorn wieder austraten und Eileen mit Blut besudelten, als das Mädchen in ihre Arme fiel.

»O großer Gott«, murmelte Eileen und hörte dann die Schüsse aus dem Innern des Hubschraubers, als der Scharfschütze zweimal abdrückte – nur zweimal, aber das war mehr als genug. Die erste Kugel erwischte Whittaker im Nacken und riß ihm beim Austritt die Luftröhre auf. Der zweite Schuß erwischte ihn genau über der rechten Backe, als ihn die Gewalt der ersten Kugel herum und damit vom Piloten wegriß. Er war tot, noch bevor der zerschmetterte Bakkenknochen ihm seine Splitter hinauf ins Gehirn trieb.

Hinter den Barrikaden verstummte sogar der Prediger.

»Mach doch!« flüsterte Wade eindringlich.

In dem schmalen Flur herrschten Schweiß, Angst und Wut, und jeder liebevolle Gedanke, den Carella je für seinen Vater gehabt hatte, jedes Gefühl, das er je für ihn empfunden hatte, all das brannte ihm jetzt in den Augen und ließ die Waffe in seiner Hand heftig zittern. Die Mündung des Police Special bebte in der Kuhle unter Sonnys Kinn, dem große Schweißperlen aufs Gesicht traten, jetzt, wo er Wades Gesicht direkt neben dem von Carella sah. Alle drei schwitzten in dem zum Ersticken heißen Flur, in dem jeden Moment ein Mord geschehen konnte. »Mach doch«, flüsterte Wade ein drittes Mal. »Wir sind allein.«

Fast hätte er es getan.

Fast hätte er den Abzug durchgezogen, fast hätte er die Kugel losgeschickt, die Sonny ein Ende gemacht hätte und womöglich auch ihm selbst – soviel Zorn, soviel Kummer, soviel Haß.

Aber er wußte, wenn er diesem geflüsterten *Mach doch!* nachgab – und es wäre in diesem von außen nicht einzusehenden Flur leicht gewesen –, er hätte nicht nur Sonny erschossen, er hätte auch sich selbst erschossen. Und jeden in dieser Stadt, der je auf Gerechtigkeit durch das Gesetz gehofft hatte.

Er schwang sich von dem Mann, der seinen Vater ermordet hatte.

»Komm hoch!« sagte er.

»Sie haben mich getroffen, Sie Drecksau!« schrie Sonny Wade an.

»Hoch!« sagte Carella noch einmal und riß ihn auf die Beine und legte ihm die Handschellen um die Gelenke, wobei er sie so eng und fest wie nur möglich schloß. Wade sah ihn an, sein Unverständnis ins Gesicht geschrieben.

»Ich werd' Sie verklagen«, sagte Sonny. »Auf mich zu schießen, Sie Drecksau.«

»Ja, klag du nur«, sagte Wade. Noch immer sah er Carella an. »Ich kapier' das nicht«, sagte er.

»Tja«, sagte Carella und ließ es dabei bewenden.

13. Kapitel

Noch von der Imbißstube aus rief er seinen Schwager an und sagte ihm, er würde ihn auf dem Nachhauseweg abholen. Als Tommy fragte warum, sagte er: »Weil du jetzt zwei Töchter hast, und ich denke, daß du sie dir anschauen solltest.«

Tommy sagte: »Hey, meine Güte, Zwillinge, heiliger Bimbam, na, das ist doch...«

Auf der Fahrt zum Krankenhaus sagte ihm Carella, er wüßte, daß Tommy Kokain nehme.

Tommy sagte: »Hey! Wie kommst du denn darauf?«

Carella sagte ihm, darauf sei er gekommen, weil er ihm zu einem Haus in der Laramie Street gefolgt sei, vor dem die Polizei ganz zufällig eine Kamera stehen habe – *so* sei er auf diese Idee gekommen.

Tommy war schon drauf und dran, ihm ein weiteres Mal mit seinen billigen Sprüchen zu kommen, aber Carella würgte sein ›Na wenn das nicht‹ ab, indem er ihn fragte: »Wer ist die Frau?«

Tommy überlegte, ob er lügen sollte. Der Wagen schob sich langsam durch den dichten Morgenverkehr, Carella saß am Steuer, Tommy neben ihm. Er brauchte lange für seine Antwort. Er versuchte zu entscheiden, ob er weiter seine Show abziehen oder einfach mit der Wahrheit herausrücken sollte. Er wußte schließlich, daß sein Schwager bei der Kripo war. Leicht würde es ihm nicht fallen.

»Sie arbeitet mit mir in der Bank«, sagte er schließlich.

»Ich höre.«

»Es geht seit ein paar Monaten.«

»Wir haben Zeit.«

Tommy wollte unbedingt von vornherein klarstellen, daß das Ganze nichts mit Sex zu tun hatte, er habe keine Affäre, Angela hätte in dieser Beziehung völlig falsch gelegen, auch wenn sie mit der anderen Frau recht gehabt hätte. Die andere hieß Fran Harrington, und die ganze Geschichte hatte angefangen, als sie beide geschäftlich nach Minneapolis gefahren waren – kurz nach dem Tag der Arbeit letztes Jahr mußte das gewesen sein –

»Hast du nicht eben ›ein paar Monate‹ gesagt?« unterbrach ihn Carella und nahm den Blick von der Straße.

»Na ja, schon.«

»Tag der Arbeit ist Anfang September. Das sind mehr als bloß ein paar Monate. Das ist fast ein *Jahr.*«

»Schon, na ja.«

»Du schnupfst also seit fast einem Jahr Kokain.«

»Ja.«

»Du gottverdammter Esel, du!«

»Tut mir leid.«

»Das sollte es auch, du Esel!«

Er war außer sich. Er packte das Steuer, als wollte er es zerquetschen und konzentrierte sich auf den Verkehr vor ihm. Die Autos bewegten sich durch einen flimmernden, weißen Dunst. Es war der erste August, und der Sommer schien beweisen zu wollen, daß der Juli nicht bloß ein Zufallstreffer gewesen war. Tommy erzählt ihm, wie er und Fran nach Minnesota gereist waren, um sich um einen Kunden zu kümmern, der kurz davor stand, seinen Zahlungsverpflichtungen nicht mehr nachkommen zu können. Daß es ihnen gelungen war, Zahlungsmodalitäten auszuarbeiten, die sowohl für ihn als auch für die Bank zufriedenstellend waren. Es ging um einen riesigen Kredit; der Mann verlieh Schneeräumfahrzeuge, etwas, was in Minnesota so wichtig war wie das tägliche Brot. Wen wollte es also wundern, daß er und Fran sich riesig gefreut hatten, die Sache regeln zu können. Tommy hatte vorgeschlagen, zur Feier des Tages einen zu trinken. Fran sagte ihm, sie trinke nicht, aber vielleicht könnten sie ja was viel Besseres auftreiben. Er hatte erst nicht gewußt, was sie meinte.

Er hatte nie im Leben geglaubt, daß man in Minneapolis, Minnesota, Kokain kriegen konnte; für Tommy war die Stadt immer ein Kuhdorf gewesen, eine Gegend, wo sich Fuchs und Hase gute

Nacht sagten. Aber Fran wußte, wo man hingehen mußte, und es war auch beileibe nicht die Art von schäbigem Laden, wie man das im Fernsehen immer zu sehen kriegt, wo die Bullen Türen einschlagen und »Keiner rührt sich!« schreien. Wenn Tommy seit dem letzten September etwas gelernt hatte – ja, stimmt, es war wirklich schon fast ein Jahr –, dann, daß nicht nur schwarze Kinder in den Ghettos Crack rauchten, sondern auch weiße Erwachsene nahmen Kokain, und das selbst in den besten Vierteln der Stadt. Von der Benachteiligung gewisser Rassen hatte das Rauschgift keine Ahnung: Kokain war der große Gleichmacher. So wie sich früher Slumkinder mitten auf der Straße ihre Joints gedreht hatten, während die Reichen in Malibu sich gegenseitig die bereits fertig gekauften aus silbernen Zigarettenetuis anboten, so war es jetzt auch mit dem Kokain. Man brauchte nicht in eine heruntergekommene Mietskaserne zu gehen, um ein Fünf-Dollar-Röhrchen Crack zu rauchen, es gab genug Orte, wo man unter seinesgleichen war, wo man in angenehmer Umgebung herumsitzen und sich absoluten Wahnsinnsstoff reinziehen konnte, ohne dabei auf den gewohnten gesellschaftlichen Umgang verzichten zu müssen...

»Du blöder Esel«, sagte Carella.

»Na, jedenfalls hat es so angefangen«, sagte Tommy. »Damals in Minneapolis. Und seither geht das so mit uns beiden. Wir reisen oft zusammen, sie weiß überall, wo es das Zeug gibt. Das Gefährliche daran ist nur, damit erwischt zu werden...«

»Wem sagst du das«, sagte Carella.

»...aber wenn man das Zeug nicht kauft, um es mitzunehmen, wenn man statt dessen dort hingeht, wo's das Zeug gibt, in eins von diesen teuren Apartments mit Leuten wie du und ich...«

Koksern wie du, dachte Carella.

»...so wie das zum Beispiel in der Laramie, ist wirklich nett da, wir gehen ziemlich oft hin.«

»Womit du besser aufhörst«, sagte Carella. »Du bist nämlich schon ein Filmstar.«

»Glaubst du, du könntest da –«

»Frag nicht mal. Bleib einfach weg von da. Überhaupt von solchen Läden.«

»Ich werd's versuchen.«

»Vergiß das mit dem Versuchen, du blöder Hammel! Entweder du hörst auf damit, oder ich buchte dich eigenhändig ein, das versprech' ich dir.«

Tommy nickte.

»Hast du verstanden? Du suchst dir psychiatrische Hilfe und *hörst auf*. Aus. Amen.«

»Ja.« Er schwieg einen Augenblick. Dann sagte er. »Weiß... Hast du's Angela gesagt?«

»Nein.«

»Wirst du's ihr sagen?«

»Das solltest ja wohl du machen.«

»Wie soll ich... Ich meine, was soll ich tun?«

»Das ist ganz allein deine Sache. Du hast dich da schließlich auch reingeritten, also sieh zu, wie du da wieder rauskommst.«

»Ich will nur, daß du eins verstehst«, sagte Tommy noch einmal, »das Ganze hat nichts mit Sex zu tun. Angela liegt da falsch. Das ist was ganz andres als Sex.«

Von wegen, dachte Carella.

Eileen saß am Fluß und wartete auf ihn. Sie schaute übers Wasser hinaus auf die Schlepper, die sich in der Ferne langsam unter die Brücke durchschoben. Sie hatte sich für ein einfaches, schlichtes Fischrestaurant entschieden, das etwas nah am Ende eines der Docks stand, ein mit braunen Schindeln gedecktes Haus mit blauen Fensterläden, leicht schiefen Wänden und Böden. Als Tischtücher dienten Bahnen braunen Packpapiers, und die hektischen Kellner liefen in fleckigen weißen Schürzen herum. Zur Dinnerzeit war der Laden ein Irrenhaus. Sie hatte nur die Absicht, etwas mit ihm zu trinken, aber schon jetzt, um zehn nach fünf, herrschte eine hektische Atmosphäre.

Sie setzte sich an einen Tisch auf der Terrasse und atmete die Luft tief ein, die hier vage nach Meer roch, während es hinter ihr aufgeregt wimmelte und unter ihr der Fluß schäumte. Sie war ziemlich zufrieden mit sich. Ruhig ließ sie Minute um Minute verrinnen.

Um Viertel sechs kam Kling auf die Terrasse gelaufen.

»Tut mir leid, daß ich so spät dran bin«, sagte er, »aber wir hat-«

»Ich bin selber grade erst gekommen«, sagte sie.

»O Mann, ich bin wirklich spät dran«, sagte er mit einem Blick auf die Uhr. »Tut mir leid, hast du schon bestellt?«

»Ich habe auf dich gewartet«, sagte sie.

»Na dann, was hättest du gern?« fragte er und sah nach hinten, um einem der umherwandernden Kellner Zeichen zu geben.

»Einen Weißwein, bitte«, sagte sie.

»Ich hab' dich im Fernsehen gesehen«, sagte Kling grinsend. »Wir nehmen einen Weißwein und einen Dewar's mit Eis, bitte, und Zitrone«, sagte er dem Ober.

»Weißwein, Dewar's auf Eis mit Zitrone«, sagte der Kellner und machte sich davon.

»Du siehst ein bißchen müde aus«, sagte er.

»Es war eine lange Nacht.«

»Ist aber doch gut ausgegangen.«

»Ja, es ging ziemlich –«

»Daß das Mädchen umgekommen ist, war nicht deine Schuld«, sagte er rasch.

»Das weiß ich«, sagte sie.

Und um die Wahrheit zu sagen, bis zu diesem Augenblick hatte sie gedacht, ihren Job auf eine absolut professionelle Art und Weise erledigt –

»Ein übler Kerl, dieser Typ – wie hieß er doch gleich noch mal – Whitman...«

»Whittaker«, sagte sie.

»Whittaker. Der das Mädchen umgebracht hat, ja. Du hattest damit nicht das geringste zu tun, Eileen. Sogar der Typ, der dich interviewt hat, hat im Fernsehen gesagt, daß das Mädchen schon so gut wie in Sicherheit war, als sie der Kerl in den Rücken schoß. Also mach dir nicht wieder Vorwürfe für et-«

»Tu ich doch gar nicht«, sagte sie.

»Gut – für etwas, was du nicht getan hast. Sonst versaust du dir eine ausgezeichnete Gelegenheit auf eine ganz neue Art von Polizeiarbeit, bei der du sehr gut sein könntest.«

Sie sah ihn an.

»Ich *bin* gut darin«, sagte sie.

»Da bin ich sicher.«

»Ich bin *jetzt schon* gut darin.«

Hab' ich das nötig? dachte sie.

»Bert«, sagte sie, »laß uns ein für allemal Schluß machen, ja?«

Die Pokerrunde am Montagabend setzte sich aus dienstfreien Kriminalpolizisten aus Revieren der ganzen Stadt zusammen. Für gewöhnlich war man zu siebt, nie jedoch weniger als sechs und nie mehr als acht. Acht Leute machten das Spiel unhandlich. Und dann konnte man mit acht Spielern und zweiundfünfzig Karten natürlich auch eine ganze Menge der Wild-Card-Varianten vergessen, die die Detectives so gern spielten. Pokern war für sie eine Möglichkeit abzuschalten. Die Einsätze waren nicht hoch – hatte man wirklich mal einen ganzen Abend lang Pech, so verlor man, wenn es hochkam, vielleicht fünfzig, sechzig Dollar –, und das Bewußtsein, in einer Umgebung zu spielen, in der man keine Angst zu haben brauchte, Haus und Hof zu riskieren, hatte einen gewissen Reiz für Männer, die zuweilen ihr Leben aufs Spiel setzen mußten.

Meyer Meyer überlegte, ob er auf ein Blatt setzen sollte, das ganz nach einem Straight Flush aussah, aber genausogut nur eine Siebener-Straße sein konnte, wenn es überhaupt eine Straße war.

Er beschloß, das Risiko einzugehen.

»Wo du'n Dollar siehst, da leg einen drauf«, sagte er.

Morris Goldstein, ein Detective vom 73. Revier, zog die Brauen hoch und saugte an seiner Pfeife. Er saß da mit einer Kreuz-Reihe, drei, vier, fünf und sechs, die verdeckt liegende Karte war vielleicht die Kreuz sieben oder die Zwei. Er schien überrascht, daß Meyer sein Gebot nicht nur gehalten, sondern sogar noch erhöht hatte.

Es waren nur noch drei Männer im Spiel. Meyer mit seinem Full house aus drei Königen und einem As-Pärchen; Goldstein mit etwas, was nach einem Straight Flush aussah, aber womöglich keiner war; und schließlich Rudy Gonsowski vom 103. Revier, ein sicherer Verlierer, selbst wenn er aus seinem niederen Pärchen einen Drilling machte. Goldstein zog an seiner Pfeife und erhöhte den Einsatz lässig um einen weiteren Dollar. Er pokerte lausig, und

Meyer war nach wie vor der Ansicht, daß er bloß seinen falschen Straight Flush über die Runden zu bluffen versuchte. Gonsowski stieg aus, keine große Überraschung. Meyer ließ sich die Sache durch den Kopf gehen.

»Nun, vielleicht machen die Damen endlich zu«, sagte Parker, »ist doch schließlich kein Mah-Jongg-Abend hier.«

Sie spielten heute abend in seiner Wohnung. Die beiden anderen Spieler am Tisch waren Henry Flannery, ein Detective aus dem Stab des Präsidiums, und Leo Palladino, Stadtmitte-Süd. Sie pokerten beide ausgezeichnet und gingen für gewöhnlich auch mit vollen Taschen nach Hause. Heute abend jedoch hatte sie beide eine Pechsträhne. Sie saßen ungeduldig zurückgelehnt da und warteten darauf, daß Meyer sich endlich entschloß.

»Einer geht noch«, sagte Meyer und warf vier Fünfzig-Cent-Chips in den Pott.

Goldstein zog wieder seine Brauen hoch.

Feierlich saugte er an seiner Pfeife.

»Und noch einer«, sagte er und warf zwei weitere Dollar in den Pott.

Meyer dachte, es wäre wohl an der Zeit, ihm zu glauben.

»Das will ich sehen«, sagte er.

Goldstein zeigte ihm seine Kreuz zwei.

»Ja«, sagte Meyer und warf sein Blatt auf den Tisch.

»Du hättst doch schon die ganze Zeit über wissen sollen, daß er die hat«, sagte Parker, schaufelte die Karten zusammen und begann zu mischen.

»Er hat doch erst nach der vierten Karte erhöht«, sagte Meyer, um sich zu verteidigen.

»Was, zum Teufel, hattest du denn in dem Spiel hier verloren, Gonsowski?«

Das kam von Flannery, der bisher dreißig Mücken verloren hatte.

»Ich hatte zwei Pärchen in den ersten vier Karten«, sagte Gonsowski.

»Die kannst du dir doch in die Haare schmieren bei einem Straight Flush«, sagte Palladino.

»Er hätt' ja auch bluffen können«, sagte Gonsowski.

»Dann hätt' es immer noch Asse vor Königen geheißen«, sagte Flannery. »Meyer hatte dich doch schon mit dem offenen Blatt geschlagen.«

»Das hier nennt sich Witwen«, sagte Parker und begann zu geben.

»Was, zum Teufel, soll 'n das sein?« wollte Palladino wissen.

»Ein neues Spiel.«

»Wieder so 'n verrücktes, neues Spiel«, sagte Flannery.

Beide waren schlechte Verlierer.

»Also ich mach' folgendes, ich geb' zwei Extrablätter...«

»Ich kann diese bescheuerten Spiele nicht ab«, sagte Flannery.

»...und zwar verdeckt. Eine Hand zu drei Karten, die andre zu fünf. Verdeckt wohlgemerkt. Zwei Blätter, verdeckt.«

»Ist das eins mit fünf Karten?« fragte Gonsowski.

»Na, was denkst du denn?« sagte Palladino.

»Hätt' ja auch eins mit sieben sein können, woher zum Geier soll ich das wissen? Ich hab' das mein Lebtag noch nicht gespielt. Ich hab' bis heut' abend nicht mal davon gehört.«

»Ich find's jetzt schon beschissen«, sagte Flannery.

»Zwei verdeckte Blätter«, sagte Parker. »Das sind die Witwen, diese zwei Blätter. Eins, zwo, drei«, zählte er, während er gab. »Das ist die erste Witwe... und eins, zwo, drei, vier, fünf« – er gab immer noch – »das hier ist die zweite Witwe.«

»Wieso heißen die denn Witwen?«

»Weiß ich auch nicht. Sie heißen eben so, und das Spiel auch. Witwen.«

»Ich kapier' das noch nicht«, sagte Gonsowski. »Was für 'n Spiel liegt 'n dem zugrunde?«

»Fünf-Karten-Stud«, sagte Parker und gab jetzt der ganzen Runde. »Eine offen, vier verdeckt, geboten wird nach jeder Karte.«

»Und dann?« fragte Meyer.

»Nach der dritten Karte kannst du, falls dir dein Blatt nicht zusagt, auf die Dreier-Witwe bieten. Wer am höchsten bietet, das Geld geht natürlich in den Pott, der wirft sein Blatt weg und kriegt ein neues, nämlich die drei Karten in der Witwe.«

»Hört sich ja immer beschissener an«, sagte Palladino.

»Ist 'n gutes Spiel«, sagte Parker, »wartet nur ab.«

»Und was ist mit dem anderen Blatt?« fragte Goldstein. »Das mit den fünf Karten?«

»Tja«, sagte Parker und strahlte wie ein Zauberer, der gleich ein Karnickel aus dem Zylinder zieht, »nachdem die fünfte Karte gegeben ist und dir dein Blatt noch immer nicht gefällt, dann kannst du auf die zweite Witwe bieten, und wenn du am höchsten bietest, kriegst du 'n total neues Blatt – fünf neue Karten.«

»Gibt's bei dir auch was zu trinken?« fragte Flannery. »Oder ist das hier 'ne neue Prohibition?«

»Hol dir selber was, ist alles in der Küche«, sagte Parker. »Rudy, du bist am höchsten.«

Gonsowski sah in die Runde, erstaunt, daß seine Karo acht die höchste offene Karte war.

»Also ich könnt' gleich alle zwei Blätter brauchen«, sagte Meyer.

»Witwen«, sagte Palladino mißmutig.

»Wieder 'n dämliches Spiel mehr«, murrte Flannery.

»Nu kriegt euch wieder ein«, sagte Goldstein. »Das kommt und verschwindet wieder.«

»Wie all die anderen auch«, sagte Palladino immer noch mißmutig.

»Ich biete fünfzig Cent«, sagte Gonsowski.

STUART WOODS

SCHWARZER SÜDEN

Roman

Aus dem Amerikanischen von Felix Bärenreutter

380 Seiten. Paperback

Ausgezeichnet mit dem Edgar-Allan-Poe-Preis

In einer Kleinstadt des amerikanischen Südens spielt während der zwanziger, vierziger und sechziger Jahre dieser Roman der atemraubenden Jagd nach einem Verbrecher, den politische Intrigen und kaltblütige Morde vor der Verhaftung bewahren. Drei Polizeichefs suchen ihn nacheinander zu fassen, zwei verlieren dabei das Leben…

»Eine unter die Haut gehende Geschichte, die Elemente des Krimis mit denen des Politthrillers glänzend verbindet – über ihr kann nur eines stehen: Bestseller.«
(Publishers Weekly)

GOLDMANN VERLAG